Francis Roe

LA LAME DU SCALPEL

ÉDITIONS FRANCE LOISIRS

Titre original : *The Ranch*
Traduction de Jean Charles Provost

Édition du Club France Loisirs, Paris,
avec l'autorisation des Presses de la Cité

Éditions France Loisirs,
123, boulevard de Grenelle, Paris
www.franceloisirs.com

ISBN 2-7441-4080-5

Prologue

Mars 1994

Altimètre, gyrocompas… Le Dr Fred Newsome jeta un coup d'œil aux instruments, comme il le faisait à intervalles réguliers depuis qu'il avait décollé de l'aéroport de New Coventry, une demi-heure plus tôt. Il volait à une altitude constante de 4 500 pieds, cap à 348 degrés. L'espace d'une seconde, Fred regarda à travers le pare-brise en Plexiglas frappé par la pluie. Le temps était couvert, et se dégradait. Une brume épaisse limitait la visibilité à moins de quatre kilomètres, ce qui était insuffisant pour piloter à vue. Mais dans l'ensemble, Fred n'était pas trop inquiet. Il connaissait le terrain, et il avait déjà fait le trajet qui menait à Bennington, dans le Vermont.

Cette fois pourtant, les circonstances étaient différentes. D'habitude, il s'agissait simplement de réunions entre amis où l'on échangeait des souvenirs en buvant quelques verres. Ce jour-là, il allait demander conseil à Paul. Il en avait besoin. C'était sérieux.

Un fin nuage blanc traversa son champ de vision, puis un autre. La météo avait annoncé un épais stratocumulus plafonnant à 18 000 pieds. Trop haut pour qu'il le survole avec son Cessna 177B non pressurisé.

Une vague de gouttes de pluie frappa le pare-brise et glissa sur les bords, sous l'action du vent.

Altitude... Un trou d'air fit tomber l'avion à 4 200 pieds. Fred relâcha doucement le manche à balai. Le nez de l'appareil se redressa un peu. L'horizon était invisible, et il fit la correction plus par intuition et habitude que d'après les informations que lui transmettaient ses instruments. Moins d'une minute plus tard, il était revenu à 4 500 pieds. Il se cala dans son siège et essaya de jouir du voyage. D'ordinaire, voler était une détente pour Fred. Par instinct et grâce à son entraînement, il était méticuleux, et une grande partie de son plaisir provenait de l'attention maniaque qu'il consacrait à sa tâche, et du soin qu'il prenait à l'accomplir selon les règles.

Il jeta un coup d'œil aux jauges de carburant. Encore une dizaine de minutes, calcula-t-il, et il faudrait inverser les réservoirs pour maintenir l'équilibre de l'avion. Sur un appareil aussi léger, il ne fallait surtout pas perdre de vue la distribution du poids.

Au-dessous de lui, à droite, il aperçut le reflet terne d'une étendue d'eau grise, entourée d'arbres vert sombre et de plaques de neige. « Ce doit être le réservoir de Cobble Mountain, se dit-il. On dirait qu'il fait froid, là-bas. » De la glace couverte de neige s'étendait à près d'un mètre et demi du rivage, dessinant un liseré ondulé tout autour du réservoir. Celui-ci était noyé dans la brume.

Les plis du visage anguleux de Fred se creusèrent. Paul pourrait-il l'aider ? Son ami était chirurgien, lui aussi, et, comme lui, dirigeait un cabinet médical. Certes, Bennington n'était pas un centre aussi important que New Coventry. Mais on n'est nulle part à l'abri des jalousies et des trahisons, et il savait que Paul en avait eu sa part.

Seulement l'équipe de Fred se révoltait ouvertement contre lui, sous la férule, semblait-il, de son associé et ami de longue date, Dermott Spencer. Ce que Spencer et les autres proposaient, c'était tout simplement de céder aux pressions du centre médical, des autres hôpitaux comme Lovejoy, des compagnies d'assurances et des grosses entreprises locales. Tous ceux qui voulaient soumettre les médecins aux sociétés de gestion hospitalière, les pousser vers la médecine contractuelle et la « maîtrise des soins », autant de choses que Fred avait en horreur...

« Vous voulez que nous renoncions à notre indépendance, avait-il déclaré à ce groupe rebelle lors de leur dernière réunion. Etes-vous conscients de ce que vous demandez ? Si vous acceptez cela, nous ne serons plus que des employés soumis au bon vouloir des compagnies d'assurances. Nous serons contraints de ramasser avec reconnaissance les miettes qu'elles voudront bien nous jeter. C'est cela que vous cherchez ? Vous voulez qu'un gars à peine sorti de la fac vienne vous dire qui vous pouvez ou ne pouvez pas opérer ? Merci bien. Je ne vous laisserai pas anéantir ce cabinet, pas tant que j'ai voix au chapitre. Il n'en est pas question. »

Le problème, comme l'avait prudemment fait remarquer Dermott Spencer, c'était que tous les autres cabinets médicaux et chirurgicaux de New Coventry — et même ailleurs dans le pays — s'étaient déjà soumis. Fred avait refusé de s'associer à un plan de santé important, et à présent ils étaient hors course. Il n'y avait pas si longtemps, son cabinet était encore l'un des plus actifs et des plus puissants de New Coventry. Aujourd'hui, il connaissait une grave crise financière, et la situation empirait.

Paul avait dû affronter une révolte similaire au sein de son propre cabinet, et Fred voulait savoir précisément comment il s'en était sorti.

Le carburant. C'était le moment d'inverser les réservoirs. Celui de gauche était aux deux tiers vide, et celui de droite était plein. Il avait assez d'essence à bord, même si Bennington était fermé et qu'il devait faire demi-tour. Il tendit le bras vers le sélecteur fixé au sol et le tourna dans le sens des aiguilles d'une montre jusqu'à ce que la flèche pointe sur le réservoir de droite.

Les ennuis commencèrent brusquement quelques secondes plus tard. Le moteur se mit à tousser — l'appareil tout entier fut pris d'un frémissement —, puis repartit, mais rien qu'un instant, et l'aiguille du tachymètre sauta violemment d'un côté et de l'autre. Très surpris, Fred vérifia la jauge. Puis il s'assura que le contact ne s'était pas coupé de façon accidentelle. Il enfonça l'accélérateur à fond pour libérer l'arrivée de kérosène, mais le moteur s'arrêta après quelques derniers soubresauts sonores. Le silence qui suivit lui parut assourdissant. L'hélice ralentit et continua de brasser l'air devant ses yeux. Mais elle n'était mue que par la force du vent, non plus par le moteur. Fred se dit qu'il devait y avoir une panne dans le système d'arrivée du carburant au réservoir de droite. Il ramena le sélecteur vers la gauche et cogna sur le contact. Le démarreur gémit, mais le moteur ne repartit pas. Ou bien c'était une panne électrique, ou bien le carburant ne parvenait pas au carburateur. Mais quelle que fût l'origine du problème, Fred comprit qu'il allait devoir très vite effectuer un atterrissage forcé. Il examina le paysage. Il ne distingua rien d'autre, à 3 000 pieds au-dessous de lui, que des collines boisées, une tour d'observation en bois dressée sur une hauteur, quelques chemins forestiers rectilignes mais beaucoup trop étroits pour qu'il puisse s'y poser. Fred sentit la panique l'envahir. Il avait souvent pratiqué des atterrissages forcés à l'entraînement, mais jamais pour de bon.

Il vérifia sa vitesse relative. Elle n'était plus que de soixante-dix nœuds : au-dessous de sa vitesse maximale, et beaucoup trop près de la vitesse de calage. Il abaissa le nez de l'appareil, et le vent le releva immédiatement. Désespéré, il effectua les manœuvres pour redémarrer le moteur, mais l'hélice continuait de tourner dans le vide. Fred régla son émetteur sur la fréquence d'urgence et enfonça le bouton d'appel sur le tableau de commandes. Il émit un message de détresse, donna sa position aussi précisément que possible. Il n'était plus qu'à 2 000 pieds au-dessus du sol, et l'aiguille continuait de descendre. Beaucoup trop vite à son goût. Dans la forêt, à travers la brume, il aperçut quelque chose qui pouvait être une clairière. Peut-être pourrait-il s'y poser… Sans quitter l'endroit des yeux, car il savait que dans quelques secondes il disparaîtrait derrière lui dans la brume, il vira brusquement sur l'aile, en espérant se mettre en position pour être capable d'atterrir à une vitesse aussi faible. Absorbé par sa manœuvre, Fred ne vit pas l'aiguille du compteur descendre jusqu'à la vitesse de calage. L'alarme se mit soudain à hurler.

Au même instant, les commandes se firent toutes molles, l'aile gauche chuta brusquement, et Fred réalisa qu'il allait tomber en vrille. En proie à la terreur, il lutta avec les commandes pour effectuer les corrections appropriées — nez vers le bas, gouvernail tout à droite —, mais il n'avait plus assez d'altitude. Pendant douze interminables secondes, il continua à se battre, et hurla en voyant le sol se précipiter vers lui, déformé, en spirale, tandis que l'appareil tombait en tournoyant de plus en plus vite.

A huit cents mètres de là, Doran Koslowsky, ouvrier des Eaux et Forêts, actionnait les commandes extérieures de son camion : il déversait du gravier pour une nouvelle route forestière. Il entendit les crachotements du moteur et vit l'avion virer sur l'aile avant de disparaître derrière les arbres. Puis une boule de feu explosa sur le flanc de la colline voisine. Le bruit de l'explosion ne lui parvint que quelques secondes plus tard. Un bruit sourd, très grave, qui couvrit le gémissement de son monte-charge hydraulique. Un petit vol d'étourneaux apeurés s'éleva des arbres proches et se dispersa au-dessus de sa tête.

Par réflexe, Doran sauta dans son camion pour se rendre sur les lieux. Mais la route finissait précisément là où il se trouvait. Le camion parcourut à peine dix mètres dans le sous-bois enneigé avant de s'immobiliser, totalement bloqué.

Il lui fallut vingt minutes pour redescendre au bureau des Eaux et Forêts. Seul un mince filet de fumée noire s'élevant au-dessus des arbres désignait alors l'emplacement du désastre. Les policiers n'arrivèrent qu'une heure et demie plus tard. Il faisait nuit, et il pleuvait à torrents. Il était presque 22 heures lorsqu'ils rallièrent le lieu de l'accident. Après avoir constaté l'absence de survivants, ils laissèrent un homme en faction, expédièrent leur rapport au Service aéronautique de l'Etat et à l'Agence fédérale de surveillance des transports (AFST), et rentrèrent chez eux.

1

Mike Richmond, toujours vêtu de sa tenue verte de chirurgien, était assis sur l'étroit banc de bois, entre les deux rangées d'armoires blanches. Il venait d'achever une opération, et une partie de son esprit pensait aux possibles complications postopératoires. Il se demandait s'il devait garder le patient quelque temps aux soins intensifs, ce qui libérerait momentanément un lit en chirurgie.

Il retira son masque, son bonnet et ses chaussons de papier, les jeta dans un panier, puis sortit du vestiaire et revint à la réception de la salle d'opération.

Darla Finsten, la responsable de la salle d'opération, leva les yeux vers lui. « Mon Dieu, se dit-elle, quel beau mec. » Elle se demanda comment il était au lit.

— Je cherche Terry Catlin, dit-elle. Vous l'avez vu ?

— Non. Il dort probablement dans la salle de garde.

Mike se pencha au-dessus du comptoir.

— Dermott Spencer a besoin d'un assistant, expliqua-t-elle en tendant le bras vers le téléphone. Il opère une vésicule biliaire en urgence, et Catlin est de garde.

— Je m'en occupe, répondit Mike sans lui donner

le temps de composer le numéro. Catlin n'a pas dormi de la nuit. Laissez-le se reposer.

Darla leva les yeux vers lui, sa main hésitant au-dessus de l'appareil. Elle savait que Catlin et Richmond ne s'aimaient guère, et Mike n'avait pas l'habitude de faire des cadeaux à son rival.

Au même moment la porte du couloir principal s'ouvrit et Dermott Spencer fit son entrée dans le bloc opératoire, portant déjà sa tenue verte. De belle prestance, l'air enjoué, âgé d'une petite cinquantaine d'années, il avait d'épais cheveux blancs coiffés avec soin qui constituaient comme un halo sous la lumière fluorescente du bureau. Spencer était le principal associé d'un cabinet médical et chirurgical qui comptait parmi les plus actifs et les plus lucratifs de la ville. Il était rare qu'il opère lui-même ici, au centre médical de New Coventry. La plupart des patients de son cabinet se rendaient à l'hôpital Lovejoy voisin.

— Je vais vous assister dans cette opération, docteur Spencer, lui dit Mike, avant que Darla ait eu le temps de placer un mot.

— Bien.

Spencer lui adressa un regard un peu ironique et jeta un coup d'œil rapide au tableau de garde des internes épinglé au mur. Il sourit, puis se tourna vers Darla.

— Nous pouvons y aller ?

— Dans cinq minutes environ, docteur Spencer. La patiente est déjà en salle d'op'. Le Dr Pinero est en train de l'endormir.

Quelques minutes plus tard, Mike se trouvait au côté de Dermott Spencer, dans le cabinet de stérilisation. Il devait élever la voix pour couvrir le bruit de l'eau.

— Qui est la patiente ? demanda-t-il.

— Florence DiGiovanni.

— La femme du gouverneur ?

Mike, qui se frottait les mains, s'immobilisa. Il regarda par la vitre donnant sur la salle d'opération. Il n'y avait pas grand-chose à voir. La patiente se trouvait déjà sur la table, livrée à l'anesthésiste et aux techniciens qui l'apprêtaient pour l'opération. Même aux yeux de Dermott Spencer, chirurgien de la haute société du Connecticut, c'était une patiente de marque.

— Oui. Elle, je pouvais difficilement la refuser.

Spencer sourit un peu gauchement, la main tendue sous le distributeur de Bétadine. Il actionna le robinet avec le genou.

— Nous allons travailler avec l'endoscope, dit-il.

Mike hocha la tête, et soupira doucement pour lui-même. Spencer ne pratiquait en général rien d'autre que la chirurgie du sein, et il ne connaissait sans doute pas les progrès récents de la chirurgie assistée par laparoscopie. Enseigner à des internes de première année était une chose, mais chaperonner un médecin aguerri pendant une procédure chirurgicale inconnue ne serait pas une sinécure. Relever le défi ne lui déplaisait toutefois pas. Cela pourrait même tourner à son avantage.

Il acheva de se laver les mains, ferma le robinet, et se dirigea vers la porte, les mains levées. Il se demandait si Spencer avait conscience des problèmes qui pouvaient se présenter s'il ne maîtrisait pas à fond la technique.

Quelques instants plus tard, Spencer le rejoignit dans la salle d'opération.

— Je n'en ai pas fait beaucoup, confia-t-il à Mike.

Ils avaient enfilé leurs gants et leurs tabliers, et ils occupaient leurs positions respectives de part et d'autre de la patiente.

— J'ai assisté au séminaire sur la laparoscopie, bien sûr, mais c'était il y a près d'un an, et j'imagine que la technique a évolué.

Il tourna la tête et regarda les instruments disposés sur le plateau stérile.

— Je ne vois pas le bistouri au laser, dit-il.

Le technicien de service ne dit rien, mais il jeta un coup d'œil embarrassé à Mike.

— On ne se sert plus guère des bistouris au laser, fit Mike en pesant ses mots. Ça coupe parfaitement, mais on utilise désormais surtout la cautérisation, qui donne une meilleure hémostase.

— Parfait, dit Spencer. Parce que ce foutu laser dans le ventre des patients... Ça m'a toujours rendu nerveux.

Ils n'en avaient pas beaucoup dit, mais c'était suffisant. L'insécurité avait déjà alourdi l'atmosphère de la salle d'opération, endroit toujours propice aux sentiments collectifs. Quand le patient était quelqu'un d'important, comme c'était le cas ce jour-là, il y régnait une conscience encore plus aiguë des risques que l'intervention lui faisait courir, et tout le monde, de l'anesthésiste à l'infirmière, s'en trouvait affecté. A cela venait s'ajouter le fait qu'à l'évidence Spencer, chirurgien respecté et hautement compétent dans sa spécialité, n'était pas l'homme de la situation.

Le Dr Pinero, premier anesthésiste, contempla

Spencer de ses yeux cernés, par-dessus son écran de séparation, soulagé que Mike Richmond l'assistât.

Après avoir vérifié l'éclairage et s'être assuré du fonctionnement de la minuscule caméra vidéo, Spencer s'empara du scalpel et pratiqua une petite incision à gauche du nombril. Puis il saisit l'aiguille Verris acérée, de trente centimètres de long, pour préparer l'injection de gaz carbonique dans la cavité abdominale qui gonflerait alors comme un ballon. Mike empoigna in extremis la peau flasque du ventre de la patiente et la souleva. C'était une mesure préventive, pour éviter que Spencer n'endommage les organes internes en introduisant l'aiguille dans l'abdomen.

— Oui, parfait, merci, Michael, dit Spencer en jetant un regard à son assistant par-dessus son masque. Nous ne voulons surtout pas de problèmes avec cette patiente-là.

Mike mit le tube en place et ouvrit l'arrivée de gaz. Tous surveillèrent l'abdomen de la patiente qui enfla pour former une sorte de caverne pleine de gaz au-dessus des organes internes. Spencer remplaça l'aiguille par la pointe d'un trocart plus large contenu dans un tube métallique. Puis il ôta le trocart et laissa le tube, tel un conduit, dans la cavité abdominale dilatée par le CO_2 et y introduisit le long endoscope que lui tendait le technicien. L'écran du moniteur s'alluma, et ils fixèrent l'image tandis que la minuscule caméra de télévision placée à l'extrémité du scope balayait l'intérieur du ventre de la patiente. Spencer s'inquiétait — peut-être avait-il fait des dégâts avec le trocart ou cette aiguille Verris si pointue —, mais tout semblait intact.

Mike regardait le gros moniteur vidéo installé à droite de l'emplacement de l'anesthésiste.

— Qu'en pensez-vous ?

Même étouffée par le masque, la voix de Spencer semblait hésitante, peu assurée.

— Tout va bien, répondit Mike.

Spencer était nerveux. Le tremblement de sa main faisait très légèrement frissonner l'image agrandie sur l'écran. Il fit encore trois petites incisions : deux sous le sternum, pour les forceps allongés dont on se servirait pour tenir de part et d'autre la vésicule biliaire, et une pour le cautère utilisé pour sectionner les liens étroits qui retenaient la vésicule au foie.

— Est-ce que vous connaissez l'histoire du type qu'on a engagé pour monter la charpente d'une maison ? demanda Spencer.

Ils travaillaient en silence depuis quelques minutes. Mike secoua la tête. Il n'avait pas particulièrement envie d'entendre Spencer raconter une de ses histoires. Même si, en général, elles étaient assez drôles.

— Eh bien, le type sort les clous de son sac et les enfonce dans la charpente à coups de marteau, et son contremaître le regarde, dit Spencer sans interrompre son travail, les yeux fixés sur le moniteur. De temps à autre, le type sort un clou de son sac, le regarde attentivement et le jette.

Tout en parlant, Spencer pinça et sectionna l'artère de la vésicule. Il ôta le conduit cystique, entre la vésicule et la voie biliaire principale reliant le foie à l'intestin.

— Au bout d'un moment, le contremaître lui demande pourquoi diable il fiche en l'air tous ces clous qui ont l'air parfaitement corrects. « Parce que certains ont la tête du mauvais côté », lui répond le type. Alors le contremaître respire à fond, et lui dit : « Espèce de crétin ! Ce sont les clous pour l'autre côté de la maison ! »

Mike sourit, mais ses yeux ne quittaient pas le moniteur. Le problème, avec ce système vidéo, c'était que la définition de l'image ne permettait pas de distinguer la bile du sang, qui apparaissaient tous deux à l'écran de la même couleur rougeâtre. Et il savait déjà que quelque chose clochait. La sonde-aspirateur travaillait presque sans arrêt pour rincer le champ opératoire, pendant que Spencer continuait, à l'aide du cautère, de séparer la vésicule du foie. A intervalles réguliers, quand il cautérisait un vaisseau sanguin, un petit nuage de fumée s'élevait à l'intérieur de l'abdomen. La procédure exigeait qu'il s'arrêtât de temps à autre pour vérifier l'absence d'hémorragie ou d'autres problèmes. Mais il continuait son extraction sans désemparer. Mike ne disait rien. Il faisait son travail, soulevait la vésicule avec les forceps, la déplaçait pour permettre à Spencer d'accéder aux bords avec son cautère afin de sectionner et coaguler les petits vaisseaux situés entre la vésicule et le foie.

Finalement, Mike dit d'une voix neutre :

— L'aspiration travaille beaucoup trop, docteur Spencer.

— Pas de problème. La vésicule est très enflammée, et il y a beaucoup de fluide organique. C'est pour cela que j'ai décidé d'opérer Florence en urgence.

Mike, lui, avait l'impression que la vésicule n'était que modérément enflammée, et que s'il y avait un excès de fluide organique ils l'auraient vu lorsqu'ils avaient examiné l'intérieur de l'abdomen via l'endoscope. Il sentait le regard du technicien braqué sur lui. Il savait que quelque chose n'allait pas, mais ce n'était pas à lui d'intervenir.

— Tension artérielle en chute, dit Gabe Pinero, en se levant soudain de son tabouret de l'autre côté de l'écran de séparation. Démarrée à 13/8 tout à l'heure. Tombée à 9/5. En moins d'une minute.

Il murmura quelques mots à son assistante, qui accrocha un second sachet de solution saline.

Dans la salle d'opération, l'atmosphère s'alourdit encore. Quoique gagné par l'inquiétude, Spencer poursuivait l'ablation de la vésicule.

— L'aspiration charrie beaucoup de sang, dit l'infirmière en levant les yeux des deux flacons reliés à l'aspirateur.

Elle s'adressait à Mike, car elle savait d'instinct que lui — bien que Spencer fût de très loin son supérieur — comprenait le mieux ce qui se passait.

Spencer marqua un arrêt. La sueur qui se formait sur son front trempait le bord de son bonnet de papier.

— Qu'en pensez-vous ? demanda-t-il à Mike, d'une voix presque méconnaissable.

— On devrait peut-être jeter un coup d'œil à l'extrémité de l'artère, murmura Mike. Ça vient peut-être de là, ou bien d'une des veines.

— Bonne idée.

Spencer déplaça l'endoscope pour chercher l'artère de la vésicule, qu'il avait précédemment pincée et sectionnée. Toute la zone était noyée dans le sang, et aucune structure anatomique n'était visible. La sonde-aspirateur pompait à plein rendement, mais c'était insuffisant pour éponger le sang qui s'accumulait dans l'abdomen de la patiente.

— Vous pourriez peut-être accrocher deux unités de sang supplémentaires, docteur Pinero, dit Mike d'une voix très calme, par-dessus l'écran. Nous aurons peut-être besoin d'un certain temps pour arranger cela.

— Peut-être faudrait-il laisser tomber la laparoscopie et l'ouvrir selon la méthode classique, dit Spencer. Je ne suis pas à l'aise à l'idée d'extraire une vésicule biliaire sans être capable de voir et de toucher cette foutue chose.

— Plaçons une deuxième sonde-aspirateur, suggéra Mike. Je suis sûr que nous pouvons régler ça.

Il fit un signe de tête à l'infirmière, qui ôta l'enveloppe de plastique d'une nouvelle sonde et la mit en place. Cela prit un certain temps, en effet, mais l'aspiration était assez forte à présent pour venir à bout de l'hémorragie. Les structures de l'abdomen commencèrent à apparaître, comme des îles dans une mer de sang.

— On a l'impression de regarder la marée descendre, fit Spencer.

Les yeux fixés sur le moniteur, il essayait de reprendre le contrôle de lui-même et de la situation.

— Là !

Une petite fontaine apparut à l'arrière-plan, tel un geyser miniature sous la surface. Mike avait pris doucement l'endoscope, qu'il dirigeait maintenant vers le jet de sang.

— Aspiration, juste ici, dit-il. Oui, c'est l'artère cystique. Les clips ont dû se détacher.

Sans attendre Spencer, il prit les forceps et souleva

l'extrémité béante, sanguinolente de l'artère. Après quoi il ne fallut que quelques instants aux deux sondes pour nettoyer le champ opératoire.

— Clips, dit Mike, et le technicien obtempéra.

Mike passa l'instrument à travers la canule métallique et fixa deux clips à l'extrémité de l'artère, de sorte qu'ils ne puissent plus se détacher.

— Hémorragie stoppée, dit-il à Gabe Pinero, qui transfusait déjà du sang frais dans les veines de la patiente.

— Bien. La tension artérielle remonte. De ce côté-ci, notre patiente va bien.

Pinero parlait d'une voix lasse, mais confiante. Il avait la réputation de ne jamais perdre son flegme, même dans les situations les plus épouvantables.

— C'est presque fini, dit Mike d'un ton enjoué. Il suffit maintenant d'extraire cette vésicule.

Il tendit l'endoscope à Spencer, comme s'il avait simplement fait un travail de routine pour son patron.

Il ne leur fallut que quelques minutes pour achever l'opération. Mais Spencer avait l'air secoué. Il resta presque muet, jusqu'à ce qu'on ait fini de panser la patiente, qu'on transporta vers la salle de réanimation. Les deux hommes suivirent le lit roulant, côte à côte.

— Merci de votre aide, dit Spencer à Mike, très calme. Mais c'est la dernière fois que j'opère une vésicule, même si la femme du Président me suppliait à genoux !

Quelques minutes après le départ de Spencer, Mike notait les instructions postopératoires sur la fiche de la patiente, lorsque Terry Catlin fit irruption dans la salle de réanimation. Il s'approcha de Mike, blanc de rage. Il était grand, mais moins costaud ; et il était assez prudent, d'habitude, quand il s'adressait à Mike. Mais, cette fois, sa fureur était trop forte.

— Espèce de fils de pute, s'exclama-t-il en postillonnant à chaque mot, tu m'as piqué ma patiente ! Tu savais que j'étais de garde et que j'y tenais !

Imperturbable, Mike leva les yeux, avec un sourire.

— Calme-toi, Catlin ! C'était un cas plutôt difficile, et de toute façon, tu n'aurais pas été capable de t'en sortir.

2

Dermott Spencer quitta le bloc opératoire par les portes automatiques. Il se dirigea vers la salle d'attente, en s'efforçant de reprendre ses esprits. « Il est clair que je n'ai pas été à la hauteur, pour une fois », se dit-il. Il avait encore les mains moites à cause de la tension de tout à l'heure, et il les essuya sur les bords de son pantalon vert. Comme si ce n'était pas suffisant de se mettre dans un mauvais pas en salle d'opération… ce qui ne lui était pas arrivé depuis des années. Mais dépendre d'un de ses internes pour se sortir de là ! Il rougit de contrariété et d'embarras. Encore avait-il de la chance que ce fût Mike Richmond qui l'ait assisté.

Mike Richmond. Spencer connaissait la rivalité qui l'opposait à Terry Catlin. En fait, Spencer et ses associés l'avaient indirectement encouragée. Richmond et Catlin devaient finir leur internat quelques semaines plus tard, et tous deux savaient que Spencer cherchait un nouvel associé. Catlin était évidemment candidat à ce poste. Aussi intelligent et consciencieux que Mike Richmond, mais un peu moins habile techniquement, il avait tendance à mener ses patients à la baguette. Mais contrairement à Richmond, son père était puissant — il était sénateur de l'Etat — et certains des associés pensaient que cela jouait fortement en sa faveur. Spencer passa en revue ce qu'il savait de Mike. C'était un bon chirurgien, très compétent et d'une société agréable, bien qu'il pût se montrer têtu. Tout le monde l'aimait bien et, physiquement, il se détachait de la foule. Et il avait de l'endurance. Certes, c'était là une qualité commune à tous les internes en chirurgie, mais Richmond, lui — comme le joueur de tambour dans la publicité pour une célèbre marque de piles —, semblait capable d'avancer indéfiniment. Et ça, c'était un point énorme en sa faveur.

Mais, par-dessus tout, il était ambitieux. Le père de Mike Richmond avait été propriétaire d'une quincaillerie de précision près de Boston, avant de tout perdre sur les tables des casinos d'Atlantic City et de Las Vegas. Puis il était tombé malade. Bien que sa femme eût repris un emploi de comptable à temps partiel, il n'avait pas les moyens de s'offrir les meilleurs soins disponibles. Il était même loin de pouvoir payer ceux qu'il avait déjà reçus. Spencer savait que Mike avait perdu son père, mais il en ignorait les circonstances. Au beau milieu de la nuit, malade et décharné, Robert Weston Richmond s'était levé en souffrant mille morts, puis il était monté dans sa voiture et avait pris la route d'Atlantic City qu'il connaissait si bien. Aux premières lueurs du jour, il avait fracassé une barrière et traversé le trottoir de planches, puis longé un appontement sans cesser d'accélérer. Le véhicule avait fait un plongeon spectaculaire dans l'océan. C'était un ultime bras d'honneur symbolique à la ville qui l'avait détruit, et il mettait fin du même coup à sa douleur, à ses frustrations et à sa misère. Ce que Spencer ignorait, c'était que le père de Mike avait laissé à son fils des dettes considérables. Mike venait à peine de commencer ses études de médecine. Il travailla alors comme videur dans un bar de Tremont Street, un quartier chaud de Boston. Puis, durant plusieurs étés, il installa des appareils à rayons X dans les hôpitaux. Spencer se rappelait l'avoir interrogé un jour à propos de la petite cicatrice blanche qu'il avait sur le dos de la main. « Quelqu'un a heurté accidentellement l'interrupteur, lui avait répondu Mike, alors que j'étais en train de fixer un câble à haute tension sur un scanner. »

Mike avait désespérément besoin d'argent. Il avait aussi vendu son sang, de groupe AB, à une banque du sang qui finit par lui offrir un poste à temps partiel. Il n'était pas marié, mais il aimait les femmes, et elles le lui rendaient bien. C'était un passionné de vieilles voitures. Passe-temps coûteux. « Oui, se dit Spencer, Mike Richmond fait l'affaire. » Mais il devait en discuter avec ses collègues et gagner à sa cause ceux qui soutenaient Catlin.

Dans la salle d'attente, il tomba sur Judy Powell, la secrétaire personnelle de Florence, qui conversait à voix basse avec un des assistants du gouverneur Jack DiGiovanni. Tous deux se levèrent à son entrée.

— Florence va bien, leur déclara-t-il. Tout s'est parfaitement bien déroulé. Je pense qu'elle pourra rentrer chez elle ce soir, demain au plus tard.

— C'est extraordinaire, dit Judy, qui posa ses grands yeux bruns sur Spencer, avec un respect démesuré. Ma mère s'est fait ôter la vésicule biliaire, il y a quelques années, et elle est restée à l'hôpital pendant plus d'une semaine.

— Les choses ont pas mal changé, répondit Spencer, avec un sourire assuré.

Mais il se disait que certaines choses changeaient peut-être trop vite.

— Grâce à la laparoscopie, nous pouvons renvoyer nos patients plus vite chez eux. Et puis l'opération est plus facile.

Avant de regagner son bureau, Spencer s'arrêta à la salle de réanimation. Mike rédigeait un bref rapport d'opération dans le journal. A strictement parler, c'était le boulot de Spencer, qui appréciait que Mike ait pris le temps de le faire.

— J'ai dicté le rapport d'opération, lui dit Mike en levant les yeux du document.

Spencer hocha la tête. Il savait que l'interne s'en chargerait avec le plus grand soin.

— Elle est stable, continua Mike, avec un coup d'œil vers la patiente endormie.

— Elle a perdu beaucoup de sang.

— On a fait un check-up. Le labo a appelé il y a une minute. Pas de problème.

Spencer s'approcha pour prendre le pouls de Florence. D'après le moniteur, son rythme cardiaque était régulier et sa tension artérielle satisfaisante. Florence s'éveilla quand il la toucha. Elle le dévisagea une seconde, puis sourit.

— Je me sens déjà mieux, dit-elle d'une voix rauque.

Elle se passa la langue sur les lèvres, puis répéta sa phrase.

— Merci, Spencer. Vous êtes le meilleur.

Puis elle sombra à nouveau dans le sommeil.

Spencer se dirigea vers le vestiaire. Il commençait à retrouver sa confiance en lui. Il avait trois opérations du sein cet après-midi à Lovejoy. Il se retrouverait en terrain connu, et il savait qu'il ne rencontrerait aucun problème.

Transférer sa clientèle à l'hôpital Lovejoy avait été une belle opération. Pendant très longtemps, Lovejoy avait été une institution privée réservée aux citoyens les plus riches de New Coventry. Mais deux ou trois ans plus tôt, l'établissement avait connu de très graves problèmes financiers. Il n'avait pu satisfaire aux critères d'agrégation de la commission mixte d'habilitation et de l'Etat, et avait perdu le bénéfice des subsides d'Etat et fédéraux. *In petto*, Spencer eut un sourire ironique. Cela n'avait pas été non plus la période la plus faste pour son propre cabinet. Quoi qu'il en soit, au bord de la faillite, Lovejoy avait été vendu et complètement restructuré, et tous les administrateurs et la plupart des chefs de service avaient été renvoyés et remplacés. Lovejoy rivalisait aujourd'hui avec son voisin, le centre médical de New Coventry, de réputation mondiale. La nouvelle direction de l'hôpital avait courtisé les gros cabinets médicaux de la ville, offrant des primes substantielles aux médecins qui le rejoindraient, et pour un certain nombre de raisons, le cabinet de Spencer avait été le premier sollicité. Dès qu'il s'était associé à Lovejoy, d'autres avaient suivi. Lovejoy gagnait des tonnes de fric. « Ce qui est bon pour tout le monde, se disait-il. Sauf pour le centre médical. »

A 17 heures, Spencer présida une réunion du comité exécutif de son cabinet dans la salle de conférences de leurs bureaux en penthouse — au vingt et unième étage du Hartmann Building, un des derniers-nés dans la ligne des gratte-ciel luxueux de New Coventry. Seuls les cabinets médicaux les plus prospères pouvaient s'offrir les loyers du Hartmann, dont la majeure partie était occupée par des compagnies d'agents de change, quelques gros avocats d'affaires, et de prestigieuses firmes de la ville.

— Une dernière chose, dit Spencer après que les associés et lui eurent fait le tour de l'ordre du jour.

Il décrivit ce qui s'était passé pendant l'opération de la vésicule biliaire de Mme DiGiovanni.

— Comme vous le savez, il nous manque un chirurgien depuis la mort de Fred Newsome. Nous avons déjà envisagé son remplacement, et deux candidats restent en lice. Il me semble que le moment est venu de prendre une décision. Vu la manière dont il a pris la situation en main ce matin, je pense que nous devrions engager Mike Richmond.

— Et pourquoi pas Terry Catlin ? demanda Lou Gardner, un des internistes. Il est aussi compétent que Richmond, et c'est le fils du sénateur Bruce

Catlin. Un homme qui a le bras long et qui pourrait nous être très utile.

— Il ne s'agit pas de son père, répondit Spencer avec un sourire.

Il savait que Gardner soutenait Catlin et ne voulait pas se le mettre à dos.

— Nous aimons tous beaucoup Terry, reprit-il, mais j'ai la conviction que Mike est meilleur chirurgien. Conviction que partagent d'ailleurs la plupart des chirurgiens présents dans cette salle.

Il regarda Derek Provost et Chas Miller.

— Mais nous aurons peut-être un débouché pour un autre chirurgien dans un avenir proche, ajouta-t-il pour apaiser Gardner. La demande augmente si vite que nous avons du mal à y faire face.

— Mike Richmond me convient parfaitement, intervint Derek Provost. Il est bon, et… eh bien, je lui ferais plus volontiers confiance qu'à Catlin.

Il jeta un regard autour de lui. Tout le monde savait ce qu'il voulait dire. Provost avait été responsable des internes quand Mike était en première année, et il le connaissait mieux que quiconque.

— Je ne suis pas d'accord, s'obstina Lou Gardner. Plusieurs d'entre nous, parmi les médecins, estiment que Catlin convient mieux.

Bien sûr, il était mécontent. Mais il savait que les chirurgiens auraient le dernier mot. Et comme ils semblaient faire bloc derrière Richmond, il n'y pouvait pas grand-chose.

Spencer s'attendait à cela.

— Rien n'est gravé dans le marbre, Lou. Pour commencer, Mike ne nous rejoindra pas tout de suite comme associé à part entière et, s'il ne nous donne pas satisfaction, nous pourrons simplement nous débarrasser de lui.

Lou haussa les épaules. Il savait qu'une fois que le candidat serait dans le groupe il y resterait à titre définitif. Sauf événement grave.

— Nous pouvons le prendre à l'essai pour six mois, poursuivit Spencer. Puis il sera appointé pendant un an. Passé ce délai, et s'il est aussi bon que je le pense, il pourra commencer à acheter des parts du cabinet, de sorte qu'il ne sera pas associé à part entière avant plusieurs années.

— Vous pensez qu'il fera l'affaire ?

Dan Bentley, un des internistes, semblait un peu indécis.

— Après tout, nous ne sommes pas vraiment un cabinet médical comme les autres.

— Il fera l'affaire, dit Spencer d'un ton assuré. Rappelez-vous qu'il a été interne chez nous, et que nous travaillons avec lui depuis quatre ans. Nous savons ce qu'il vaut.

Provost se tourna vers Spencer.

— J'admets que Mike est le meilleur candidat. Mais j'ai entendu dire qu'il pourrait aller travailler un an à l'institut de recherches de Caleb Winter.

— Mike serait capable de tuer quelqu'un pour avoir le poste, répliqua Spencer très posément. Il est certain que Cal Winter serait content de l'avoir, et nous savons tous que Mike lui a parlé. Mike a aussi fait en sorte que nous le sachions. Il fait des pieds et des mains pour nous rejoindre, il a d'ailleurs été jusqu'à voler une opération à Catlin ce matin. Alors laissons cela de côté pour le moment et voyons comment il gérera les répercussions de ce cas. Car il y en aura, bien sûr.

— Ça me va, dit Provost. Excellente occasion de le mettre à l'épreuve.

Spencer regarda autour de lui, satisfait.

— Bien. Nous allons demander aux hommes de Carl de faire un contrôle de sécurité à son sujet, et puis, si l'enquête donne satisfaction, nous aurons tous l'occasion de nous entretenir avec lui. Est-ce que tout le monde est d'accord ?

— Très bien, dit Gardner, pourtant loin d'être convaincu. Mais vous savez combien nous devons être prudents.

3

Florence DiGiovanni dormait encore, en salle de réanimation, quand Evie Gaskell, une des infirmières qui avaient assisté à son opération, vint prendre de ses nouvelles.

— Florence va bien ? demanda-t-elle à Susanne Hecht.

L'infirmière responsable était en train de changer la perfusion de sa patiente. Celle-ci, réveillée par le mouvement, garda les yeux clos.

— Ouais. Elle dort, mais tout va bien. Comment ça a été en salle d'op' ?

— Bien. Mais il s'en est fallu de peu.

— Comment ça ?

— Eh bien, tu sais... Spencer ne fait pas vraiment la différence entre un laparoscope et un rectoscope. Heureusement que Mike Richmond était là.

— Qu'est-ce qui s'est passé ?

— Oh, pas grand-chose. Rien qu'une hémorragie majeure de l'artère cystique. A l'heure qu'il est, si Mike n'avait pas été là, elle aurait une étiquette avec son nom accrochée au gros doigt de pied.

— Mon Dieu ! Spencer ? C'est incroyable... Tout le monde prétend qu'il est l'un des meilleurs...

— Oui, pour les seins. Si un jour tu dois t'en faire enlever un, c'est le type qu'il te faut. Mais pour le reste, il n'est pas aussi bon.

— Et Mike l'a sorti du pétrin ?

— Ça, on peut le dire.

Il y eut un moment de silence, pendant que Susanne notait quelques mots sur son clipboard. Puis elle soupira.

— Moi, j'adorerais que Mike Richmond me *mette* dans le pétrin.

Florence remua légèrement, et Susanne lança à Evie un regard d'avertissement. Celle-ci sourit et retourna vers la salle d'op'. Elle regarda la pendule. C'était l'heure du déjeuner, et elle avait fait l'essentiel de son travail. Elle appela son amie Stephanie Hopkins pour l'inviter à déjeuner avec elle à l'hôpital. Puis elle passa au vestiaire pour y prendre une douche rapide.

Elle pensa avec un peu d'envie à Stephanie, sa meilleure amie depuis l'école d'infirmières, sur qui tout le monde se retournait partout où elle allait. Elle avait travaillé deux ans aux soins intensifs du centre médical de New Coventry, avant de trouver un poste au service contrôle d'une compagnie d'assurances santé de la ville. Récemment, elle avait même été nommée à la tête du service en question.

C'est ainsi que Stephanie Hopkins et Mike Richmond se croisèrent pour la première fois. Elle venait chercher son amie Evie au bloc opératoire. Mike revenait du service radiologie. Il était en grande conversation avec Ed Moran, son interne de première année. Stephanie vit un grand costaud en tenue verte, qui semblait plein d'énergie et de vie, avec une masse de cheveux bruns bouclés et des yeux gris d'une douceur étonnante. Il parlait à un jeune interne qui l'écoutait avec attention. Le colosse semblait dégager un tel enthousiasme et une telle énergie que Stephanie, lorsqu'elle sortit de l'ascenseur au troisième étage, avait le sourire aux lèvres.

Ed suivit sa silhouette des yeux jusqu'à ce que les portes se referment.

— Qui est cette fille ?

— Aucune idée, répondit Mike.

Il l'avait à peine remarquée, mais avait eu le temps de noter qu'elle était jolie et bien habillée. Il avait d'autres chats à fouetter.

Pour son admission dans le groupe de Spencer, l'incident du matin, en salle d'op', avait joué en sa faveur au-delà de ses espérances. Une si belle occasion de dépanner Spencer était un don du ciel.

Mais il savait que ça ne s'arrêterait pas là. Ils étaient passés à deux doigts de la catastrophe. Comme la patiente était une personnalité, le cas serait sûrement examiné par les préposés au contrôle de la qualité, et on ne manquerait pas de poser des questions. Alors qu'il entamait sa ronde en compagnie de Moran, il y pensa machinalement.

Les visites se déroulèrent dans une routine familière. Mme Gomez, une femme boulotte aux joues rebondies qui tenait un petit restaurant, avait été opérée d'une diverticulite trois jours plus tôt. Ce matin-là, elle avait de la fièvre.

— Jetez un coup d'œil à la plaie, dit Mike à Ed, qui ôta l'épais pansement.

La plaie était rouge et enflée. La peau tendue gonflait entre les points de suture.

— Vous avez là un petit abcès, madame Gomez, *pequeño abscesso*, lui dit Mike, et nous allons devoir le nettoyer. *Necessitamo abrirlo*.

Il y avait chez lui quelque chose de rassurant, même si son espagnol était exécrable. C'était peut-être son sourire, ou la manière amicale dont il lui posait la main sur le bras…

— *Adelante, señor Richmond*, dit-elle avec un soupir, serrant de toutes ses forces le crucifix d'argent qu'elle portait autour du cou. Allez-y.

Ed prit un jeu de pansements stériles, enfila une paire de gants, sectionna deux agrafes avec ses ciseaux et écarta légèrement les bords de l'incision. Mike regarda le visage de Mme Gomez pour voir si elle souffrait, mais il avait bien formé Ed, qui travaillait avec une extrême douceur. Quelques instants plus tard, ils virent couler un petit jet de pus jaunâtre. Ed irrigua la cavité avec de l'eau oxygénée, plaça un drain de caoutchouc et appliqua un pansement frais.

Pendant tout ce temps, Mike réfléchissait. Il pensait à la fin de ses quatre années d'internat. Son meilleur ami à l'université, Jack Mills, ancien footballeur comme lui, était *trader* dans une grande firme de Wall Street. Il ne pouvait pas croire que Mike gagnait aussi peu d'argent, avec un emploi du temps aussi chargé. « Bon Dieu, Mike ! répétait-il. Ce n'est pas un salaire, à peine un pourboire. Tes revenus annuels représentent la moitié de ma prime de fin d'année ! — Attends, tu verras, répondait Mike en souriant. Quand le marché s'effondrera, appelle-moi... Je t'inviterai à déjeuner. »

Mais il en avait assez de manquer de moyens, de tirer le diable par la queue. Il avait calculé combien de temps il lui faudrait pour payer ses dettes. Même avec ce qu'il espérait toucher dès la fin de son internat, cela lui prendrait des années.

Quand le Dr Caleb Winter, patron du service chirurgie et l'un des chercheurs vedettes du centre médical de New Coventry, lui avait proposé de passer un an dans son service de greffes d'organes, Mike y avait très sérieusement réfléchi.

« Vous serez à l'avant-garde, pour ainsi dire, lui avait assuré le Dr Winter avec ce sourire calme et ironique qu'on lui connaissait. Et bien entendu, vous n'aurez pas à vous inquiéter des procès en négligence, ni de tous ces problèmes qui, de nos jours, peuvent transformer en cauchemar la vie d'un chirurgien. »

Mike était flatté de recevoir une telle proposition d'un homme aussi distingué. Mais il était surtout intéressé parce que cela pourrait renforcer sa position auprès des membres du groupe de Spencer. Ils seraient impressionnés, car Caleb Winter était connu pour être très difficile dans le choix de ses collaborateurs. Un jour, Spencer l'avait arrêté dans le couloir, alors qu'il se rendait en salle d'opération. Ils avaient bu une tasse de café, et le chirurgien lui avait dit que ses associés le considéraient comme le meilleur candidat.

— Je vous remercie, docteur Spencer. Je vous assure que j'apprécie le compliment.

— Bien. Pourriez-vous passer à mon bureau un après-midi, la semaine prochaine, pour rencontrer certains d'entre nous, après notre assemblée générale ? Nous pourrons alors en parler un peu plus en détail.

— D'accord, monsieur.

— Parfait.

Spencer s'était levé tout sourire.

— J'ai dans l'idée que la prochaine assemblée générale sera particulièrement intéressante, dit-il d'un ton plein de sous-entendus. C'est pour cette raison que j'ai décidé que nous devrions vous voir juste après. Jusque-là, évitez les problèmes, hein ?

En quittant la cafétéria, Mike se souvint que les archives s'étaient plaintes de la pile de fiches de sorties attendant d'être remplies. Le groupe de Spencer n'aimerait pas cela. Il se promit de s'y mettre dès qu'il aurait une demi-heure de libre.

Le bipeur à sa ceinture tinta au moment où il passait les doubles portes de la salle d'opération. L'infirmière au bureau avait le téléphone en main.

— Ce sont les urgences, Mike ! Le Dr Catlin est de garde, mais il opère en ce moment. Et ils ont besoin de quelqu'un, là-bas, immédiatement !

Luke Spier avait oublié l'époque où il était comptable. Si quelqu'un s'était assis à côté de lui, dans la salle des urgences, et lui avait montré un bilan, il n'y aurait rien compris de plus qu'aux manuscrits de la mer Morte. Luke n'était pas saoul, bien qu'incapable de tenir debout sans vaciller, et il tremblait tant que la seule chose qu'il pouvait faire correctement, c'était ouvrir une bouteille.

La police l'avait ramassé le matin même et conduit directement aux urgences, avant même de remplir le procès-verbal, lorsqu'on avait découvert la blessure qu'il avait au coude : une grosseur rouge et purulente, qui aurait dû être très douloureuse. Mais comme ses terminaisons nerveuses étaient brûlées par l'alcool, ça ne lui faisait mal que lorsqu'il se cognait quelque part. Le flic se trouvait à quelques pas de lui. En attendant qu'on s'occupe de Luke, il bavardait avec l'une des infirmières de la réception. A intervalles réguliers, il se tournait pour jeter un coup d'œil vers Luke, dont on savait qu'il était imprévisible. Mais, pour le moment, il avait l'air plutôt calme.

Luke ne lui accordait aucune attention. Il sentait la fièvre qui lui rongeait les os, et puis l'angoisse. Il attendait, ses yeux rouges fixés sur la porte. Il savait exactement ce qui allait se passer. Sa mort était programmée. Le messager qui apportait les instructions finales aux médecins allait apparaître d'un instant à l'autre, et il entrerait par cette porte. Il caressait le gros couteau à manche en os au fond de sa poche et quand le flic ne le regardait pas, il l'ouvrait — toujours dans sa poche — et caressait le tranchant de la lame. Il ignorait à quoi ressemblait le messager, mais il le reconnaîtrait immédiatement. Il devait l'arrêter avant qu'il n'atteigne les médecins, sans quoi il était foutu. Il s'avança sur le bord de son siège, ignorant les patients qui l'entouraient. Penché en avant, il attendit.

Pauline Minsky était de service au bureau médical quand Dermott Spencer passa la tête à l'intérieur de la pièce.

— Pauline, vous avez une minute ?

— Oui, docteur Spencer, bien sûr. Ses doigts s'immobilisèrent au-dessus du clavier.

— Bien. J'aimerais que vous emportiez quelques documents au centre médical. Vous savez où se trouvent les bureaux administratifs ?

— Au rez-de-chaussée, répondit-elle. Au bout du couloir principal.

— Ils doivent y être avant midi, dit Spencer, avec un coup d'œil vers la pendule placée au-dessus de sa tête.

— J'y vais sur-le-champ.

Pauline se leva. C'était une femme de quarante-cinq ans, plutôt ronde, avec des manières agréables, très franches. Elle portait une robe bleu foncé assez élégante, et un foulard aux couleurs vives.

Quelques minutes plus tard, elle marchait à grands pas sur Elm Street, le dossier sous le bras. « Si je passe par l'entrée principale, se disait-elle, je devrai parcourir le couloir central tout du long, jusqu'aux bureaux de l'administration. Mais il y a un raccourci. Il suffit d'entrer par les urgences. »

Elle franchit la double porte des urgences, passa devant l'agent chargé de la sécurité et se dirigea vers le couloir principal, laissant sur la droite la salle d'attente bondée. Elle ne vit même pas l'homme avant qu'il ne bondisse vers elle, avant que son visage mal rasé et ses yeux rouges de dément ne soient à quelques centimètres d'elle. Elle aperçut un reflet métallique, hurla, fit un bond en arrière, soudain consciente qu'il tenait un couteau. Elle vit le sang sur la lame, mais ne comprit pas tout de suite qu'elle avait été agressée et frappée, jusqu'à ce qu'elle sente le sang couler de son épaule. Elle entendit un cri à côté d'elle, puis un autre, et elle vit avec horreur que l'homme levait à nouveau son couteau, mais elle était incapable de réagir. Elle resta sur place, désespérée, muette, paralysée. Puis un aide-soignant en veste blanche fit irruption dans son champ de vision, saisit l'assaillant par le poignet, suivi d'un garde et d'un flic qui se jetèrent sur lui et le tirèrent loin d'elle, vers l'autre côté du couloir. Luke essaya de les repousser et continuait de fixer Pauline en hurlant des phrases incohérentes. Dans la salle d'attente, le désordre était indescriptible. Tout le monde criait. Le flic tordit les bras de l'homme derrière son dos. Pauline entendit un glapissement d'agonie, le couteau tomba sur le sol avec un bruit métallique, et une seconde plus tard, les menottes se refermaient sur les poignets de l'agresseur. La femme d'origine latino-américaine qui avait été assise à côté de Luke se mit à sangloter et à hurler. Pauline se sentit soudain très faible. Elle se laissa tomber sur une chaise. Ses documents s'étaient éparpillés sur le sol, une des secrétaires se pencha pour les ramasser. Une infirmière vit le cou de Pauline, retint un hoquet, puis elle ôta le foulard ruisselant de sang et appliqua un gros morceau de gaze sur la plaie, pour stopper momentanément l'hémorragie.

Mike arriva quelques minutes plus tard. On avait emmené Pauline dans un des box. Le haut de sa robe était déboutonné. On l'avait replié sur ses épaules, pour découvrir la zone tailladée. L'infirmière maintenait toujours la compresse sur la blessure.

— Dites-moi ce qui s'est passé.

Tandis que l'infirmière lui racontait l'incident, Mike sourit à Pauline. Il souleva la compresse. Instantanément, le sang jaillit de la plaie déchiquetée, longue de huit centimètres. Il remit bien vite le pansement en place.

— Maintenez la compresse, ordonna-t-il à l'infirmière.

Il ouvrit un paquet de gants stériles.

— Je vais vous injecter un anesthésiant local, dit-il à Pauline. Vous ne sentirez qu'une légère piqûre, puis ce sera engourdi. Juste pour que vous ne me sentiez pas fourrager par là.

Un instant plus tard, Mike localisa le bout sectionné de la veine qui était à l'origine de la plus grande partie de l'hémorragie.

— Une branche de la jugulaire externe, expliqua-t-il à Pauline — qui s'étonnait de voir des mains aussi délicates chez un homme aussi robuste. Une toute petite...

Tout en ligaturant rapidement les deux extrémités de la veine sectionnée, il entretint avec elle une aimable conversation. Lorsqu'il eut fini, elle était presque détendue.

— Je travaille pour le groupe du docteur Spencer, commença-t-elle.

Elle s'assit après qu'il eut ôté les serviettes et fixé un pansement.

— J'ai entendu dire que vous pourriez devenir leur associé. J'en serais très heureuse.

Mike l'entendait à peine. Il avait écarté le rideau. Il vit Terry Catlin descendre le couloir et entrer aux urgences. Il parlait à l'infirmière à la réception, et regardait dans la direction de Mike. Catlin se rembrunit. Mais il attendit que Pauline ait rassemblé ses documents et qu'elle se dirige d'un pas mal assuré vers la sortie des urgences. Alors il se rua vers Mike, les yeux brillants de rage.

— Tu as remis ça, espèce de salaud, siffla-t-il, le visage presque contre celui de Mike. J'étais en salle d'opération, et je leur ai dit que je descendais dans quelques minutes.

Mike haussa les épaules, sans cesser d'observer son collègue avec méfiance. Catlin semblait perdre les pédales. Ce n'était pas extraordinaire, après quatre ans de ce stress permanent qui caractérise l'internat en chirurgie. Mais il n'y avait rien à dire. Cela faisait partie du système. Si vous êtes disponible, vous couvrez le collègue qui ne l'est pas. C'est ce que Caleb Winter avait essayé de leur graver dans la cervelle : « Le patient a toujours priorité. »

— Tu savais qu'elle travaillait pour le groupe de Spencer, hein ? reprit Catlin en élevant la voix.

Quelqu'un leva les yeux, au bureau. Les patients les plus proches interrompirent leurs conversations.

— Non, je l'ignorais.

Sans avertissement, Catlin balança son poing vers la tête de Mike. Le coup aurait pu faire des dégâts si les années passées dans les quartiers chauds ne l'avaient habitué à ce genre de bagarre. Il se jeta prestement en arrière, et le swing manqua sa cible. D'un geste qui aurait pu passer pour amical, Mike bloqua le mouvement et lui saisit le poignet. Le souffle coupé, Catlin grimaça de douleur. Il avait l'impression que son poignet était broyé par un étau.

— Allons dans la salle de repos, lui dit Mike d'une voix calme.

Un instant plus tard, Catlin se vit propulsé dans la petite salle de repos réservée aux médecins, de l'autre côté du couloir. Mike ferma la porte derrière eux et le poussa brutalement dans un des fauteuils.

— Ne refais jamais ça, Catlin. Surtout pas en présence du personnel ou des patients. Cela fait très mauvaise impression. Maintenant, je t'écoute.

Catlin se tenait le poignet, l'air terrifié. Sa main était devenue insensible. Son visage se déforma.

— J'ai dit ce que j'avais à dire.

— Tu te conduis comme un con, Catlin. Je me suis occupé de cette patiente pour une seule raison. Tu n'étais pas disponible, et j'étais là.

Après le départ de Catlin, Mike rédigea une brève note pour la fiche de Pauline Minsky. Puis il regagna le couloir qui menait vers le bâtiment principal de l'hôpital, suivi par le regard vindicatif de Terry Catlin. Au bureau de la réception, il remplissait une demande d'examen radiologique urgent pour son poignet.

4

Dix jours après l'opération de Florence DiGiovanni, en rentrant chez lui, Mike trouva un gros colis déposé par FedEx. Il contenait un luxueux ensemble de bagages en cuir Mark Cross. Une enveloppe était scotchée sur l'emballage. Il l'ouvrit, avec un étonnement croissant. Il y trouva deux billets d'avion non datés pour Cancún, et une lettre manuscrite.

Cher docteur Richmond,

Ceci, pour vous remercier de votre merveilleuse sollicitude à mon égard en salle d'opération. Prenez un peu de vacances. Et profitez-en !

Très sincèrement,

Florence DiGiovanni.

Mike sortit une Budweiser du frigo. Boire une bière était un véritable luxe : cela signifiait qu'il n'était pas de garde, et qu'il disposait de quelques heures pour lui-même.

Pris d'un vague sentiment de malaise, il traîna dans la salle de bains. Monica, sa dernière conquête, passait un temps fou à mettre de l'ordre dans l'appartement. Elle aspirait la poussière, décrassait le lavabo, rangeait sa brosse à dents et le tube de dentifrice dans leur verre, et nettoyait le miroir. Depuis qu'elle était partie, il remarquait la différence, même si l'état de son domicile était parfait, à ses yeux, avant de la connaître. Infirmière indépendante, Monica avait fini par se lasser de son manque de disponibilité, et s'était installée à Seattle. Ils se téléphonaient encore de temps en temps, mais cela devenait de plus en plus rare.

Mike revint au salon, s'empara de la trousse à outils de cuir vert posée sur une étagère de la bibliothèque, et descendit au garage. Sa voiture, un coupé Aston Martin, modèle 1961, brillait du vert dont les

Anglais peignaient traditionnellement leurs bolides de course. Mike et son père l'avaient trouvée chez un ferrailleur quand il était encore étudiant. Ils avaient passé tout un été — leur dernier été de bonheur — à la reconstituer, à partir du châssis. Sa mère et lui n'ignoraient rien des fréquents voyages paternels aux Plaines (comme il appelait Las Vegas) ou, plus souvent, à Atlantic City, mais ils étaient loin de se douter que ses dettes de jeu étaient déjà trop élevées pour qu'il espère les rembourser un jour.

Mike déverrouilla la portière et s'assit dans la voiture. Il jouissait du contact avec le siège-baquet de cuir et de l'arôme inimitable de cette vieille auto élégante qu'il avait laborieusement retapée à la main, avec amour, une pièce après l'autre. Il caressa le bois verni du tableau de bord. Quand ils l'avaient dénichée, les dégâts se concentraient surtout sur le moteur et la suspension avant. Par bonheur, l'habitacle avait été épargné. Remuant de nature, Mike était incapable de rester immobile. Il passa une heure couché sur le dos, travaillant sur le cadre d'un amortisseur avant. Il se demandait combien d'argent il lui faudrait pour réparer cette voiture et la remettre en état pour qu'elle puisse à nouveau se ruer sur les pistes.

Jadis, au centre médical de New Coventry, les chirurgiens universitaires et leurs confrères libéraux s'entendaient plutôt bien. Les premiers étaient payés par l'Université, transmettaient leur savoir aux étudiants et aux internes, se consacraient à leurs recherches et l'institution profitait de leur prestige. Eux soignaient les malades les plus démunis, tandis que les médecins libéraux se chargeaient des patients qui payaient comptant et de ceux qui bénéficiaient d'une assurance maladie. Lorsque l'Université comprit que tout ce pactole lui passait sous le nez, elle fit pression sur ses membres pour que leur pratique hospitalière rapporte de l'argent, suscitant ainsi beaucoup de récriminations. Les professeurs, à contrecœur, prenaient du temps sur leurs recherches, et comme nombre d'entre eux n'étaient que de médiocres chirurgiens, leurs résultats cliniques n'étaient pas très bons. Les chirurgiens libéraux, pour leur part, étaient furieux parce que ces enseignants (« des chirurgiens amateurs », comme ils disaient) commençaient à écorner sérieusement leurs revenus.

Depuis les deux groupes ne s'aimaient guère. Quand ils se réunissaient pour discuter des cas critiques lors des assemblées mensuelles, la tension était palpable et il n'était pas rare que le ton monte. Les internes faisaient le plus souvent les frais du conflit : le programme d'internat était placé sous le contrôle des universitaires, qui prenaient pour eux toute attaque dirigée contre leurs internes. Mais lorsqu'ils avaient des ennuis, ils s'arrangeaient habituellement pour leur faire porter le chapeau.

Un personnage clef empêchait la situation de dégénérer en guerre ouverte : le Dr Caleb Winter, grand patron du service. C'était un chirurgien et un chercheur de premier plan dans le domaine des greffes d'organes. Il était sévère mais juste, et faisait preuve d'une intégrité inébranlable qui semblait parfois déplacée dans le monde de la médecine commerciale contemporaine.

Ce lundi-là, l'assemblée générale connut une affluence exceptionnelle. D'un côté de l'amphithéâtre, il y avait l'équipe du Dr Winter. Les médecins libéraux s'étaient regroupés à l'autre bout, comme pour se protéger mutuellement. Mike vit entrer Spencer, qui s'installa auprès de ses associés, les chirurgiens Derek Provost et Chas Miller.

En tant que responsables des internes, Mike Richmond et Terry Catlin se trouvaient avec leurs équipes juste à l'avant de la salle, près du podium où ils allaient présenter leurs cas respectifs. Mike sentait la tension dans l'air. Quelque chose dans l'attitude des universitaires le mettait sur ses gardes. Il se demanda ce qu'ils préparaient.

Catlin avait deux ou trois cas méritant d'être relevés. Mike présenta les siens, sans susciter plus de critiques que d'habitude de la part de ses supérieurs. Il se dit qu'après tout il était peut-être sorti de l'auberge. Mais Caleb Winter se leva.

— Merci, docteur Richmond, dit-il avec sa courtoisie habituelle. Tout cela est très instructif. Mais on a attiré mon attention sur un autre cas, ces jours-ci, et j'aimerais que nous en parlions.

Mike, qui pensait déjà à son programme d'opérations du lendemain, fut soudain sur le qui-vive.

— Il s'agit d'une cholécystectomie, une ablation de la vésicule biliaire assistée par laparoscopie, réalisée sur une patiente, cas n° 8435/3/96.

Une règle tacite des assemblées générales leur interdisait de citer le nom des patients.

— Oui, monsieur, un moment, s'il vous plaît.

Mike savait parfaitement de quoi il parlait. Mais pour gagner du temps, il fit mine de chercher dans son agenda. Il jeta un coup d'œil en direction de Catlin. Celui-ci avait les yeux fixés sur lui.

— Je n'ai pas la fiche, docteur Winter. Je serai très heureux de revenir sur ce cas le mois prochain...

— J'en ai une copie ici même.

Winter donna la fiche à son voisin de devant, qui la fit passer à Mike. A ce moment, l'amphithéâtre sembla se figer brusquement. L'affrontement était inéluctable.

Une voix s'éleva dans le secteur des chirurgiens privés. Mike regarda autour de lui. Il reconnut Walt Eagleton.

— Docteur Winter, disait-il de son accent traînant, voilà une heure que nous sommes là, à écouter le cours *ex cathedra* dispensé par vous et vos collègues universitaires. C'est très enrichissant, mais il y a une limite au savoir que mes amis et moi pouvons ingurgiter d'un seul coup. Ne pourrions-nous pas évoquer ce cas le mois prochain ?

Une légère cascade de rires parcourut l'amphithéâtre. Walt Eagleton était un homme extrêmement intelligent et cultivé, qui ne manquait pas une occasion de se moquer de ses collègues universitaires. C'était aussi l'un des seuls capables de se risquer à attaquer Caleb Winter.

— Ce ne sera pas long, docteur Eagleton, répliqua Winter d'une voix calme. Je suis sûr que votre agent de change peut attendre encore dix minutes.

Cette fois, les rires vinrent des bancs universitaires. Mike était tout à fait sur ses gardes. Il allait être mis sur la sellette, et les conséquences en seraient beaucoup plus graves que ce qu'il pouvait imaginer. Quelqu'un avait attiré l'attention du Dr Winter sur le cas de Florence DiGiovanni, en sachant qu'il serait furieux s'il apprenait qu'un tel gâchis était arrivé dans son service. Et s'il décidait que Mike en était responsable, Winter pouvait parfaitement l'expulser du programme et mettre fin sur-le-champ à sa carrière de chirurgien, même s'il ne lui restait que deux ou trois semaines à effectuer.

— Eh bien, docteur Richmond, voulez-vous nous présenter ce cas, ou préférez-vous que je le fasse moi-même ?

Quelque chose dans le ton de sa voix disait à Mike d'obtempérer, sans quoi la suite pourrait être désagréable.

— Oui, monsieur.

Il se leva.

— Le patient 8435/3/96 est une femme de quarante-six ans. Elle s'est présentée à l'hôpital en se plaignant de violentes douleurs au quadrant supérieur droit. Elle a consulté son médecin personnel…

— De qui s'agit-il ? demanda Winter, qui connaissait parfaitement la réponse.

Spencer, du fond de l'auditorium, épargna à Mike l'ennui de devoir répondre.

— Si c'est de Mme DiGiovanni qu'il s'agit, dit-il de sa voix puissante et agréable, je vous informe qu'elle est ma patiente.

— Merci, docteur Spencer.

D'un signe de tête, Winter incita Mike à continuer.

— La patiente se plaignait de douleurs au quadrant supérieur droit. Elle se plaignait également de ne pas supporter les aliments gras depuis plusieurs mois. Une radio de la vésicule biliaire effectuée deux semaines avant son admission avait mis en évidence plusieurs calculs de taille moyenne, ce que confirma un examen au scanner. La compagnie d'assurances de la patiente donna son accord pour l'hospitalisation. Comme les symptômes s'aggravaient, son médecin émit un diagnostic de cholécystite (une inflammation de la vésicule biliaire), avec menace de rupture imminente. C'est ainsi que son admission a été programmée pour…

— Vous étiez d'accord avec ce diagnostic ? l'interrompit le Dr Winter.

— Je n'ai pas vu la patiente avant l'opération.

— Est-ce que quelqu'un l'avait vue ? A part le docteur Spencer ?

Mike leva les yeux vers Spencer.

— Le responsable des urgences l'a vue quand elle est arrivée à l'hôpital, dit-il. Le Dr Win Phu. Il a inséré une note dans le dossier.

— Qui est presque illisible, fit Winter. Mais le diagnostic d'admission, c'était une cholécystite aiguë. Il ne mentionnait pas la menace de rupture imminente. Continuez, je vous en prie.

— Elle a été inscrite pour une cholécystectomie assistée par laparoscopie, à effectuer en urgence. L'opération a eu lieu un peu plus tard, le matin même de son admission. Nous avons trouvé une vésicule biliaire enflammée et plusieurs calculs biliaires. Un cholangiogramme effectué pendant l'opération n'a pas décelé la présence de calculs dans le canal cholédoque. Le rétablissement postopératoire de la patiente s'est déroulé sans incident. Elle a d'ailleurs été renvoyée chez elle le lendemain en bonne condition.

— De fait, la fiche indique 14 heures, le lendemain après-midi.

Winter marqua une pause et contempla Mike d'un air pensif.

— Docteur Richmond, reprit-il, combien de temps gardez-vous vos patients, en général, pour une telle opération ?

L'esprit de Mike s'emballait. Il essayait de deviner où Winter voulait en venir. Il était essentiel de ne rien dire qui mette Spencer dans le pétrin. Mais d'un autre côté, sa propre carrière était en jeu.

— Nous essayons de les libérer le jour même. Mais ce n'est pas toujours possible. Et cette opération n'a commencé qu'aux environs de midi. Nous avons pensé qu'il était de l'intérêt de la patiente de passer la nuit à l'hôpital.

— Si j'en crois le rapport de salle d'opération, l'intervention a commencé à 11 heures précises. Docteur Richmond, vous semblez avoir du mal à vous souvenir des horaires, aujourd'hui. Vous vous sentez bien ?

Un léger gloussement traversa l'assistance. Mike répondit d'une voix calme.

— Oui, monsieur.

Comme n'importe quel interne en chirurgie, il avait dû, durant les quatre dernières années, encaisser des critiques et des sarcasmes à répétition. Mais cette fois, c'était très différent. Il *devait* rester calme.

— Y aurait-il eu une autre raison de ne pas libérer la patiente le jour de son opération ?

A présent, il était *vraiment* dans le pétrin. Quelle que fût la sincérité de sa réponse, Winter lui sauterait dessus et le forcerait à raconter tous les problèmes survenus lors de cet épisode malheureux —

l'hémorragie, les transfusions, tout le reste. Mike était résolu à ne pas le faire. Mais il ne pouvait pas non plus mentir.

— Je ne me souviens pas, monsieur.

Le Dr Winter pinça les lèvres.

— Je vois sur la fiche que la température de la patiente s'élevait à 39°2 à 17 heures, le jour de l'opération. Est-il possible qu'il y ait un rapport avec la décision de retarder sa sortie ?

— Oui, monsieur, je le suppose.

— C'est ce que vous avez écrit dans vos notes d'intervention. Vous voulez vérifier sur la fiche ?

Mike inspira à fond.

— Docteur Winter, si l'on m'avait dit que vous aviez l'intention de revoir ce cas, je me serais mieux préparé.

— Vous avez la fiche sous les yeux, dit froidement Winter. Que voulez-vous de plus ?

Mike ne répondit pas. Dans la salle, le silence était tel qu'on aurait pu entendre tomber un calcul biliaire. Il arrivait de temps à autre que l'assemblée générale donnât lieu à de telles confrontations. L'assistance observait, fascinée. A un moment ou l'autre de leur carrière, la plupart des médecins présents avaient eu à subir ce genre d'interrogatoire, et ils étaient très heureux que ce fût le tour de Mike Richmond, et non le leur. Spencer, impassible dans son siège, ne quittait pas Mike du regard.

— Revenons à cet accès de fièvre dont la patiente a eu le malheur de souffrir, reprit Winter, impitoyable. A votre avis, docteur Richmond, qu'est-ce qui pouvait bien l'avoir causé ?

— Nous avons vérifié ses poumons, dit Mike. Nous

avons pensé qu'il pouvait s'agir d'une atélectasie postopératoire.

— Et qu'avez-vous découvert ?

— Ses poumons étaient nets, monsieur.

— Ainsi sa fièvre ne pouvait pas être expliquée par un affaissement partiel postopératoire des alvéoles pulmonaires ?

— Nous n'avons rien trouvé qui puisse le suggérer, monsieur.

— Et alors ?

— Eh bien, sa température a retrouvé un niveau normal quelques heures plus tard. Elle est restée stable jusqu'à l'heure de sa sortie. Nous n'avions aucune raison de nous inquiéter à ce propos.

Winter semblait avoir du mal à dissimuler son mécontentement. Mike était de plus en plus inquiet. Mais il ne pouvait rien dire sans impliquer Spencer.

Winter reprit enfin, d'une voix puissante :

— Docteur Richmond, je ne vois que deux conclusions possibles. Ou bien vous êtes commotionné par une trop longue série de gardes de nuit. Ou bien vous essayez de couvrir des fautes commises en cette affaire… commises par vous ou par quelqu'un d'autre. Cette patiente a eu une poussée de fièvre, vous le savez parfaitement, en réaction à une transfusion sanguine. Ma question, par conséquent, sera très simple. Pourquoi a-t-elle reçu une telle transfusion — un litre de sang ! — pour une simple ablation de la vésicule biliaire ?

— Au cours du processus opératoire, dit Mike sans céder un pouce de terrain, nous avons découvert une hémorragie. Un clip s'était détaché de l'artère cystique. Ce n'est pas rare, comme vous le savez, docteur. En fait, dans cet hôpital, une complication hémorragique survient dans près de dix pour cent des cholécystectomies assistées par laparoscopie. C'est la raison pour laquelle cette patiente a reçu du sang.

Il marqua un arrêt, conscient de la tension qui paralysait l'assistance.

— Pour l'ensemble des Etats-Unis, dans près de trente pour cent des cas, docteur Winter, les cholécystectomies assistées par laparoscopie échouent, et le patient doit subir une opération de chirurgie ouverte. Cela n'a pas été le cas ici. La patiente est restée moins de deux jours dans cet hôpital, et son rétablissement postopératoire s'est excellemment bien passé.

Il reprit son souffle.

— Et je n'essaie de couvrir rien ni personne que ce soit. Tout ce qui est arrivé à cette patiente avant, pendant et après l'opération est clairement décrit sur la fiche. Je vous l'ai dit : si vous m'aviez laissé la possibilité de passer ce cas en revue dans sa totalité, sans me prendre de court, j'aurais été capable de vous fournir des réponses plus satisfaisantes.

L'atmosphère, dans l'amphithéâtre, était électrique. On n'avait jamais entendu un interne répondre ainsi au Dr Caleb Winter. Tout le monde attendait pour voir comment ce dernier allait river son clou à l'impudent.

Mike eut l'impression que le silence s'éternisait.

Winter reprit enfin la parole, d'un ton totalement différent.

— Je vous remercie, docteur Richmond. Vous avez mis en évidence un point essentiel. Au final, l'état général de cette patiente était satisfaisant. C'est le point le plus important, bien entendu, et je l'avais peut-être perdu de vue. Néanmoins, docteur Richmond...

Il fixait froidement Mike, mais sa colère semblait s'être évanouie.

— ... J'aimerais vous rappeler que le principe de cette assemblée a été institué pour discuter des cas problématiques, et la discussion sur celui-ci aurait dû être programmée pour aujourd'hui. En omettant de le faire, vous vous êtes placé d'emblée dans une situation suspecte.

Il leva les yeux vers les sièges situés à l'extrémité opposée de l'amphithéâtre.

— Docteur Spencer, je serais heureux que vous acceptiez de passer à mon bureau au moment qui vous conviendra, dans le courant de la semaine prochaine. Je vous remercie.

5

— Vous vous en êtes foutrement bien sorti, Michael, dit Spencer avec un sourire.

A l'issue de l'assemblée générale, Mike l'avait accompagné à pied jusqu'à son cabinet. Pour le moment, il contemplait le panorama du vingt et unième étage.

— Il n'est pas si fréquent que quelqu'un cloue le bec à Caleb Winter.

— Je serai soulagé quand je serai arrivé au bout de mon programme d'internat, répondit simplement Mike, qui se retourna et s'assit dans le fauteuil confortable réservé aux visiteurs.

— Je suis sûr que vous y parviendrez. Bien. Cet entretien ne sera pas long. Au fait, j'ai pris la liberté de récupérer votre dossier au service du personnel, à l'université. J'espère que vous ne m'en voudrez pas.

— Je vous en prie.

— Vous pouvez en être fier. Et, bien entendu, j'ai parlé aux autres chirurgiens avec lesquels vous avez travaillé ici. Vous avez une réputation plutôt exceptionnelle, croyez-moi. A moins que tout le monde ne me raconte des histoires.

— Ils ne racontent pas d'histoires.

Spencer sourit.

— J'imagine que vous avez décidé de ne pas travailler avec Caleb Winter ?

— Oui. J'ai refusé sa proposition.

Spencer leva les sourcils et lui jeta un regard mi-narquois, mi-amusé.

— Je m'en suis douté, ce matin... Mais Winter a une sacrée équipe, Mike, dont la réputation dépasse les frontières de ce pays. Ce n'est pas tous les jours qu'il invite quelqu'un à travailler avec lui.

— J'avais deux raisons à cela, répliqua Mike. Je veux rester en contact direct avec les patients. Et il me faut plus d'argent que ce qu'il me proposait. Beaucoup plus.

— Bien sûr.

Spencer hocha la tête, satisfait.

— Laissez-moi vous dire deux mots de notre

cabinet. Puis vous pourrez poser toutes les questions que vous voudrez. Du café ?

— Oui, merci.

Spencer enfonça le bouton de l'interphone et prononça quelques mots. Deux minutes plus tard, Pauline Minsky entrait dans la pièce avec deux tasses. Le pansement de son cou disparaissait en partie sous un foulard. Elle adressa un grand sourire à Mike, sans rien dire. Spencer était en train d'expliquer à Mike comment leur cabinet avait démarré, près de douze ans auparavant. Mais dès que Pauline eut refermé la porte derrière elle, il lui dit en souriant :

— Pauline est le dernier membre, à ce jour, de votre fan-club. Merci de vous être occupé de sa blessure.

Puis il reprit son sérieux et revint au sujet précédent.

— Fred Newsome avait lancé le groupe. Il était notre guide. Nous avons mis sur pied une affaire fructueuse, et engagé un tas d'internistes et de spécialistes. Mais quand les sociétés de gestion hospitalière, la « maîtrise des soins » et tout ce qui va avec ont commencé à s'imposer, Fred ne l'a pas supporté.

Spencer se leva. Il se dirigea vers une photo encadrée sur le mur.

— Nous voilà, il y a deux ans, deux mois avant sa mort.

Mike avança pour jeter un coup d'œil au cliché. La photo de groupe, prise sous une vive lumière hivernale, n'était pas très bonne.

— Fred est assis au milieu...

Mike se rappelait la silhouette corpulente du

Dr Newsome, et la manière dont il frottait son crâne chauve quand il était contrarié.

— Au moment de sa mort, le cabinet tout entier était à deux doigts du naufrage. Pauvre vieux Fred. Il était très déprimé, au point que certains d'entre nous ont cru qu'il s'était suicidé. Vous savez, il était aux commandes de son avion personnel lorsqu'il s'est écrasé dans une forêt au nord du Connecticut.

Mike hocha la tête. Il avait lu des articles, à l'époque, et vu des photos aériennes à la télévision. Il ne restait pas grand-chose de l'avion.

La porte s'ouvrit, et Derek Provost entra. Plus jeune que Spencer, âgé d'à peine quarante ans, il était maigre, brun et vif. Un chirurgien très compétent. Mike le connaissait depuis l'époque où il était responsable des internes, et il l'aimait bien.

— Salut, Mike, fit-il avec un sourire. Nous avons tous apprécié ton petit exposé, tout à l'heure. Spencer me dit que tu pourrais te joindre à nous.

— J'en serais ravi, bien sûr.

— Je reviens du bureau des archives de l'hôpital. Tu as un tas de fiches en retard à compléter. Ils ne sont pas très contents de toi, là-bas.

— Je sais. Je vais m'en occuper.

— Dans notre groupe, nous sommes très pointilleux sur les archives, dit Spencer en prenant le relais. Dans le climat actuel, avec cette multiplication des procès en négligence, tout doit pouvoir être justifié. Sans quoi, au tribunal, on peut nous déchirer en morceaux.

— Tu verras, appartenir à un cabinet, c'est une tout autre paire de manches, ajouta Derek en s'installant dans un des sièges de cuir blanc et métal chromé. Quand tu auras fini ton internat, tu auras du mal à croire que tu fais toujours le même métier. De nos jours, on a plutôt intérêt à protéger sa propre pomme avant de s'occuper des patients. Pas vrai, Spencer ?

Ce dernier hocha la tête, puis se tourna de nouveau vers Mike.

— Je vous parlais de notre cabinet. Comme vous le savez, notre groupe compte trois chirurgiens. Derek, Chas Miller et moi. Nous avons aussi plusieurs internistes, un ORL et deux neurologues. Au total, douze médecins. Ils sont avec nous depuis des années. Et ce sont les meilleurs. Nous sommes très proches — en partie, sans doute, parce que nous avons enduré beaucoup de choses ensemble. Nous avons aussi une équipe de près de quarante techniciens, infirmières et employés administratifs. Nous travaillons tous très dur, je suis sûr que vous le savez, et si vous vous joignez à nous, nous nous attendons à ce que vous travailliez aussi dur.

— Plus dur, dit Provost.

— Nous travaillons principalement pour l'hôpital Lovejoy, continuait Spencer. Ils ont un énorme plan de « maîtrise des soins » de près de deux cent mille adhérents. Depuis que nous sommes arrivés là-bas, nous récupérons la crème de leurs cas chirurgicaux.

— La plupart des grandes entreprises de New Coventry se sont associées au Plan de santé Lovejoy, ajouta Provost. Raytech, United Electronics, Millway, ainsi que deux ou trois compagnies d'assurances de premier plan.

— Nous voyons aussi pas mal de patients privés, bien sûr, reprit Spencer. Mais ce sont des broutilles.

Le plat principal, c'est Lovejoy. C'est ce qui paie les factures.

On frappa un coup désinvolte à la porte, et Lou Gardner entra, l'air très sérieux, mais pas hostile. Mike savait qu'il soutenait Terry Catlin. Il se leva pour lui serrer la main, et Gardner s'assit lourdement, sans le quitter des yeux.

En quelques minutes, Spencer lui relata ce qui s'était passé à l'assemblée générale. Gardner semblait impressionné. Il se renversa dans son fauteuil, les yeux toujours fixés sur Mike.

— Oui, nous croyons très fort à la loyauté, docteur Richmond, dit-il lentement. C'est grâce à cela que notre groupe subsiste. Parce que nous nous épaulons mutuellement. Maintenant, supposons ceci...

Il s'enfonça encore plus profondément dans son siège. Ses yeux petits et vifs semblaient plonger droit dans ceux de Mike.

— Supposons que je vous envoie un patient avec, disons, une tumeur maligne au côlon. Radios, biopsies, tous les tests sont positifs. Mais pendant l'opération, vous ne voyez pas, et vous ne sentez pas la tumeur là où les radios l'ont localisée. Que faites-vous, dans ce cas ?

Mike sentit la chape de plomb qui s'abattait sur la pièce. Ils avaient tous les yeux fixés sur lui. Il savait que sa réponse serait lourde de conséquences.

— Je poursuis la résection, dit-il sans l'ombre d'une hésitation. On ne peut pas toujours toucher une tumeur, même si elle est là. Et la biopsie peut ôter la partie visible de la tumeur et même dans ce cas, bien entendu, l'invasion microscopique est toujours présente.

Gardner hocha lentement la tête, presque à son corps défendant. Le visage de Spencer s'épanouit, comme si son protégé avait gagné la finale de *Questions pour un champion*. Mais Gardner n'avait pas fini.

— Je me suis laissé dire que vous êtes compétent. C'est parfait. Nous le sommes tous.

Il agita la main, comme si c'était peu important.

— Mais nous sommes aussi très efficaces.

Il jeta un regard vers Spencer.

— Nous nous considérons avant tout comme des hommes d'affaires, et nous ne faisons rien qui ne vienne gonfler notre porte-monnaie. Le Medicaid[1] ne nous intéresse pas, parce que cela ne rapporte pas assez, et, hors du plan Lovejoy, nous ne traitons que les patients assurés ou qui paient cash. Et nous ne faisons aucun cadeau aux compagnies d'assurances. Une partie du boulot de notre directeur administratif est de s'assurer que nous ne laissons rien passer. Est-ce que cela vous pose un problème ?

— Non, dit Mike. Aucun problème. Cet aspect des choses n'est pas très développé dans le programme d'internat, mais j'ai les dents aussi longues que n'importe lequel d'entre vous, et j'apprends vite.

Gardner lui posa encore quelques questions. Puis il se leva.

— Ça me va, dit-il à Spencer d'un ton assez sec.

— Bien. Je me réjouis que vous acceptiez l'idée que Mike est celui qu'il nous faut. Merci d'être passé, Lou.

1. Assistance médicale aux couches sociales défavorisées. *(N.d.T.)*

Après le départ de Gardner, il reprit la parole, soulagé.

— Maintenant, comme disait Fred Newsome, passons aux choses sérieuses.

Il posa les mains à plat sur le bureau.

— Si vous vous joignez à nous, vous toucherez un salaire de deux cent mille dollars la première année, plus les avantages habituels, assurance santé, assurance pour les procès en négligence, et le reste. Vous aurez deux semaines de vacances, une allocation généreuse pour vos voyages et la formation continue, et nous vous louerons une voiture. Au bout de six mois, si tout se passe bien — et nous pensons que tout se passera bien —, vous serez autorisé à acheter des parts, plafonnant à un montant annuel précis pendant cinq ans, délai au-delà duquel vous serez à part égale avec n'importe lequel d'entre nous.

Mike était stupéfait. Certes, il s'attendait à gagner de l'argent. Mais on lui proposait beaucoup plus que tout ce qu'il avait imaginé.

— Ça me semble plutôt intéressant. Mais je n'aurai pas besoin de la voiture, je vous remercie. Je préfère rouler tranquillement dans ma vieille Aston Martin.

— Vous saviez que Mike était un célèbre coureur automobile ? demanda Provost à Spencer.

Il se tourna vers Mike.

— Est-ce que tu n'as pas remporté une course à Brands Hatch, jadis ?

— Oh, c'était il y a longtemps. Ces dernières années, j'ai eu à peine le temps de vérifier les pneus.

« Sans parler de l'argent pour l'essence », se dit Spencer.

— Nous tenons à ce que vous soyez absolument sûr de vous avant de prendre une décision, Mike, fit-il avec grandiloquence. Choisir un nouvel associé, pour nous, ce n'est pas une mince affaire, et nous ne voulons pas prendre le risque de vous voir changer d'avis dans quelques mois.

— C'est le seul poste qui m'intéresse, répondit Mike, très sûr de lui. Et j'y mettrai tout ce que j'ai.

Ils bavardèrent encore pendant une demi-heure. Puis Mike dut retourner à l'hôpital. A ce moment-là, ils étaient parvenus à un accord provisoire. Le groupe ferait faire une dernière enquête. Si elle lui était favorable, ils formuleraient une offre formelle. Mike aurait alors une semaine pour leur faire part de sa décision définitive, et s'il décidait de se joindre à eux, il commencerait dès la fin de son internat. Spencer était inflexible sur ce point précis, de sorte que Mike remettrait à plus tard le congé qu'il devait à l'amabilité de Florence DiGiovanni.

— Eh bien, déclara Derek Provost après le départ de Mike, on dirait que ça s'est bien passé. Je m'inquiétais un peu de ce que Lou lui demanderait, et ce qu'il répondrait.

Il marqua une pause.

— Tu es sûr que nous ne devons pas lui imposer une période d'essai ? Supposons qu'il ne convienne pas ?

— Nous en avons déjà discuté, répliqua Spencer. C'est en partie psychologique. Cela nous rend encore plus prudents dans nos choix. Et nous ne pouvons même pas envisager qu'il puisse changer d'avis après nous avoir rejoints.

Il hésita une seconde.

— Je sais à quoi tu penses, Derek. Nous ne pouvons pas lui raconter toute l'histoire dès maintenant. Mais quand il aura travaillé quelque temps avec nous, il sera impliqué, qu'il s'en rende compte ou non. Nous pourrons alors lui expliquer peu à peu comment vont les choses.

L'optimisme naturel de Spencer reprenait le dessus.

— Mike est l'homme qu'il nous faut, Derek, j'en suis persuadé. Tout ira parfaitement bien.

Il y eut un bref silence, puis Provost demanda tranquillement :

— Et Carl ? Il est d'accord ?

Spencer n'hésita qu'une fraction de seconde.

— Je ne dirais pas qu'il est totalement ravi à l'idée d'engager un nouveau membre, mais je lui ai expliqué que nous n'avions pas le choix. Il y a simplement trop de travail pour nous trois. Eh bien, oui, il est d'accord.

6

Il pleuvait dru lorsque Stephanie Hopkins arriva à son travail, au centre de New Coventry. Cette pluie d'avril cinglante, ininterrompue, lui rappelait un week-end qu'elle avait passé jadis avec ses parents à Block Island. A peine avaient-ils pu sortir de l'hôtel…

Et pas question de faire de la voile ! Mais cela avait été presque compensé par l'excitation. Ce vent de nord-est, capable de vous arracher du sol, avait hurlé pendant trois jours et fait plier les arbres.

Une forte rafale balaya Haven Street, souleva l'imperméable de la jeune femme et la chassa le long du trottoir. Elle se sentit presque en état d'apesanteur. Elle allongea les bras et se laissa porter, jouissant de ce déchaînement du temps, du parking jusqu'aux grandes portes vitrées de son immeuble. Elle poussa la porte à tambour. Dès qu'elle fut à l'intérieur, elle ôta et secoua son imper à capuchon.

— Belle matinée, mademoiselle Hopkins, lui dit Oscar, l'agent chargé de la sécurité.

Il lui adressa un sourire de derrière son estrade.

— A vous voir, on pourrait croire que vous êtes venue jusqu'ici dans votre petit bateau.

Stephanie regarda ses pieds. Ses souliers étaient trempés, et ses collants bleu foncé étaient mouillés jusqu'à ses genoux bien faits.

— C'est vrai, dit-elle en lui rendant son sourire. J'ai l'impression d'être tombée à l'eau, et venue jusqu'ici à la nage.

Elle ôta son foulard rouge vif et or et secoua ses cheveux qui lui tombaient sur les épaules. Ils étaient sombres, presque noirs. Et raides, en principe. Mais avec ce temps, ils bouclaient et devenaient incontrôlables. Il y avait chez Stephanie quelque chose de sain et de sexy à la fois, dont Oscar était incapable de décider si c'était dû aux formes de son corps, au regard qui habitait ses grands yeux noirs, ou simplement à sa façon de se mouvoir.

— Personne d'autre que M. Hartmann n'est arrivé, mademoiselle Hopkins.

Oscar se dirigea vers l'ascenseur et appuya sur le bouton.

Stephanie était surprise. Carl Hartmann, P-DG et propriétaire de la Hartmann Insurance Company, voyageait énormément et ne passait pas beaucoup de temps au bureau.

La porte de l'ascenseur s'ouvrit. Stephanie était impatiente de commencer sa journée. « Qui aurait cru, il y a cinq ans, que je travaillerais ici », se disait-elle. « Et à la tête du service contrôle ! Cinq ans... » A l'époque, elle était infirmière au centre médical de New Coventry, aux soins intensifs. Elle aimait son boulot, mais la tension nerveuse la rendait malade.

« Tu ne devrais pas t'investir à ce point, Stephanie », lui avait dit Claire Dalton, l'infirmière en chef qui l'avait trouvée en sanglots dans le couloir après la mort d'un jeune patient. Mais Stephanie ne pouvait pas ne pas s'investir. Elle aimait ses patients, s'efforçait de les connaître, eux et leurs familles, et lorsque cela tournait mal, elle prenait les choses très à cœur. Au bout d'un an, le stress prit le dessus. Elle souffrit d'insomnie, elle fit des cauchemars et perdit du poids, et ses amis commencèrent à s'inquiéter. Un jour, l'infirmière en chef lui confia un nouveau travail : il s'agissait de classer par catégories toutes les admissions aux soins intensifs, dans la perspective d'une visite d'habilitation de la Commission mixte. Stephanie se découvrit un certain talent pour transformer les données en informations facilement compréhensibles et utilisables. Elle s'améliora encore en apprenant à exploiter des courbes informatiques.

D'autres services se mirent à utiliser ses compétences, ce qui la mena à un poste d'analyste de données pour l'hôpital. Puis ce fut l'époque des coupes sombres. Pour la première fois de son histoire, le centre médical de New Coventry licencia du personnel — cadres moyens, infirmières, employés administratifs. Stephanie avait eu de la chance : on lui avait offert un emploi au service contrôle de Hartmann Insurance, dont elle était devenue récemment superviseur.

Elle sortit de l'ascenseur au septième étage, composa le code d'entrée et glissa sa carte d'accès dans la fente. Lorsque le voyant rouge passa au vert, elle tourna la poignée de cuivre et entra. La pendule, au mur, indiquait exactement 7 h 30. Comme d'habitude, le bureau d'accueil était désert. Stephanie dépassa les box de l'assurance vie, puis traversa le couloir menant aux bureaux de la direction. Au moment où elle passait devant, la porte du fond s'ouvrit et Carl Hartmann en sortit. C'était un homme de quarante-cinq ans environ, grand et robuste, en manches de chemise. Des cheveux tirant sur le roux, épais et bouclés, descendaient en V sur son front et ne laissaient que trois centimètres de peau visible. Il émanait de lui une impression de force et d'intransigeance, et personne n'ignorait qu'il était un homme d'affaires redoutable.

— Bonjour, monsieur Hartmann, dit Stephanie en poursuivant son chemin.

Elle se demandait s'il l'avait reconnue. Un instant plus tard, elle entendit un pas rapide. M. Hartmann se trouvait derrière elle. Il se déplaçait plus vite qu'elle ne s'y attendait.

— Excusez-moi, mademoiselle... ?

Stephanie s'arrêta, puis se retourna.

Il la dévisagea pendant un instant. Le regard inquisiteur gris ardoise étouffait chez quiconque la moindre velléité de mensonge.

— Oui, dit-il. C'est bien vous. La même femme. Pourquoi ne m'aviez-vous pas dit que vous travailliez ici ?

Il parlait de manière directe, agressive. Stephanie savait que Carl Hartmann rendait souvent les gens nerveux, surtout ceux qui travaillaient pour lui.

— Vous ne me l'avez pas demandé, monsieur Hartmann. Avez-vous réussi à prendre votre avion ?

Un mois plus tôt, à sa sortie du bureau, Stephanie marchait sur Haven Street avec sa collègue Jean Forrest, en direction du parking. C'était une soirée froide et venteuse, et les trottoirs étaient encombrés d'employés qui rentraient chez eux.

— Qu'est-ce qui se passe ?

Stephanie s'était arrêtée net, et avait scruté les alentours. Quelqu'un criait non loin de là, derrière elle. Une seconde plus tard, elle avait vu un mouvement dans la foule, puis un homme de grande taille surgissant soudain à quelques mètres. Il courait dans sa direction, zigzaguant dans la foule comme un joueur de basket-ball. Une casquette de laine noire enfoncée sur son front, il se cramponnait à une mallette d'apparence coûteuse, qui battait follement au rythme de sa course. Une seconde avant qu'il ne fût parvenu à sa hauteur, Stephanie avait entendu crier : « Arrêtez-le... ! Au voleur ! » Quand l'homme s'était approché, elle avait aperçu son regard halluciné et l'avait entendu grogner. Il se concentrait sur sa fuite dans la cohue. Sans même y réfléchir, Stephanie lui avait fait un croche-pied. L'homme avait effectué un véritable bond en l'air, puis était retombé avec un bruit mou, bras et jambes écartés, complètement groggy. Il n'avait pas lâché la mallette. Une seconde plus tard, deux jeunes types lui sautaient dessus et lui tordaient les bras derrière le dos. Un attroupement s'était formé. Pour une fois, un agent de police se trouvait au passage clouté, à quelques mètres de là. Il s'était approché et avait pris les choses en main.

Un homme solidement charpenté s'était alors frayé un chemin dans la foule. Il portait un pardessus beige en poil de chameau et faisait preuve d'une autorité naturelle. « Cette mallette m'appartient, dit-il au policier, et j'en ai besoin. Je suis pressé. Mon avion décolle dans quarante minutes. »

L'agent avait passé les menottes à son captif toujours à plat ventre sur le sol.

— Désolé, monsieur, mais pour le moment c'est une pièce à conviction. Vous pourrez la récupérer au poste dès demain.

L'homme sortit un permis de conduire de son portefeuille.

— Voici mon nom.

Puis il ouvrit la mallette. Une carte était fixée à l'intérieur.

— Regardez, dit-il en montrant le tout au flic, c'est le même nom. Carl Hartmann.

Il jeta un regard meurtrier à l'homme menotté.

— A mon retour, dans deux jours, je viendrai au poste pour déposer plainte.

L'agent de police reconnut le nom. Il hocha la tête.

— C'est parfait pour moi, monsieur Hartmann.

Stephanie avait constaté que quelque chose avait accroché son bas — sans doute la chaussure du voleur — et l'avait filé jusqu'à la cheville. Elle avait pris Jean par le bras et faisait mine de s'éloigner, lorsque l'agent de police l'avait rappelée.

— Mademoiselle, s'il vous plaît ! J'ai besoin de votre témoignage.

Pour la première fois, Hartmann s'était tourné vers elle.

— C'est vous qui avez arrêté cet homme ?

Stephanie avait acquiescé. Il l'avait remerciée succinctement, puis il lui avait serré la main. Au même instant, un taxi se garait près d'eux. Il s'était emparé de sa mallette et avait lourdement grimpé dans l'auto.

— Oui, j'ai eu mon avion, répondit Hartmann. Désolé de ne pas vous avoir remerciée comme j'aurais dû le faire. Mais j'étais déjà en retard.

Son expression se modifia.

— Mais sachez une chose. Ce type n'aura plus l'occasion, avant longtemps, de traîner dans la rue.

Ses yeux lâchèrent un éclair, et Stephanie eut le sentiment d'avoir saisi quelque chose de son âme véritable.

— Comment cela ? demanda-t-elle avec curiosité. Il n'a pas encore été jugé.

Hartmann eut un sourire amusé.

— Vous pouvez compter sur moi, mademoiselle...

Il regarda le nom qui figurait sur son badge.

— Hopkins. Stephanie Hopkins.

Il hocha la tête.

— Vous êtes le nouveau superviseur du contrôle. Le Dr Sammons dit le plus grand bien de vous.

— Il a intérêt, répliqua Stephanie en souriant. Moi-même, je prends grand soin de lui.

Hartmann resta de marbre. Stephanie se souvint qu'il n'était pas vraiment réputé pour son sens de l'humour. Il hocha la tête et se tourna vers la porte de son bureau.

— Bien. Et merci encore, mademoiselle Hopkins.

— Je vous en prie.

Puis, tout en sachant qu'elle y allait un peu fort :

— Au fait, vous me devez une paire de bas.

Stephanie sentait le regard de Hartmann posé sur elle tandis qu'elle se dirigeait vers le service contrôle. Son bureau, au bout de la rangée de box, n'était pas très spacieux. Mais elle pouvait fermer la porte, et elle apercevait par la fenêtre, au loin, au-dessus de la ligne des toits de New Coventry, une étroite bande bleue du détroit de Long Island.

Pendant la demi-heure qui suivit, elle s'occupa de la paperasserie. Hartmann Insurance gérait le Plan de santé Lovejoy, une mutuelle privée en association avec l'hôpital Lovejoy. Pour l'heure, Stephanie travaillait sur le dossier d'un des médecins associés. Elle avait hérité le problème de son prédécesseur, Karen Paige, qui, bizarrement, avait rechigné à s'en occuper.

Peu avant 8 heures, ses collaborateurs arrivèrent. Ils la saluèrent, se plaignirent du temps. Bientôt les téléphones commencèrent à sonner tous azimuts, et le bureau prit son rythme de travail.

Jean Forrest entra dans le bureau et lui tendit quelques documents. Comme d'habitude, elle avait l'air inquiète et nerveuse.

— J'ai obtenu les informations que tu m'as demandées sur ce médecin, dit-elle, en regardant autour d'elle comme si elle effectuait une mission secrète. Je peux te dire que ça n'a pas été facile.

Elles examinèrent les données. Stephanie lui montra où elles étaient incomplètes. Elles donnèrent quelques coups de fil et refirent les calculs pour avoir une vue d'ensemble de la question. Vers 10 h 30, Stephanie appela son patron, le Dr Bill Sammons, directeur médical de la compagnie.

— Je vous attends, lui dit-il. Venez quand vous voulez.

Le Dr Sammons occupait un bureau en coin à l'étage supérieur, avec deux fenêtres. Il distinguait un peu mieux le détroit que Stephanie de son propre bureau, et il avait une vue partielle du campus universitaire et de la grande place centrale entourée de ses trois églises.

Sammons, un homme jovial d'une cinquantaine d'années, au crâne dégarni et au ventre un peu trop lourd, avait exercé comme généraliste pendant la plus grande partie de sa vie. Après s'être battu contre le système durant des années, il avait fini par se lasser de discuter avec les compagnies d'assurances. Il avait décidé que s'il ne pouvait les vaincre la seule façon de garder son équilibre mental était de travailler pour elles.

— Entrez, Stephanie ! Asseyez-vous. Qu'est-ce qui vous amène ?

Il se renversa dans son fauteuil et la contempla. Il l'aimait bien, car depuis qu'elle supervisait le service, il avait nettement moins de travail. Elle se chargeait en effet d'une quantité de dossiers qui, par le passé, atterrissaient sur son bureau. Il reconnaissait par ailleurs qu'elle était très séduisante, mais cela l'intéressait beaucoup moins.

— J'ignore si c'est vraiment important, dit Stephanie en posant ses documents sur le bureau. Il s'agit d'un certain Dr Gardner. Ces trois derniers mois, il a admis deux cent trente-quatre patients privés à l'hôpital Lovejoy. Les diagnostics d'admission et de sortie sont les mêmes dans 48 % des cas, alors que notre chiffre de référence est de 85 %. Le diagnostic d'admission est très souvent une pneumonie. La plupart du temps, il apparaît que les patients n'ont qu'une bronchite ou de l'asthme, voire un simple rhume.

Le Dr Sammons resta silencieux un moment. Il grattait pensivement le dos de sa main couverte de taches de son.

— Vous dites qu'il s'agit de patients privés, non couverts, n'est-ce pas ?

Elle acquiesça.

— En fait, reprit-il, il est très facile de commettre une erreur. Ces patients se présentent aux urgences avec des quintes de toux et des difficultés respiratoires, et il est souvent délicat d'établir un diagnostic fiable.

— Les autres médecins ont un taux de réussite beaucoup plus élevé, souvent près de 90 %, lui rappela Stephanie.

Mais il devait le savoir, de toute façon.

Il s'agita sur son fauteuil, mal à l'aise.

— Laissez-moi ces documents, Stephanie. Je m'en occuperai.

— Merci, répondit-elle en se levant.

— Et pour le reste ? Pas d'autres problèmes ?

— Non. Nous pouvons régler la plupart d'entre eux, fit-elle, en se disant qu'il traitait un peu à la légère celui qu'elle venait de lui soumettre.

Elle s'attendait à ce qu'il examine le dossier en détail, pour découvrir si ce médecin créait des problèmes dans d'autres domaines, ou s'il avait besoin d'une session de recyclage pour une maladie ou affection particulière.

— M. Hartmann m'a appelé il y a une demi-heure, dit le Dr Sammons en lui jetant un regard curieux. Il voulait tout savoir sur vous...

Il hésita une seconde.

— Il m'a raconté comment vous aviez arrêté l'homme qui lui avait volé sa mallette, dans la rue. Il m'a dit aussi qu'il vous ferait décerner cette médaille du civisme que le maire a créée l'année dernière. Très bon pour vous, Stephanie.

— Une décoration ? dit-elle en riant. Formidable ! Ainsi le type saura me retrouver à sa sortie de prison.

— Ils y ont pensé. Ils ne diront pas aux médias ce que vous avez fait pour mériter cette récompense. Il y aura simplement une cérémonie, vous recevrez votre chèque, et les journaux publieront votre photo. Ce n'est pas une grosse somme, c'est surtout pour le prestige. En fait, cela constituera une excellente publicité pour Hartmann Insurance.

Il se leva.

— Merci, Stephanie. Et toutes mes félicitations. Continuez ce bon travail.

— Merci. Vous me ferez connaître votre décision, au sujet du Dr Gardner ?

— Bien sûr.

Sammons la suivit des yeux jusqu'à sa sortie du

bureau. Puis il prit le dossier qu'elle avait laissé. Il le lut, soupira, et décrocha son téléphone.

Stephanie fut très occupée jusqu'à 17 heures. Pour les membres de son équipe, la journée était finie. Une demi-heure plus tard, elle appela son amie Evie Gaskell, sa vieille camarade de l'école d'infirmières, qui travaillait au bloc opératoire du centre médical de New Coventry. Evie était chez elle. Elle était d'équipe de jour et quittait l'hôpital à 15 heures. Stephanie lui raconta sa journée. Evie soupira.

— J'ai l'impression, à t'entendre, que tu ne t'ennuies pas au boulot. Moi, j'ai passé mon temps à éplucher des états de stocks et à vérifier des instruments. Tu te souviens, à l'école, on imaginait que ce serait fascinant de travailler en salle d'op' avec les chirurgiens ?

— C'est *toi* qui pensais que ce serait fascinant, répliqua Stephanie. Pour la plupart, nous voulions surtout nous occuper des patients à leur réveil.

— Veux-tu que nous allions au cinéma ? demanda Evie. Le Bijou reprend *Forrest Gump*.

— Non merci. Je vois assez de gens, toute la journée, avec un QI de 80 pour ne pas avoir envie de payer pour cela, dit Stephanie en riant. Non, je plaisante. En fait, je l'ai déjà vu deux fois. Et si tu venais chez moi ? Je m'occupe du dîner.

— D'accord, dit Evie très vite.

Stephanie était une excellente cuisinière, ce qui n'était pas son cas, bien qu'elle appréciât les bonnes choses.

— Dix-neuf heures ?

— Dix-neuf heures trente. A tout à l'heure.

Dix minutes plus tard, Stephanie rangea ses

affaires et quitta son bureau. Elle se rendit au parking en prenant Haven Street. Il pleuvait par intermittence, et le vent soufflait en rafales violentes. La pluie qui leur venait de l'Atlantique était brutale et vivifiante.

Stephanie logeait à Waterford, un agréable quartier résidentiel à l'ouest de la ville. Elle gara sa voiture à l'emplacement qui lui était assigné et pénétra dans le hall, un espace clair décoré d'une grande composition florale. Quand elle l'avait acheté, le quatre-pièces était triste et décrépit, avec son papier peint à fleurs décollé et son vieux tapis plain marron. L'été précédent, elle avait repeint les murs et les portes en blanc ivoire, et changé la moquette. Puis elle y avait placé un sofa aux couleurs vives, des fauteuils rembourrés et un bureau à cylindre qu'elle avait trouvé en salle des ventes, et accroché aux murs des vues colorées de rues de Paris. A présent l'appartement était gai et accueillant. L'endroit parfait pour se reposer le soir en rentrant du travail.

Stephanie passa dans la cuisine, réfléchit un moment, puis jeta dans un saladier le filet de saumon qu'elle venait d'acheter pour le faire mariner dans du sherry et du jus de citron. Lorsque son amie arriva, elle avait sorti le poisson, l'avait enveloppé dans du papier d'aluminium et placé dans le four. Evie, aussi jolie que d'habitude, la rejoignit dans la cuisine. Elle portait un T-shirt blanc rentré dans son jean Calvin Klein.

— Tu es ravissante, lui dit Stephanie.

— Merci. Tu n'es pas mal non plus, pour quelqu'un qui est plus âgé que moi.

Elle avait un an de moins que Stephanie, et ne manquait pas une occasion de le lui rappeler.

Stephanie ouvrit une bouteille de bordeaux et remplit leurs deux verres.

— Le saumon sera prêt dans deux minutes. Alors, quoi de neuf dans cet hôpital ?

Evie but une gorgée.

— Oh, rien de neuf... Sauf que les choses empirent. Ils continuent de liquider le personnel. D'une semaine sur l'autre, je ne sais jamais si j'aurai encore mon poste. C'est Lovejoy qui nous tue... La moitié des chirurgiens privés sont partis là-bas, et une bonne partie de notre équipe a déserté le navire à son tour. J'ai l'impression que tout le monde, dans cette ville, a souscrit au Plan de santé Lovejoy. C'est à l'hôpital Lovejoy que ça se passe, désormais.

— En tout cas, c'est à Lovejoy que se trouve l'argent, dit Stephanie. Les patients remarquent vite des choses comme le matériel neuf et les peintures fraîches.

— Je parlais à une des filles du bloc opératoire de Lovejoy, dit Evie.

Elle avala une bouchée de saumon.

— Eux-mêmes sont dépassés par le nombre de patients qui bénéficient du système. On a l'impression que tous les gens qui passent dans le quartier s'arrêtent pour se faire opérer.

— C'est ce que j'ai entendu dire, en effet, dit Stephanie en pêchant quelques câpres dans un pot. Tu en parles comme s'il s'agissait d'une épidémie.

— Sauf que c'est une épidémie de tout ! Des vésicules biliaires au cancer du sein, en passant par les hémorroïdes.

Stephanie lui passa les asperges.

— Je suppose que tout le monde en profite. Ça remplit l'hôpital, il gagne de l'argent. Ce qui signifie qu'il n'aura pas à subir une nouvelle fois cette terrible restructuration. Tiens, goûte-moi ces câpres.

Evie regarda le pot, indécise, puis elle en prit une avec sa cuiller.

— En tout cas, il est sûr que l'affaire profite aux toubibs. Regarde Spencer et son groupe. Il y a deux ou trois ans, ces types hantaient les urgences et les maisons de retraite, en espérant récupérer quelques patients. Ils ont tellement de boulot maintenant qu'ils n'ont même pas le temps de sortir leurs yachts du port.

Pour le dessert, elles avaient des fraises.

— Si le centre médical s'effondre, pourquoi n'essaies-tu pas de te faire embaucher à Lovejoy ?

— J'ai fait une demande. J'ai rendez-vous la semaine prochaine pour un entretien.

— Formidable ! J'espère que tu réussiras.

— Et toi, Stephanie, quoi de neuf ? demanda Evie en sucrant ses fraises. Est-ce que tu sors toujours avec ce bel interne en pédiatrie ? J'oublie toujours son nom…

— Bobby Marks ? Oh, il est toujours dans le coin, mais je ne le vois plus, dit Stephanie en souriant. Il était doux avec moi, mais je crois qu'il préférait son ours en peluche. Un peu de concurrence ne me dérange pas, de temps en temps. Mais je n'ai pas pu m'accommoder de son nounours.

— C'était un ours mâle ?

— Je ne l'ai jamais regardé d'assez près pour le

savoir. Est-ce qu'Evan se plaît ici ? C'est bien qu'il se soit fait muter.

— J'aurais préféré qu'il reste dans le Montana. Avec moi, il ne peut s'empêcher de jouer les grands frères. Il contrôle même avec qui je sors.

Evie respira à fond.

— Je lui ai dit : « Evan, garde pour le boulot tes méthodes du FBI, et fiche-moi la paix. » J'ai même fini par le menacer : « Si tu ne me lâches pas, j'appelle ton patron et je lui dis que tu appartiens à une milice d'extrême droite clandestine ! »

Stephanie éclata de rire.

— Ne ris pas. Tu sais qu'il n'a aucun sens de l'humour. Il a cru que je parlais sérieusement.

Elles bavardèrent encore un moment, puis Evie regarda sa montre.

— Je dois rentrer, dit-elle en se levant. Je commence tôt demain matin.

Après son départ, Stephanie s'occupa un moment dans l'appartement, et fit un peu de ménage en repensant à leur conversation. Quand la nouvelle direction de l'hôpital et Hartmann Insurance avaient lancé le Plan de santé Lovejoy, tout le monde avait pensé qu'il échouerait. Les gens les mieux informés, très sûrs d'eux, annonçaient que ça coûterait trop cher. L'hôpital et la compagnie d'assurances seraient rapidement en faillite. Mais le contraire s'était produit. Non seulement le plan prospérait, mais il avait liquidé la concurrence.

Stephanie prépara le lave-vaisselle. Elle se sentait légèrement mal à l'aise. C'était peut-être à cause de ce qu'Evie avait dit sur le nombre inhabituel de patients qui se faisaient opérer à Lovejoy, ajouté à son récent problème concernant le Dr Gardner. Elle avait le sentiment que quelque chose clochait, du côté de cet hôpital désormais si florissant. Et le groupe de Spencer, passé si vite du bord du gouffre aux sommets de la prospérité…

Elle décida de prendre une douche avant de se mettre au lit. Après avoir préparé ses documents pour le lendemain, elle entra dans la salle de bains, se déshabilla et se mit sous la douche. Son corps se détendit sous l'effet de la chaleur et de la vapeur. Elle se lava les cheveux, et savoura la douceur de sa peau, la fermeté de ses seins… Puis sa main se posa sur le côté de son sein droit, et elle s'immobilisa. Il y avait une grosseur, dans le tissu profond, un peu plus petite qu'une noisette. Elle vérifia, puis compara avec l'autre côté. Son sein gauche semblait tout à fait normal. Aucune sensation de grosseur, sinon la légère rugosité au toucher du tissu mammaire. Stephanie en avait le souffle coupé. Ses doigts revinrent à son sein droit. La grosseur n'était ni sensible ni douloureuse. Mais sa présence était indiscutable.

7

Mike Richmond commença à travailler avec le groupe de Spencer le lendemain de la fin de son internat. Une semaine plus tard, il se trouvait dans la salle d'opération n° 5 de l'hôpital Lovejoy. Il assistait Spencer sur une opération du sein. Spencer était aux anges. Il se trouvait sur son terrain, pour ainsi dire. Ici, personne ne pouvait mettre ses compétences en doute. En outre, il avait un petit problème d'amour-propre à régler avec Mike, dont il allait s'occuper sur-le-champ...

— Il y a une couche grasse entre les tissus, juste ici, dit-il à Mike, en pointant le bistouri au laser sur l'épaisseur séparant la peau et le tissu mammaire.

Mike ne vit rien d'autre que les nodules jaunâtres de la couche graisseuse sous-cutanée. Spencer commença sa dissection.

— Je n'utilise jamais d'agrafes pour une mammectomie, reprit-il. Elles laissent des marques et provoquent un gonflement du tissu cicatriciel. Là, tenez le bord de la peau avec une compresse humide et appuyez doucement. Doucement... Bien.

Spencer trouva la couche de graisse et se mit à découper les tissus.

— Vous voyez ? dit-il. Pas de saignement. En tout cas, pas beaucoup. Allez-y, essayez.

Il passa le bistouri à Mike et se chargea de la rétraction des tissus. Quelques instants plus tard, Mike avait pris le coup de main. Il décollait soigneusement la peau du tissu mammaire sous-jacent ainsi que la fine couche de graisse qui y adhérait.

Le bras de la patiente était tendu perpendiculairement à son corps, et ils progressaient vers l'aisselle, où se trouvent les ganglions lymphatiques qui drainent le sein. Ceux-ci devaient être extraits en même temps que le tissu mammaire : ils constituent l'un des moyens les plus courants de propagation du cancer.

— Cette couche tend à disparaître quand on approche des ganglions lymphatiques, avertit Spencer. La peau s'amincit, et il faut être très prudent pour ne pas la déchirer. Et ça, c'est absolument proscrit.

Bien que Mike fût loin d'être incompétent dans son domaine chirurgical, la supériorité de Spencer était manifeste. Il était heureux de pouvoir apprendre d'un tel maître.

L'opération se déroulait le mieux du monde. Spencer tendait la main, et le technicien lui passait immédiatement l'instrument dont il avait besoin. Ils parlaient très peu. Un rythme s'était établi entre les deux chirurgiens et le technicien, une cadence soutenue que tout le monde adoptait, et qu'ils appréciaient. Lorsqu'ils eurent extrait le tissu mammaire, ainsi que tous les ganglions lymphatiques accessibles depuis l'aisselle, il restait une chose à faire : refermer la longue incision qui traversait le torse de la patiente. Et comme c'était une affaire assez simple, les deux hommes purent se détendre un peu.

— Assurez-vous que vous marquez correctement cet échantillon, dit Spencer à l'infirmière.

Il jeta un coup d'œil à Mike.

— Comme vous le savez sans doute, nous expédions tous nos échantillons pathologiques à Conn-Path Laboratories. C'est une boîte privée. Et contrairement à ceux du labo du centre médical, ces gens sont rapides et fiables.

Il interrompit brièvement son travail et observa l'infirmière tandis qu'elle remplissait les fiches avant de les fixer au flacon contenant les échantillons. Mike continua à recoudre, en se demandant pourquoi Spencer attachait tant d'importance à une tâche aussi routinière. Peut-être lui était-il arrivé de perdre un échantillon ou de l'envoyer au mauvais laboratoire ?

— Nous avions l'habitude d'envoyer notre matériel aux labos du centre médical, comme tout le monde, reprit Spencer.

Il ne quittait pas l'infirmière des yeux, ce qui n'était pas sans la mettre mal à l'aise.

— Mais ils ont perdu des échantillons, et ils sont très longs à remettre leurs rapports. Les gens de ConnPath sont très efficaces. Dorénavant, nous leur envoyons *tout*.

Il appuya sur le dernier mot, regarda Mike, puis retourna à son incision.

— Eh bien, nous y sommes presque. Vérifions s'il n'y a pas d'hémorragie résiduelle, surtout au fond de l'aisselle…

Spencer parlait avec assurance, fort des dizaines d'opérations semblables qu'il avait derrière lui.

Mais le plus difficile était fait, et l'atmosphère de la salle d'opération se détendait. Ils savaient tous qu'ils avaient fait du bon travail, que l'opération s'était bien passée, et il y avait dans l'air comme une légère euphorie.

— Placez un autre drain de caoutchouc sous l'aisselle, dit Spencer après avoir examiné la zone d'un œil critique.

Pendant que Mike mettait le drain en place, il ôta ses gants, mais resta près de la table d'opération.

— Est-ce que vous connaissez l'histoire des deux vieilles dames assises sous leur véranda ? demanda-t-il à Mike, en souriant sous son masque.

L'anesthésiste la connaissait. Il leva les yeux au ciel. Le technicien sourit d'avance. Mike ne la connaissait pas.

— Eh bien, ces deux vieilles filles sont là, sous leur véranda, elles se balancent dans leurs fauteuils à bascule, et par la porte ouverte, elles entendent la radio, les doux accents d'une musique d'autrefois. L'une d'elles cesse de se balancer et dit à l'autre : « Mildred, tu te rappelles tous ces hommes avec qui nous avons dansé le menuet ? » Et l'autre, avec un soupir : « Mais ma chérie, je ne me rappelle même pas les hommes avec qui j'ai *couché* ! »

Tout le monde se mit à rire. Même l'infirmière, qui n'appréciait pas toujours l'humour macho du chirurgien, rit aussi, avant de lâcher un claquement de langue désapprobateur.

— Vous êtes de bonne humeur, docteur Spencer, remarqua Naomi Price, l'anesthésiste, en rangeant son matériel.

— Je suis en vacances. A partir de demain. En fait, ce ne sont pas de vraies vacances. Je vais à une de ces croisières pour la formation permanente...

— Où cela ? demanda Mike.

— Dans les îles de la mer Egée. Vous y êtes déjà allé ?

Mike secoua la tête en souriant.

— Non, jamais.

Il n'était jamais allé plus loin qu'Indianapolis, pour participer à une course de voitures anciennes.

— Ça vous plairait, dit Spencer. Prescrivez ce qu'il faut de Verafamil ou de n'importe quoi d'autre, et le laboratoire pharmaceutique concerné vous offrira un voyage là-bas. Mieux encore : si vous publiez un article qui vante leurs produits, ils vous offriront des séminaires, tous frais payés, à Tahiti ou à n'importe quel endroit de votre choix. Maintenant, montrez-moi comment nous appliquons le pansement de mammectomie breveté Dermott Spencer...

On avait donné à Mike le bureau vacant à côté de celui de Derek Provost. Evelyn, la femme de ce dernier, était décoratrice, et ils avaient cogité tous les trois pour décider de l'ameublement de la pièce. Mike aimait les choses simples et classiques, et il se serait satisfait du mobilier existant — un vieux bureau de bois, des sièges et une étagère à livres métalliques. Mais il dut faire face à une opposition déterminée. Ils finirent par commander une grande table de noyer dont il ferait son bureau, deux gros fauteuils de cuir ivoire, et un ordinateur qu'on installerait près de la fenêtre. Mais quand Mike parla d'acheter une armoire-classeur, Derek secoua la tête. Lors de la réorganisation du cabinet, après la mort de Fred Newsome, ils avaient décidé de rassembler tous les dossiers de patients dans un ordinateur central. En fait, c'était Tony, le directeur administratif du groupe, qui avait pris cette décision. Lorsqu'il était absolument indispensable de conserver des copies papier, celles-ci étaient entreposées dans une salle d'archives centralisées.

— Tous les vieux dossiers papier ont été retranscrits, dit Provost. Il n'en reste pas un seul au bureau.

— Alors comment peut-on accéder aux dossiers des patients d'un autre médecin ? Que se passe-t-il par exemple si je te remplace et que j'ai besoin de consulter une fiche ?

— Aucun problème, dit Derek. Nous avons un réseau Intranet, auquel ont accès tous les ordinateurs du bureau.

— Qu'est-ce que c'est que ça ?

— Un serveur à usage privé. De cette manière, nous pouvons consulter nos dossiers de patients respectifs d'un ordinateur à l'autre. Je peux écrire dans tes fichiers, et tu fais de même dans les miens, mais personne ne peut rien retrancher. Ainsi nos employés administratifs peuvent établir les factures à partir d'un terminal central, introduire les données de laboratoire, etc. C'est vraiment pratique. Le système est également relié à Radiology Associates, à l'étage en dessous, à ConnPath... et à deux ou trois autres services. Nous les utilisons exclusivement pour nos patients. Spencer ne t'en a pas parlé ?

Mike hocha la tête en regardant le terminal posé sur le bureau. Il connaissait un peu l'informatique et il s'était servi, bien sûr, d'un PC au centre médical, mais il était loin d'être aussi sophistiqué que celui-ci.

— Regarde...

Provost buvait du petit-lait. Il actionna quelques touches. Une image violette marbrée s'afficha sur l'écran.

— Qu'est-ce que c'est que ça, d'après toi, Mike ? lança-t-il en souriant.

Mike contourna le bureau pour venir à côté de lui, et examina ce qui se trouvait sur l'écran.

— On dirait un côlon...

Une seconde plus tard, il désigna un agglomérat de cellules bleu foncé, dans le coin supérieur gauche de l'écran.

— Ça ressemble à un cancer, là-haut. Un adénocarcinome. Beaucoup de formes mitotiques... Il est clair que ça a envahi la musculeuse...

Mike se servit de la souris pour faire défiler la totalité de l'image.

— Je ne vois pas de métastases des ganglions lymphatiques. Ça pourrait être une lésion de type B selon Dukes, non ?

— Tu aurais fait un bon pathologiste, lui dit Provost en souriant. Tu as parfaitement raison.

Mike allait dire quelque chose lorsqu'il remarqua le nom du patient, inscrit en petits caractères en haut de l'écran.

— Darla Finsten ? Notre Darla, de la salle d'op' ?

— Oui, c'est elle. Je l'opère demain matin. Elle se trouve dans la chambre 1204. Si tu as envie de passer lui dire bonjour... Elle sera contente de te voir.

— Je vais y aller, bien sûr.

Mike désigna l'ordinateur.

— Est-ce que quelqu'un pourra m'apprendre à me servir de ça ?

— Oui, Tony s'en chargera. Tony Danzig. C'est le directeur administratif du groupe. Je ne pense pas que tu le connaisses, n'est-ce pas ?

Derek sourit, regarda Mike, hésita une seconde.

— Si c'était le cas, tu t'en souviendrais, car c'est un adepte du body-building... Tony est très compétent, mais... En fait, il vient d'Allemagne ou d'Autriche, quelque chose comme ça. C'est un de ces types superefficaces, et je te préviens : il est un peu arrogant, et il n'a pas beaucoup d'humour.

— Un peu comme n'importe lequel d'entre nous. Comment se fait-il que je ne l'aie pas rencontré ?

— Il a été absent, dit Provost d'un ton vague. Il sera

de retour lundi. Tony s'occupe de tout ce qui n'est pas strictement médical. Ça inclut le suivi de la facturation, le cash-flow, les assurances, tous ces trucs-là. C'est lui également qui gère notre système informatique. C'est à ce titre qu'il te donnera le cours de formation officiel.

— Parfait, fit Mike en lui jetant un regard surpris. Mais tu n'as pas l'air très emballé par ce type.

Derek sourit, subitement embarrassé.

— Non, je n'ai rien à lui reprocher. J'avoue que ça a été dur, au début. Il s'est joint à nous il y a deux ou trois ans. Après la mort de Fred Newsome et la réorganisation du cabinet. Il... C'est-à-dire, il nous a été présenté par le type qui nous finançait. Nous avions vraiment besoin de quelqu'un qui soit capable de s'occuper de l'administration. Quelqu'un possédant l'expérience nécessaire. Et nous avons été très contents de l'avoir.

Il jeta à Mike un regard en coin.

— En fait, il y a eu pas mal de tension au sein du groupe pendant quelque temps, après son arrivée. Mais nous nous y sommes habitués.

De toute évidence, Provost mourait d'envie de changer de sujet. Il regarda la porte.

— Pauline prend bien soin de toi ?

— Elle est parfaite. Je suis très heureux qu'on l'ait placée à mon service.

— C'est elle qui a insisté. Je pense que si l'on t'avait donné une autre secrétaire, elle aurait démissionné.

Derek sourit.

— Il est certain que tu impressionnes les femmes.

Il s'interrompit un instant, puis regarda Mike.

— Je crois même qu'Evelyn rêve de toi.

— Des cauchemars, probablement.

Derek ouvrit la porte.

— Pauline ? Quand M. Danzig sera de retour, lundi, voulez-vous lui demander de donner au Dr Richmond le cours d'initiation à l'informatique ?

Il revint vers Mike et regarda sa montre.

— Assez pour aujourd'hui. Je te rappelle, au cas où tu l'aurais oublié, qu'Evelyn et moi nous t'emmenons dîner.

— Non, je n'ai pas oublié.

Mike regagna l'hôpital à pied. Il était encore un peu désorienté par la fin de son internat. D'une certaine façon, l'excitation permanente lui manquait, ainsi que les responsabilités de chef de groupe des internes, du leader d'une équipe. Il dormait toutes les nuits désormais, mais il se réveillait encore de temps en temps en sursaut, au petit matin, persuadé que son réveil n'avait pas sonné et qu'il serait en retard en salle d'opération.

Il monta au onzième étage et jeta un coup d'œil dans la chambre de Darla. Elle dormait, et il ne voulait pas la réveiller. Alors qu'il sortait de l'ascenseur au rez-de-chaussée, il vit passer Terry Catlin et Lou Gardner, en grande conversation. Eux ne l'aperçurent pas, mais Mike eut l'impression qu'ils ne parlaient pas de leurs patients. Terry travaillait à présent aux urgences : un boulot intermédiaire classique. Ce qui était d'ailleurs surprenant, parce que le programme de formation chirurgicale de New Coventry avait bonne réputation, et les diplômés n'avaient généralement aucune difficulté à trouver un poste. Peut-être était-ce simplement un moyen de passer le temps dans l'attente d'autre chose.

Derek Provost avait réservé une table au Moti Mahal, un petit restaurant indien de Park Street dont il disait le plus grand bien. Mike ne connaissait rien à la cuisine indienne, mais il était plein d'enthousiasme et prêt à apprendre. Les Provost étaient déjà là lorsqu'il arriva. Grande, très belle et plutôt flamboyante, Evelyn avait une silhouette sensationnelle. Ses cheveux blonds soyeux lui tombaient sur les épaules et luisaient à la lumière des bougies. Elle n'avait pas l'air très heureuse. Mike se demanda si Derek et sa femme avaient des problèmes. Il lui sembla qu'Evelyn s'éclaira à son arrivée.

— Le chef prépare un poulet *tandoori* vraiment délicieux, fit Derek, le menu en main, dès que Mike se fut installé.

Le restaurant était assez sombre, avec des bougies dans des bocaux de verre posés sur les tables, et Mike devait plisser les yeux pour lire la carte. Non que cela lui fût très utile, d'ailleurs. Des mots comme *dahl, biriyani* et *chapati* ne lui disaient rien du tout.

— *Tandoori*, ça signifie que la viande est cuite dans un *tandoor*, expliqua Evelyn à son intention. C'est un four de brique, avec un feu ouvert de charbon ou de bois. Avant de le cuire, on a fait mariner le poulet pendant vingt-quatre heures. Puis il rôtit, et on le sert avec des oignons au vinaigre et des légumes.

— Et si vous vous chargiez de la commande, vous deux ? suggéra Mike. Je mangerai ce que vous choisirez.

Le serveur fit son apparition. Derek commanda un poulet *tandoori* pour Mike et un *sindhi gosht* pour lui-même. Evelyn décida d'essayer le *bharta* d'aubergines. Les plats arrivèrent quelques minutes plus tard sur un chariot plein à ras bord. Ils étaient accompagnés de poppadums, de pain *naan*, de noix de coco râpée, de bananes en tranches, et d'un assortiment de chutneys et de sauces.

— C'est un moment important de ta carrière, Mike, dit Derek en se renversant contre son dossier, très détendu. Tu vas être vraiment occupé, d'ici la fin de l'année tu seras plus à l'aise financièrement, et tu vas commencer à gagner vraiment beaucoup d'argent.

— Le seul problème, dit Evelyn avec un coup d'œil vers son mari, c'est que vous n'aurez pas le temps de le dépenser.

Mike hocha la tête.

— Je passe déjà du bon temps. J'ai même travaillé un peu sur ma voiture, hier, et je l'ai sortie pour faire un tour sur l'Autoroute de l'oxyde de carbone.

— Qu'est-ce que c'est que ça ? demanda Evelyn.

— La I-95. Dans une voiture sans climatisation, on est beaucoup plus sensible à la qualité de l'air.

— Mike a une vieille voiture fantastique, dit Derek à sa femme. Une Aston Martin, comme celles de James Bond.

— J'adore les vieilles voitures, dit Evelyn en regardant Mike. Vous m'emmènerez faire un tour dans la vôtre ?

— Bien sûr. Mais on y est un peu à l'étroit.

Evelyn n'avait pas l'air de considérer cela comme un problème majeur.

— Tu vois quelqu'un en ce moment, Mike ? demanda Derek.

— Rien de sérieux, répondit Mike en contemplant son poulet *tandoori*, avant de saisir sa fourchette. Je suis ravi que les Indiens ne mangent pas avec des baguettes.

Du coin de l'œil, il vit un homme corpulent et bien habillé quitter sa table à l'autre bout du restaurant et se diriger vers eux.

— Salut, Derek, dit le nouveau venu en souriant, la main tendue. C'est bien de se voir sans un magnétophone posé sur la table.

— Ouais, salut, Haiman. Evelyn, voici l'avocat Haiman Gold. Je crois que je t'en ai parlé.

— Ce qu'il dit de moi est sans doute impubliable, madame Provost, dit Haiman avec un grand sourire, très détendu. Mais je suis sûr qu'il vous a aussi confié qu'à l'extérieur du tribunal nous sommes de bons amis.

— Voici Mike Richmond, dit Derek.

Inexplicablement, il avait l'air troublé. Il fit un signe de tête en direction de Mike.

— Mike vient de se joindre à notre groupe.

Haiman se tourna pour lui faire face, et contempla Mike avec intérêt.

— Très heureux de vous rencontrer, docteur Richmond.

Il donnait l'impression de classer son nom dans sa mémoire, pour pouvoir l'y retrouver plus tard.

— Je suis sûr que nos chemins se croiseront tôt ou tard, ajouta-t-il.

Haiman bavarda encore un moment, sans s'inquiéter de l'hostilité manifeste de Derek.

— Voilà donc le fameux Haiman Gold, dit Evelyn d'un air pensif, quand il eut pris congé. Il a l'air beaucoup plus sympathique que ce que tu m'avais laissé entendre.

— Tu as sans doute entendu parler de Haiman, dit Derek à Mike, qui sentit que son confrère pesait soigneusement ses mots. Il y a quelques années, c'était un minable petit avocaillon. Aujourd'hui, on lui confie la plupart des affaires de négligence médicale du comté de New Coventry.

— Il semble plutôt sûr de lui, dit Mike, en prenant une bouchée de pain *naan*.

C'était bon. Quelque part entre le pain ordinaire et la croûte de pizza, avec un léger goût d'herbes orientales.

— Parce qu'il a dit que vos chemins se croiseront inévitablement ?

Derek soupira, et regarda par-dessus l'épaule de Mike : Haiman Gold était retourné s'asseoir à sa table.

— Eh bien, tu sais, dans notre groupe, nous avons tous eu des procès pour négligence. Nous ne sommes pas les seuls, bien sûr… Je ne connais pas un seul chirurgien de New Coventry qui n'ait été poursuivi plusieurs fois. Hé…

Derek fit un geste de l'épaule, comme s'il s'excusait.

— De nos jours, on considère que cela fait partie du prix à payer si l'on veut gagner sa vie. Les procédures font perdre beaucoup de temps, avec les dépositions et tout ce qui s'ensuit, et il faut traiter avec des gens comme Haiman Gold. Mais quand on a connu plusieurs procès, ça ne fait plus ni chaud ni froid, et on va de l'avant. De toute façon, cela s'arrange toujours, sauf si on a vraiment fait une connerie.

— Est-ce pour cela que Spencer est si obsédé par les problèmes d'archivage ?

— Exactement. Mais parlons d'autre chose, pour

l'amour du ciel. Quelle époque ! On ne peut même plus dîner en ville sans tomber sur un avocat spécialisé dans les négligences médicales.

Il se tourna vers sa femme.

— Evelyn, qu'est-ce qu'on joue ce mois-ci au Long Wharf Theater ?

— *En attendant Godot*, répliqua-t-elle, en adressant un sourire à Mike. Nous l'avons vu il y a quelques années. Vraiment barbant. Je préfère encore attendre l'autobus. Et tant pis pour Godot.

Tout en parlant, elle se déplaça légèrement sur son siège et Mike sentit sa jambe se coller contre la sienne. Croyant à un mouvement accidentel, il se recula un peu, mais quelques instants plus tard la jambe d'Evelyn se pressait à nouveau contre la sienne, et cette fois il était impossible de se méprendre.

— J'ai appris que ton ami Terry Catlin travaille aux urgences, dit Derek, comme en passant.

Mike se pencha pour ramasser sa serviette et mit sa jambe hors d'atteinte.

— Oui, je l'ai vu, répondit-il d'un ton évasif.

— Il semble qu'il ait toujours l'intention de rejoindre notre groupe.

Derek parlait d'un ton désinvolte, mais ses yeux exprimaient tout autre chose.

— Je pensais simplement que je devais te le dire.

— Merci. Cette idée m'avait traversé l'esprit.

— Il a plusieurs amis, dans le groupe. Ils t'ont déjà à l'œil, je suis sûr que tu le sais. Ils attendent que tu commettes une ou deux erreurs.

Ils achevèrent leur repas et se séparèrent. Provost et sa femme prirent la direction de leur luxueuse résidence de Rocky Point, et Mike rejoignit l'appartement qu'il occupait déjà lorsqu'il était interne. Il n'allait pas y rester longtemps, car Evelyn lui avait déjà trouvé ce qu'elle appelait « un endroit convenable ». A moins de deux kilomètres de chez eux, près du terrain de golf, on construisait une très belle résidence en copropriété, avec piscine, plage privée et club de santé. Mike se dit qu'il avait peut-être intérêt à vivre un peu plus loin de chez les Provost.

8

Pendant plusieurs jours, Stephanie ignora purement et simplement la grosseur qu'elle avait au sein. Elle savait qu'elle était toujours là, et cette certitude ne quittait jamais le fond de sa conscience. Mais elle essayait de se convaincre que, si elle attendait assez longtemps, la boule finirait par disparaître. Cela lui était sans doute arrivé plusieurs fois, se disait-elle pour se rassurer. Des grosseurs étaient apparues, puis avaient disparu sans qu'elle en sache rien.

Puis il y avait eu l'annonce de la remise de la médaille du Civisme, la cérémonie à la mairie, les reportages, tout cela expédié avec une précipitation excessive. Stephanie s'interrogea sur l'influence que Carl Hartmann exerçait réellement sur la ville. « Il a certainement une tonne d'affaires en train, se dit-elle, et il sait comment en jouer. »

Le lendemain matin, elle arriva au bureau un peu plus tard que d'habitude. Son téléphone sonnait.

— Oh, Stephanie ! je suis content que vous soyez là, dit la voix du Dr Sammons. Voulez-vous passer à mon bureau, je vous prie ?

— Donnez-moi dix minutes.

Elle s'étonna de cette convocation inhabituelle. Elle voyait rarement le Dr Sammons en dehors de leur réunion de travail hebdomadaire.

— D'accord, dix minutes.

Elle raccrocha. En levant les yeux, elle croisa le regard de Jean Forrest, qui faisait de grands gestes de l'autre côté de la baie vitrée. Stephanie lui fit signe d'entrer.

Jean s'assit sur le coin du bureau, une jambe ballante.

— Tu te rappelles ce médecin avec qui nous avons eu un problème ? Le Dr Gardner ? J'ai voulu en savoir plus sur ses admissions, savoir si les choses s'arrangeaient…

Elle fixait Stephanie de ses grands yeux.

— Eh bien, poursuivit-elle en se levant, tu ne vas pas croire ce que j'ai découvert.

Stephanie attendait, un sourire aux lèvres. Jean avait le chic pour faire un drame de l'événement le plus anodin.

— On l'a sorti de l'ordinateur ! dit Jean, en levant ses longues mains comme si elle sortait un lapin d'un chapeau. J'ai essayé cinq méthodes différentes pour accéder à son dossier, mais l'ordinateur répond toujours la même chose. « Accès interdit, sauf autorisation de niveau un. »

Stephanie enfonça quelques touches sur son clavier. Le même message s'afficha sur l'écran.

— Je ne sais pas, dit-elle. Je n'ai pas l'autorisation d'accès maximale, je ne peux pas t'aider. Pourquoi voulais-tu consulter son dossier ?

— Pas de raison précise, dit Jean. En fait, je voulais voir s'il avait toujours… le même problème avec ses admissions.

— Bonne idée. Je monte tout à l'heure chez le Dr Sammons. Je lui poserai la question. Je lui ai soumis le problème la semaine dernière, et il m'a promis de s'en occuper.

Jean la regarda d'un air dubitatif, hésita, puis repartit vers son box.

Stephanie prit son classeur. Elle monta l'escalier menant au bureau du Dr Sammons. Il était au téléphone, l'air préoccupé. Il lui fit signe de s'asseoir, puis se détourna à demi, l'écouteur plaqué sur l'oreille.

— Oui, monsieur, elle est ici, dit-il. Je vous l'envoie dans quelques minutes.

Il raccrocha.

— C'était M. Hartmann.

Il regarda Stephanie, longuement.

— On dirait que vous lui avez fait forte impression, reprit-il, en joignant les mains sur son bureau.

Il avait une façon bien à lui de lever un de ses épais sourcils quand il était perplexe, ou ennuyé. C'était le cas ce matin-là.

— M. Hartmann veut vous parler. Je crois qu'il veut vous confier une sorte de travail de recherche, quelque chose qui implique des manipulations de chiffres.

Il fit craquer l'index de sa main gauche puis, satisfait, il laissa tomber ses mains sous le bureau.

— Rien de permanent. Sans doute pas plus de trois ou quatre semaines.

— Pourquoi moi ?

— Je n'en ai aucune idée.

Sammons soupira.

— A son niveau, je pense qu'il serait plus logique de se consacrer aux problèmes de haute finance, à l'acquisition de nouvelles compagnies… Ce genre de choses. C'est ce que je croyais, en tout cas.

Il lui jeta un regard curieux.

— Vous connaissez bien M. Hartmann ?

— Pas du tout. Avant cet incident, le jour où on lui a volé sa mallette, je ne lui avais jamais adressé la parole.

— Je suppose alors que tout vient de là.

Le Dr Sammons se renversa dans son fauteuil rembourré, l'air plus détendu.

— Il m'a demandé comment ça se passait avec vous, si nous étions contents de votre travail, ce genre de questions, et il a demandé à consulter votre CV et votre dossier personnel. Et puis il a tout arrangé pour cette médaille du Civisme… On dirait bien qu'il s'est amouraché de vous.

— Quand devrai-je commencer ?

— Il vous le dira. Bientôt, j'imagine.

— Pouvez-vous me parler un peu de M. Hartmann, docteur Sammons ?

Les yeux au plafond, Sammons hésita.

— Pour aller à l'essentiel, je crois que ce qu'il exige

avant tout, c'est la loyauté. Une loyauté à toute épreuve, de la part des gens qui travaillent pour lui. Si vous n'êtes pas sûre de pouvoir lui offrir ça, Stephanie, et si vous n'êtes pas sûre de garder pour vous tout ce que vous découvrirez, alors n'acceptez pas le boulot qu'il va vous proposer.

Le médecin secoua la tête, comme s'il se rendait compte qu'il parlait trop franchement.

— Maintenant, revenons au contrôle… J'ai décidé de confier votre poste à Jean Forrest… Jusqu'à votre retour, bien sûr. Qu'en dites-vous ?

Stephanie hocha la tête.

— Oui, elle fait du bon travail… A propos, que se passe-t-il avec le Dr Gardner ? Un des contrôleurs m'a dit qu'on l'avait sorti de l'ordinateur.

Deux petites rougeurs apparurent sur les joues de Sammons.

— En fait, dit-il prudemment, il est toujours dans l'ordinateur. Mais il semble qu'il fasse l'objet d'une attention particulière. Je suppose qu'on a décidé de le surveiller de très près.

— N'est-ce pas notre travail ? Il nous est arrivé plusieurs fois de surveiller des médecins, afin de contrôler leurs admissions et prendre des mesures quand nous l'estimions nécessaire.

Sammons se leva.

— Stephanie… Ce n'est pas moi qui établis les règles. Je ne sais pas tout ce qui se passe ici. Et très franchement, je n'en ai pas envie. Je fais mon boulot. Je me dis que s'ils veulent que je sache quelque chose, ils me le diront, alors je ne pose pas de questions. C'est simplement…

Soudain, il avait l'air vieux et las, et son sourire ne venait plus si facilement.

— J'ai eu beaucoup de mal à apprendre comment survivre dans ce boulot, Stephanie, et j'espère que vous en serez capable, vous aussi.

Il marqua une pause.

— Et maintenant, vous devriez aller voir M. Hartmann.

Il lui adressa le sourire de l'homme qui approche de la retraite.

— Si vous avez d'autres questions, vous pourrez les lui poser directement.

Ann Boyd, la secrétaire de Carl Hartmann, introduisit Stephanie. Le bureau directorial était vaste, tout en longueur. On avait abattu les cloisons des deux bureaux mitoyens, et la seconde partie servait de salle de réunion, du moins c'est ce que suggérait la présence d'une longue table entourée de dix fauteuils à haut dossier. Il y avait un ordinateur et un téléphone sur l'immense bureau parsemé de petites piles de documents maintenues en place par des presse-papiers.

Hartmann se trouvait derrière son bureau, face à la porte, les manches de chemise remontées sur ses bras musculeux. Assis, il semblait encore plus corpulent. Il n'y a pas un bouton de trop, se dit Stephanie en voyant son ventre qui ballonnait sous la chemise. Son veston noir pendait sur le dossier de son fauteuil. Il leva les yeux à son entrée, et sourit.

— Vous étiez très bien, hier soir, à la télévision. Toutes mes félicitations pour votre médaille.

— Merci. Je n'ai pas fait grand-chose pour la mériter.

— Ce n'est pas à vous d'en décider, répondit Hartmann. Je me suis dit qu'il était dommage de laisser gaspiller un talent comme le vôtre dans un service comme le contrôle. Avez-vous déjà utilisé des tableurs ?

— Oui, monsieur.

— Eh bien, ne restez pas là, asseyez-vous, dit-il d'un ton plutôt amical, en lui désignant un des deux fauteuils de cuir devant le bureau.

Stephanie s'assit.

— Est-ce que vous connaissez les statistiques ? L'analyse comptable intégrée ? Connaissez-vous certains logiciels de gestion de données, comme ceux de Lotus ? Ou de Microsoft ?

— Oui, mais je ne suis pas vraiment...

— Parfait, dit Hartmann en faisant pivoter son fauteuil. Maintenant, voici ce que je veux que vous fassiez. Vous savez peut-être que Hartmann Insurance est au centre d'un groupe de sociétés étroitement liées les unes aux autres. Chaque entreprise du groupe est indépendante, dans certaines limites, et structurée pour gagner de l'argent. Mais chacune d'elle appartient à une entité différente, une compagnie holding qui a son siège à l'étranger.

Il regarda fixement Stephanie.

— Vos compétences en matière de gestion vous permettent-elles de suivre jusqu'ici ?

Stephanie acquiesça. Elle se demanda s'il se fichait d'elle.

— Oui. Jusqu'ici, ça va.

— Pour un certain nombre de raisons d'ordre fiscal, qui ne sont pas de votre ressort, chaque entité est une société légalement indépendante. C'est ce que montrent les livres comptables. Ce que je veux, c'est un programme intégré capable de mettre en évidence la situation financière globale de chaque unité, mais aussi de l'ensemble de l'organisation. Récemment, les gens d'Iber Corporation ont installé des programmes de comptabilité similaires pour chacune de leurs sociétés, alors votre travail ne devrait pas être trop difficile.

— Est-ce qu'Iber n'aurait pas pu installer des logiciels intégrés le jour où vous introduirez les nouveaux programmes de comptabilité ? Dans ce cas, ils pourraient vous transmettre automatiquement toutes les données dont vous avez besoin.

— Oui, bien sûr, nous aurions pu procéder de cette manière.

Hartmann aurait pu aussi bien s'adresser à un enfant brillant mais terriblement naïf.

— Mais précisément, je ne veux pas obtenir les informations de cette manière. Ce projet est strictement interne, fit-il d'un ton presque impatient.

Stephanie eut le sentiment qu'il était pressé de mettre fin à cette conversation pour retourner discuter avec des adultes.

— Les informations seront à mon usage exclusif, et je ne veux pas qu'elles soient accessibles à quiconque, sauf moi. C'est aussi pour cette raison que je veux confier cette étude à quelqu'un d'extérieur au service financier.

Stephanie s'apprêta à faire une remarque. Mais elle décida de s'en abstenir. Carl Hartmann lui expliquait ce qu'il voulait. Il ne lui demandait pas son avis.

— Puis-je vous poser une question avant que nous commencions ? demanda-t-elle.

— Je vous en prie.

— Combien de temps durera cette mission ? Est-ce que je retournerai au contrôle quand ce sera fini ?

— Je n'en suis pas sûr. J'envisage de prendre une assistante personnelle qui m'aidera à coordonner les différents aspects de cette affaire. Comme vous pouvez le voir, je ne suis pas l'homme le mieux organisé du monde.

Il agita une main grasse vers les documents entassés sur son bureau.

— Alors nous verrons cela, selon la manière dont les choses se dérouleront durant les prochaines semaines. Si ça marche, parfait. Si ça ne marche pas, vous retournerez au contrôle, si vous le souhaitez.

— D'accord. Merci. C'est ce que je voulais savoir.

— Vous vous installerez dans un des bureaux, au bout du couloir. Et j'ai autorisé la sécurité à vous donner un laissez-passer de niveau deux. Vous recevrez un nouveau numéro d'identification et un nouveau mot de passe. Cela vous permettra d'accéder aux données dont vous aurez besoin. Mais en niveau deux, tous les éléments d'identification des firmes sont cachés. Ce qui signifie que vous aurez affaire à la firme n° 1, la firme n° 2, etc. Vous prendrez vite le coup de main.

Stephanie savait que Carl Hartmann avait la réputation d'être d'une discrétion absolue sur ses affaires. Mais un tel culte du secret n'avait pas beaucoup de sens, puisque, par exemple, ses entreprises devaient forcément être enregistrées auprès de la Connecticut Insurance Commission. Si quelqu'un voulait connaître la structure financière de Hartmann Insurance et des firmes affiliées, ce ne devait pas être très difficile.

Hartmann lui donna encore quelques détails sur la manière dont il concevait la mise en forme du travail.

— Je suis sûr que vous comprenez que ce projet est absolument confidentiel. Il vous est interdit de parler à quiconque de ce matériel, que vous restiez à mon service ou que vous retourniez au contrôle. Je veux que ce soit absolument clair.

Il la regarda fixement.

— Oui, monsieur. Quand voulez-vous que je me mette au travail ?

— Lundi. Ça vous donne le temps de conclure vos dossiers en cours, et de familiariser à votre travail celui ou celle qui vous remplacera au contrôle. Au fait... A dater de la semaine prochaine, vous serez augmentée. Voyons. Vous gagnez 42 250 dollars, n'est-ce pas ? Nous allons passer à 50 000 dollars.

Il se leva. Il était massif, à la fois amical et intimidant.

— Mais ce n'est pas un cadeau, dit-il, toujours souriant. Je suis très exigeant avec les gens qui travaillent avec moi. Vous entrez dans la famille, avec ce que cela implique de privilèges et de responsabilités. J'espère que le Dr Sammons vous a expliqué tout cela.

Il lui fallut plus de temps que prévu pour obtenir son nouveau numéro d'identification et son mot de passe. Les bureaux de la sécurité se trouvaient au huitième étage : un niveau au-dessus du service contrôle, et au bout du couloir menant au bureau du Dr Sammons. Elle s'arrêta à la réception. Un homme parlait au téléphone. Il la regarda fixement, sans détourner les yeux, comme s'il voulait la mettre mal à l'aise. Puis il raccrocha enfin.

— Oui ?

— Je viens chercher un nouveau laissez-passer.

— Bien.

L'homme était petit, d'apparence agile, avec un visage en pointe et une voix rauque, beaucoup plus grave que le laissait supposer son allure. Une carte de plastique avec une photo peu flatteuse mentionnait son nom : Sam Scheiffer.

— Vous devez voir M. Rankin. Suivez-moi.

Stephanie le suivit le long du couloir. A gauche, une porte était ouverte. Elle aperçut une grande pièce où se trouvaient plusieurs hommes, une rangée de moniteurs de surveillance noir et blanc, et un amoncellement d'appareils électroniques divers. Des voyants multicolores clignotaient sur un tableau de commandes.

George Rankin avait l'air de ce qu'il était : un ancien agent de la police militaire. Il avait des yeux bleus sans humour, un regard agressif, un gros nez couperosé au-dessus d'une moustache tirant sur le roux, et le teint rouge et le ventre gonflé d'un homme qui aime la bière, au mépris des conséquences sur sa tension artérielle.

— Asseyez-vous, mademoiselle Hopkins.

Rankin l'observait avec la même curiosité indiscrète et malveillante que Sam Scheiffer. D'après l'ambiance machiste qui régnait dans ce service, Stephanie était prête à parier qu'aucune femme n'y travaillait.

— Nous allons vous soumettre à ce que nous appelons un entretien de sécurité, dit Rankin. Mais ce doit être une démarche volontaire. Vous n'êtes aucunement obligée d'accepter. Dans ce cas, il vous suffira de signer un document attestant que je vous l'ai dit.

— Et si je refuse ? demanda Stephanie en souriant.

— Aucun problème. Simplement, nous ne vous donnerons pas votre laissez-passer, et M. Hartmann en sera informé.

Durant le quart d'heure qui suivit, Rankin l'interrogea sur le détail de sa vie privée. Il voulait tout savoir : ses parents, ses amis et amies passés et présents, les clubs et les organisations dont elle était membre, le nom de sa banque, ses cartes de crédit, si elle se servait de son compte chaque mois, si elle possédait des actions et si elle avait un courtier. Quand l'entretien s'acheva, Stephanie avait l'impression d'avoir été mise à nu.

Rankin la conduisit dans une autre pièce. Un jeune homme aux cheveux en brosse prit ses empreintes digitales et la photographia. Il intégra le cliché dans une carte d'identité plastifiée munie d'une bande électronique et marquée « Niveau deux ». Puis il la raccompagna chez Rankin, à qui il tendit la carte.

De retour dans son service, elle se dit que s'il fallait en passer par là pour obtenir un laissez-passer de niveau deux, elle ne voulait jamais avoir le niveau un. Pourquoi Carl Hartmann était-il à ce point obsédé par la sécurité ? Sans compter que l'entretien d'une telle horde d'employés et de matériel devait coûter une fortune. Quel homme étrange. Il semblait généreux et concret, et si désarmant. Il s'était pourtant montré absolument professionnel avec elle. Mais alors, pourquoi tous ces secrets, ces histoires de firmes 1, 2, 3, et tout le reste ? Et le Dr Sammons qui lui avait recommandé d'être prudente...

En entrant dans son bureau, elle dut se cogner quelque part, car son sein droit se rappela à son bon souvenir. Cela n'était pas douloureux, mais elle ne parvenait jamais à l'oublier plus de quelques heures d'affilée. Elle savait qu'elle devait faire quelque chose. Qui consulter ? Elle décida d'en parler à Evie. Son amie pourrait lui recommander quelqu'un. Mais elle remit cela à plus tard. Lorsqu'elle y pensa de nouveau, il était l'heure de rentrer chez elle.

9

Mike fit la connaissance de Tony Danzig le lundi suivant, et pas sous les meilleurs auspices. Ils avaient pris rendez-vous pour le cours d'informatique à 11 heures du matin. Mais Mike avait été retenu à l'hôpital, et il arriva avec vingt minutes de retard. Danzig se trouvait derrière son bureau. Son ordinateur était allumé. Quand il leva les yeux au-dessus de son moniteur, il était évident qu'il n'était pas content.

Bâti comme un poids welter, tout en os et en muscles, il mesurait un bon mètre quatre-vingts, et avait sensiblement le même âge que Mike, le teint clair, et des yeux d'un bleu très pâle dont les petites pupilles noires donnaient l'impression qu'ils vous fixaient en permanence. Des cheveux blonds, presque blancs, avec des sourcils d'albinos presque transparents. Mike regarda ses mains. Elles étaient carrées, très fortes en proportion de son corps, avec de gros doigts et une épaisse toison qui reflétait la lumière de l'écran.

— Entrez, dit-il, en jetant un coup d'œil vers la pendule. Tony Danzig. Je suis le directeur administratif. Bienvenue dans ce cabinet.

Son élocution était précise, et il parlait presque sans accent. Mais il était évident que l'anglais n'était pas sa langue maternelle.

— Je suis désolé d'être en retard, dit Mike d'un air enjoué. Mettez ça sur le compte du Dr Miller. J'étais à l'hôpital, et je l'assistais.

Danzig hocha la tête.

— La prochaine fois, si vous êtes retenu, ayez l'amabilité de me le faire savoir.

Il lui sourit par-dessus le bureau.

Mike s'immobilisa. Le sourire de cet homme avait quelque chose de cruel qui lui donna le frisson. Puis il reprit son air attentif, mielleux. Mike se dit qu'il avait rêvé.

— Asseyez-vous, dit Danzig. Je suppose que vous connaissez Windows 95 ?

— Je ne dirais pas qu'il n'a pas de secrets pour moi, mais je m'y retrouve.

— Bien. Je vais d'abord vous montrer comment faire apparaître nos différents formulaires. Quand vous êtes dans le programme Medform, chacune de ces icônes, dit-il en désignant le haut de l'écran, représente un gabarit. Par exemple, si vous procédez à un examen physique initial avec un nouveau patient, vous devez sélectionner celle-ci.

A l'aide de la souris, il plaça le curseur sur l'icône, puis cliqua sur le bouton de gauche. Aussitôt, un formulaire vierge s'afficha sur l'écran.

— Cela dit, votre secrétaire aura déjà introduit le nom et l'adresse du patient, les informations concernant son assurance, etc.

Tony Danzig continua, très méthodiquement. Il montra à Mike comment entrer des informations, lui expliqua comment procéder pour l'encodage, la facturation et la restauration de données. Ses gros doigts couraient à toute vitesse sur le clavier tandis qu'il explorait les fonctions l'une après l'autre. Mike l'observait. Ce type était sans conteste un expert. Mais Mike trouvait tout cela plutôt assommant.

— Est-ce qu'il y a des jeux ? demanda-t-il. Des réussites, ou Lara Croft ? J'espère que c'est inclus dans le lot.

Il y eut un silence. Les doigts de Danzig s'immobilisèrent au-dessus du clavier.

— Des jeux ? Je n'en ai aucune idée, docteur Richmond, dit-il lentement. En tout cas, j'imagine que le Dr Spencer ne vous a pas engagé pour vous asseoir derrière un bureau et jouer à des jeux informatiques.

— Non. Excusez-moi, je plaisantais. Continuez, je vous en prie.

Tony Danzig hocha la tête d'un air pensif.

— Oui, dit-il, puis il inspira profondément. Les terminaux sont reliés par un serveur qui donne accès à un site Intranet. Ainsi le travail que vous effectuez sur ce poste, par exemple, peut être récupéré sur l'ordinateur du bureau central pour la facturation, ou par un de vos confrères voulant consulter des données sur un de vos patients.

— Le système a l'air assez puissant, dit Mike, qui s'inquiétait de la tension de plus en plus forte qui s'installait entre Danzig et lui.

Il ne servirait à rien de se faire un ennemi du directeur administratif, et il fit un effort pour l'apaiser.

— Le Dr Provost m'a dit que vous étiez un vrai spécialiste. Est-ce vous qui avez configuré le système ?

Danzig acquiesça, apparemment peu ému par son ton conciliant.

— Oui, c'est moi, mais avec l'aide de professionnels. Nous l'avons conçu de telle sorte qu'il puisse être étendu, dans la perspective, par exemple, où nous devrions ajouter quelques postes de travail supplémentaires.

— Quid de la sécurité ? Que se passe-t-il si la femme de ménage a envie de jeter un coup d'œil à mes dossiers ?

— Vous recevrez un nom de code et un numéro à huit chiffres que vous serez le seul à connaître, répondit Danzig de sa voix neutre, mesurée. La sécurité est une de nos priorités absolues. Soyez sûr que c'est aussi un de nos points forts.

Pendant encore une demi-heure, il passa en revue les différentes fonctions de l'appareil.

— Bien entendu, il existe un certain nombre de fonctions qui ne vous seront d'aucune utilité, dit-il. Je n'ai donc aucune raison de vous les expliquer.

Mike regarda sa montre.

— Est-ce que nous aurons bientôt fini ? Je suis désolé, mais je vais devoir retourner à l'hôpital.

— Oui, nous avons fini, docteur Richmond. Si

vous avez des questions, ou si vous rencontrez des difficultés, appelez-moi, je vous prie. Comme vous le savez, je suis là pour vous aider.

Danzig effectua un vif signe de tête, comme s'il avait dû fournir un effort pour prononcer ces derniers mots. Il se leva et sortit du bureau de sa démarche d'athlète, en posant les pieds bien à plat, laissant Mike sur l'impression que Tony Danzig était un dur à cuire, et un curieux personnage pour être directeur administratif d'un cabinet médical, même s'il avait l'air de bien connaître son boulot. Il décida d'interroger Derek sur ses antécédents, et sur les raisons pour lesquelles on l'avait engagé.

En sortant, Mike s'arrêta devant le bureau de Pauline. Elle s'était révélée très compétente et très agréable, et, bien entendu, elle avait un faible pour lui. Elle portait ce jour-là un ensemble bleu foncé strict à rayures très fines, qui lui allait joliment bien.

— Ça s'est bien passé ? demanda-t-elle, en levant les yeux de ses documents.

Elle avait un joli sourire, et de petits plis au coin des yeux qui évoquaient la gaieté, même quand elle était sérieuse.

— Avec Tony ? Parfaitement bien. Vous ne nous avez pas entendus nous esclaffer ? J'espère que nous n'avons pas fait trop de bruit.

Les yeux de Pauline sourirent. Mais elle jeta un regard en coin vers la porte, et elle ne riait pas.

— Pour changer de sujet, docteur Richmond, dit-elle, connaîtriez-vous par hasard un certain Dr Newsome ? Je tombe parfois sur des documents portant son nom, et je sais qu'il ne travaille pas ici.

— Il y a travaillé. En fait, il dirigeait le groupe, avant le Dr Spencer.

— Oh oui ! je me rappelle maintenant, dit Pauline, d'un ton que Mike trouva exagérément désinvolte. J'ai lu quelque chose à son sujet, dans la presse, il y a deux ou trois ans. N'est-il pas mort dans un accident d'avion ?

— Oui, c'est cela.

Mike se dirigea vers la porte. Pauline semblait vouloir poursuivre la conversation, mais il devait retourner à l'hôpital. Elle lui adressa un sourire maternel.

— Vous vous rappelez que vous devez voir de nouveaux patients cet après-midi ?

— Oui. Je reviens dans un moment. J'ai quelques fiches à finir de remplir, au centre médical.

— Vous devez aussi vous occuper des suivis du Dr Spencer.

— Exact. Quand rentre-t-il ?

— Lundi prochain.

— Parfait… Je reviens dans une heure environ.

Après le départ de Mike, Pauline fit un petit tour dans le couloir pour s'assurer que personne ne faisait attention à elle. Tout était calme. Elle regagna son bureau et ferma la porte. Elle éteignit son PC, puis le relança. Elle prit dans son sac à main un morceau de papier plié, qu'elle défroissa. Elle le posa à côté de l'ordinateur pour pouvoir lire les colonnes de lettres et de chiffres. Elle commença à les entrer dans l'ordinateur avec les commandes MS-DOS. Mais aucune séquence ne lui permit de pénétrer dans le programme. Au bout d'une demi-heure, elle prit peur, et rangea le papier dans son sac. Elle introduisit son mot de passe — qui lui donnait accès aux informations qu'elle avait le droit de consulter — et se remit à encoder des données de facturation pour la comptabilité.

Stephanie tergiversa encore pendant deux jours. Puis elle se résolut à appeler Evie. La standardiste la localisa dans la salle de repos.

— Que se passe-t-il ?

Stephanie le lui expliqua.

— Consulte Spencer, lui dit Evie sans hésiter une seconde. C'est le meilleur spécialiste du sein, par ici. Tu veux son numéro ?

— Non, merci. Je l'ai. Ce groupe est associé au Plan de santé Lovejoy. Pas de problème.

— Oh, je viens de me rappeler qu'il n'est pas là. Spencer, je veux dire… Il est absent.

Elle marqua une pause.

— Ecoute, va voir Mike Richmond. Il est dans le même groupe. Moi, même sans être malade, j'irais bien lui montrer mes seins.

— Evie, je suis sûre que tu as de bonnes raisons d'apprécier ce type. Mais moi, je veux me faire examiner par quelqu'un qui connaît son travail.

— Excuse-moi, Stephanie. Je plaisantais. Mike est vraiment bon. Il est très sérieux, et très dévoué à ses patients. Il a une excellente réputation à l'hôpital. Tu peux interroger n'importe qui. Tu l'aimeras, j'en suis sûre… Ceux du groupe de Spencer l'ont engagé, ce qui est déjà une référence. En tout cas, tu sais très bien que je ne te ferais pas consulter un toubib pour la seule raison qu'il fait monter ma tension !

— Bien. Merci, Evie. Je vais y réfléchir.

— Tu vas l'appeler ?

— Oui. Peut-être.

— Appelle-le. Ne tourne pas autour du pot, Stephanie. Plus tôt tu t'en occuperas, mieux ce sera. Tu le sais parfaitement.

— D'accord, d'accord. Je passe à la galerie marchande, après le boulot. Tu veux qu'on s'y retrouve ?

— Bien sûr. Six heures ?

— Parfait. A tout à l'heure.

Stephanie raccrocha, et contempla le téléphone. Sans même y penser, elle posa une main sur son sein droit, puis chercha le numéro du Dr Spencer dans la liste des médecins affiliés à l'hôpital Lovejoy. Quand on lui confirma qu'il était en voyage, elle demanda à l'opératrice comment elle pouvait prendre un rendez-vous avec le Dr Richmond.

— Ne quittez pas. Je vais vous passer sa secrétaire. Elle s'appelle Pauline.

Quelques instants plus tard, Pauline Minsky décrochait. Stephanie, que son angoisse rendait exceptionnellement sensible aux vibrations d'autrui, trouva qu'elle avait une voix rassurante, amicale.

— Vous dites que vous travaillez pour Hartmann Insurance ? demanda Pauline.

— Oui, au service contrôle.

— Oh ! excusez-moi. Je n'ai pas reconnu votre nom, mais je sais que nous nous parlons tout le temps.

Pauline avait un rire léger, chaleureux.

— Les gens de Hartmann Insurance ont droit à un traitement de faveur, ici, faites-moi confiance.

— Le traitement standard me suffira amplement, répondit Stephanie en souriant.

Mais elle se sentait rassurée. Si le Dr Richmond

était aussi aimable que Pauline, cette histoire pourrait n'être pas trop désagréable.

— Voulez-vous venir cet après-midi ? Le Dr Richmond a un créneau libre à 16 h 15.

— Parfait. 16 h 15. A cet après-midi, dit Stephanie, soulagée.

Elle savait que, sauf en cas d'urgence, il était difficile de consulter un chirurgien à New Coventry en deçà d'un délai de plusieurs jours. Elle était ravie d'éviter une telle attente et l'angoisse qui en aurait découlé.

— Pourriez-vous venir vingt minutes plus tôt ? Vers 15 h 55 ? Comme c'est la première fois que vous venez chez nous, nous avons besoin de certains renseignements. Je suis sûre que vous connaissez ce genre de routine.

— Bien sûr, pas de problème. 15 h 55. Merci encore de me prendre si vite, Pauline. Je vous en suis reconnaissante, vraiment.

Stephanie raccrocha, le cœur battant, mais avec le sentiment d'avoir fait ce qu'il fallait. Elle se disait aussi qu'elle faisait peut-être perdre du temps à tout le monde. Elle imagina ce docteur Mike Richmond qui la regardait, l'examinait, puis éclatait de rire : « Et c'est pour *ça* que vous me dérangez ? » Stephanie ne rougissait pas facilement, mais cette simple pensée l'embarrassait. Heureusement qu'elle avait rendez-vous le jour même. Elle aurait été capable de l'annuler.

Elle repensa à son entretien avec Carl Hartmann. M. Hartmann et son gros ventre, ses manches de chemise retroussées, son air amical et son regard qui vous transperçait... Mais elle trouvait le projet intéressant. Une mission qu'elle pouvait mener à bien. Elle avait cessé de s'inquiéter de cette histoire de sécurité. Toutes les compagnies d'assurances procédaient sans doute ainsi, finalement.

Les questions de sécurité la ramenèrent au Dr Gardner. Par pure curiosité, elle essaya encore une fois d'appeler son dossier dans son PC. Le même message s'afficha. « Accès interdit sans autorisation de sécurité de niveau un. » Le Dr Sammons lui avait dit qu'il se passait des choses dans la compagnie dont il ne voulait pas entendre parler. Mais ça ne voulait rien dire. L'heure de la retraite approchait, et il avait plus envie d'améliorer son handicap au golf que de s'inquiéter des rouages internes de la firme. Stephanie se carra dans son fauteuil et se remit au travail. Mais elle ne pouvait se débarrasser de l'idée tenace qu'il se passait quelque chose de peu catholique.

10

A 15 h 45, cet après-midi-là, Stephanie rangea ses papiers, verrouilla ses tiroirs, puis ferma la porte de son bureau et se dirigea vers le box de Jean Forrest.

— Jean, dit-elle en passant la tête par-dessus la cloison. J'ai rendez-vous chez le médecin dans quelques minutes. Je prends mon bipeur, appelle-moi en cas de besoin.

Jean leva les yeux vers elle.

— Tout va bien ? Je veux dire, tu n'es pas malade ?

— Non. Ce n'est qu'un examen. La routine. Tu sais ce que c'est.

— Bien sûr. S'il y a un problème, je t'appelle sur le bipeur.

En franchissant la porte des bureaux médicaux du vingt et unième étage, Stephanie fut stupéfiée par le luxe qui s'affichait partout. Des locaux en penthouse, un espace considérable, un éclairage élégant, des meubles coûteux en bois et chrome, des fauteuils de cuir couleur ivoire, des tables de verre fumé, et deux énormes arrangements de fleurs tropicales fraîches dans le hall d'accueil.

Elle ne vit rien qui ressemblât aux longs comptoirs habituels. A droite, une jeune femme était assise derrière une table en verre. Stephanie s'approcha d'elle. Un badge discret, fixé à sa robe, disait son prénom : Imogene. Celle-ci invita Stephanie à patienter dans un fauteuil. Les derniers numéros de *Vogue, Architectural Digest* et *Paris Match* étaient posés sur la table basse. A côté, il y avait un porte-revues plein de magazines.

Stephanie essaya de dominer l'angoisse qui s'était emparée d'elle à l'instant où elle avait franchi la porte. Elle regarda autour d'elle. Elle vit deux grands box aux parois de verre. Il y avait dans chacun d'eux des sièges confortables et une table en verre avec un ordinateur. Un des box était occupé. Stephanie regarda discrètement la scène. Une jolie infirmière en uniforme blanc interrogeait un vieux monsieur et sa femme, et introduisait leurs réponses directement dans l'ordinateur. Stephanie se dit que c'était une bonne idée de s'être débarrassé des formulaires que la plupart des cabinets utilisaient encore. Elle essaya d'oublier la raison de sa présence, mais son angoisse augmentait. « Allons, se dit-elle, la plupart des femmes développent des petites grosseurs au sein, et ce n'est pas un drame. »

Une porte s'ouvrit, et une jeune femme en uniforme blanc s'avança vers elle.

— Mademoiselle Hopkins ? Stephanie ? dit-elle en souriant.

Elle la mena vers le box inoccupé.

— Bonjour. Je m'appelle Michelle. Installons-nous ici, pour que je prenne les renseignements vous concernant. Voulez-vous une tasse de café ? Un jus de fruits ?

Elle fit apparaître sur l'écran de l'ordinateur un formulaire pour nouveau patient, et commença à lui poser une série de questions détaillées sur sa santé. Elle l'interrogea sur les maladies qu'elle avait eues, sur ses antécédents familiaux et sur une foule d'autres sujets. Michelle tapait directement ses réponses. Tout en répondant aux questions, Stephanie remarqua qu'il y avait beaucoup de passage dans la salle. Des portes s'ouvraient, des médecins et des techniciens en blouse blanche entraient et sortaient, des patients allaient et venaient, mais l'épaisse moquette étouffait tous les bruits de pas. Malgré les apparences, l'immense bureau était très animé.

A 16 h 14 très précisément — une minute avant l'heure du rendez-vous avec le Dr Richmond —, Michelle enfonça encore quelques touches et regarda Stephanie en souriant.

— Nous y sommes. Vous pouvez aller voir le

Dr Richmond. Il a accès directement aux informations que je viens de saisir. Son cabinet se trouve dans ce couloir, troisième porte à gauche.

Stephanie prit le couloir. Ses pieds s'enfonçaient dans la luxueuse moquette ivoire. Mais dans sa nervosité, elle frappa à la deuxième porte à gauche, et entra. C'était un bureau administratif. Un homme blond leva les yeux de son écran d'ordinateur. Clairement, son intrusion l'avait fait sursauter. Il se leva vivement.

— Que puis-je faire pour vous ?

— Excusez-moi, dit Stephanie, troublée. Je cherche le cabinet du Dr Richmond.

— C'est à côté.

L'homme la raccompagna à la porte. Froid, mais poli, il lui montra l'entrée du cabinet de Mike. Stephanie l'entendit fermer et verrouiller sa porte derrière elle.

Le bureau de Mike Richmond formait un contraste absolu avec le reste du décor. Il est vrai que Stephanie ignorait que ses nouveaux meubles n'étaient pas encore arrivés. Un petit rayonnage métallique se dressait contre le mur face à la fenêtre, et quelques copies de diplômes étaient fixées au petit bonheur sur la cloison derrière lui.

Le Dr Richmond lui-même n'avait pas l'air particulièrement élégant ou raffiné comparé à l'idée qu'elle se faisait du groupe de Spencer. Il était costaud, certes. Evie l'avait prévenue. Mais il la regarda avec une expression si aimable, si chaleureuse, qu'elle lui rendit son sourire. Elle remarqua que son visage portait déjà quelques rides. Ses années d'internat l'avaient définitivement marqué. Elle nota que les rides de la bouche se creusaient quand il souriait, ce qui le vieillissait un peu.

— Entrez, je vous en prie, dit-il d'un ton rassurant, en lui désignant un fauteuil. Asseyez-vous.

Il la suivit des yeux. Elle avait une démarche élégante. Elle s'habillait avec soin, de manière très classique. Elle portait une jupe de gabardine bleu foncé, et un corsage de coton blanc plissé avec plus de boutons de nacre qu'il n'en fallait pour le tenir fermé. Des bas sombres moulaient ses jambes longues et fines, qui se terminaient sur des souliers ornés d'une petite bande blanche sur le dessus. « Elle semble en parfaite santé », se dit-il, en l'observant avec ce regard direct que les médecins réservent à leurs patients des deux sexes.

— Eh bien, qu'est-ce qui vous amène ? demanda-t-il quand elle se fut assise et qu'elle eut lissé sa jupe.

Stephanie le lui expliqua.

— Quand avez-vous remarqué cela ?

— Oh... Il y a quelques jours. La semaine dernière.

Mike lui posa encore quelques questions. Stephanie ne voulait pas perdre de temps.

— Votre infirmière a déjà préparé mon dossier, docteur Richmond. Et toutes mes réponses sont dans l'ordinateur.

— Je sais, dit-il avec un sourire, mais je n'apprendrai pas grand-chose à votre sujet face à l'écran de mon ordinateur. J'en saurai beaucoup plus en vous regardant, vous, et en écoutant ce que vous avez à me révéler.

Sans aucune raison, Stephanie sentit qu'elle rougissait. Pas assez, espéra-t-elle, pour qu'il s'en rende compte.

L'interrogatoire prit fin quelques minutes plus tard. Mike appuya sur l'interphone. Michelle conduisit Stephanie à la salle d'examen et lui demanda de se déshabiller. Elle lui donna une tunique d'hôpital grise.

— Je me demandais... dit-elle soudain. Je suis sûre de vous avoir déjà vue. Est-ce que vous n'avez pas travaillé au centre médical de New Coventry ? Votre visage m'est familier.

— Oui, j'y ai travaillé. Surtout aux soins intensifs. Mais c'était il y a plusieurs années.

— J'y ai suivi ma formation, quand j'étais en troisième année. Nous pensions toutes que vous, les anciennes, vous aviez votre place quelque part entre Mère Teresa et le bon Dieu en personne.

Elles se découvrirent des amis et connaissances communs, et Michelle resta bavarder avec Stephanie pendant qu'elle se changeait.

— Vous êtes contente de votre travail ici ? demanda Stephanie, qui ne put s'empêcher de poursuivre : Comment est-il, ce docteur Richmond ?

Michelle sourit.

— Le Dr Richmond est parfait. Vous savez, ce cabinet est un peu particulier. Les médecins sont très... Comment dire ? En compétition. Ils courent après le succès, peut-être. Mais le Dr Richmond est différent. Il s'efforce, lui, de s'occuper de ses patients.

Elle baissa la voix, et jeta un coup d'œil vers la porte.

— Entre nous, je vous avoue que, personnellement, c'est plutôt à lui que j'aimerais me confier.

On frappa à la porte. Michelle alla ouvrir.

— Vous êtes prête ? demanda Mike. Entrez.

En recevant Stephanie dans son bureau, un peu plus tôt, il s'était montré amical. Mais à présent, il était sérieux et professionnel. Il examina ses seins avec un complet détachement qu'elle trouva rassurant. Et il était doux. Elle l'observa. Ses yeux étaient ailleurs, comme s'il concentrait toute son attention sur les palpeurs qu'il avait au bout des doigts. Il l'examina très soigneusement. Stephanie commençait à se sentir prise de panique. Enfin, il referma sa tunique d'hôpital.

— Je pense que vous n'avez pas la moindre raison de vous inquiéter, dit-il.

Stephanie se relâcha, comme si elle avait retenu son souffle depuis l'instant où elle avait découvert la grosseur.

— Ouf, dit-elle en descendant du lit d'examen.

Elle avait envie de le serrer dans ses bras.

— Merci. Oh... Je suis soulagée !

— Pas si vite, dit-il en souriant. Nous n'avons pas tout à fait terminé. Par sécurité, je veux que vous vous fassiez faire une analyse de sang et une mammographie. Sauf si vous l'avez déjà fait récemment.

— D'accord !

A ce stade, Stephanie était assez euphorique pour accepter presque n'importe quoi.

— Enfin, je n'en ai jamais fait.

— Alors nous allons prendre rendez-vous. Radiology Associates se charge d'effectuer les examens que nous prescrivons. C'est commode, car ils se trouvent dans cet immeuble. Très précisément à l'étage audessous.

Mike décrocha l'interphone et demanda à Pauline de s'occuper du rendez-vous. Tandis qu'ils attendaient la réponse, il demanda à Stephanie, comme en passant, ce qu'elle faisait de son temps libre.

— De la voile. Oh, pas grand-chose, juste des sorties à l'extérieur du détroit. J'ai un dériveur, un O'Day de cinq mètres de long. C'est un petit bateau, mais ça vous oblige à rester sur vos gardes quand le temps se gâte.

— Hé, fabuleux ! s'écria Mike, dont le regard s'éclaira. Mon cousin et moi, nous nous faisions engager sur les Stars pour les régates de week-end, près de Marblehead. Mais nous n'avons jamais eu de bateau à nous.

Il y eut un silence. Stephanie lui demanda :

— Et vous naviguez toujours ?

— Pas depuis des siècles. Non que l'envie m'en manque, mais je n'en ai pas le temps.

L'interphone bourdonna. Pauline avait pris rendez-vous pour Stephanie, chez Radiology Associates, pour le jeudi suivant à 13 heures. Elle ajouta que le patient suivant attendait.

Quand elle quitta le bureau, sa fiche de rendez-vous à la main, Stephanie était aux anges. Alors que son travail lui rappelait en permanence les maladies d'autrui, elle s'était toujours félicitée d'être elle-même en bonne santé. Mais elle se promettait de ne plus prendre pour argent comptant tout ce qui pourrait lui arriver de positif.

Il était trop tard pour repasser au bureau. Elle se rendit à pied à son parking, en se disant que la vie était belle, et que la journée qui s'achevait avait été magnifique.

Le Dr Richmond lui avait dit qu'il voulait la revoir après les examens. Alors qu'elle se mettait au volant, l'image de Mike s'imposa très nettement à son esprit — avec ses épais cheveux noirs et sa beauté d'adolescent. Et ses mains... Il y avait quelque chose dans le toucher de ses mains... Peut-être accepterait-il de faire un peu de voile avec elle. « Allons, ma petite, se dit-elle, tu as simplement vu un toubib, qui t'a annoncé que tu étais en bonne santé. Rien de plus. Pas d'affolement. »

Elle était presque arrivée chez elle lorsqu'elle réalisa qu'elle avait manqué son rendez-vous avec Evie Gaskell à la galerie marchande, vingt minutes plus tôt. Son amie serait furieuse.

11

Une demi-heure après le départ de Stephanie, Mike achevait de compléter ses fiches dans l'ordinateur lorsque Derek Provost fit irruption. Il avait l'air préoccupé. Il sourit tout de même, s'assit dans le fauteuil réservé aux visiteurs, étendit ses jambes et s'efforça d'avoir l'air aussi détendu que d'habitude.

— Que se passe-t-il ? lui demanda Mike.

— M. Danzig est venu me voir en début d'après-midi, répondit-il en regardant en tous sens, sauf vers Mike. Il était un peu... soucieux. Il m'a dit qu'il t'avait donné le cours d'introduction à notre programme informatique...

— M. Danzig ? Tu veux dire Tony ?

— C'est cela, dit Derek, en jetant un coup d'œil vers la porte, comme Pauline quand Mike avait prononcé le nom de Tony.

Il inspira à fond.

— Bref, il est venu dans mon bureau, et il était fâché. Il m'a dit que tu avais eu presque trente minutes de retard au rendez-vous, et que tu n'avais manifesté qu'une seule fois ton intérêt pour son programme : en lui demandant si tu pouvais jouer à des jeux en réseau.

— J'étais en retard, en effet.

Mike s'étonnait que Derek perde son temps à parler des récriminations de Tony, qui plus est à le prendre au sérieux.

— J'avais été retenu à l'hôpital, et je n'y pouvais rien. Il est vrai que je lui ai demandé si le logiciel contenait un jeu pour faire des réussites. Mais je plaisantais.

— Eh bien, reprit Derek en continuant d'éviter son regard, je t'avais prévenu. M. Danzig n'a pas beaucoup d'humour.

Il soupira.

— Ecoute, Mike, dans un cabinet comme le nôtre, le directeur administratif joue un rôle de premier plan. Tony fait un boulot remarquable, et nous essayons tous de nous entendre avec lui. Il est certain qu'il est parfois autoritaire et dépourvu d'humour. Mais on ne l'a pas engagé pour nous amuser.

— D'accord. Je n'avais pas l'intention de l'offenser.

— Je le sais bien. C'est simplement que… Ecoute, Mike. Tony fait tourner la boutique en douceur, d'un point de vue technique, et… Voilà où je veux en venir : il vaut mieux abonder dans son sens et éviter de le faire sortir de ses gonds. Si cela arrivait, ce serait... Ça pourrait... créer des problèmes dans le groupe, ce que personne ne souhaite.

Derek lui jeta un regard intense, hésita, puis se leva.

— J'ai un tas de rapports à rédiger. A plus tard.

Mike resta quelques instants immobile, digérant son entretien avec Provost. Quelque chose se modifia sur l'écran de son ordinateur, et un petit voyant rouge apparut sur le côté. Un message s'afficha : « Des résultats de laboratoire viennent d'arriver, qui vous sont adressés. Appuyez sur la touche ENTER. » Mike obtempéra, en se disant que ces techniques nouvelles constituaient un progrès considérable. Il n'était plus nécessaire de descendre au labo et de cajoler la secrétaire pour lui faire taper les résultats. Un rapport de l'appareil digestif supérieur s'afficha sur l'écran, émanant de Radiology Associates. Le patient, un certain Walter Sorrell, un homme anxieux, avait consulté Mike une semaine plus tôt et s'était plaint d'indigestion. Sorrell était assuré par Aetna. D'emblée, il avait fait comprendre à Mike qu'il avait l'intention de profiter au maximum de la couverture élargie que lui promettait sa police d'assurance. Mike l'interrogea, l'examina soigneusement, et parvint à la conclusion que son indigestion venait de ses habitudes alimentaires : chaque midi, il ne mangeait rien d'autre qu'un double cheeseburger accompagné d'une grande portion de frites.

— Vous souffrez de macdonaldite aiguë, lui avait dit Mike d'un ton enjoué.

Il lui avait suggéré de changer de régime. Mais Sorrell avait secoué la tête.

— Et ces publicités pour Lovejoy ? avait-il demandé, faisant allusion aux immenses affiches, visibles depuis la voie express, que l'hôpital Lovejoy avait fait apposer.

« MAL AU VENTRE ? hurlaient les grandes lettres rouges illuminées de nuit pour l'édification des automobilistes déprimés. PEUT-ÊTRE UNE INDIGESTION… MAIS C'EST PEUT-ÊTRE AUSSI UN CANCER. CONSULTEZ SANS ATTENDRE VOTRE MÉDECIN À LOVEJOY. »

Sorrell n'avait que faire des suggestions de Mike sur ses habitudes alimentaires, qu'il aurait dû modifier en faveur d'un régime plus équilibré et plus riche en alcalins.

— Tout ça, dit-il avec entêtement, je peux le trouver moi-même. Mais ma compagnie paie une fortune pour mon plan de santé, et je veux être sûr de ne pas avoir un cancer de l'estomac, ou quelque chose de ce genre… En fait, je pense que tout le problème se trouve du côté de mon *sarcophage*.

Impassible, Mike lui avait prescrit une série de radios de l'appareil digestif supérieur. L'exercice consistait à avaler une solution de sulfate de baryum qui devient visible sous l'effet des rayons X, tandis que le radiologue prend ses clichés à intervalles réguliers. C'était un procédé désagréable, très pénible. Mike espérait que lorsqu'il saurait que les résultats étaient négatifs Sorrell comprendrait son erreur, diminuerait sa consommation de hamburgers, s'achèterait un paquet de Tums, et prolongerait ainsi son espérance de vie.

Mais la lecture du rapport du radiologue le stupéfia. « On décèle des irrégularités dans le segment inférieur de l'œsophage, avec un léger spasme à la jonction de l'œsophage et de l'estomac. On remarque également un certain œsophagisme, et une muqueuse stomacale durcie, avec le passage rapide de la matière de contraste dans le duodénum. Des examens complémentaires du sphincter de l'œsophage sont recommandés, ainsi qu'une gastroscopie. »

— Merde !

Mike se renversa dans son fauteuil et soupira. Il serra les dents. Pour une surprise... L'idée lui vint qu'il n'était peut-être pas aussi bon diagnosticien qu'il croyait. Il aurait juré que le cas de Sorrell n'avait rien de sérieux. Et il avait examiné quantité de patients présentant les mêmes symptômes. « Eh bien, c'est le métier qui rentre, se dit-il. Le bon Dieu m'a peut-être envoyé ce type pour me rappeler mon devoir d'humilité. » Il contempla son écran pendant quelques minutes. Puis il prit une décision : il irait parler aux radiologues, et il examinerait avec eux les clichés de Sorrell. Il chercha la signature sur le rapport. Marty Rosenfeld, docteur en médecine, radiologue.

Les locaux de Radiology Associates, à l'étage inférieur, étaient très différents de ceux du groupe de Spencer. Sévère et fonctionnel, le bureau d'accueil était meublé d'un long comptoir recouvert d'un parquet stratifié clair. La grande salle d'attente, bondée, bourdonnait d'activité.

Une des femmes assises derrière le comptoir s'adressa à lui.

— Oui, monsieur, puis-je vous aider ?

— Je suis le docteur Richmond, je travaille à

l'étage au-dessus. J'aimerais parler au Dr Rosenfeld, à propos d'un rapport d'examen.

— Docteur Richmond, avez-vous dit ? demanda la femme, la main sur le téléphone.

— Mike Richmond.

— Ah, oui !

Son visage s'éclaira.

— Nous avons entendu parler de vous. Excusez-moi, je vous prie. Je ne vous avais pas reconnu.

Quelques instants plus tard, le Dr Rosenfeld, l'air plutôt surpris, passa la tête dans l'entrebâillement de la porte et jeta un regard circulaire.

— Docteur Richmond ? Venez, je vous prie.

Il serra machinalement la main que lui tendait Mike.

— Ah oui ! dit Rosenfeld. Vous êtes le nouveau du groupe de Spencer, n'est-ce pas ? Bienvenue dans la médecine privée !

Il eut un sourire, dans la pénombre.

— Que puis-je pour vous ?

Il lui montra le chemin, le précédant dans le couloir qui menait à la salle d'examen. Comme souvent dans les services de radiologie, l'intensité lumineuse était réglée au minimum. Cela évitait aux médecins — qui passent une bonne partie de la journée dans une salle de lecture peu éclairée — de devoir ajuster sans cesse leur vue à l'obscurité.

— Vous avez fait un AP supérieur à un de mes patients, dit Mike. Un certain Sorrell. Mardi dernier, il me semble.

— Vous n'avez pas reçu le rapport ? demanda Rosenfeld en se tournant vers lui. Est-ce qu'il y a un problème ?

— Si, je l'ai reçu. Aucun problème, à ma connaissance. Je voulais simplement vérifier les radios avec vous, si vous aviez une minute.

Au centre médical, Mike entretenait des rapports assez étroits avec les radiologues qui étaient ravis, en général, de passer les cas en revue avec les internes.

Rosenfeld hésita.

— Oui. Je suppose.

De toute évidence, il avait l'habitude que les médecins extérieurs se contentent de lire ses rapports.

— Vous n'avez pas eu les clichés ? Nous accompagnons toujours nos rapports de deux ou trois clichés représentatifs.

— Je l'ignorais, dit Mike. Ils étaient joints au rapport ?

— Oui. Il est vrai que vous êtes nouveau, ici. Il faut enfoncer deux fois la touche ENTER après le rapport dactylographié, et les clichés s'affichent sur l'écran.

— Bien, merci, je vais essayer. Mais puisque je suis là, avez-vous une minute pour jeter un coup d'œil aux originaux ?

Rosenfeld eut le même mouvement d'hésitation.

— Ecoutez, vous m'avez interrompu au milieu d'un scanner cérébral. Est-ce que nous pouvons remettre ça à plus tard ?

— Bien sûr, dit Mike, en se reprochant de ne pas avoir téléphoné avant de venir. Quand voulez-vous ?

— Disons dans une heure, fit Rosenfeld, très mal à l'aise, après une légère pause.

— Je repasserai donc dans une heure, si ça ne vous dérange pas.

— D'accord, acquiesça Rosenfeld.

Sa voix le trahissait : il n'acceptait qu'à contrecœur.

Mike remonta à l'étage au-dessus et regagna son bureau. Le système de sécurité était très complexe. Une semaine plus tôt, il avait déclenché une alerte. Il avait fallu à peine quelques minutes pour que deux types de la sécurité fassent irruption sur les lieux. Mike consulta sa montre. Il était déjà plus de 17 h 30. Ces radiologues ont vraiment du boulot, se dit-il. Ils travaillent tard.

De retour dans son bureau, il alluma son ordinateur, accéda aux rapports radio de Sorrell et trouva les clichés. Ils étaient flous. Il était évident que quelque chose s'était perdu dans la transmission, parce qu'il n'était pas du tout certain de bien voir le reflux et les autres problèmes que le Dr Rosenfeld avait signalés. Mike examina soigneusement la fiche de Sorrell. Il espérait trouver un indice, un symptôme qui viendrait corroborer le diagnostic du radiologue. Mais tout était conforme à son souvenir. La douleur de Sorrell apparaissait au centre de l'abdomen, une demi-heure après qu'il eut mangé ses hamburgers-frites, et s'accompagnait parfois de brûlures d'estomac. Il n'avait pas signalé de perte de poids, de vomissements, d'hémorragie, ni de douleur autre que celle liée à la nourriture. Aucun élément ne venait infirmer le diagnostic initial de l'indigestion. Mike allait devoir soumettre Sorrell à une gastroscopie et à un tas d'examens coûteux, avec l'impression que ce serait une perte de temps et d'argent. Il travailla un peu sur son ordinateur et feuilleta le dernier numéro des *Annals of Surgery*. Une heure plus tard, il jeta un coup d'œil à sa montre, se rappela son rendez-vous avec Rosenfeld, et sortit en courant. Il emprunta l'escalier d'incendie. Il n'avait que cinq minutes de retard. Mais les bureaux de Radiology Associates étaient fermés, les lumières éteintes, et l'endroit était hermétiquement clos pour la nuit.

12

Le lendemain, Mike eut beaucoup de travail. Il avait quelques consultations de routine à Lovejoy, une hernie et un kyste synovial du poignet. L'hôpital était très différent du vieux centre médical de New Coventry, avec ses murs peints de couleurs pastel, son éclairage vif et moderne, et son personnel qui semblait plus souriant et détendu. Mais derrière toute cette façade destinée à séduire le client, Lovejoy était un établissement conçu dans le seul et unique but de gagner de l'argent. Et il ne fallut pas longtemps à Mike pour se rendre compte que lui-même avait pour fonction seule et unique de gagner de l'argent. Le moindre mouvement, la moindre seconde passée à l'hôpital devaient être justifiés, et apparaissaient au bout du compte sur la facture de quelqu'un.

Après avoir achevé la tournée de ses patients, il remontait le couloir principal du bloc opératoire lorsque son bipeur sonna. Il se dirigea vers le poste téléphonique le plus proche et composa le numéro que lui indiquait son appareil. C'était le portable du Dr Lou Gardner, le principal partisan de Terry Catlin au sein du groupe.

— Mike ? Je crois que vous êtes de garde en chirurgie, aujourd'hui, n'est-ce pas ?

Gardner parlait d'un ton assez amical, comme s'il s'était habitué à l'idée que Mike appartenait à l'équipe.

— Eh bien, j'ai besoin de l'avis d'un chirurgien à propos d'une de mes patientes, là-haut, en B-4. Della Marcus. Je l'ai fait hospitaliser hier pour un gonflement des deux jambes accompagné de fortes douleurs. Je ne suis pas sûr de comprendre ce qu'elle a. J'ai pensé qu'elle souffrait peut-être d'une insuffisance cardiaque œdémateuse, mais son ECG est correct, et je n'ai rien trouvé d'anormal au plan circulatoire.

— Bien sûr, dit Mike, en prenant note du nom de la patiente. Je suis à l'hôpital. Je vais la voir immédiatement.

— Chambre 448. Faites-moi savoir ce que vous aurez trouvé... Au fait, reprit-il après une légère pause, elle est couverte par le Plan de santé Lovejoy.

Mike raccrocha. Il revint sur ses pas, et se dirigea vers les ascenseurs, vaguement intrigué. Il se demandait pourquoi Gardner avait mentionné le fait que sa patiente possédait cette assurance privée. Cela ne devait pas avoir le moindre rapport avec ce dont elle souffrait. Au troisième étage, il s'arrêta au bureau et lut la fiche de Della Marcus. Il n'y vit rien que sa conversation avec Gardner ne lui ait déjà appris.

L'infirmière en chef, Linda Alpert, l'accompagna à la chambre de la patiente.

Della Marcus était une grosse femme au corps et au visage ronds qui portait des lunettes circulaires à monture d'écaille. Elle était allongée sur le dos. Un simple drap recouvrait son ventre en forme de dôme. Elle semblait souffrir, mais elle lui décocha un sourire radieux quand il se présenta.

Il approcha une chaise et jeta un coup d'œil à ses jambes, découvertes jusqu'aux genoux. Elles avaient l'air enflées, couvertes de veines bleuâtres et dilatées.

— Eh bien, qu'est-ce qui vous arrive ? lui demanda-t-il en lui posant la main sur le bras.

Il avait une manière directe mais sympathique de parler aux gens. Elle lui sourit de nouveau. De toute évidence, c'était une habitude chez elle.

— Ce sont mes jambes. Elles enflent depuis plusieurs semaines. Je n'y ai guère prêté attention... Je me disais qu'elles avaient simplement trop à faire, à cause de mon poids.

Mike hocha la tête, puis il l'examina soigneusement. Le gonflement des jambes pouvait être le symptôme, en effet, d'une insuffisance cardiaque œdémateuse, comme le suggérait Lou Gardner. Mais si c'était le cas, la patiente aurait été très oppressée, allongée sur le dos. Et elle aurait eu les veines du cou dilatées. Mike lui demanda de tourner la tête du côté opposé, pour faire ressortir sa jugulaire externe. La veine semblait à peu près normale. Certainement pas dilatée comme celles de ses jambes.

— Le gonflement a-t-il augmenté d'un seul coup ?

— Oui. Hier soir, mes jambes ont brusquement enflé. Elles étaient faibles, au point que je ne pouvais plus me lever. La douleur empirait, et mon mari n'était pas à la maison. Alors j'ai appelé la ligne directe de la compagnie d'assurances. Ils m'ont conseillé de me présenter aux urgences.

— Vos varices vous ennuient-elles en temps normal ?

— Un peu. Pas tant que ça… Je suppose qu'à mon âge, et avec mon poids, tout le monde en a.

Elle sourit.

— Mais il est vrai qu'elles ont gonflé depuis hier soir.

— Bien. Nous allons regarder cela. Vous permettez que je tire le drap ?

— Bien sûr ! Mon Dieu, un docteur bien élevé !

Elle adressa un clin d'œil à l'infirmière.

— C'est bien le premier, hein, Linda ?

Gênée, Linda Alpert murmura quelques mots que Mike ne comprit pas. Il tira le drap. Les veines des deux jambes étaient dilatées, même en position allongée, et le fait de les soulever ne réduisait pas la congestion veineuse. Il chercha le pouls à l'aine et aux chevilles. Il semblait normal de part et d'autre. Aucune inflammation visible aux jambes, pas d'urticaire ni d'abcès. Mike était perplexe. Il vérifia le cœur, bien que Lou Gardner lui eût affirmé que tout allait bien de ce côté. La respiration était parfaite aussi, pour autant qu'il pût en juger avec son seul stéthoscope. Les bras et le cou de Della étaient épais et plutôt flasques, mais ils ne montraient aucune trace de congestion.

Qu'est-ce qui pouvait bien ralentir le retour sanguin dans les jambes, mais pas dans le haut du corps ?

Il fouilla dans sa mémoire. Il se rappela un patient qu'il avait examiné près d'un an plus tôt. Même son nom lui revint : Bobby Fitzgerald, un alcoolique impénitent mais assez drôle, bien connu du personnel des urgences. Il s'était avéré qu'un caillot bouchait sa veine cave inférieure (la veine principale qui remonte le sang du bas du corps), et le pauvre Bobby avait failli trépasser avant qu'on établisse le bon diagnostic. Della montrait des symptômes presque identiques.

Mike acheva son examen et rangea son stéthoscope dans sa poche.

— On dirait qu'une grosse veine de votre ventre est bouchée, dit-il à Della. Nous allons devoir vous faire une radio d'un type particulier. Une phlébographie. Mais je suis presque sûr que c'est cela.

— Vous pouvez déboucher la veine ?

Della ne paraissait pas du tout inquiète.

— La semaine dernière, pour mes canalisations, j'ai fait venir chez moi Charlie le Plombier et son Robot-Déboucheur. Vous voulez son numéro de téléphone ?

Mike sourit.

— J'espère que nous n'aurons pas besoin de Charlie. Mais si vous y tenez, nous pouvons le faire venir comme consultant.

Della éclata de rire. Un rire profond, en cascade.

— N'est-il pas mignon ? demanda-t-elle à Linda.

— En tout cas, c'est ce que pensent toutes les femmes par ici, répliqua l'infirmière.

— Nous allons prendre des dispositions pour cette phlébographie, reprit Mike. Puis nous démarrerons un traitement pour dissoudre ce caillot.

De retour au bureau, il sortit la fiche de Della. Il commençait à écrire lorsque Lou Gardner fit son apparition. Il portait une blouse blanche sur mesure immaculée, une chemise Sulka à rayures roses, et une cravate de soie rouge à motif équestre. Il n'essayait aucunement de cacher qu'il était un des internistes les plus prospères de New Coventry. Il conduisait une Bentley bordeaux, et même sa démarche reflétait son assurance.

— Ah oui, Mike, dit-il de son ton légèrement pontifiant. J'espérais bien vous trouver ici. Alors, que pensez-vous de notre amie Della ?

— Je crois que sa veine cave inférieure est bouchée par un caillot. J'ai demandé une phlébographie, et je m'apprêtais à prescrire un traitement à la Streptase — si vous êtes d'accord.

Gardner inspira, et contempla Mike pensivement.

— Ce diagnostic me semble juste, dit-il. Vous êtes très doué. Franchement, je n'y avais pas pensé.

Il marqua un temps d'arrêt, le regard fixé sur Mike.

— En revanche, Mike, je pense que dans ce cas particulier, c'est un traitement à l'héparine qui s'impose.

Mike regarda autour de lui, étonné.

— A l'héparine ?

Il hésita. C'était un domaine qu'il connaissait mieux que Gardner, mais il ne voulait pas se montrer arrogant.

— Nous nous servions de l'héparine avant de connaître la Streptase, Lou. Et cette dernière est beaucoup plus efficace, aucun doute là-dessus. Si cela vous intéresse, il y a un bon article sur la Streptase dans le *Journal of Vascular Surgery* de ce mois-ci...

Il eut l'impression que le visage de Gardner se durcissait, comme la surface d'un lac pris par les glaces.

— Mike, je sais tout ce qu'il faut savoir sur la Streptase, dit-il en l'interrompant brutalement. Et je n'ai certainement pas besoin d'une conférence sur le sujet.

Il inspira profondément — pour se reprendre, visiblement —, et parvint à sourire.

— Ecoutez, Mike, je vous ai dit que Della était couverte par le Plan Lovejoy. Cela signifie qu'en échange de ses primes ridicules le Plan prend en charge toutes ses dépenses de santé, d'hospitalisation et d'examens, ainsi que tous les médicaments. Ce qui veut dire que nous ne pouvons pas sonner l'alerte rouge pour n'importe quel symptôme chez le premier patient venu. Parce que cela coûterait trop cher, tout simplement. Concrètement, si nous agissions ainsi le Plan coulerait en moins d'un an.

Mike ouvrit la bouche pour répondre. Mais Gardner n'avait pas fini.

— Pour vous faire comprendre le problème en termes de gros sous, dit-il en essayant de dissimuler sa condescendance sous un ton didactique et bon enfant, une dose de Streptase coûte plus de mille dollars. L'héparine, elle, ne coûte que quelques dollars. Pour la totalité du traitement. Vous voyez maintenant où je veux en venir ?

— Je sais tout cela, Lou, dit Mike.

Il était inquiet tout à coup, car il s'apprêtait à contrarier un des internistes les plus puissants de la ville, un homme qui, de plus, n'était pas très bien disposé en sa faveur.

— Mais à mon avis, il y a une grande différence :

la Streptase est efficace car elle dissout et brise le caillot. Tandis que l'héparine, qui empêche simplement la formation de nouveaux caillots, n'est pas capable de liquider cette obstruction. Dans le cas présent, docteur Gardner, j'ai le regret de vous le dire, il me semble que la Streptase est le traitement qui convient le mieux. Et il faut l'administrer le plus tôt possible à votre patiente. Si nous attendons trop longtemps, je crains que ça ne serve à rien.

Gardner recula d'un pas en souriant. Un sourire glacé, désapprobateur, supérieur.

— Mike, j'apprécie votre idéalisme. Je suppose que je réagissais comme vous à votre âge. Mais la réalité doit avoir le dessus sur l'idéalisme. J'ai le regret de vous rappeler que je vous ai demandé de voir cette patiente en consultation. Pas de vous charger de son traitement. A mon avis, votre diagnostic est correct, de sorte que nous n'avons pas besoin de lui faire subir une phlébographie, qui, entre nous soit dit, coûterait à l'assurance la bagatelle de huit cents dollars. Et je suis sûr qu'elle réagira très favorablement à l'héparine.

Il tendit le bras et s'empara de la fiche de Della Marcus.

— Je vous remercie pour votre assistance sur ce cas, docteur Richmond, dit-il d'un ton officiel. Elle m'a été extrêmement précieuse.

Il prit la fiche, passa de l'autre côté du bureau et se mit à écrire.

Mike l'observa un moment, puis haussa les épaules. Il avait fait ce qui était en son pouvoir. Mais il sentait les premiers grondements de la colère monter en lui — comme les signes annonciateurs d'un ouragan qui tonne dans le lointain.

Lou Gardner se leva, remit le dossier de Della Marcus à sa place dans le casier, et s'en fut sans lui accorder un regard. Et sans rendre visite à Della. Gardner était un homme très occupé. Son temps était pris par ses patients privés, dont les assurances couvraient tous les soins, ou qui payaient en liquide.

Linda descendait le couloir, de retour d'une chambre. C'était une jolie fille, au regard noir et coquin, et à la peau magnifiquement lisse.

— Eh bien, lui demanda-t-elle avec un sourire amusé, le Dr Gardner vous a-t-il autorisé à soigner Della à la Streptase ?

— Il a décidé de la traiter à l'héparine.

Linda se tenait si près de lui qu'il sentait la chaleur de son corps.

— J'aurais pu vous le dire depuis le début. Il va sans doute la renvoyer chez elle demain, et la soigner comme patiente externe.

Elle eut un sourire bref.

— Elle s'en sortira sans doute aussi bien avec l'héparine, vous ne croyez pas ?

— Je l'espère, en tout cas, répliqua Mike.

Il n'avait pas de patients à voir à l'hôpital, alors il regagna son cabinet. A son entrée, Pauline leva les yeux de sa console.

— Vous vous rappelez que je vous ai interrogé sur le Dr Newsome ? lui demanda-t-elle.

Mike hocha la tête.

— Eh bien, j'ai parlé à une amie à moi, quelqu'un qui l'a connu. Elle m'a expliqué combien le cabinet a changé depuis son départ.

— Sans doute.

Il écoutait à peine ce qu'elle lui disait.

Pauline jeta un regard vers le couloir, par la porte ouverte.

— Ils semblent beaucoup plus... disons, prospères que du temps du Dr Newsome. C'est ce qu'elle m'a affirmé, en tout cas.

— Exact, dit Mike en souriant. C'est pourquoi ils peuvent s'offrir les services de spécialistes hors de prix dans mon genre.

Il passa dans son bureau. Il pouvait déjà sentir la pression qui allait s'exercer sur lui. Lou Gardner avait presque autant d'influence en médecine interne que Spencer en chirurgie, et il ferait sans doute le plus de publicité possible sur le cas Della Marcus. Le doute germa soudain dans le cerveau de Mike. Peut-être Lou Gardner avait-il raison. Peut-être pratiquait-on ainsi la médecine dans le monde réel, au-delà du programme d'internat. S'il voulait survivre dans ce groupe, il allait devoir modifier en profondeur sa manière de pratiquer la médecine et, plus encore, devoir apprendre à l'accepter.

13

Ce lundi-là, Stephanie s'était attachée au travail que lui avait confié Carl Hartmann. Au bout de quelques jours, elle commençait à avoir la main. Son patron voulait des chiffres pour ses différentes sociétés, afin de pouvoir comparer les ventes et les frais généraux — qui incluaient le personnel, les salaires, le développement, l'équipement, les loyers et toutes les autres dépenses —, et calculer la rentabilité moyenne de chaque unité.

Elle se pencha et tira une cassette de données du carton posé à ses pieds. Elle l'examina avant de l'introduire dans le lecteur. La cassette portait une étiquette bien nette, portant l'indication manuscrite « Firme n° 2, mars 1996 ». Chaque cassette avait une couleur caractéristique, une étiquette semblable, toujours rédigée de la même écriture soigneuse et, comme elle l'avait remarqué, toutes portaient les mêmes initiales dans le coin inférieur droit. AD. Elle s'était demandé qui était ce ou cette AD. Puis elle s'était dit qu'il s'agissait de quelqu'un du service financier. Oui, c'est cela. Cette aimable jeune femme aux cheveux noirs coupés à la garçonne, avec de grandes boucles d'oreille, qui lui avait apporté le carton. Elle s'appelait Alice. C'était probablement elle. Stephanie enfonça une touche. Le lecteur bourdonna pendant plusieurs minutes. Il transférait les données sur le disque dur. Elle en profita pour passer en revue ce qu'elle avait déjà fait. Il ressortait de son étude que les firmes avaient des structures et des fonctions si différentes qu'il serait très difficile d'établir des comparaisons. Peut-être même une telle comparaison entraînerait-elle des erreurs de calcul.

On frappa un coup sec à la porte. Hartmann entra.

— Comment avance le travail ?

— Je crois que j'ai un problème avec les chiffres de la firme n° 2, lui dit-elle en lui montrant l'écran.

Peut-être n'ai-je pas toutes les données dont j'ai besoin.

Carl se posta derrière elle. Il examina les colonnes de chiffres multicolores qui s'alignaient sur l'écran.

— C'est parfait pour un début, dit-il. L'important, c'était de trouver un format compatible pour toutes les sociétés, et on dirait bien que ça marche.

— Je ne dispose d'aucun vrai chiffre pour les ventes, continua Stephanie. La firme n° 2 encaisse de gros montants à un rythme irrégulier, mais je ne trouve pas de frais de ventes. En fait, on dirait qu'il n'y a pas de ventes du tout, et aucune sorte de logique dans les paiements. Il y a bien quelque chose qui ressemble à des salaires de cadres et à des frais généraux classiques, mais pas de représentants, pas de frais de magasinage, ni d'expédition.

— La firme n° 2 est… Eh bien, on pourrait dire que c'est une société de services, dit Hartmann, qui contemplait toujours le tableau multicolore. Elle ne vend pas de produits à proprement parler. Elle ne vend rien d'autre que des compétences.

— Oh, je vois, dit Stephanie, soulagée. Je comprends, maintenant.

Elle y avait pensé, en fait. Mais les sommes créditées étaient énormes.

— Ces gens doivent être rudement compétents, reprit-elle en levant les yeux vers lui. Certains chèques encaissés portent des montants à sept chiffres.

— Exact.

Hartmann se redressa.

— Ne vous inquiétez pas pour cela. Ce que je veux, pour le moment, c'est que vous calculiez les totaux.

Toutes les firmes ont des revenus substantiels, mais la plupart d'entre elles ont des montants beaucoup moins élevés.

Il allait et venait dans la pièce. Il ne pouvait rester en place quand il réfléchissait. Stephanie l'observait. Elle remarqua son pas décidé et sa rapidité incongrue chez un homme de cette taille. « Ce n'est pas le genre de type qui aime qu'on se mette dans son chemin », se dit-elle.

— Je veux vous demander encore une chose, fit Hartmann. Introduisez le coût de la gestion des revenus, y compris les créances irrécouvrables, l'encaissement, et le personnel de comptabilité séparément. Il est beaucoup plus coûteux de gérer des milliers de comptes à cent dollars qu'une douzaine de comptes à un million de dollars. J'aimerais savoir dans quelles proportions.

Stephanie prit des notes sur le carnet posé à côté de son clavier.

Hartmann se remit à faire les cent pas.

— Les paiements dus pour chaque société se trouvent sur des fichiers séparés. Ainsi, lorsque vous obtiendrez le montant des revenus, vous pourrez calculer les rapports annuels et cumulés, et le taux recettes/dépenses pour chaque unité, et comparer les résultats.

Stephanie hocha la tête, parfaitement consciente de la nécessité d'un sérieux travail d'analyse de données pour mettre les chiffres sous une forme qui donnerait à Hartmann les informations qu'il attendait.

Pendant quelques minutes encore, ils parlèrent des techniques statistiques que Stephanie allait employer pour analyser les données. Puis il regarda sa montre.

— Je serai absent jusqu'à la fin du week-end. J'espère qu'un rapport préliminaire sera prêt pour lundi.

— Je vais essayer, dit-elle en le suivant des yeux tandis qu'il se dirigeait vers la porte. Bon voyage.

Dans le courant de l'après-midi, Stephanie fit une pause. Elle relut le topo qu'elle avait préparé sur son ancien travail de superviseur du contrôle, et ajouta quelques remarques complémentaires à l'attention de Jean. Un peu plus tard, elle regarda la pendule : elle avait rendez-vous dans un quart d'heure pour sa mammographie. Elle mit de l'ordre dans son bureau et se rendit chez Radiology Associates. Mike lui avait dit que le cabinet de radiologie se trouvait à l'étage au-dessous du sien. Les bureaux des radiologues étaient animés. Visiblement, ils étaient efficaces. On lui posa quelques questions de routine, mais la banque de données de Mike leur avait déjà transmis son dossier clinique. La séance radio elle-même ne fut pas très longue. Une demi-heure après son arrivée, tout était fini.

— Nous enverrons le rapport à votre médecin, lui dit le technicien qu'elle interrogea sur les résultats.

Cela ramena Mike à sa mémoire. Elle l'imagina en train d'ouvrir l'enveloppe, d'en lire le contenu en souriant, puis de l'oublier aussi vite. Et de l'oublier, elle. Les gens du groupe de Spencer étaient très occupés, elle le savait. Aux yeux de Mike, ces patients qui se succédaient devaient être comme des pièces détachées sur une chaîne de montage. Pas vraiment faciles à distinguer entre elles. Et les chirurgiens ont un regard très particulier sur les femmes, se dit-elle. Ils doivent regarder leur corps comme un mécanicien regarde un moteur de voiture. Elle se rappela cette blague qu'elle avait entendue au collège, jadis... Celle du docteur qui dit à sa patiente : « Otez vite vos vêtements ! J'entends ma femme qui vient ! »

Cependant, en attendant l'ascenseur pour quitter l'étage de Radiology Associates, elle prit conscience, très fort, de la présence du jeune médecin juste au-dessus d'elle. Comme si elle se trouvait à portée de son aura. Cette sensation diminua au fil de la descente. Quand Stephanie retrouva son bureau, cette impression avait disparu.

14

Au milieu de l'après-midi, Mike avait fini son travail. Il alluma son ordinateur, et enfonça quelques touches. Tout d'abord, l'écran devint noir. Puis un nom et un numéro d'identification s'affichèrent. A partir du haut de l'écran apparut une sorte de dessin noir et gris qui s'affina peu à peu, révélant une radiographie. « Stupéfiant, se dit-il en regardant la photo apparaître sous ses yeux. On économise tous les allers et retours au service radio, sans parler des problèmes habituels pour trouver le bon film et localiser au fond d'une grosse enveloppe le cliché dont on a besoin. » Mike pensa aux heures innombrables qu'il avait passées, jeune interne, à chercher des clichés.

C'était la radio de Stephanie Hopkins. Mike

l'examina. Elle lui parut d'abord d'excellente facture, mais les détails étaient légèrement flous. C'est normal, se dit-il. Même sur un moniteur haut de gamme, l'image se décompose en une infinité de pixels, contrairement à l'émulsion chimique d'argent du cliché photographique original, qui donne une image unie, beaucoup mieux définie. Mike regarda les films pendant plusieurs minutes avant de lire le rapport. Il avait pris cette habitude des années auparavant, pour s'entraîner à repérer des anomalies qui, autrement, auraient pu lui échapper. Pour autant qu'il pût en juger, les deux seins étaient parfaitement normaux. Il concentra son attention sur le quadrant supérieur externe du sein droit. Peut-être y avait-il une légère augmentation de densité… Difficile à dire. Son logiciel lui permettait d'agrandir l'image. Il eut simplement l'impression que les pixels étaient plus gros.

« Eh bien, se dit-il, il n'y a rien ici de très sérieux. Voyons ce que dit ce rapport. »

Il enfonça la touche PgUp. Les clichés disparurent, remplacés par un texte dactylographié portant en signature les initiales MR. Puis un griffonnage, et un nom : Marty Rosenfeld. C'était le radiologue qui avait fait l'AP supérieur de Walter Sorrell, simulateur présumé. Le rapport commençait comme toujours par une description des techniques utilisées par le radiologue. Puis : « On remarque au sein gauche un phénomène mineur de nodosité et de densités dispersées. Rien au-delà des limites normales. A droite, on fait la même constatation. On décèle également un petit nombre de minuscules microcalcifications, mal définies, dans la zone de la masse considérée. Vu le risque de malignité suggéré par cette observation, il est recommandé d'effectuer une biopsie. » Mike resta bouche bée. Il n'avait absolument pas vu les microcalcifications qui apparaissent généralement sous la forme de minuscules traînées blanches, presque invisibles, sauf à un regard entraîné. Elles sont importantes, car elles sont souvent le premier symptôme annonçant un problème sérieux. « Eh bien, se dit-il. C'est à cela que servent les radiologues. A repérer des choses qui échappent aux gens comme moi. » Il rappela les films à l'écran et les fixa jusqu'au moment où il fut convaincu d'apercevoir les petites mouchetures de calcium. Mais il savait parfaitement que si on lui présentait les mêmes clichés, il serait toujours incapable de déceler les lésions.

Puis il comprit. Bien sûr ! Ces petites taches blanches sont déjà assez difficiles à détecter sur les clichés classiques. Elles disparaissent tout à fait à la vue lorsque les photos sont numérisées pour être copiées et retransmises par l'informatique. S'il pouvait examiner les films originaux, il les verrait, sans aucun doute.

Mike composa le numéro préenregistré de Radiology Associates. Le Dr Rosenfeld se trouvait au scanner, lui dit-on, et il ne pouvait pas répondre au téléphone. Personne ne savait quand il aurait fini. Mike laissa un message lui demandant de le rappeler.

Pauline entra. Elle lui apportait des documents.

— Au fait, Mike, dit-elle, mon mari passera ici en fin d'après-midi...

Le téléphone sonna. Elle décrocha, et lui passa très vite le combiné. C'était Linda Alpert, l'infirmière en chef du service médecine à Lovejoy. Elle semblait hors d'haleine, complètement paniquée.

— Il s'agit de Mme Marcus. Della Marcus, vous vous souvenez ?

Elle n'attendit pas sa réponse.

— Venez vite, je vous en prie. Elle est au plus mal...

— Della est la patiente du Dr Gardner. Appelez-le, Linda.

— Il m'a ordonné de vous appeler. Il est occupé, et il viendra dès que possible. Della a une hémorragie. Vous feriez bien de venir tout de suite.

— J'arrive, dit Mike.

Il saisit son bipeur et partit en courant. Il sentait la montée d'adrénaline, si familière. C'était comme au bon vieux temps, lorsqu'il était interne, et qu'il répondait à des urgences une demi-douzaine de fois par jour.

Il franchit les quatre pâtés de maisons en toute hâte, dans les rues encombrées. Il espérait que Linda avait lancé un appel ou trouvé quelqu'un, aux urgences ou aux soins intensifs, capable de s'occuper de Della au plus vite. Il se demanda ce qui avait provoqué l'hémorragie. L'héparine, sans doute, si Lou Gardner avait commencé le traitement comme il en avait eu l'intention... Mike décida d'improviser en fonction de la situation.

Dans la chambre de Della régnait un désordre indescriptible. La patiente gisait sur son lit, dont on avait arraché les draps et les couvertures. Ses jambes semblaient beaucoup plus gonflées que lorsque Mike l'avait vue. Un interne — un toubib coréen que Mike connaissait de vue —, les deux paumes appuyées sur le torse de Della, faisait un massage cardiaque à la femme tout en hurlant des instructions dans un anglais presque incompréhensible. Linda Alpert fixait une intraveineuse. Une jeune spécialiste de la respiration essayait de donner de l'oxygène à Della, mais le sang sortait en bouillonnant autour du masque de caoutchouc noir. Trois étudiants en médecine, immobiles, appuyés au mur près de la porte, observaient la scène, les yeux écarquillés, terrifiés, attentifs à ne pas se trouver sur le chemin de quelqu'un.

Mike jeta un coup d'œil à l'électrocardiogramme. Un petit bip-bip se matérialisait de temps en temps sur l'écran.

— Sentez-vous encore sa tension artérielle ? demanda-t-il à Linda.

— Plus depuis cinq minutes.

L'interne avait le visage trempé de sueur.

— Arrêtez un instant, lui dit Mike. Voyons si nous pouvons trouver son pouls.

L'interne interrompit son mouvement de pompe. Mike écouta au stéthoscope posé sur la poitrine de Della. Son oreille lui confirma l'information fournie par l'électrocardiogramme. Le cœur de Della avait cessé de battre.

Il examina ses yeux. Ils étaient grands ouverts, fixes, les pupilles dilatées. Il fit un léger signe de tête à la technicienne afin qu'elle s'écarte un instant.

— Vous avez un ophtalmoscope ? demanda-t-il à Linda, très calmement.

Sans mot dire, elle lui tendit l'instrument. Un silence absolu avait envahi la chambre. Tout le monde le contemplait tandis qu'il réglait la lentille. Il se pencha, plaça l'appareil devant son œil, et braqua le rayon au fond de la rétine de Della. Aucun doute.

Il y avait du perlage dans le vaisseau sanguin de la rétine, ce qui indiquait que le sang ne circulait plus.

Il se redressa.

— Elle est morte. Quelqu'un peut-il me dire maintenant ce qui s'est passé ?

Machinalement, Linda regarda la pendule et nota l'heure sur son rapport. L'interne coréen se lava les mains au lavabo, se dirigea vers la porte et sortit sans un mot. Les trois étudiants le suivirent, après un dernier regard apeuré au gros corps nu de Della, qui avait déjà la pâleur de la mort.

— Une des infirmières est entrée par hasard dans la chambre, dit Linda d'une voix tremblante. Elle avait le visage couvert de sang, il y en avait partout, plein les draps, et elle avait perdu conscience. J'ai lancé un appel d'urgence, puis je vous ai appelé. Je crois que nous sommes arrivés trop tard, tout simplement.

— Le Dr Gardner l'avait-il déjà mise sous héparine ?

— Oui. Elle en prenait mille unités par heure, en intraveineuse.

Mike regarda Della.

— Elle a de la famille ?

— Son mari. Il est entré dans la chambre juste après le début de l'hémorragie. Le pauvre homme était en état de choc.

La porte s'ouvrit, pour livrer le passage à Lou Gardner. Il contempla Della un moment, estimant la situation.

— Que s'est-il passé ? demanda-t-il à Mike.

— Elle s'est vidée de son sang. J'allais demander à Linda si Della avait eu des ulcères à l'estomac, ou n'importe quoi d'autre, que l'héparine aurait pu réveiller.

— Absolument pas, dit Gardner en secouant la tête avec énergie. Si c'était le cas, je ne l'aurais jamais placée sous héparine, bien entendu !

— Son mari venait de lui apporter son flacon de Tagamet, dit Linda d'une voix calme, en montrant un sac en papier posé sur la table de chevet. Il m'a dit qu'elle suivait depuis deux ans un traitement pour son ulcère, mais qu'elle n'en avait pas pris depuis son hospitalisation.

Il y eut un long silence. Puis Gardner fit claquer son poing sur la paume de sa main.

— Nom de Dieu de bonne femme ! Elle ne m'a rien dit !

Son visage s'empourpra, et il lança un regard mauvais au corps allongé sur le lit.

— Tous les mêmes, ces foutus connards de patients ! Ils n'ont vraiment rien dans la tête !

Linda regarda ailleurs, gênée. Mike contemplait ses chaussures. Gardner comprit qu'il était allé trop loin. Il inspira à fond, et se ressaisit.

— Je suis désolé, dit-il d'un ton conciliant. Mais c'est exaspérant, de voir les patients se créer tant de problèmes, quand on pourrait les éviter.

— M. Marcus est dans la salle d'attente, Dr Gardner, dit Linda, sans le fixer. Je suppose que vous voulez lui parler.

— Oui, bien sûr.

Gardner avait commis une énorme erreur, et il tenta de désamorcer la situation.

— Pardonnez-moi de m'être emporté. C'est venu

comme ça, dans la nervosité du moment. Je suis désolé. D'accord ?

— Bien sûr, dit Linda. Pas de problème.

La porte s'ouvrit. M. Marcus, un petit homme aux cheveux noirs et en costume sombre, entra. Il avait l'air terrifié. Avant qu'on ait eu le temps de l'arrêter, il se précipita vers le lit avec un hurlement inintelligible, et saisit l'épaule blanche et nue de sa femme.

— Della, Della, regarde-moi ! Oh, mon Dieu, non, je vous en supplie…

Il se tourna vers Gardner, désespéré.

— Qu'est-ce qui s'est passé ? Elle va s'en sortir ?

Lou Gardner fonça sur Marcus, l'air brusquement compatissant.

— Sortons un instant, je vous prie, M. Marcus, dit-il en prenant le bras de l'homme soumis et en l'entraînant vers la porte.

Mike les suivit, et ferma la porte derrière lui.

— Je crains qu'il y ait eu une tragédie, ici, M. Marcus, dit Gardner d'une voix calme. Asseyons-nous sur ce banc.

Il guida Marcus, qui semblait commotionné, et l'aida à s'asseoir.

— Vous saviez que Della se trouvait dans un état qui la mettait en danger de mort. La plus grosse veine de son corps, la veine cave inférieure, s'est bouchée…

Il observait attentivement Marcus, pour adapter ses mots à ses réactions et à son attitude.

— Dans une tentative désespérée, nous lui avons administré un anticoagulant…

M. Marcus s'agitait nerveusement sur le banc. Il voulut parler, mais Gardner leva une main.

— Je sais, reprit-il. C'est un traitement dangereux chez un patient qui souffre d'un ulcère à l'estomac, par exemple. Mais nous n'avions pas d'autre solution. Nous y avons longuement réfléchi. J'ai même demandé au Dr Richmond de nous faire profiter de sa compétence en ce domaine…

« Merci, docteur Gardner, de partager ce fiasco avec moi », pensa Mike. Mais il resta impassible et garda le silence.

— Le Dr Richmond et moi étions d'accord : il fallait mettre toutes les chances de son côté. Ce qui voulait dire administrer l'héparine, bien entendu, en connaissance de cause.

Gardner joignit les mains, dans un geste de prière.

— La seule autre solution, c'était de ne rien faire et de la regarder mourir sous nos yeux.

Marcus avait les yeux fixés sur la porte de la chambre de sa femme. Il n'avait pas l'air de très bien comprendre ce que lui disait Gardner.

— J'étais en déplacement. Je ne suis rentré qu'hier soir.

Gardner sentit que l'homme nourrissait un sentiment de culpabilité, et il se prépara à l'exploiter.

— Je travaille à la compagnie du téléphone, poursuivit Marcus, et je dois voyager à travers l'Etat. Il m'arrive d'être absent plus d'une semaine. Oh, mon Dieu…

Il cacha son visage dans ses mains.

Gardner lui tapota gentiment l'épaule.

— Elle savait, bien sûr.

Marcus le regarda. Il avait les joues inondées par les larmes.

— Elle savait ? Qu'est-ce qu'elle savait ?

— Elle connaissait les risques du traitement à l'héparine, dit Gardner d'une voix aimable. Je lui ai parlé très longuement, nous avons pesé le pour et le contre avant de décider ce que nous devions faire.

Il inspira profondément, l'air affligé.

— Et je regrette que vous n'ayez pu être là pour en parler avec elle, et lui offrir le soutien dont elle avait besoin.

Il fit une pause. Il voulait retourner le couteau dans la plaie. Il revint à la charge.

— Oui, reprit-il, Della était une femme très courageuse. Elle savait que l'héparine pouvait la tuer. Prendre cette décision toute seule n'a pas dû être facile. Mais au bout du compte, elle m'a dit : « Je n'en peux plus, docteur Gardner. Tentons le coup avec l'héparine. »

Mike avait la nausée.

— Excusez-moi. Je dois m'en aller.

Lou Gardner hocha la tête, sans le regarder.

Avant de passer le coin du couloir, Mike jeta un coup d'œil en arrière. Gardner avait toujours la main posée sur l'épaule de Marcus. Il lui parlait toujours, du même ton aimable et plein de regrets. Mike se demanda combien de fois il avait joué cette scène grotesque à des parents éplorés.

Tandis qu'il longeait le couloir qui menait à la sortie, un étrange sentiment de solitude l'envahit à nouveau. Qu'aurait-il fait à la place de Gardner ? S'il avait prescrit de la Streptase à Della, ou n'importe quel autre médicament hors de prix, il se serait heurté au système de contrôle des coûts du plan de santé. Alors on l'aurait prévenu, on lui aurait dit que ses prescriptions, à l'avenir, seraient étroitement surveillées. Alors, *qu'aurait-il fait ?*

Mike salua le gardien d'un signe de tête et sortit dans la rue, toujours en proie à la même interrogation. Lou Gardner, lui, avait trouvé la réponse. Et les autres ? Il décida d'interroger Derek Provost. Mais une petite voix, tout au fond de lui, lui rappela qu'il ne suffisait pas, pour répondre aux questions éthiques qu'il se posait, de savoir comment faisaient ses confrères.

Le temps était humide. La pluie crépitait sur le trottoir. Mike était tendu, anxieux. Mentalement, il passa en revue les tâches qui l'attendaient à son bureau. Il devait appeler Stephanie Hopkins. Elle devait venir le voir pour lui parler de sa biopsie.

Quand il pénétra dans la pièce, Pauline travaillait sur son ordinateur. Elle leva les yeux vers lui, l'air un peu troublé, puis enfonça quelques touches sur son clavier. Les textes affichés sur l'écran disparurent.

— Je ne m'attendais pas à vous voir rentrer si tôt, dit-elle. Tout va bien ? Vous êtes parti en courant, comme s'il y avait le feu.

Mike lui expliqua qu'une de leurs patientes venait de mourir, et Pauline marmonna quelques mots compatissants. Il s'apprêtait à passer dans son bureau, lorsqu'elle le rappela :

— Vous vous souvenez, je vous ai dit que mon mari viendrait ici tout à l'heure ? Je veux que vous sachiez qu'il ne parle pas normalement. Il a eu une attaque d'apoplexie il y a un peu plus d'un an.

— Oh, je suis désolé, dit Mike. Comment est-ce arrivé ?

— Il fume beaucoup, et il a des antécédents familiaux déplorables, dit Pauline. Il subit des examens, de l'autre côté de la rue, et il veut en profiter pour faire votre connaissance.

Elle sourit.

— Je crains de lui avoir très souvent parlé de vous. Alors il est curieux.

Au même moment, la porte s'ouvrit. Un homme fit son entrée. Costaud, mais flasque, il marchait lentement, posément, comme quelqu'un qui aurait oublié sa canne. Imogene, la réceptionniste, l'escortait.

— Oh, le voici, dit Pauline.

Elle contourna son bureau et embrassa son mari sur la joue.

— Andy, je te présente mon patron, le Dr Richmond.

Les deux hommes se serrèrent la main. Ils se lancèrent dans une curieuse conversation à trois. Il était clair qu'Andy comprenait tout ce qu'on lui disait. Pauline traduisait, à l'intention de Mike, ses grognements et ses sifflements étranges. Elle lui parla de l'Aston Martin de Mike. Andy avait fait du stock-car, dans le passé, et Pauline évoqua, non sans fierté, les trophées que son époux avait gagnés. Mike était étonné de la façon dont Pauline comprenait tout ce que « disait » Andy, là où lui-même n'entendait que des bruits.

— Heureusement, nous nous parlions beaucoup, expliqua-t-elle. La plupart du temps, je savais ce qu'il pensait sans qu'il eût besoin d'émettre un son.

Après le départ d'Andy, l'inquiétude à propos de

Stephanie envahit de nouveau Mike, comme un raz de marée.

— Pauline ? Voulez-vous appeler Stephanie Hopkins, je vous prie ?

15

Le bipeur de Stephanie retentit au moment où elle sortait de son bureau. Elle le tira de sa ceinture pour lire le message. « Dr Richmond, 265.1445. » Elle retourna dans son bureau, ferma la porte et décrocha le téléphone, une sensation familière au creux de la poitrine.

— Docteur Richmond ?

— Eh bien, on peut dire que vous êtes prompte à réagir.

Mike aimait sa voix. Rassurante, avec une sorte d'accent chantant. Il se demanda si elle avait des racines écossaises.

— Stephanie, j'aimerais que vous veniez me voir, pour que nous parlions des résultats de vos examens.

Il se dit qu'il devrait avoir le temps de descendre un étage et de passer en revue les clichés originaux avec Marty Rosenfeld.

— Pourquoi ? demanda-t-elle, soudain alarmée. Il y a un problème ?

— Pas exactement, répondit doucement Mike.

Mais il faut que nous en parlions. Dans le cas contraire, je ne vous ferais pas perdre votre temps.

— Je serai à votre cabinet dans dix minutes.

Elle raccrocha, sans lui laisser le temps de protester.

« Merde », se dit-il en raccrochant à son tour. A cette heure de la journée, il avait peu de chances de joindre Rosenfeld. Il essaya, et à sa grande surprise, l'opératrice lui passa la communication. Quelques instants plus tard, Marty Rosenfeld était en ligne.

Mike lui demanda s'il pouvait vérifier les films avec lui. Marty était furieux.

— Nom de Dieu, docteur Richmond, quand on m'appelle au milieu d'un examen, je m'attends à une urgence. Est-ce que c'est vraiment urgent ?

Mike lui expliqua ce qu'il voulait. Rosenfeld, sans aucun doute d'humeur massacrante, inspira bruyamment.

— Ecoutez, docteur Richmond. Il y a un an, nous avons dépensé beaucoup d'argent pour installer un système capable de transmettre des images via les lignes téléphoniques. Nous avions une raison à cela : nous voulions éviter tout ce foutu temps perdu en conférences et en discussions. *Nous n'avons pas le temps*. Quand je ne suis pas en train de procéder à des examens ou d'analyser des clichés, je ne gagne pas d'argent. Alors, si vous avez l'amabilité d'aller examiner les films que nous vous avons envoyés avec le rapport, je suis persuadé que vous serez capable de détecter les microcalcifications. D'accord ?

Il raccrocha brutalement.

« Mon Dieu », se dit Mike en contemplant le téléphone. Il était consterné par la réaction du radiologue. « Mais qu'est-ce qui se passe, ici ? Est-ce que je serai comme eux, dans deux ou trois ans ? Trop occupé pour discuter d'un patient avec mes confrères ? » Il retourna s'asseoir devant son ordinateur, fit défiler à l'écran le rapport des radios de Stephanie, puis passa aux films. Il les examinait quand elle entra. Elle portait un ensemble vert pâle et un foulard vert foncé. Elle s'efforçait d'avoir l'air calme et confiante.

— Bonjour, dit Mike. Entrez. Jetez un coup d'œil là-dessus. J'étais en train d'examiner vos radios.

Stephanie contourna le bureau et regarda à son tour. A l'écran, les deux clichés placés côte à côte avaient l'air de cartes en relief, un peu floues, de deux îles en noir et blanc.

— Regardez, lui dit Mike, qui n'aimait pas trop expliquer une chose dont lui-même n'était pas convaincu. Le sein gauche est parfait...

— On dirait qu'il y a pas mal de ces zones sombres, ici, commenta Stephanie.

Mike remarqua qu'elle avait de jolies mains. De petites mains, avec des doigts très fins. Mais elle les agitait avec beaucoup de détermination.

— C'est normal. Les rayons X mettent en évidence les variations de densité d'un tissu normal. Ici, en revanche...

Il désigna la photo à droite de l'écran.

— Il y a quelques minuscules zones plus denses. Des microcalcifications. C'est là qu'est le problème.

Stephanie scruta l'écran, puis recula d'un pas. Elle sentait les battements de son cœur.

— Je ne suis pas très douée pour lire les radios, dit-elle. Déjà, quand j'étais en formation, j'étais à peine capable de repérer une fracture. Je préfère vous croire sur parole.

— Lisez tout de même le rapport, lui dit Mike.

Il enfonça deux ou trois fois de suite la touche PgUp. Le rapport s'afficha sur l'écran.

— Une biopsie ? demanda-t-elle. Pourquoi donc ?

Elle commençait à s'inquiéter sérieusement.

— Comme il est dit dans le rapport, la présence de microcalcifications indique la possibilité d'un problème plus sérieux. La biopsie est certainement la manière la plus simple d'en avoir le cœur net.

Il hésita un instant, surveillant sa réaction.

— Ecoutez, dans un cas semblable, il n'est jamais inutile d'avoir un second diagnostic. Le Dr Spencer est de retour, et...

— Non, dit Stephanie, à sa propre surprise. Je vous ai observé. Je vous fais confiance. Je suis sûre que vous ne feriez pas une biopsie si ce n'était pas le meilleur moyen de régler le problème.

— Non, vous avez raison. Et une biopsie, ce n'est pas une grosse affaire. Nous ne ferons qu'une ponction, pas d'incision. Ainsi, vous ne garderez aucune cicatrice. Pas la moindre trace.

— Est-ce qu'il est possible de la faire immédiatement ?

Mike hésita. Il consulta son planning.

— Je vais voir.

Il décrocha le téléphone. On l'informa que la salle de petite chirurgie serait libre quelques minutes plus tard. Un technicien serait même disponible pour l'assister.

— Bien, dit-il en se levant. Je vous accompagne à la salle d'attente. La salle de soins est occupée, mais ce ne sera pas long.

Il la conduisit en petite chirurgie et effectua la ponction-biopsie. Quand il eut fini, il étiqueta lui-même le minuscule échantillon et le plaça dans le tube spécial, prêt à être expédié chez ConnPath pour l'examen microscopique.

— Quand aurez-vous le résultat ? lui demanda Stephanie après s'être rhabillée.

Mike était déjà au téléphone.

— Nous allons le savoir tout de suite.

Il s'entretint avec Dennis Cowlie, le chef technicien de ConnPath. C'était un ancien du centre médical de New Coventry. Mike se rappelait le jour où Dennis avait quitté le centre. Son départ avait provoqué un drôle de remue-ménage, avec menaces de procès de part et d'autre, auxquelles personne ne donna suite. Mike ignorait la nature du conflit. Il avait toujours trouvé Dennis amical et serviable.

— Pas de problème, Mike, dit Dennis d'un ton enjoué. Nous serons très heureux de nous en occuper. Vous aurez notre rapport dans les vingt-quatre heures.

16

Lorsque, à 8 h 30 le lendemain matin, Mike arriva au bureau, Imogene, la réceptionniste, se trouvait déjà à son poste. Mais il n'eut pas droit, ce jour-là, au sourire éclatant habituel. Elle était pâle, et visiblement bouleversée.

— Le Dr Provost vous a demandé, dit-elle d'une voix tremblante. Il veut vous voir dès votre arrivée.

Elle enfonça un bouton sur sa console.

Avant que Mike ait eu le temps de lui demander ce qui se passait, la porte donnant sur le quartier des médecins s'ouvrit, et Derek Provost se précipita vers lui.

— Viens avec moi, Mike, je t'en prie, dit-il à voix basse.

De près, Mike constata que Derek avait l'air tout aussi bouleversé. Il le prit par le bras, le tira dans son bureau dont il ferma la porte, puis s'assit derrière sa table.

— Je suppose que tu n'es pas au courant... pour Pauline ?

— Pauline ? Ma secrétaire ?

— Oui. Il lui est arrivé quelque chose, ce matin. Elle est à l'hôpital, dans le coma.

Pendant quelques instants, Mike resta bouche bée, les yeux fixés sur Derek.

— Dans le coma ? Mais elle était ici, hier, et tout allait bien.

— Apparemment, elle est venue tôt ce matin, et elle a dû avoir un infarctus, ou une crise d'apoplexie, ou je ne sais quoi. Quand Tony Danzig est arrivé, il l'a trouvée effondrée sur son bureau. Il a fait tout ce qu'il fallait faire, il a appelé les secours, essayé de la ranimer... En vain. Il n'y avait aucun médecin dans la maison, à cette heure-là, et il a dû se débrouiller seul. En tout cas, une ambulance est venue d'urgence, et on l'a expédiée à Lovejoy.

— Est-ce qu'on sait ce qui s'est passé ?

Mike secouait la tête. Il essayait de comprendre. La veille encore, Pauline était l'image même de la bonne santé. Il avait du mal à l'imaginer dans le coma.

— Sans doute le cœur, ou une crise d'apoplexie, d'après les symptômes. Je l'ignore. Bien sûr ses problèmes de poids constituent un facteur de risque accru.

— A quelle heure cela s'est-il passé ?

Mike regarda sa montre. Pauline arrivait en général au bureau vers 8 heures, en même temps que les autres employés.

— Je ne sais pas exactement. Il devait être tôt, vers 7 heures, peut-être, ou un peu plus tard. Apparemment, elle était arrivée avant tout le monde, ce matin, et travaillait sur son ordinateur.

Derek s'efforçait d'avoir l'air décontracté.

— Est-ce qu'il lui arrivait souvent de venir si tôt ?

— Je ne crois pas. Pour autant que je sache, elle arrivait vers 8 heures, mais je n'en suis pas certain. Les secrétaires ne pointent-elles pas en arrivant ?

Provost hésita une seconde. Il ne quittait pas Mike des yeux.

— Eh bien, pas exactement. Si quelqu'un utilise sa carte d'accès pour entrer en dehors des heures normales, l'heure est enregistrée automatiquement. Tony saurait...

— Alors si je viens au milieu de la nuit pour une raison ou une autre, c'est enregistré quelque part ? Et si Pauline était *réellement* venue tôt, vous le sauriez, ça aussi ?

Derek lissa le pli de son pantalon, légèrement mal à l'aise.

— Non, pas moi. Mais les gens de la sécurité le sauraient, en effet. Tony ne te l'a pas expliqué ? Le système électronique identifie les cartes d'accès, ce qui permet à la sécurité de savoir qui vient en dehors des heures normales.

— Quelqu'un a-t-il prévenu son mari ?

Mike songea à Andy. Sa vie deviendrait un enfer si Pauline n'était plus là pour s'occuper de lui.

— Tony l'a appelé après son départ à l'hôpital, et lui a dit ce qui se passait. Mais on dirait que le pauvre type est incapable de parler. Il a eu une crise. J'ignore s'il a compris ce que Tony lui disait. Peut-être ne savait-il même pas pourquoi il l'appelait.

— Je dois passer à l'hôpital. J'irai lui rendre visite. Tu sais dans quelle chambre elle se trouve ?

— C'est Lou Gardner qui s'occupe d'elle.

L'embarras de Derek était passé.

— Par conséquent, elle est sans doute dans le service de médecine générale. Je peux te trouver cela.

Il tendit la main vers le combiné.

— Laisse tomber, dit Mike. Je me renseignerai au bureau des admissions.

En chemin, Mike pensa à Pauline. C'était un véritable choc, même si la brutalité de la maladie faisait partie de sa routine. Comme Pauline elle-même, d'ailleurs, depuis qu'il était entré dans le groupe. Elle s'était vraiment occupée de lui pour l'aider à s'installer, bien plus que n'importe quelle autre secrétaire.

— Chambre 5020, lui dit la bénévole au bureau, après avoir consulté son fichier informatique.

C'était une vieille dame, qui tremblait comme si elle était atteinte de la maladie de Parkinson. Mike se demanda combien de temps encore elle serait capable de travailler. Il prit l'ascenseur et monta au cinquième étage.

Un panneau était fixé à la porte de la chambre 5020. Visites interdites. Mike frappa doucement et ouvrit la porte. Il eut à peine le temps d'apercevoir Pauline, entourée de perfusions. Une infirmière privée qu'il ne reconnut pas bondit de sa chaise près du lit, et se rua vers la porte pour l'intercepter. Elle était grande, avec un visage carré, inflexible.

— Je suis désolée, monsieur, dit-elle d'une voix forte. Vous n'avez pas vu le panneau ? Pas de visites. Ce sont les ordres du Dr Gardner.

Mike regarda son badge. Riva Zorek. Il ne l'avait jamais vue.

— Mme Minsky travaille pour moi, Mme Zorek. Je voulais seulement...

Mais l'infirmière ne l'écoutait pas. Elle posa la main sur le téléphone.

— Docteur, je vous prie de vous en aller *sur-le-champ*. Les ordres du Dr Gardner sont formels. *Personne* ne doit entrer dans cette chambre.

Mike n'avait pas l'intention de provoquer une dispute. Il recula.

— Bien, bien, mademoiselle. Je verrai cela *personnellement* avec le Dr Gardner.

Dans le couloir, il marqua un arrêt. Il n'était pas rare de trouver un panneau « Visites interdites » à la porte d'une chambre. Mais d'habitude l'interdiction ne s'appliquait pas aux médecins. Il repassa au bureau. Il voulait jeter un coup d'œil à la fiche de Pauline. La secrétaire lui déclara qu'on la gardait dans la chambre.

— Ce sont les consignes du Dr Gardner.

— M. Minsky est-il venu ?

— Son mari ? Je ne l'ai pas vu.

Mike appela le bipeur de Lou Gardner. Ce fut Debbie, sa secrétaire, qui décrocha.

— Il est actuellement en réunion, Mike. Dès qu'il a fini, je lui demande de vous rappeler.

Il descendit aux archives pour dicter quelques fiches de patients. Il n'entendit pas l'appel « Code bleu, chambre 5020 » qu'on diffusa sur le réseau sonique général quelques minutes plus tard.

Lou Gardner se trouvait dans la salle de conférences. Les autres membres du groupe — les associés à part entière — arrivèrent l'un après l'autre. Tous étaient extrêmement graves. Spencer fit son entrée accompagné de Derek Provost et adressa un signe de tête à Gardner avant de s'asseoir.

Quand ils furent tous là, Tony Danzig pénétra dans la salle. Son costume noir rendait par contraste ses cheveux blonds encore plus clairs. Il éteignit la lumière et alluma le projecteur qu'on avait installé au milieu de la pièce.

— Messieurs, je suis sûr que vous vous en souvenez, nous nous sommes dotés, l'an dernier, d'un nouveau système de surveillance. Hier, nous avons constaté que notre réseau informatique avait été forcé. Cet incident s'est produit avant l'ouverture des bureaux, alors que les autres systèmes de sécurité n'avaient pas encore été activés. Cela signifie qu'il s'agissait de quelqu'un qui avait accès à nos locaux.

Il jeta un regard circulaire sur le groupe. La lumière du projecteur accentuait ses traits.

— J'ai vérifié auprès de la sécurité. J'ai découvert

que Mme Pauline Minsky était arrivée vers 7 heures du matin, deux jours de suite. Alors, ce matin, je suis venu à 6 heures. J'aimerais vous montrer des images filmées par la caméra de surveillance du bureau du Dr Richmond. L'enregistrement couvre une période de plusieurs minutes, vers 7 heures ce matin.

Le film était en noir et blanc, mais de grande qualité. Pendant près d'une minute, l'image ne changea pas. Un seul détail prouvait que la bande défilait : l'horloge digitale dont les chiffres s'affichaient en haut à droite de l'écran, sous la date. 7 h 05. Les secondes défilaient. Un ordinateur, avec écran et clavier, occupait presque totalement le champ. Au bout d'une minute, la caméra fit un panoramique montrant l'ensemble du bureau désert. Une dizaine de secondes plus tard, elle recadra sur l'ordinateur.

A 7 h 08, l'image s'obscurcit un instant. Quand l'ordinateur réapparut, deux mains étaient posées sur le clavier. Des mains potelées de femme, avec une alliance à l'annulaire gauche.

Danzig régla l'appareil pour ralentir la projection. Les doigts se mouvaient maintenant à un dixième de leur vitesse réelle.

— Ces mains appartiennent à notre employée, Pauline Minsky. Est-ce que certains d'entre vous, messieurs, sont capables de reconnaître ce qu'elle fait ?

Personne ne dit mot, mais tous les regards étaient rivés sur l'écran.

— Si vous observez attentivement ses doigts, vous verrez qu'elle est en train d'introduire la première partie de notre code d'accès de sécurité niveau un.

— Bon Dieu, mais comment a-t-elle pu se procurer cela ? explosa Spencer.

Danzig ne répondit pas. Sur l'écran, la main droite plaçait une disquette dans le lecteur A de l'ordinateur.

— Cette disquette est un élément d'un programme destiné à faire sauter des codes d'accès. Il introduit et vérifie à chaque seconde des dizaines de milliers de combinaisons chiffrées. Tôt ou tard, il aurait trouvé la deuxième partie du code, et lui aurait donné l'accès total à notre système.

— Pourquoi ? A quoi cela lui avait-il servi ?

Spencer, furieux, martelait les accoudoirs de son fauteuil.

Le film défilait toujours. Un peu plus tard, les mains glissèrent lentement de part et d'autre du clavier. La nuque d'une femme aux cheveux noirs bouclés apparut dans le champ. Sa tête glissa lentement en avant, tomba vers la table. Les spectateurs aperçurent son profil quand son visage s'écrasa au ralenti sur le clavier, rebondit une fois et s'immobilisa définitivement. Quelques secondes plus tard, l'écran s'obscurcit. Danzig ralluma la lumière dans la salle de conférences.

— Cette femme était détective privé, dit-il. Titulaire d'une licence délivrée par l'Etat. J'ai trouvé sa carte d'identité dans une poche dissimulée au fond de son sac à main. J'ai fait quelques recherches supplémentaires. Elle dirigeait avec son mari une petite agence qu'ils ont créée ici, à New Coventry, il y a quelques années. Heureusement pour nous, le mari a eu une attaque, et il est hors d'état de nuire. Elle travaillait principalement seule.

— Qui l'a engagée ?

Derek Provost se faisait le porte-parole de l'inquiétude générale.

— Je l'ignore, répondit Danzig.

Il avait le visage ridé, menaçant.

— J'ai fouillé partout, ses vêtements, son sac à main, son bureau. Je n'ai rien trouvé indiquant qui est son employeur.

Il y eut un long silence. L'assistance digérait ces informations.

— Je suppose que ce que nous venons de voir...

Spencer parlait tout à coup d'une voix calme, presque tremblante.

— Elle a reçu un coup sur la nuque, répliqua calmement Tony Danzig. Elle ne l'a pas vu venir.

— C'est tout ? demanda Spencer, soulagé. Un simple coup sur la tête ?

— Non. Cela lui aurait valu une simple commotion. Mais c'était suffisant pour me donner le temps d'appeler M. Hartmann. Nous avions convenu depuis longtemps de ce que nous ferions si nous étions confrontés à une telle situation. Je lui ai injecté une forte dose d'un mélange de Nembutal et d'insuline.

Cette fois, le silence était presque palpable. Bien que chacun essayât de rester impassible, le choc se lisait sur les visages.

Une fois de plus, Spencer brisa le silence.

— Tony, M. Hartmann nous avait promis, après la mort du Dr Newsome, que ce genre de... d'incident ne se reproduirait plus.

Danzig avait éteint le projecteur. Il pivota brusquement pour lui faire face. Tous les hommes présents dans la salle se figèrent. Mais Danzig parlait d'un ton calme et respectueux.

— Bien sûr, docteur Spencer. Mais personne n'avait prévu *ceci*. Et il s'agissait sans nul doute d'une situation potentiellement dangereuse. Vous admettrez, j'en suis certain, que nous devions prendre les mesures appropriées.

— Eh bien, je ne suis toujours pas rassuré, reprit Spencer.

Il se leva, et resta debout derrière le fauteuil, tapotant le dossier de bois de rose.

— Ceux qui ont engagé cette femme, quels qu'ils soient, vont se demander ce qui lui est arrivé. Cela pourrait entraîner toute une série de questions fort désagréables.

— Nous y avons pensé, docteur Spencer. J'ai informé le Dr Gardner, ici présent, de la situation. Il s'est rendu aussitôt à l'hôpital et a pris la patiente en charge. Selon son diagnostic clinique, elle a été victime d'une crise cardiaque, et a été traitée en conséquence. Et j'ai pris d'autres précautions, bien entendu. J'ai appelé le Dr Eric Tarvel. En qualité de propriétaire de ConnPath — avec son associée, le Dr Marilyn Fox —, il est membre de notre groupe. Vous savez aussi que l'hôpital Lovejoy confie toutes ses analyses de laboratoire à ConnPath, ainsi que ses travaux de pathologie.

Spencer hocha lentement la tête. Evidemment, Danzig n'avait pas agi à la hâte, sans envisager les conséquences.

— J'ai dit au Dr Tarvel que Mme Minsky venait d'être admise à l'hôpital, et qu'on allait lui prescrire des analyses de sang, y compris les tests toxicologiques habituels. Je lui ai dit que tous ces tests devaient être négatifs.

— Comment s'y prendra-t-il ? demanda Spencer. Leur système est totalement automatisé. Le technicien n'a rien d'autre à faire que d'introduire dans l'appareil l'échantillon étiqueté. L'analyseur imprime le rapport, avec un cachet horodateur automatique. On ne peut pas modifier tel ou tel paramètre : les techniciens ou les secrétaires s'en rendraient compte immédiatement.

— Exact, dit Danzig. C'est pourquoi j'ai demandé au Dr Tarvel de prendre un échantillon sanguin dont il savait qu'il était sain, de le réétiqueter au nom de Pauline Minsky, et de le réintroduire dans l'appareil.

Les membres du groupe écoutaient toujours en silence.

— Je lui ai dit également que lorsque la femme mourrait — sans doute dans la matinée —, on devrait procéder à une autopsie, selon la loi en vigueur dans le Connecticut. Bien entendu, il faut qu'elle soit effectuée par lui-même ou par le Dr Fox. Et le rapport d'autopsie devra mentionner qu'elle est morte d'un malaise cardiaque, confirmant ainsi le diagnostic clinique.

— Tout cela est parfait, dit Spencer. Mais ça ne nous dit pas qui s'intéresse tant à nos affaires. Et nous ignorons si cette ou ces personnes enverront quelqu'un d'autre pour reprendre les choses là où cette femme les a laissées.

— Je propose de ne pas remplacer Mme Minsky, au moins pour un certain temps, dit Danzig. Nous n'avons jamais eu de problèmes de ce genre avant son arrivée, et rien ne prouve qu'elle a travaillé avec quelqu'un d'ici... Même si nous avons soupçonné le Dr Richmond. Nous avons recruté Mme Minsky via une agence. Peut-être était-ce une erreur. Entre-temps, si personne n'y voit d'inconvénient, les autres secrétaires pourront se partager le travail de bureau du Dr Richmond.

— Bien, dit Spencer lentement. Quelqu'un a-t-il une objection ?

Pas d'objection.

Ils se levèrent. Sans un mot. Tony Danzig les regarda avec curiosité. Ils avaient tous l'air sérieusement perturbés. Deux ou trois d'entre eux, y compris Derek Provost, étaient blafards. Secoués par le tour que prenaient les événements. Danzig ricana *in petto*. « Faut souffrir pour réussir », comme disent les athlètes. Ces hommes étaient très heureux de récolter les énormes sommes d'argent que leur rapportait leur travail au sein du groupe. Mais dès que les choses tournaient mal, c'était une autre paire de manches. Eh bien, tant pis pour eux. Carl avait hésité, au début. Il n'était pas sûr que le groupe doive savoir la vérité sur cette Pauline Minsky. Mais Danzig avait avancé un argument décisif.

« Ça fera d'eux des complices », avait-il dit.

— Puisque vous êtes tous là, messieurs, leur lança-t-il depuis la porte, veuillez ne pas oublier de me donner vos listes de fiches de sortie de l'hôpital. Il me les faut pour demain.

17

Lou Gardner rappela Mike après l'issue de la réunion.

— Oui, très triste, dit-il. Vous savez sans doute que

Pauline est morte il y a une heure environ. Arrêt cardiaque. On n'a rien pu faire pour la ranimer... Oui, je suis désolé. Moi aussi. Une femme très bien. Elle a travaillé pour moi deux ou trois fois, pendant les vacances de Debbie.

Il marqua un arrêt.

— Vous m'avez appelé ?

— Oui. C'est trop tard, j'imagine... Je voulais vous demander, pour Pauline... ce qui s'était passé. Je suis passé la voir, mais il y avait une infirmière privée, dans sa chambre. Un vrai dragon. Elle m'a jeté dehors.

— Riva Zorek ? Oui, elle prend son travail très au sérieux.

Mike décelait une certaine satisfaction dans la voix de Gardner.

— Je ne peux pas vous en dire beaucoup plus. Elle avait une arythmie sinusale aggravée, confirmée par ECG. Il n'y avait pas grand-chose à faire. Désolé.

— Encore une chose, Lou, dit Mike, la gorge serrée. A propos de Della Marcus et de la Streptase. Je vais écrire à la commission pharmacie pour leur demander de placer la Streptase sur la liste des médicaments autorisés. Je sais que vous siégez dans cette commission. Allez-vous appuyer ma demande ?

— Bien sûr, Mike. Nous la ferons approuver dès que la dose coûtera le prix plafond moins cinq dollars.

Le téléphone de Mike se tut. Il le contempla un instant, haussa les épaules, puis retourna à son bureau. Le petit voyant rouge clignotait sur l'écran. Mike enfonça les touches appropriées, et fit apparaître une série de rapports de radios et d'examens de labo.

Le dernier venait de ConnPath. C'était un rapport sur la biopsie de Stephanie, effectuée la veille. « Plutôt rapide, se dit-il. Les labos du centre médical, il leur fallait généralement quatre ou cinq jours pour produire un rapport de pathologie. » C'était peut-être ça, la différence entre le privé et le secteur public. Soudain, il se raidit. « L'échantillon montre de petites zones d'adénocarcinome infiltrantes très différenciées. [...] Invasion des parois des canaux visible dans un certain nombre de zones, avec réaction desmoplastique marquée dans les tissus environnants. » Le rapport était accompagné de clichés couleur agrandis des tissus. Et, contrairement aux radios, la reproduction ne laissait aucun doute, même en tenant compte du léger affadissement des détails résultant de l'*imaging* digital. C'était un cancer.

Mike recula sa chaise, bouleversé. Il en avait le souffle coupé.

On frappa à la porte. Derek Provost apparut.

— Tu as l'air malade, dit-il. Tu dois être encore sous le choc, pour Pauline.

Mike essaya de détacher son esprit de la biopsie de Stephanie.

— Oui. Tu sais qu'elle est morte ?

Derek hocha la tête, d'un air sombre.

— Au moins, ç'a été rapide. Toujours mieux que de mourir d'une maladie longue et douloureuse, dit-il avec philosophie.

Il s'assit dans le fauteuil réservé aux visiteurs.

— Pour passer à un tout autre sujet, reprit-il en jetant à Mike un regard curieux... Quels sont tes rapports avec nos amis radiologues de l'étage en dessous ?

— Rien que de très normal. Quelques AD supérieurs par-ci, un scan CT par-là. Pourquoi ?

— Apparemment, Marty Rosenfeld a appelé Spencer ce matin. Il est furax, parce que tu l'aurais appelé plusieurs fois à propos de tes patients pour revoir les films avec lui.

— C'est vrai. Je voulais d'ailleurs te demander ce que tu en penses. A plusieurs reprises, j'ai voulu vérifier des clichés avec eux, et ils m'ont fait marcher. La dernière fois que j'ai demandé à Marty Rosenfeld des explications sur un rapport de mammographie, il s'est fâché et m'a passé un savon. Quelle mouche les pique ?

Derek haussa une épaule.

— Le problème remonte à l'époque où nous nous sommes associés avec eux, dit-il en étirant ses jambes devant lui.

Mike avait l'impression qu'il faisait un effort pour avoir l'air détendu.

— Nous passions notre temps à entrer et à sortir de chez eux pour voir les clichés, poser des questions... Tu sais comment ça se passe. Lorsqu'ils ont commencé à avoir trop de travail pour être sans cesse interrompus, nous avons décidé d'organiser une réunion hebdomadaire pour vérifier les clichés ensemble. Ça n'a pas marché, car nous avions nous aussi beaucoup de boulot, et il était impossible de savoir à quel moment tout le monde serait disponible. Alors les réunions ont cessé, très naturellement.

Mike l'observait avec attention. Ce que Derek était

en train de lui dire, au fond, c'était que la communication importait moins que l'économie. C'était exactement ce que Marty Rosenfeld lui avait fait comprendre. « Quand nous parlons, nous ne travaillons pas. Et quand nous ne travaillons pas, nous ne gagnons pas d'argent. »

— Alors, que faire si nous ne sommes pas sûrs d'un cliché ou d'une analyse ?

— Eh bien, nous avons appris à leur faire confiance.

Derek haussa à nouveau les épaules.

— Rappelle-toi que l'analyse des radios, c'est leur boulot, comme la chirurgie est le nôtre. Ils manipulent des clichés chaque jour que Dieu fait, et il faut admettre qu'ils sont bons. Il n'est pas très malin de mettre leur travail en doute. Ce qui veut dire que nous devons accepter leurs conclusions, et faire notre part, point à la ligne.

Il eut un sourire indulgent.

— Et ça vaut aussi pour ConnPath, bien sûr. Ils nous disent ce que leurs microscopes ont trouvé, et nous partons de là. Ils sont légalement responsables de la justesse de leurs conclusions, et s'appuient bien entendu sur leurs rapports, qu'ils peuvent défendre en cas de besoin. Le système fonctionne à merveille et permet un gain de temps appréciable. Pour nous comme pour eux. Remettre ce *modus operandi* en question ne peut qu'entraîner une perte de temps et d'argent.

Mike hocha la tête. Il décida de garder ses doutes pour lui.

— OK. Merci, Derek. Je m'interrogeais, c'est tout.

La porte s'ouvrit et Spencer entra, l'air en pleine

forme. Son bronzage contrastait avec ses épais cheveux blancs.

— Je lui parlais des radiologues, dit Derek, qui se leva et se dirigea vers la porte.

— Il leur arrive d'être de mauvais poil, dit Spencer d'un ton enjoué.

Il s'installa dans le siège que Provost venait d'abandonner et se rembrunit.

— Mike, à propos de ce qui est arrivé à Pauline... je suis consterné. Elle va nous manquer.

— Oui. Moi aussi. Je ne parviens toujours pas à y croire...

Il jeta un coup d'œil en direction de son écran.

— Je suis heureux que vous soyez de retour, car j'aimerais avoir votre avis sur une de mes patientes.

Il résuma rapidement ce qu'il savait du cas de Stephanie Hopkins.

— Voici le rapport de pathologie avec les conclusions de la biopsie.

Il lui montra les images qui étaient toujours sur l'écran.

Spencer contourna le bureau et examina les clichés, les lèvres serrées.

— Il n'y a guère de doute, dit-il. Donnez-moi son numéro de dossier, j'irai jeter un coup d'œil aux radios et aux données de labo. A première vue, jusqu'ici, vous ne vous êtes pas trompé. Quel traitement allez-vous recommander à votre patiente ?

Mike hésita.

— J'avais l'intention d'en discuter avec elle. De lui présenter les différentes options, de lui décrire les protocoles, et de la laisser décider du traitement qu'elle préfère.

Avant même qu'il eût fini, Spencer secoua la tête.

— Bien sûr, Mike, vous êtes parfaitement libre de procéder comme vous l'entendez. Mais j'ai constaté que les patientes préfèrent de loin qu'on leur *dise* ce qui est mieux pour elles. Vous pouvez leur proposer différentes possibilités, bien sûr, mais c'est à vous de trancher. Après tout, on vous paie pour exercer vos compétences, par pour suggérer simplement des choix.

— La plupart des femmes que j'ai soignées dans les mêmes circonstances ont préféré subir une tumorectomie et des rayons. Elles savaient que ce traitement donne des résultats presque aussi bons qu'une ablation du sein.

— Exact. *Presque* aussi bons. C'est précisément ce que nous devons leur faire comprendre. Elles en sont débarrassées pendant un an ou deux, mais ça finit par les rattraper, et elles reviennent nous voir avec des métastases dans les poumons, les os, le cerveau.

Spencer se renversa dans son siège, les yeux fixés sur Mike.

— A ce stade, il est trop tard. Ce que je leur dis toujours, c'est qu'il vaut mieux être vivante avec un sein que morte avec deux. En général, ça frappe leur imagination.

— Vous pensez donc que je dois faire une mastectomie totale à cette patiente ?

La répugnance de Mike était sensible. L'espace d'un instant, il eut une image mentale de Stephanie telle qu'elle était, puis telle qu'elle serait si...

Spencer n'avait pas de tels scrupules.

— D'après ce que vous m'avez dit de ce cas, oui, en effet, la mastectomie totale est la solution idéale. Sans aucun doute. Bien sûr, je vous l'ai dit, je vais vérifier toutes les données cliniques et autres dont nous disposons. Mais je ne crois pas que je changerai d'avis.

Il regarda Mike d'un air compatissant.

— C'est un cas très classique, où nous devons mettre nos… sentiments de côté, dans l'intérêt de la guérison du patient.

— Pensez-vous que la tumorectomie est parfois la meilleure solution ?

Mike était curieux de savoir où en était Spencer dans ce domaine, où les modes changeaient d'une année à l'autre.

— Parfois ? Peut-être bien, répliqua Spencer d'un ton qui semblait vouloir évacuer le problème. Bien entendu, je dois en faire une de temps en temps. Mais à mon sens, il s'agit d'une lubie, d'une vogue qui passera quand toutes ces patientes reviendront en masse avec leurs cancers métastatiques.

Spencer s'en alla peu après. Mike s'enfonça dans son siège. Il était découragé à l'idée de devoir répéter tout cela à Stephanie Hopkins. Et il était encore plus déprimé à la perspective de pratiquer l'opération.

Puis il comprit, d'après le peu qu'il savait de Stephanie Hopkins, qu'elle ne se contenterait pas de lui dire : « Allez-y, vous êtes le toubib, faites ce qui doit être fait. » Elle aurait son mot à dire sur la décision finale, quelle qu'elle soit.

Lentement, il tendit le bras pour attraper le téléphone. Stephanie n'était pas dans son bureau. Mike laissa un message sur sa boîte vocale. Il lui demanda de passer à son cabinet à 17 heures pour discuter des résultats de sa biopsie.

18

Assis à son bureau, Carl Hartmann réfléchissait. Tony Danzig venait de l'appeler pour l'informer de la mort de Pauline Minsky, et lui assurer qu'on s'était occupé de l'autopsie et qu'on avait pris toutes les dispositions nécessaires. En un sens, pensa-t-il, l'incident avait démontré qu'ils étaient bien préparés à faire face à certains problèmes. Y compris un problème aussi inattendu que celui-ci. Mais la question essentielle restait toujours sans réponse. Pour qui travaillait cette femme ?

Il attendit encore quelques minutes, puis décrocha le téléphone. Il est inutile d'avoir un chien, s'il faut soi-même aboyer.

— Tony ? Soyez à la sécurité dans dix minutes. Il va falloir faire travailler Rankin là-dessus.

Hartmann se dirigea vers l'escalier. Il était un peu essoufflé en arrivant en haut. Il se promit qu'à l'avenir il prendrait l'ascenseur. Après tout, c'est à ça que servent ces damnés appareils.

Il jeta un coup d'œil dans la salle de surveillance. Un homme était assis devant une double rangée de moniteurs, chacun portant un numéro inscrit au marqueur noir. Un autre gars, micro en main, écoutait un message transmis en ondes courtes, plein de parasites. Hartmann leur fit un signe de tête, puis avança dans le couloir. George Rankin se trouvait dans son bureau. Il bavardait avec son adjoint, Sam Scheiffer. A son entrée, ils se levèrent vivement. Carl prit la chaise de Scheiffer.

— Allez-vous m'expliquer ce qui se passe chez Spencer ? demanda-t-il à Rankin. Comment est-il possible que vous ignoriez ce que cette bonne femme était en train de faire ? Comment a-t-elle été engagée ? Vous ne faites plus d'enquêtes de sécurité sur les nouveaux employés ?

Pendant que Hartmann bombardait Rankin de ses questions, Sam Scheiffer se glissa discrètement vers la porte. Il allait s'éclipser quand Hartmann pointa un doigt vers lui et lui fit un signe impérieux de revenir.

— Nous appliquons nos procédures, monsieur, dit Rankin, toujours au garde-à-vous. Mme Minsky n'était qu'une employée de niveau quatre. Dans ce cas, normalement, nous ne faisons pas d'enquête approfondie.

— Prenez une chaise, Sam. Et vous, George, asseyez-vous. Maintenant, dites-moi ce que vous avez découvert. Qui l'a engagée pour espionner le groupe de Spencer ?

Rankin se rassit.

— Nous l'ignorons.

Il posa ses mains à plat sur le bureau.

— Nous savons que ce n'est pas une des sociétés d'assurances. Même si elles ne se privent pas d'employer des détectives lorsqu'elles veulent enquêter sur un établissement médical.

Il regarda Scheiffer, qui avait approché une chaise et faisait de son mieux pour passer inaperçu.

— Sam a vérifié auprès de ses contacts à Hartford. Il ne s'agit pas d'un service de l'Etat. Et s'il s'agissait des fédéraux, ils nous seraient tombés dessus depuis longtemps.

— C'est bien ce que je pensais. Quoi d'autre ?

— J'ai appelé l'agence de travail temporaire qui nous l'a envoyée. Je leur ai demandé comment ils engageaient leur personnel. Ils m'ont transmis par fax une copie des références de Mme Minsky. Elles sont ici. Sam les a vérifiées.

Hartmann regarda Scheiffer.

— Elles sont bonnes, monsieur.

Scheiffer s'agita sur sa chaise.

— Solides. Même si elles sont assez anciennes. Elle a travaillé chez un médecin en ville. Avant cela, elle a été employée comme secrétaire dans un cabinet juridique de New Haven. Il y a cinq ans, son mari et elle ont obtenu une licence de détectives privés. Depuis lors, ils font surtout des boulots minables, retrouver des disparus, des mauvais payeurs, des maris en cavale… Ce genre de choses.

— Et le mari ?

— Il a eu une attaque d'apoplexie. Depuis, il est hors course. J'ai appelé leur bureau. Personne ne répond.

La porte s'ouvrit. Tony Danzig entra. Il hocha la tête en direction de Rankin et Scheiffer.

— Nous parlions de cette Pauline Minsky, dit Hartmann. Vous avez du nouveau à ce sujet ?

— Pas vraiment. Je me suis demandé si elle travaillait pour Richmond, le nouveau toubib de Spencer. Elle était sa secrétaire, et rien n'indique que quelqu'un d'autre pourrait être impliqué dans l'affaire, à l'intérieur ou à l'extérieur du bureau.

Hartmann semblait sceptique.

— Richmond ? Qu'aurait-il à y gagner ?

Tony sautilla légèrement d'un pied sur l'autre, à deux ou trois reprises.

— Il pourrait avoir été parachuté.

Ses yeux bleus glacés traversaient George.

— Nous avons fait faire une enquête approfondie sur le Dr Richmond avant qu'il ne soit admis dans le groupe de Spencer, dit Rankin, légèrement sur la défensive. Nous n'avons rien trouvé suggérant qu'il pourrait être en relation avec la police, ni quoi que ce soit de suspect.

— Vous savez parfaitement que ces enquêtes ne valent pas un pet de lapin, dit Danzig.

Rankin se hérissa. Il ouvrit la bouche pour répondre, mais Hartmann le coupa.

— Tony, vous vous êtes occupé du dossier de l'hôpital et de l'autopsie ?

— Oui, monsieur. Le Dr Tarvel a un arrangement avec l'un des médecins légistes de l'Etat. L'autopsie aura lieu mercredi prochain.

— Mercredi ? fit Hartmann en fixant Danzig. Pourquoi attendre si longtemps ?

— Le Dr Li n'était pas disponible plus tôt. Et il va de soi que nous ne voulons pas avoir affaire à un autre des médecins officiels.

Hartmann se leva. Sa taille et sa prestance les intimidaient.

— Je veux savoir qui a engagé Mme Minsky, et pourquoi, dit-il en détachant les syllabes. Et je veux le savoir avant la fin de la semaine.

Il se tourna vers George Rankin.

— Il y a trop longtemps que vous êtes là, sur votre cul, à surveiller ces écrans de télé. Le moment est venu de mériter votre salaire.

De retour dans son bureau, Hartmann décida d'appeler Jack DiGiovanni. Depuis qu'il gouvernait l'Etat, Jack avait pris quelques distances avec lui, ce qui était assez compréhensible. Hartmann déplaça les piles de documents qui s'entassaient sur son bureau, en essayant de ne pas déséquilibrer les divers presse-papiers. Il cherchait le numéro de téléphone de DiGiovanni. Sans l'argent de Carl Hartmann, il ne serait pas là où il était. C'était le moment de lui demander de renvoyer l'ascenseur.

19

L'après-midi agonisait trop lentement au goût de Stephanie. Quand la pendule indiqua 16 h 45, elle s'abandonna à une crise d'angoisse, rangea son bureau et le ferma à clef avec un sentiment d'irrévocabilité qui l'emplit de terreur. Cette sensation ne l'avait toujours pas quittée lorsqu'elle entra dans le cabinet de Mike.

— Entrez.

Il avait l'air plutôt encourageant. Dès qu'elle pénétra dans la pièce, Stephanie l'observa attentivement, essayant de prévoir, d'après ses gestes et le ton de sa voix, les mots qu'il allait prononcer.

— Asseyez-vous, je vous prie.

Comme la fois précédente, l'ordinateur était allumé. Elle vit une image rosâtre avec de petites taches bleu foncé, sans pouvoir dire ce que c'était.

— Stephanie... On dirait bien que les radiologues avaient raison, après tout.

Il avait les traits un peu tirés. De fait, il était encore sous le coup d'avoir vu son diagnostic à nouveau pris en défaut.

— J'ai le regret de vous dire que le labo a trouvé des cellules malignes dans la biopsie.

Stephanie eut l'impression que son cœur s'arrêtait de battre. Elle s'entendit lui demander :

— Etes-vous en train de me dire que j'ai un cancer ?

— Vous savez parfaitement, j'en suis sûr, que ce mot recouvre un grand nombre d'affections.

Mais Stephanie était de plus en plus inquiète. En partie à cause de ce qu'il venait de lui dire, en partie parce qu'il évitait de la regarder dans les yeux.

— Quant à votre question... La réponse est oui. La biopsie a fait apparaître un adénocarcinome nettement différencié. Ce n'est qu'une biopsie, et nous ne pouvons pas être vraiment sûrs, mais rien n'indique qu'il s'est propagé.

Mike leva enfin les yeux vers Stephanie. Il se sentait à la fois stupide et abattu, parce qu'il avait l'impression que tout ce qu'il avait appris pendant huit années d'études médicales et d'internat se révélait inutile, ou complètement faux.

— Voulez-vous voir les clichés ? demanda-t-il avec

un mouvement du menton vers son écran, désignant une des zones plus sombres.

— Non, je vous remercie, dit Stephanie.

Elle parlait d'une voix ferme, mais légèrement plus aiguë qu'en temps normal. Une pensée la frappa.

— Le Dr Spencer vérifie-t-il ce genre de cas ? Je veux dire, la dernière fois, vous m'avez dit que vous pouviez lui demander une confirmation de diagnostic.

Mike s'agita sur son siège.

— En fait, je lui ai déjà demandé d'examiner votre cas. Il n'a pas encore vérifié toutes les données, mais nous en avons discuté, et il est d'accord avec ce que je vous ai dit.

Stephanie sentit que ses épaules étaient prises de convulsions. Elle serra les mains.

— Alors, que faisons-nous ?

Mike était presque aussi tendu qu'elle.

— Eh bien, dit-il, comme il l'avait fait des dizaines de fois dans des circonstances similaires, il y a plusieurs façons de régler le problème...

Les mots de Spencer lui revinrent à l'esprit. « C'est à vous de leur dire ce qu'il faut faire... On vous paie pour exercer vos compétences, pas pour suggérer des choix. »

— Mais le meilleur moyen, et le plus sûr, consiste à retrancher le tissu mammaire et les ganglions lymphatiques sous l'aisselle.

Stephanie baissa les yeux. Les larmes lui piquaient les yeux. Une mastectomie. L'ablation du sein. A l'école d'infirmières, elle avait vu des femmes après une mastectomie. Des jeunes femmes, parfois. Elle se rappelait combien elle les plaignait. Mais l'idée que cela pouvait lui arriver ne l'avait jamais effleurée.

— Pourquoi pas une simple tumorectomie ? demanda-t-elle. Je sais qu'on le fait à beaucoup de femmes, et bien sûr… c'est beaucoup plus esthétique.

Mike hésita un instant.

— Oui, c'est vrai. J'ai moi-même effectué bon nombre de tumorectomies. Le problème, c'est que même si l'aspect esthétique est important il est essentiel de se débarrasser du cancer.

Il inspira à fond, les yeux fixés sur Stephanie.

— Vous n'ignorez pas que beaucoup de chirurgiens ont des doutes sur l'efficacité à long terme de la tumorectomie.

Il posa ses mains à plat sur la table.

— Parlons franchement, Stephanie. Il se peut que la situation nous oblige à considérer qu'il vaut mieux être vivante, et bien portante, avec un sein…

Il déglutit. Elle compléta sa phrase.

— Que morte avec deux seins. C'est ce que vous vouliez dire ?

Il acquiesça d'un air sombre.

— Et la radiothérapie ? reprit-elle.

Elle résista contre le hurlement qui naissait quelque part au fond d'elle-même. Elle avait vu des patients après un traitement au cobalt, les cicatrices rosâtres, luisantes et dures, la peau pigmentée de brun.

— Oui. Il faudra l'envisager…

— La chimio ?

— Non, sauf si certains symptômes suggèrent que des métastases se sont formées. Après l'opération, nous vous placerons sous tamoxifène. On sait que ce produit réduit les risques de rechute. Avant l'opération, bien sûr, il faudra vous faire une tomographie, et nous chercherons la présence de métastases en différentes parties du corps. Même si rien ne laisse penser qu'elles se sont déjà développées.

— Quelles parties du corps ?

Stephanie avait la bouche sèche. Elle se passa la langue sur les lèvres.

— Les os, les poumons, le cerveau. Mais nous nous y prenons suffisamment tôt. Il n'y a aucune raison de penser que nous trouverons quelque chose.

— Tout comme j'avais peu de chances de me retrouver là où j'en suis, n'est-ce pas ?

Elle s'efforça de sourire, et Mike fit de même. Il ne voulait pas montrer combien il se sentait peu sûr de lui. Combien il était perturbé à l'idée de s'être à ce point trompé dans son diagnostic.

— Nous ferons les examens demain, samedi. Et nous opérerons lundi. Comme vous le savez, dans une telle situation, il vaut mieux agir le plus vite possible.

— D'accord...

Stephanie hésita.

— Tout semble aller si vite.

Elle se leva, faillit tomber, et s'appuya sur la table au dessus de verre.

Mike contourna prestement la table et lui posa la main sur le bras.

Elle le regarda.

— Je ne parviens toujours pas à croire que c'est à moi que ça arrive.

Sa voix tremblait. Son cerveau semblait refuser de fonctionner.

Elle ne reconnut pas le chemin qui menait chez elle. Elle ne vit pas l'eau bleue du détroit, au loin, entre les arbres, quand elle tourna dans Spring Street, ni la banderole déployée au-dessus de la rue (« Tout doit disparaître ! ») pour le magasin de tapis Abrahamian. A cent mètres de chez elle, elle ne vit pas le ballon de football noir et blanc avant qu'il ne frappe sa voiture. Elle freina à mort, et s'immobilisa au milieu de la route dans un crissement de pneus, sous le regard éberlué de deux gamins postés sur le trottoir.

Cela la secoua. Bientôt, elle fut chez elle. Mais ses mains tremblaient si fort qu'elle eut du mal à ouvrir la porte. Elle se précipita à l'intérieur, se laissa tomber sur son lit et éclata en sanglots.

Quelques minutes plus tard, elle se redressa, se déshabilla et passa dans la salle de bains. Elle s'examina soigneusement dans le miroir en pied.

Elle n'avait pas l'air malade. Stephanie n'avait jamais été de ces femmes qui passent leur temps devant une glace. Mais elle voyait bien que sa peau était lisse, ses hanches parfaites, et qu'elle avait une silhouette impeccable. Elle avait lu quelque part que 90 % des Américaines sont insatisfaites de leur apparence. Elle se demanda si elle serait plus heureuse avec des sourcils plus épais, un nez un peu plus petit, des cheveux plus clairs. L'espace d'une seconde, elle s'imagina en blond vénitien, les cheveux relevés... Non. Pas question. Elle allongea les bras, s'efforça de regarder son sein droit. Il y avait une légère ecchymose sur la face externe du sein, à l'endroit de la piqûre pour la biopsie. Mais elle était à peine perceptible. Elle essaya d'imaginer ce qui se déroulait à l'intérieur. Les cellules malignes se développant déjà hors de tout contrôle, prêtes à se répandre dans ses veines et ses artères — autant de chemins commodes pour leurs migrations mortelles vers les autres parties de son corps.

Toujours devant son miroir, elle se tourna un peu vers la gauche. Elle imagina que son sein droit n'était plus là. De quoi aurait-elle l'air ? Que ressentirait-elle ? Le seul fait de se poser la question la fit se sentir bizarrement désincarnée, comme si le reflet dans le miroir n'avait aucun rapport avec son propre corps. Est-ce qu'elle éprouverait à jamais un déséquilibre en marchant, en courant ? Et quel homme pourrait avoir envie d'une femme avec une telle difformité ? D'une femme qui avait de fortes chances de mourir prématurément ?

— Pourquoi moi ? demanda-t-elle à son miroir.

Mais celui-ci se contentait de lui renvoyer son image en silence.

Elle se détourna et regagna le salon, comme une aveugle. Le pire, c'était cet affreux sentiment d'impuissance. Jusqu'alors, Stephanie avait toujours été capable de résoudre ses problèmes en s'immergeant dans le boulot, en réfléchissant, parfois même en attendant que les choses se règlent d'elles-mêmes. Cette fois, il semblait bien que ça n'y changerait rien.

20

La mère de Stephanie, Emily, vivait à Stonington avec Len, son second mari, dans une belle petite maison qui avait appartenu à un capitaine de la marine marchande. Quand sa fille appela, elle était sortie. Désespérée, Stephanie pressa sans interruption la touche Rappel de son téléphone. Au bout de dix minutes, elle était si bouleversée qu'elle ne savait plus quoi faire. Sa mère décrocha enfin.

— Oh, maman…

Stephanie était au bord des larmes.

— Que se passe-t-il ? lui demanda Emily d'une voix inquiète.

L'aînée de ses trois filles était d'ordinaire la plus équilibrée et la plus calme.

Stephanie lui exposa la situation. Emily retint son souffle.

— C'est incroyable, dit-elle enfin. A ton âge ? Qui est ton médecin ? Tu n'as pas demandé un second diagnostic ?

— Ils sont censés être les meilleurs, lui dit Stephanie, trouvant un léger réconfort dans ses propres paroles. Et Lovejoy est un endroit important pour… Tu sais bien, pour ce genre de choses.

— Qui est avec toi ? Evie est là ? Je ne peux pas venir, tu le sais, avec Len et tout le reste.

— Comment va-t-il ?

Son beau-père, qu'elle aimait si tendrement, souffrait d'un emphysème aggravé.

— Il est sous oxygène la plupart du temps, maintenant. Je peux à peine le laisser seul le temps de faire les courses.

— Tout ira bien, dit Stephanie. Evie n'est pas loin, elle me sera d'un grand réconfort.

— Quand veulent-ils t'opérer ?

— Lundi.

— Oh, mon Dieu… s'exclama Emily d'une voix

tremblante. J'ai tellement honte de ne pas pouvoir être à tes côtés !

— Ne t'inquiète pas, maman. Je me suis occupée de gens qui ont subi ce genre d'opération, tu sais, et il n'y a vraiment pas de quoi fouetter un chat.

Elle déglutit péniblement.

— En général, les patientes quittent l'hôpital au bout de deux ou trois jours.

— Est-ce que tu auras de la rééducation ?

Une idée frappa Emily.

— J'ai lu quelque part qu'on peut reconstituer un sein. C'est de la chirurgie esthétique. Est-ce que ton docteur t'en a parlé ?

— Oui. On le fera sans doute plus tard.

En entendant sa propre voix, Stephanie avait l'impression de parler de quelqu'un d'autre. D'une femme qu'elle aurait vaguement connue. Reconstitutions... Elle en avait croisé quelques-unes, aussi. Cela facilite peut-être le port des vêtements. Mais les seins « reconstitués » ne ressemblent jamais aux vrais. Ils ne vous font jamais vous sentir comme avant. Ce n'est qu'une nouvelle sorte de mutilation.

Stephanie se demanda si elle devait appeler ses deux sœurs. Elle décida de n'en rien faire. Barbara vivait à Seattle. Margaret, mariée à un banquier, se trouvait à Hong Kong. De toute façon, elles avaient l'une et l'autre de jeunes enfants et ne pouvaient s'éloigner de chez elles. Et la nouvelle ne ferait que les inquiéter. Stephanie préféra ne leur en parler qu'après coup. A condition que leur mère ne leur dise rien.

Elle parvint à joindre Evie. Celle-ci voulut venir la retrouver sur-le-champ. Mais dans l'immédiat, Stephanie avait envie d'être seule. Elle avait beaucoup de choses à faire, dit-elle à son amie — ce qui était exact —, et le travail constituait la meilleure manière de ne pas penser au lundi suivant.

Ensuite, Stephanie alla bricoler un peu sur son bateau, remisé pour l'hiver dans un coin du chantier naval de Milford. En tournant autour pour inspecter la coque, elle vit que l'herbe avait poussé autour des roues de la remorque. Au moment où elle ôta la bâche, la peur la gagna de nouveau. Quelque chose, au fond de son crâne, poussait un cri de rage. « Ça ne peut pas m'arriver, à moi ! Ils se trompent, tous ! Je suis en parfaite santé ! » Le refus, elle le savait parfaitement, n'était que la première phase d'un processus mental d'affrontement de la réalité. Mais le fait de le savoir lui était d'un piètre réconfort.

Même son corps refusait de lui obéir. Ses genoux étaient faibles, ses mains incapables de saisir les objets correctement, et son corps tout entier était pris d'un tremblement invisible qu'elle ne pouvait ni refréner ni identifier. Une pensée lui traversa l'esprit. La tumeur avait atteint son cerveau. C'était cela qui provoquait sa faiblesse. Cette simple idée l'obligea à s'asseoir sur la barre métallique à l'arrière de la remorque. Ce n'était pas impossible. Elle avait soigné des femmes à qui c'était arrivé.

Incapable de se concentrer sur le bateau et après avoir noté machinalement que les pneus de la remorque étaient à plat, elle remonta dans sa voiture. Elle y demeura un long moment. Puis elle prit le chemin de l'hôpital, pour y subir son premier scanner.

De retour chez elle, Stephanie passa le reste de la journée à récurer, à faire le ménage, à ranger des vêtements, à s'épuiser physiquement pour s'interdire de penser. A 6 h 30, le lundi matin, elle se présenta aux admissions de l'hôpital Lovejoy, à jeun, serrant le petit sac qui contenait ses effets pour la nuit. C'est là qu'Evie la retrouva. Elle l'accompagna à sa chambre. Après lui avoir posé quelques questions de routine, l'infirmière apporta une perfusion dispensatrice de calmant.

— Quand vous sortirez de la salle d'opération, dit-elle, vous aurez ceci au bras. Si vous avez mal, et si vous pensez avoir besoin d'un analgésique, il vous suffira d'appuyer sur ce bouton. En fait, vous n'aurez sans doute pas très mal. Au moins saurez-vous que l'appareil est là si vous en avez besoin.

Quelques minutes plus tard, Stephanie, vêtue d'une chemise d'hôpital blanche informe, grimpait dans le lit aux draps fins. Evie devait rejoindre son travail. Elle s'en alla donc, non sans avoir serré Stephanie dans ses bras, en larmes. Stephanie resta seule, terrorisée, les yeux fixés sur le plafond insonorisé. Son cœur battait à tout rompre dans sa poitrine.

On ne la fit pas attendre très longtemps. Une demi-heure plus tard, une infirmière lui fit prendre la préparation préanesthésique. Après quelques instants, Stephanie se sentit toute chaude, somnolente, et cessa de s'interroger sur ce qu'on allait lui faire.

Carl Hartmann était arrivé au bureau très tôt, ce matin-là. Il était venu directement de l'aéroport, impatient de se mettre au travail. Ann Boyd, sa secrétaire, lui apprit que Stephanie avait laissé un message sur sa boîte vocale. Elle prenait quelques jours de congé maladie, et serait absente toute la semaine.

— De congé maladie ?

Hartmann se figea, dévisageant sa secrétaire.

— Elle est malade ? Que lui arrive-t-il ?

— Je l'ignore, monsieur, répondit Ann.

Parfois, les manières brutales de son patron la mettaient mal à l'aise.

— Elle n'a rien dit de plus.

— Eh bien, renseignez-vous. Tout de suite.

Hartmann se dirigea vers son bureau. Cela l'agaçait. Il s'était réservé du temps pour passer les chiffres en revue avec Stephanie, et il n'appréciait pas le retard.

Ann essaya de joindre Stephanie chez elle. Puis elle réfléchit un moment, et appela Jean Forrest.

— Je cherche Stephanie, Jean. Mon patron est tout retourné, parce qu'elle n'est pas au bureau ce matin.

— Elle est à l'hôpital, répliqua Jean, surprise. Elle ne vous l'a pas dit ?

— Oh... Non, elle ne m'a rien dit. Qu'est-ce qui se passe ?

Jean hésita.

— Ce n'est pas à moi de... Bon, d'accord. De toute manière, M. Hartmann le découvrira bien assez tôt. Elle a subi une biopsie du sein, la semaine dernière. Positive. On lui fait une mastectomie en ce moment même.

— Oh, mon Dieu...

Ann leva les yeux. Hartmann venait d'entrer dans son bureau.

— Merci, Jean. Attendez une seconde.

Elle couvrit le micro du téléphone et dit à son patron ce qu'elle venait d'apprendre.

Hartmann eut l'air étonné, puis une expression bizarre s'afficha sur son visage.

— Qui est son médecin ?

Ann répéta la question à Jean.

— Le Dr Richmond. Il travaille avec le groupe de Spencer.

Hartmann avait entendu la réponse.

— Nom de Dieu ! murmura-t-il.

Il courut presque vers son bureau, claqua la porte derrière lui, décrocha son téléphone et composa promptement un numéro.

Stephanie n'entendit même pas le cliquetis du lit à roulettes longeant le couloir, mais elle sentit comme un halo de gentillesse et de disponibilité émanant des personnes qui l'entouraient. Plus tard, elle se rappellerait les lumières du plafond défilant à toute vitesse. Cela lui donna le tournis, et elle dut fermer les yeux. Elle avait tellement envie de dormir, de toute façon... Elle garda les paupières closes pendant qu'on la conduisait dans la zone d'attente près du bloc opératoire. Elle s'assoupit, et des rêves en couleur lui traversèrent l'esprit. Elle se trouvait avec sa mère sur des montagnes russes. Elles allaient trop vite, elle avait l'impression à chaque tour qu'elles allaient s'envoler dans le vide. C'est ce qui arriva finalement. La sensation d'apesanteur, de chute, la fit sursauter. Elle s'éveilla brièvement et s'agrippa aux montants du lit. Tout ce qu'elle voyait était blanc, violemment éclairé. Même les gens qui l'entouraient étaient éblouissants. Elle referma les yeux. Le lit se remit en mouvement, et heurta un obstacle. Comme lorsque son petit bateau accostait un peu brutalement. Puis quantité de mains soulevèrent le drap sur lequel elle reposait, et le glissèrent doucement sur la table d'opération. Elle sentit le froid sous son dos et ses fesses. Elle frissonna.

L'anesthésiste, une femme, lui parla. Elle lui expliqua ce qu'elle allait faire, mais Stephanie ne percevait qu'un magma de sons, doux et dénué de sens. « ... Masque... » Elle entendit le mot, et sentit les bords de l'objet sur ses joues. Puis quelqu'un dut lui injecter quelque chose dans les veines, car rien de ce qui suivit ne lui resterait en mémoire.

Mike acheva ses visites du matin à Lovejoy avant de se rendre au bloc opératoire. Sophie Petersen, le nouveau superviseur de la salle d'opération (en remplacement de Darla Finsten), l'y attendait. Elle avait travaillé au centre médical de New Coventry à l'époque où Mike était étudiant, et elle l'aimait bien. Mais le règlement était le règlement, et tout le monde devait s'y soumettre.

— Le dossier de votre patiente est presque vide, dit-elle en tapotant la couverture métallique du dossier. Il y a le formulaire d'autorisation d'opérer, signé par elle. Nous avons aussi les bordereaux d'admission, mais aucun rapport de radio ou de biopsie. Je ne peux vous laisser opérer si le dossier ne contient pas une copie de l'historique et des rapports médicaux ou de labo.

— Bon Dieu...

Mike parcourut le dossier.

— Je suis désolé, Sophie... Vous savez que nous

avons eu un week-end épouvantable... Ecoutez, je vais rédiger une note préopératoire détaillée, et je vais demander à quelqu'un du bureau de nous apporter tout de suite le reste des documents. D'accord ?

— Si je ne vous connaissais pas, Mike, et s'il s'agissait de quelqu'un d'autre, dit Sophie d'un ton sévère, votre patiente retournerait immédiatement en salle de réanimation. Et elle y resterait jusqu'à ce que les rapports et tout le reste soient joints au dossier.

Mike appela son bureau. Par chance, une des secrétaires était là. Il lui demanda de lui apporter au bloc opératoire de l'hôpital Lovejoy, toutes affaires cessantes, les *prints* du dossier de Stephanie Hopkins. Puis il s'enfonça dans un siège et rédigea une note préopératoire détaillée, sous le regard attentif du superviseur.

— Ça ira pour cette fois, docteur Richmond, lui dit Sophie en récupérant le dossier. La prochaine fois, je réexpédie votre patiente dans sa chambre, et vous vous expliquerez avec elle.

Elle avança la tête dans la salle d'opération, et fit un signe à l'anesthésiste.

— Vous pouvez y aller !

— D'accord, fit le médecin, la voix étouffée sous son masque.

Sophie se pencha en avant, maintenant d'une main le masque en position. De l'autre, elle pressa sur le piston de la seringue qu'elle avait fixée avec du ruban adhésif au poignet de Stephanie, pour lui injecter dans les veines le reste du penthotal.

Quelques instants plus tard, Mike entra dans la salle d'op'. Stephanie était déjà endormie.

— C'est dommage, non ? lui dit l'anesthésiste par-dessus l'écran de séparation, alors qu'il tirait le drap pour exposer les seins de sa patiente.

Mike hocha la tête. Il ne voulait pas y penser. Il se força à voir à travers la peau, mesurant l'épaisseur de cette couche de tissu que Spencer lui avait montrée, calculant combien de peau il allait devoir découper pour que tout s'ajuste après le retrait du tissu mammaire et des ganglions lymphatiques axillaires. Il s'empara d'un stylo sur le plateau. Un stylo pour écrire sur la peau, à l'encre violette, conçu spécialement pour tracer les lignes d'incision. Il ôta le capuchon puis traça deux lignes en S, à partir de l'aisselle, contournant la masse principale du sein pour se rejoindre près de la ligne médiane, un peu au-dessus de la côte.

— Vous pouvez la préparer, dit-il à l'infirmière qui attendait ses instructions. N'effacez pas mes lignes d'incision.

Il n'attendit pas qu'elle commence à enduire la poitrine de Stephanie de Bétadine, une solution antiseptique brune. Il se dirigea vers le cabinet de stérilisation, en s'efforçant de se concentrer sur les détails techniques de l'opération. « Il ne s'agit pas d'une femme que je connais, se dit-il. Il s'agit d'un problème technique, que je dois considérer d'un point de vue professionnel. » Mais un profond sentiment d'écœurement le paralysait et l'empêchait d'avancer dans le cabinet, parce que cela le mènerait inexorablement vers la table d'opération. Une sensation bizarre l'étreignit, et il reconnut une certaine forme de panique. Serait-il capable de demander le bistouri au technicien ? Si oui, serait-il capable de s'en servir *sur elle* ? Il avait la nausée. Il s'appuya quelques instants contre le mur, s'efforçant de recouvrer la raison. Il était là pour lui sauver la vie, pour la sauver du cancer, en appliquant une technique qui s'était révélée efficace pour des milliers et des milliers de femmes. Ensemble, ils avaient pesé le pour et le contre, et Stephanie avait admis que la perte d'un sein était un sacrifice raisonnable, comparé à la seule autre solution…

John Henly, l'interne de première année qui devait l'assister, était déjà en train de se laver les mains. Mike lui parla du cas de Stephanie et plaida, peut-être un peu trop énergiquement, en faveur d'une mastectomie totale contre une tumorectomie suivie de rayons.

Quelques minutes plus tard, Mike ferma le robinet avec le genou et poussa la porte avec le dos, ses mains ruisselantes tendues devant lui. Le technicien lui tendit une serviette stérile et il se sécha les mains. Ils avaient déjà drapé la poitrine de Stephanie, qui avait pris une teinte brun- orange et luisait de reflets irréels sous les lampes ultra-puissantes de la salle d'opération. Cela ne ressemblait pas à un corps humain. Tant mieux, se dit-il en enfilant les manches de la blouse que lui présentait Ken Willis, le technicien. Il s'occupa l'esprit en se remémorant les différentes étapes de l'opération, les instruments et les sutures dont il aurait besoin. La dernière chose qu'il voulait éviter, c'était de penser à Stephanie comme à la jeune femme vive et énergique qui avait fait sur lui une si forte impression.

Les gants...

Enfin, il passa à droite de la table, en faisant un effort pour se remuer. Son assistant était déjà à son poste, de l'autre côté. Il disposait les divers fils électriques et tubes d'aspiration de sorte qu'ils ne gênent personne, tout en étant accessibles en cas de besoin.

Mike inspira à fond.

— Scalpel, dit-il d'une voix calme.

Le technicien lui tendit l'instrument. Il jeta un coup d'œil à l'anesthésiste, qui hocha la tête.

— Vous pouvez y aller.

Il commença l'incision. Il avait découpé la peau sur deux millimètres lorsqu'il entendit du vacarme à l'extérieur de la salle d'opération. La porte s'ouvrit à toute volée.

— Arrêtez, Mike !

C'était Spencer, hors d'haleine, le visage cramoisi. Il ne portait même pas de masque.

Mike s'immobilisa, le scalpel levé.

— Que se passe-t-il ?

— Vous avez commencé l'opération ? s'exclama Spencer d'une voix plus aiguë que d'habitude.

— Nous venons de commencer l'incision. Que se passe-t-il ?

— Je préfère que nous en parlions dehors.

Il y avait dans sa voix un mélange de colère et de soulagement.

— Entre-temps, dit-il à l'anesthésiste d'un ton autoritaire, réveillez la patiente et transférez-la en salle de réanimation.

L'anesthésiste regarda Mike. Après tout, c'est lui qui était responsable de ce cas.

Mike était furieux et inquiet.

— Vous pouvez me dire pourquoi ? demanda-t-il à Spencer. Que s'est-il passé ?

Quelles que fussent les raisons de Spencer, l'incident provoquerait de sérieux problèmes, tant avec la patiente qu'avec les autorités hospitalières.

— Plus tard, dit-il. Dès qu'elle sera réveillée et qu'elle pourra se passer de votre présence, venez me retrouver dans la petite salle de réunion, au B-2. Nous pourrons alors discuter de cette affaire. Assurez-vous seulement, avant de me rejoindre, qu'elle est hors de danger.

Mike se sentit rougir sous son masque. Il n'aimait pas le ton, désagréablement accusateur, de Spencer.

— Très bien, dit-il lentement. J'interromps cette opération sur votre ordre, docteur Spencer, non pour une quelconque raison médicale que j'ignore. Vous en prenez l'entière responsabilité ?

— J'en prends l'entière responsabilité.

La voix de Spencer était moins menaçante. Depuis qu'il savait que l'opération n'avait pas été menée à bien, il semblait presque soulagé. Réalisant soudain qu'il avait fait irruption dans la salle d'opération sans la tenue appropriée, il tourna les talons et sortit sans ajouter un mot.

Dans un silence de mort, Mike plaça des sutures sous-cutanées dans l'incision, deux Steristrips pour réunir les bords de la plaie, puis appliqua un pansement sur le tout. L'anesthésiste, qui ne comprenait rien à cette situation extraordinaire, avait fermé l'arrivée d'anesthésique. Elle fit respirer de l'oxygène pur à Stephanie, et lui injecta un produit capable de neutraliser les myorelaxants qu'elle lui avait administrés un peu plus tôt. Stephanie commença à s'agiter.

Elle s'éveilla un peu après leur arrivée en salle de réanimation. Elle regarda autour d'elle, essayant de reprendre ses esprits, de comprendre où elle se trouvait. Elle leva les yeux et vit Mike, dont l'air sinistre l'abusa. Elle avait les lèvres sèches, l'haleine infecte. Mike vit qu'elle était éveillée, mais son expression ne se modifia pas.

— Nous ne vous avons pas opérée. Je vous expliquerai plus tard. C'est... Ecoutez, je ne peux vraiment pas vous en dire plus maintenant...

Il se détourna, pour dissimuler sa colère et sa frustration.

— Dites-moi simplement une chose, dit Stephanie.

Elle était désespérée et, si possible, encore plus terrorisée qu'avant.

— Est-ce que c'est inopérable ? Le cancer est-il trop avancé ?

Mike revint vers elle, lui prit la main, et sourit.

— Non. Ce n'est pas cela, Stephanie. Je reviens dès que possible... disons dans dix minutes, et je vous raconte exactement ce qui s'est passé. D'accord ? Je vous le promets.

Il se dirigea vers la salle de réunion d'un pas rapide et nerveux. Il sentait croître sa fureur et son ressentiment. Pourquoi Spencer avait-il interrompu ainsi l'opération ? Mike passait pour un imbécile, et l'incident ne manquerait pas de retombées très graves, à tous les niveaux. Spencer trônait au bout de la table. Une chemise en papier kraft était ouverte devant lui. Quand Mike entra dans la pièce, il leva les yeux vers lui.

— Elle va bien ? Mlle Hopkins ?

— Oui, elle va bien, répondit Mike, en s'efforçant

de dissimuler la colère qui perçait dans sa voix. Sauf pour son cancer du sein, bien sûr.

— Ouais... Eh bien, c'est précisément une des choses dont nous devons parler.

Spencer avait l'air détendu, en comparaison de l'émotion qu'il avait montrée dans la salle d'opération, quelques minutes plus tôt.

— Venez, asseyez-vous.

Mike hésita un instant, puis s'approcha et s'assit devant la table. Il laissa une chaise entre Spencer et lui-même.

Spencer tapota la chemise posée devant lui.

— Mike, il y a quelques jours, vous m'avez demandé de jeter un coup d'œil aux données concernant une de vos patientes. Stephanie Hopkins. Je vous ai dit que je le ferais.

Il regarda la chemise.

— Je revenais de vacances. J'étais débordé, vous vous en doutez, à cause du retard pris dans mon propre travail. Ce n'est que ce matin que je me suis penché sur ce cas, sans savoir que l'opération était programmée pour aujourd'hui.

Il marqua une pause, fixant Mike avec une expression indéchiffrable.

— En fait, c'est en lisant le programme de la salle d'op' dans l'ordinateur que je me suis souvenu que je n'avais pas examiné son dossier.

Il secoua la tête.

— Bref. Quand j'ai contrôlé les données, je n'y ai pas vu la moindre raison d'opérer. Surtout pas de faire une mastectomie... C'est pourquoi je suis venu, pour tout arrêter.

Mike se leva.

— Je ne comprends pas de quoi vous parlez. La mastographie et la biopsie étaient toutes les deux positives. Que fallait-il de plus ?

Spencer lâcha un long soupir.

— Je crois que vous n'avez pas lu le rapport corrigé.

Il sortit de la chemise un document imprimé qu'il tendit à Mike.

— Rapport médical corrigé… lut celui-ci lentement.

Il avait l'impression qu'une main gigantesque lui enfonçait la tête dans le torse.

— Je n'ai jamais vu cela, dit-il après avoir contemplé un moment le document.

Il posa le papier, face imprimée sur la table, comme pour nier son existence.

— Lisez-le, je vous en prie, dit Spencer, les yeux fixés sur lui. Et n'oubliez pas la date.

Mike reprit le document à contrecœur.

— C'est daté du 10… Vendredi dernier.

— Exact. Soit deux jours après le rapport original.

Mike inspira profondément.

— Bien… « Ce rapport corrige et remplace le rapport n° 5X55496/97. La biopsie de tissu mammaire de la patiente Stephanie Hopkins, réf. ABS44245, a fait l'objet d'un examen par notre commission de contrôle d'histologie. Des désaccords sont apparus quant à la présence de tissu malin au sein droit, telle que décrite dans le rapport antérieur. Un seul membre de la commission s'est prononcé sur la présence d'un tel tissu. Notre nouveau diagnostic est le suivant. On détecte dans cet échantillon des modifications inflammatoires mineures, sans doute de nature fibrokystique. On n'y décèle la présence d'aucun tissu malin. A ce point, nous recommandons de réitérer l'examen mastographique dans les trois mois, si les symptômes cliniques persistent. »

Mike regarda la feuille de papier, puis Spencer. Sa main tremblait.

— Je vous l'ai dit, je n'ai jamais vu ce document.

— Il se trouvait dans votre ordinateur.

Mike avait les mains moites.

— Je ne l'ai jamais vu. En outre, vu l'importance du changement de diagnostic, est-ce que le pathologiste n'aurait pas dû m'appeler et m'en parler de vive voix ?

— Non. En vous expédiant un rapport corrigé, il a fait ce qu'il avait à faire. Les gens du labo n'ont pas le temps de tout nous expliquer en nous tenant la main.

— Est-ce que le voyant de l'ordinateur ne doit pas clignoter tant qu'il reste dans le système un message non lu ?

Mike avait l'impression que la pièce se refermait sur lui. Il entendait sa propre voix rendre un son métallique, comme si elle venait de quelqu'un d'autre.

— Il clignotait, ce matin, quand je suis entré dans votre bureau.

— Bon Dieu…

Mike se leva.

— Docteur Spencer, voulez-vous que je m'en aille ? Je veux dire, voulez-vous que je démissionne du groupe ? J'ai du mal à croire que j'ai pu faire preuve d'une telle négligence.

— Non, bien sûr que non, dit Spencer, tranquille.

Mais sa voix laissait percer une certaine froideur. Mike se demanda s'il préférait en discuter avec les autres membres du groupe avant de le saquer.

— Vous êtes jeune, Mike, et vous manquez d'expérience. Mais vous vous en sortirez. Montrez-moi un chirurgien qui n'a jamais commis d'erreur, et je vous montrerai un chirurgien qui n'a jamais opéré.

Il se leva. Il parlait d'un ton glacé, mais son visage affichait plus de soulagement que de colère.

— Dans l'immédiat, dit-il en rassemblant ses documents, vous feriez mieux de réfléchir à ce que vous allez dire à Mlle Hopkins.

21

Mike redescendit lentement le couloir, terrifié à la pensée de l'erreur qu'il avait failli commettre. Il s'arrêta devant la porte de la salle de réanimation, et réfléchit un instant. Il ne savait pas quoi dire à Stephanie. Toutes sortes d'idées lui traversèrent l'esprit, suggérées par son instinct de conservation. Il décida finalement de lui dire la vérité, tout simplement. Il poussa la porte et entra.

Stephanie était encore somnolente. Une infirmière était en train de la débarrasser de sa perfusion.

— Que s'est-il passé ? demanda-t-elle à Mike.

— Eh bien, c'est presque une bonne nouvelle, dit-il en souriant. Au dernier moment, nous avons reçu un rapport nous informant que la tumeur était bénigne. Nous avons donc interrompu l'opération.

Stephanie hésita. Ses cheveux noirs recouvraient le côté gauche de son visage. Elle les repoussa, pour mieux le regarder.

— Et alors ?

— Eh bien... Vous avez une petite incision...

Il désigna le pansement.

— Il faudra ôter les Steristrips dans quatre ou cinq jours.

— Une petite incision, répéta lentement Stephanie. Je n'ai pas encore l'esprit très clair. Je ne comprends pas ce que vous dites. Est-ce que vous voulez bien m'expliquer ?

— Bien sûr. Vous allez pouvoir rentrer chez vous. Quelqu'un doit-il venir vous chercher ?

— Non.

Elle eut un sourire.

— J'étais supposée rester plusieurs jours dans cet hôpital, vous vous rappelez ?

Mike hocha la tête.

— Je n'ai pas non plus l'esprit très clair...

Il réfléchit quelques instants.

— Vous devriez pouvoir sortir dans une demi-heure. Je vous reconduirai chez vous. Après tout, c'est moi qui vous ai entraînée dans cette aventure.

— Oh, non, je vous en prie... Je vais faire venir quelqu'un. Ou bien je prendrai un taxi.

— Je reviens dans une demi-heure, dit-il d'un ton qui n'admettait pas de réplique.

Il sortait de la salle de réanimation au moment où Evie Gaskell arrivait.

Elle s'arrêta à la porte.

— Comment va-t-elle ?

— Très bien.

Il n'avait pas le temps de lui donner de détails.

— Elle rentre chez elle, dit-il par-dessus son épaule.

— Quoi ?

Mike avait déjà disparu. Au fond, on n'avait pas grand-chose à lui reprocher. Mais il savait parfaitement qu'on allait lui demander des comptes. Et une pensée continuait de le tarauder. Comment avait-il pu commettre pareille erreur ? Jamais, depuis le début de sa carrière, il ne s'était trompé de la sorte, même lorsqu'il était en première année d'internat, à peine expérimenté, épuisé et submergé par le nombre de cas à suivre. Bien sûr, son travail administratif était loin d'être irréprochable, mais il avait toujours donné à ses patients le meilleur de lui-même. Cela, du moins, il en était convaincu. De nouveau, le doute germa dans son esprit, de plus en plus insistant, et cela lui fit peur. Peut-être n'avait-il pas choisi la voie qui lui convenait. Peut-être n'était-il pas fait pour être chirurgien. Peut-être était-il vraiment trop négligent pour qu'on lui confie la vie des patients.

D'autres questions se formaient toutefois au fond de son esprit. Comment était-il possible qu'il n'ait pas vu ce voyant clignoter sur son ordinateur ? Bien sûr, il y avait eu les deux jours de week-end. Et son travail à l'hôpital l'avait tellement absorbé qu'il avait eu à peine le temps de s'arrêter au bureau. Mais tout de même. Le voyant avait dû clignoter de vendredi à lundi, et il clignotait encore quand

Spencer était arrivé. Et Mike n'avait-il pas téléchargé d'autres rapports entrants, vendredi après-midi ? Sans doute sa mémoire lui jouait-elle des tours, car il avait été débordé. Mais il semblait parfaitement incroyable qu'il puisse manquer un rapport aussi important. Et pourtant, il l'avait manqué. Il regagna le bureau de la salle de réanimation pour jeter un coup d'œil au dossier de l'hôpital. Il était là. Le second rapport de labo compromettant était là, tout en haut, au-dessus des rapports agrafés que la secrétaire avait apportés plus tôt dans la matinée.

Une demi-heure plus tard, il amena sa voiture devant l'entrée des urgences, et appela la salle de réanimation. Stephanie était prête, et bien qu'elle se sentît assez forte pour marcher, on insista pour la descendre dans un fauteuil roulant.

— Comment vous sentez-vous ? lui demanda Mike, dès qu'ils furent dans la voiture.

— Bien, vu les circonstances. Pas de maux de tête, pas d'étourdissements. Mais après ce qui s'est produit, je ne sais pas encore trop bien où j'en suis.

— Voulez-vous qu'on s'arrête prendre un café ? Moi, j'en ai besoin. Et il faut vraiment que je vous parle.

— Vous pouvez parler dans la voiture, dit-elle.

Mais il ne l'entendit pas — ou il ne voulut pas l'entendre. Quelques minutes plus tard, il entrait sur le parking du Hot Tomato Cafe, sur Gladstone Street. Il contourna la voiture et vint lui ouvrir la portière.

— Vous êtes toute pâle, Stephanie, dit-il d'un air désolé. Je suis vraiment au-dessous de tout.

Il se dit qu'il ne ferait décidément rien de bon, ce jour-là.

— Ecoutez, si vous préférez rentrer tout de suite chez vous, c'est parfait. Vous avez raison, nous pouvons parler dans la voiture.

Il avait l'air si agité et si inquiet qu'elle eut un sourire.

— Maintenant que nous y sommes, nous pouvons aussi bien entrer.

Le restaurant était aux trois quarts vide. Mike lui prit le bras, et la mena à une table où ils seraient isolés, et lui avança une chaise. Quand il lui passa la carte, elle demanda simplement un cappuccino.

On leur servit leurs cafés. Mike se pencha vers elle, serrant sa tasse des deux mains.

— Stephanie...

Il parla d'un ton qu'elle ne lui connaissait pas.

— Il a failli se passer une chose terrible, ce matin. Il faut que je vous en parle.

Il lui fit un récit détaillé des événements, ce qui suffit à lui redonner des sueurs froides.

Stephanie l'écouta dans un silence stupéfait.

— Comment est-il possible que vous n'ayez pas vu le second rapport ? demanda-t-elle quand il eut fini.

— C'est ce que je ne comprends pas. Je suis passé au bureau, hier, et je suis incapable de me rappeler si le voyant clignotait ou pas. Il est vrai que le signal est minuscule. Mais je n'arrive pas à croire que j'ai pu le manquer.

Stephanie commençait à se sentir très mal à l'aise. Si Spencer n'était pas passé à l'hôpital, et s'il n'avait pas interrompu l'opération, elle aurait en ce moment même un sein en moins.

— J'aimerais rentrer chez moi, dit-elle.

Ils roulèrent en silence jusqu'à son immeuble. Mike l'accompagna à son étage.

— Appelez-moi si vous avez le moindre problème, Stephanie. Est-ce que vous croyez que vous aurez besoin d'un analgésique ?

— Non, merci, dit-elle en sortant ses clefs. Merci de m'avoir reconduite.

Elle hésita, ouvrit la porte, entra et referma doucement derrière elle. Mike contempla longuement la porte fermée, puis tourna les talons et redescendit l'escalier vers sa voiture.

Stephanie s'appuya contre la porte. Elle se sentait plus lasse que jamais. L'incision commençait à lui faire mal. Elle s'allongea quelques minutes sur son lit. Elle devait appeler sa mère, et se demandait bien comment lui annoncer la nouvelle. Emily serait soulagée, bien sûr. Mais elle était très sensible aux droits des femmes, et partirait immédiatement sur le sentier de la guerre.

Stephanie se leva, passa dans le salon et s'assit à sa table de travail. Elle prit le téléphone.

— Maman ?

— Oh, Dieu merci ! dit Emily. J'étais si inquiète, que j'avais l'impression que ma tête allait exploser... Comment vas-tu ? Comment te sens-tu ? Oh, ma chérie, je m'en veux tellement de t'avoir laissée seule dans cette épreuve.

Emily pleurait à chaudes larmes.

— Tout va bien, maman. Mieux que ça, en fait.

Finalement, on a découvert que ce n'était pas cancéreux. Quel soulagement, hein ?

— Dieu merci, répéta Emily. Alors on ne t'a pas opérée ? Où es-tu ? Toujours à l'hôpital ?

— Non. Je viens de rentrer chez moi. Mais je ne suis pas très solide. Je suppose que c'est à cause de l'anesthésie.

— L'anesthésie ? Mais tu viens de me dire qu'on ne t'a pas opérée.

— Non, maman. C'est *toi* qui l'as dit. En fait, c'est une histoire compliquée. Je te raconterai tout cela un peu plus tard. Je voulais simplement que tu saches que tout va bien. Je vais m'allonger un moment. Je suis vannée.

— Tout cela me paraît un peu bizarre, dit Emily d'une voix inquiète. D'abord tes analyses et ta biopsie sont positives, et tu dois te faire opérer, et puis ce n'est plus la peine...

— Je t'expliquerai tout cela plus tard, répéta Stephanie. Comment va Len ?

— Il s'inquiète à ton sujet. A part ça, il va bien. Ça ne va pas fort du côté de son souffle, il fume toujours ces cigares infects et j'en ai assez de lui faire des remarques.

Stephanie retourna dans sa chambre. Le téléphone sonna. Il fallait qu'elle réponde. C'était Jean Forrest. Elle avait appelé l'hôpital, où on l'avait informée que son amie était rentrée chez elle. Jean lui proposa de passer chez elle pour l'aider, mais elle refusa. Elle allait bien, et elle était si fatiguée qu'elle n'aspirait qu'à une chose : dormir. Après avoir raccroché, Stephanie débrancha le téléphone. Elle se coucha, avec l'intention de se reposer quelques heures. Mais l'incision, à l'avant de son aisselle droite, commença à l'élancer. Elle se leva pour prendre une aspirine. Après quoi elle fut incapable de retrouver le sommeil.

22

Mike retourna à l'hôpital, effectua ses visites, puis regagna son bureau. Il repassait sans arrêt en revue le détail des événements survenus le matin, essayant de comprendre comment il avait pu commettre une erreur si élémentaire et si inexcusable.

En traversant la salle d'accueil, il pensa à Pauline. Il se demanda comment son mari s'en sortait. A plusieurs reprises, pendant le week-end, il avait essayé de l'appeler chez lui, mais personne n'avait décroché.

Derek Provost, assis derrière le bureau de Mike, le regardait en souriant par-dessus le moniteur. Mike se sentit un peu mieux, à la vue de son air enjoué. « Mais il va changer d'expression, se dit-il tristement, dès qu'il saura ce que j'ai fait. » Il fut tout de suite rassuré.

— On m'a raconté tes mésaventures de ce matin, lui dit Derek. Le spectacle devait en valoir la peine, non ? Spencer faisant irruption en salle d'op', tout rouge, hors d'haleine, et hurlant : « Arrêtez cette opération ! »

— J'aurais préféré qu'il coure plus vite… dit Mike en s'efforçant de sourire. Il aurait pu arriver avant que je commence. Ça nous aurait évité à tous des tas de complications.

— D'après ce qu'on m'a dit, tu n'étais pas très loin.

— C'est heureux.

Mike était surpris du naturel avec lequel Derek abordait le sujet. Spencer, lui aussi, avait semblé soulagé quand il avait appris que l'opération n'avait pas encore eu lieu.

Son sentiment de réconfort ne dura pas.

— Tu sais qu'il y aura un procès, lui dit Derek.

— Bon Dieu, j'espère bien que non. J'ai tout expliqué à ma patiente. Elle s'est montrée plutôt compréhensive. Je l'ai reconduite chez elle.

Provost secoua la tête.

— Bien sûr. Elle est encore sous le choc, et elle est heureuse de s'en sortir avec ses seins intacts. Mais son petit ami, ou son père, ou n'importe qui, tous les gens qui la connaissent, vont lui tomber dessus. Consulte un avocat ! Tout le monde connaît quelqu'un qui a gagné cinq millions de dollars dans un procès pour négligence. Dans ce pays, c'est devenu la meilleure façon de s'enrichir. Et tout le monde connaît un avocat spécialisé. Je te parie un jeu de pneus neufs pour ton Aston Martin que tu ne vas pas tarder à entendre parler d'un de ces types.

— Je ne crois pas. Cette femme ne fera pas cela.

— Et puis même ? dit Derek, en souriant devant son expression. Même si elle te poursuit, ce ne sera pas la fin du monde. Tu sais que nous avons tous des affaires de ce genre. Et personne n'en a perdu le sommeil, tout simplement parce qu'elles se règlent presque toujours à l'amiable, et que le public n'en entend jamais parler. En tout cas, tu es mûr pour rejoindre le groupe... On ne peut pas vraiment être membre tant qu'on n'a pas eu un vrai procès sur les bras.

Mike s'assit devant son terminal et fixa le minuscule voyant rouge. Il était éteint.

— Est-ce que tu as déjà eu des problèmes avec le système informatique ? Si je me retrouve dans ces sales draps, c'est parce que j'ai raté un rapport corrigé que le labo m'a expédié vendredi !

Derek réfléchit un instant.

— En général, ça fonctionne. Il nous a tous fallu un moment pour nous y habituer. Peut-être n'es-tu pas encore tout à fait dans le coup.

— Je pourrais demander à Tony de placer une grosse alarme sonore sur mon moniteur, à la place de cette stupide petite lumière.

— Ouais, tu peux essayer... dit Derek.

Il y avait comme un avertissement dans sa voix.

— Je veux dire, M. Danzig, dit Mike.

Derek se mit à rire.

— Tu apprends vite !

— L'hôpital va sans doute ouvrir une enquête, dit Mike, qui avait retrouvé son air sinistre. Pour le fiasco de ce matin, je veux dire.

— Ne t'inquiète pas pour cela, dit Derek d'un ton confiant. Spencer s'en occupera. C'est un spécialiste de ce genre de choses. Il préside la commission de contrôle de la qualité à Lovejoy, et il ne devrait pas y avoir de problèmes. Il a réglé des cas beaucoup plus difficiles.

La porte s'ouvrit. La secrétaire qui travaillait pour Mike glissa la tête dans l'entrebâillement.

— Votre première patiente est arrivée, docteur Richmond. Mme Donaldson. La fiche est dans l'ordinateur.

Derek Provost se dirigea vers la porte.

— Je te laisse, dit-il à Mike. Amuse-toi bien.

Il longea le couloir, dépassa son bureau et pénétra dans la salle de réunion, où Spencer rapportait les événements du matin aux autres membres du groupe. Il ferma doucement la porte derrière lui.

— Quelle mouche a piqué Carl ? demandait Chas Miller. Il n'est jamais intervenu de cette façon, pas dans la manière dont nous gérons l'opération.

— Cette femme travaille pour lui, fit Spencer, en haussant les épaules. Je suppose qu'il n'avait pas envie qu'elle prenne des congés.

Il se tourna vers Provost.

— Comment notre jeune ami prend-il la chose ?

— Très bien. Il est un peu secoué, comme on pouvait s'y attendre.

— J'espère que nous pourrons bientôt l'accueillir à bord pour de bon, dit Chas Miller, qui d'habitude ne parlait pas beaucoup. Pour une fois, j'avoue que je n'aime pas cette situation.

— Je m'y emploie, Chas, dit Spencer. Et cette histoire de mastectomie va nous aider à l'intégrer dans le groupe.

— Comment cela ?

— Mike est un garçon intelligent. Et deux choses vont se passer. D'abord, il va finir par comprendre plus ou moins ce qui est arrivé ce matin. Si nécessaire, Tony l'y aidera un peu. Ensuite, quand il sera un peu remis de ses émotions, il fera son examen de conscience. Il réalisera que lorsqu'il sera membre à part entière, et qu'il acceptera notre manière de procéder, il sera à l'abri. Tant que nous ne le couvrons pas, il est vulnérable, et cette histoire va lui créer de tels problèmes professionnels qu'il pourrait y perdre sa licence.

— Vous n'avez tout de même pas monté toute l'affaire dans ce but ? demanda Derek en souriant.

— Pas du tout. Vous auriez dû entendre Carl au téléphone. Il était furieux. « Il est impératif de laisser les employés à l'écart du système ! » disait-il.

L'air pensif, Spencer ajouta :

— Mais il tenait à traiter cette affaire comme d'habitude. Il m'a assuré qu'il veillerait personnellement à ce que Mlle Hopkins parle à Haiman Gold.

— Espèce d'impitoyable salopard, murmura Derek.

— Non, répliqua Spencer d'une voix sèche. C'est simplement un homme d'affaires efficace, qui tire profit des occasions qui se présentent.

Provost le regarda, légèrement surpris. La bonne humeur inébranlable de Spencer se fissurait, finalement… Comme les autres, il avait été secoué par les événements de ces derniers jours, et cela se voyait.

— Et Mike ? reprit Chas Miller. Je voudrais qu'on « l'accueille » dès que possible. Plus vite il sera mouillé, plus vite nous serons tranquilles. Je sais que nous avons décidé de ne pas le propulser membre avant six mois. Mais je pense que nous serions tous satisfaits si cela se faisait plus tôt.

Il regarda les autres, quêtant leur soutien.

— Je suis d'accord, dit Spencer en hochant la tête.

Je m'emploie justement à trouver un moyen de faire en sorte qu'il ne puisse plus reculer. Les choses seront réglées, je l'espère, d'ici une semaine ou deux.

— Vous avez vu la quantité de patients à laquelle nous devons faire face, désormais ? demanda Provost. Nous avons largement assez de travail pour un chirurgien supplémentaire, en plus de Mike.

Lou Gardner n'attendait que cela.

— Je crois que j'ai le gars qu'il vous faut, dit-il. Terry Catlin est prêt, bien disposé et compétent, et je peux vous assurer qu'avec lui nous n'aurions pas les problèmes que nous pose Mike Richmond.

Spencer réfléchit un moment.

— Ce n'est peut-être pas une mauvaise idée. Je vais y réfléchir. Allons, le temps passe, dit-il en se levant. Et nous ne gagnons pas d'argent, à rester assis et à bavarder.

23

Deux heures plus tard, après avoir reçu ses patients en consultation, Mike revint s'asseoir devant son écran. Ce dernier semblait l'épier comme un grand œil hostile, une présence, quelque chose que Tony Danzig aurait placé là pour le surveiller, et le trahir à l'occasion.

Il afficha son planning du vendredi précédent. Il

avait opéré pendant la plus grande partie de la matinée, et il avait eu deux patients après Stephanie. Un aimable vieux monsieur avec une hernie, qui cultivait des roses hybrides. Et Mme Nelligan, qui se plaignait sans arrêt de son mari alcoolique et refusait de parler de sa propre diverticulite.

Soudain, Mike se figea. Il avait utilisé l'ordinateur pour importer les clichés et le rapport du lavement baryté que Mme Nelligan avait subi la semaine précédente. Pourquoi le deuxième rapport sur la biopsie de Stephanie Hopkins ne s'était-il pas affiché ? Rétrospectivement, il était certain que le voyant rouge ne clignotait pas. Peut-être s'était-il maintenu un certain temps, et s'était-il éteint... Non, Danzig lui avait clairement expliqué que lorsqu'il y avait encore du matériel en attente, le voyant restait allumé jusqu'à ce que l'ordinateur eût fini de charger. Alors, qu'est-ce que cela signifiait ? Peut-être était-il trop bouleversé par la mort de Pauline, et l'avait-il manqué par simple distraction. Encore un exemple d'erreur humaine dans un monde d'ordinateurs.

Mike sentit ses tempes palpiter. Tout cela n'avait aucun sens.

Il reçut un appel de l'hôpital. Une de ses patientes était aux soins intensifs, avec des difficultés respiratoires. Le spécialiste de la respiration qui se trouvait sur place semblait contrôler la situation, mais l'infirmière voulait que Mike fût au courant. Avec un certain soulagement, Mike prit son manteau et se rendit à l'hôpital, heureux d'affronter des problèmes qu'il était capable de maîtriser.

Il avait bien fait de venir. La patiente avait une pneumonie, sa pression artérielle s'affolait et elle faisait de l'acidose respiratoire. Il fallut plus d'une heure à Mike pour la stabiliser. L'alerte était passée, mais il décida de ne pas s'éloigner : il savait que son état pouvait à nouveau empirer. Il descendit aux archives et s'attaqua à sa pile de fiches à compléter.

Une demi-heure plus tard, il avait dicté les fiches de sortie de huit dossiers. Il en avait déjà assez. Il détestait cette partie du travail. Sa pensée vagabonda vers toutes les autres choses auxquelles il pourrait consacrer son énergie. Regardant autour de lui, il aperçut Marianne Russo, chef adjoint des archives médicales, au moment précis où elle le vit. Il l'avait connue quand elle était stagiaire aux archives du centre médical de New Coventry. Elle avait passé beaucoup de temps à lui courir après pour lui faire compléter les fiches de ses patients. Elle s'approcha, un sourire étonné aux lèvres.

— Je n'en crois pas mes yeux, Mike, dit-elle de la voix douce, presque inaudible, qu'ont les bibliothécaires et les archivistes du monde entier. Quelqu'un vous a traîné ici, pieds et poings liés ?

— Plus ou moins, fit-il en lui rendant son sourire. En fait, je me suis acheté une conduite. Mais que faites-vous ici à cette heure, Marianne ? Je pensais que vous autres, vous rentriez chez vous à 17 heures tapantes.

— Puisque vous le dites... En fait, j'ai une réunion dans un moment. Je suis heureuse de vous voir ici. J'allais vous envoyer une note à propos de vos fiches.

— Je me suis complètement assagi. A partir de maintenant, mes dossiers seront à jour. Je vous le promets.

— Oui. Et moi, je suis la reine de Saba, et je

danserai pour vous jusqu'à l'épuisement, vous pouvez me croire. En tout cas, à partir de la semaine prochaine, avec notre nouveau système, il ne sera plus nécessaire de dicter. Vous taperez vos fiches sur l'écran, et elles seront jointes automatiquement au dossier.

— Je ne vois pas l'intérêt. Est-ce que ça ne prendra pas plus de temps ? J'ignore ce qu'il en est pour vous, mais je vous assure que je dicte plus vite que je ne tape sur un clavier.

— Non, ça va bel et bien accélérer l'ensemble du système. Tout d'abord, vous pourrez voir sur l'écran ce que vous écrivez, et apporter vos corrections au fur et à mesure, sans avoir besoin de réécouter une bande. Et puis vous n'aurez pas besoin de revenir signer les fiches. On vous donnera un numéro de code confidentiel. Vous l'introduirez dans l'ordinateur, il fera office de signature.

— Et vous mettrez à la porte une armée de dactylos chargées des retranscriptions.

— Exact. Les coûts d'exploitation doivent baisser.

— Et que fera d'autre ce nouveau système ?

— Oh, mon Dieu, il y a tant de... Vous voulez entrer et jeter un coup d'œil ?

— Avec plaisir.

Trop content d'abandonner ses fiches, Mike la suivit au bureau central des archives. Marianne s'arrêta devant un terminal.

— Huit personnes ont travaillé pendant six mois pour introduire toutes les données dans le système. Désormais, nous sommes capables d'analyser les cas selon l'âge du patient, son sexe, sa profession, par groupe de maladies, symptômes, tout ce que vous voulez...

— Jusqu'où peut-on remonter dans le temps ? demanda Mike.

Il venait d'avoir une idée.

— Cinq ans. Jusqu'à la dernière grande modification apportée au système.

— Est-ce qu'on peut consulter... disons, les cas traités par un médecin donné ?

Marianne lui jeta un regard en coin.

— Oui, c'est possible. Mais j'ai le sentiment que la plupart des toubibs n'aimeraient pas cela.

Mike était de plus en plus excité.

— Non, bien sûr. Mais pouvez-vous dire, par exemple, combien de biopsies du sein ont demandé les chirurgiens du groupe de Spencer en un certain laps de temps ? Disons, ces deux dernières années ?

— Bien sûr !

Marianne, ravie de mettre en valeur son système informatique, prit place devant le terminal.

— Voyons... Il y a Spencer lui-même, Derek Provost...

Elle énuméra les médecins, et enfonça quelques touches. Moins d'une seconde plus tard, une rangée de chiffres surgissait sur l'écran.

— Ce sont presque exclusivement des patients de Spencer, dit-elle. Ce type est rudement actif.

— Bien, dit Mike, dont le regard s'éclaira. Maintenant, voici la question décisive pour votre système. Combien d'entre elles ont entraîné une intervention chirurgicale ? Pour le cancer, je veux dire. Mastectomie locale, tumorectomie, intervention radiculaire, etc.

— Attendez une seconde. Il me faut les codes...

Elle chercha sur sa liste.

— Est-ce que l'ablation de la nodosité axillaire entre dans cette catégorie ?

Mike hésita une seconde.

— Oui, je suppose, si on l'effectue après une biopsie du sein.

Ce fut un peu plus long. Il fallut moins de trente secondes pour que les chiffres s'affichent, classés par protocoles.

— Pouvez-vous me donner un pourcentage ? Quel pourcentage des biopsies, par exemple, ont entraîné une opération chirurgicale majeure du sein ?

Quelques instants plus tard, Marianne détenait la réponse.

— 93 %, claironna-t-elle. Qu'est-ce que vous en dites ? Qu'en pensez-vous, maintenant, de notre système ?

— Il est fantastique, Marianne, répondit-il lentement. Absolument fantastique.

Il la regarda. Elle était rouge de plaisir d'avoir pu lui fournir tous ces chiffres.

— Peut-on faire le même calcul pour tous les autres chirurgiens, à l'exclusion de ceux du groupe de Spencer ?

— Bien sûr. Mais après cela je n'aurai plus le temps, d'accord ? Ma réunion commence dans cinq minutes.

Quelques instants plus tard, Mike avait l'information demandée. Marianne mit l'ordinateur en veille. Elle se leva.

— Il faut que j'y aille, Mike. Et je ne voudrais pas vous empêcher de remplir vos fiches.

Il la remercia, puis retourna lentement à son box, où l'attendait sa pile de fiches à peine entamée. Le nouveau programme était fantastique, à n'en pas douter. Et Marianne était extraordinairement douée pour transformer des données brutes en informations significatives. Elle ignorait, bien entendu, ce que de tels chiffres impliquaient. Il retourna s'asseoir dans le box minuscule, accablé par ce qu'elle venait de lui apprendre, en toute innocence. La quasi-totalité — 93 % ! — des patientes à qui Spencer prescrivait une biopsie du tissu mammaire étaient opérées contre le cancer. D'après les revues spécialisées, Mike savait que la moyenne nationale se situait autour de 10 %.

Quelle interprétation donner à ce taux exceptionnel ? Mike se dirigea lentement vers la porte. Ces chiffres pouvaient revêtir deux significations. Ou bien Spencer était le meilleur diagnosticien de toute l'histoire de la médecine, capable de déceler le cancer du sein avec une précision quasi absolue. Ou bien il se passait des choses assez étranges. Le cas de Stephanie Hopkins lui revint à l'esprit. Il se demanda s'il y avait un lien.

L'idée le frappa tandis qu'il remontait l'escalier pour retourner aux soins intensifs. Ni Spencer ni aucun autre chirurgien ne pouvait effectuer une telle opération sans la présence d'une biopsie positive dans le dossier de la patiente. Le superviseur du bloc opératoire ne l'accepterait tout simplement pas. Mike en avait fait l'expérience alors que Stephanie attendait d'être opérée. Et même si cela pouvait arriver, les gens du contrôle de la qualité de l'hôpital le découvriraient rapidement. Ils s'en sortiraient une fois, mais pas plus. Et Spencer, de toute façon, ne risquerait pas sa réputation si stupidement. « Non, cela signifie que les rapports du laboratoire de pathologie donnent toutes (ou presque) les biopsies de Spencer comme positives, malignes. Même si clles sont bénignes », pensa Mike.

« Nom de Dieu ! » murmura-t-il. S'il s'agit d'une arnaque, elle est presque indétectable. Personne ne remet jamais en question les rapports du laboratoire de pathologie. S'ils vous disent qu'il s'agit d'un cancer, eh bien *c'est* un cancer. Et il n'existe aucun autre moyen extérieur de le vérifier. Mais quel avantage un laboratoire de pathologie peut-il retirer de telles pratiques ? Pourquoi prendraient-ils un tel risque, sans parler du discrédit sur leur intégrité et leur réputation professionnelle ? N'existait-il pas un système de sécurité, chargé de contrôler leur travail ? Mike ne connaissait pas les réponses à ces questions. Mais il pouvait les découvrir. ConnPath, un laboratoire commercial privé, fournissait ses services aux hôpitaux et aux cliniques privées de la ville, contrairement aux grands laboratoires universitaires du centre médical de New Coventry. Il ne pouvait se contenter de faire irruption dans leurs locaux, et d'exiger qu'on le laisse consulter leurs archives et leurs clichés.

Quand il arriva aux soins intensifs, Mike se rappela que l'autopsie de Pauline avait dû être effectuée dans l'après-midi. Après avoir examiné sa patiente, il prit l'escalier d'incendie pour descendre au service de pathologie situé au sous-sol. Au fond du couloir, il vit une porte marquée : « ENTRÉE INTERDITE. RÉSERVÉ AU PERSONNEL AUTORISÉ. » Il poussa sur la poignée. La porte s'ouvrit, et il se retrouva au service des autopsies. Au fond d'un autre couloir, plus court que le premier, il se heurta à une double porte surmontée d'une lampe rouge. Quatre dossiers étaient posés sur une table devant la porte. Sans doute ceux des patients dont on avait achevé l'autopsie. Mike s'approcha. Il vit le dossier de Pauline, beaucoup moins épais que les autres. Il commença à le feuilleter lorsqu'une voix inquiète retentit derrière lui.

— Hé, vous ! Remettez ce dossier où vous l'avez pris !

— Ne vous inquiétez pas, dit Mike, en se tournant vers le technicien. Je suis le docteur Richmond. Je travaille ici. En chirurgie. J'aimerais parler au médecin qui a effectué l'autopsie de Mme Minsky.

Il tapota le dossier.

— Je suis vraiment désolé, docteur Richmond.

Le technicien lui prit le dossier des mains, le reposa sur la table, et reprit :

— Ceci est une zone à accès réglementé. Vous n'êtes pas censé entrer sans autorisation écrite...

Au même instant, la porte de la salle d'autopsie s'ouvrit et un homme de grande taille fit son apparition. Il portait une blouse et des bottes de caoutchouc, et ôtait ses gants de caoutchouc rouge épais. Le technicien eut l'air soulagé.

— Docteur Tarvel, ce monsieur voulait des renseignements sur l'autopsie de Mme Minsky.

Un instant, Tarvel eut l'air alarmé, puis effrayé — au grand étonnement de Mike. Il recula d'un pas, en reprenant son souffle.

— Qui êtes-vous ? demanda-t-il d'une voix dure, tendue.

Mike se présenta.

— Mme Minsky était ma secrétaire. Je voulais savoir ce que l'autopsie vous a appris.

Il y eut un long silence. Tarvel fixa Mike par-dessus son masque. De toute évidence, il prenait le temps de se ressaisir, en cherchant ce qu'il allait répondre à ce visiteur importun. Enfin, il déclara :

— Tout ce que je puis vous dire, docteur Richmond, c'est que la cause probable de la mort de Mme Minsky est une occlusion coronarienne aiguë. C'est ce que soupçonnait son médecin, sur la base de ses observations cliniques. Le rapport officiel d'autopsie sera disponible demain ou après-demain. Si vous avez les accréditations appropriées, vous pourrez en demander une copie au bureau du service de pathologie.

Tarvel inspira à fond.

— A l'avenir, docteur Richmond, je vous prie de nous appeler au préalable si vous estimez avoir une bonne raison de venir ici. Ceci est une zone à accès restreint, clairement délimitée, et il vous est interdit d'y entrer sans permission.

Il se tourna vers le technicien.

— Brian, voulez-vous accompagner le Dr Richmond à la sortie, je vous prie ?

Là-dessus, le Dr Tarvel tourna les talons et entra dans la salle d'autopsie, incapable de dissimuler que l'apparition de Mike l'avait fortement perturbé.

Sans un mot, le technicien escorta Mike jusqu'à la porte, qu'il referma derrière lui. Mike entendit le verrou cliqueter à l'intérieur. Il haussa les épaules, en se disant qu'il commençait à avoir l'habitude d'être traité de la sorte. Il reprit la direction de l'escalier. Mais alors qu'il remontait vers les étages supérieurs, plusieurs choses qu'il avait remarquées dans le dossier de Pauline lui revinrent en tête. Il ralentit, puis s'arrêta, très pensif, en haut des marches. Pourquoi Tarvel s'était-il donc conduit si bizarrement ?

24

Lorsque Mike regagna son bureau, il était 18 h 20. Les lieux étaient brillamment éclairés, mais tout semblait désert. Il consulta le planning d'opérations du lendemain, puis il s'assit dans son nouveau fauteuil de cuir, et réfléchit une minute. Il tira de sa poche son petit carnet d'adresses et chercha le numéro privé de Pauline Minsky. Le téléphone sonna longtemps avant qu'on ne vienne décrocher.

Mike reconnut la voix d'Andy, et son élocution inintelligible. Il lui dit combien la mort de Pauline l'avait touché. La réponse était si confuse que Mike n'en comprit pas un mot.

— Qui s'occupe de vous ? lui demanda-t-il. Vous avez quelqu'un ? Des parents ?

— Seuh... fit Andy après un long silence.

— Votre sœur ?

Andy émit un grognement affirmatif, suivi d'une sorte de sifflement, puis :

— Euvouvoi.

Mike mit un moment à comprendre que son interlocuteur souhaitait le rencontrer.

— Bien sûr.

Andy avait dû passer le téléphone à sa sœur, car une voix féminine succéda à la sienne dans l'écouteur.

— Bonjour ! Je suis Annabelle, la sœur d'Andy. Vous êtes le docteur Richmond, n'est-ce pas ? Andy aimerait vous voir... Si vous avez le temps, naturellement.

Elle baissa un peu la voix.

— Je vous en prie.

— Bien sûr. Quand ?

— Dès que possible. C'est… Eh bien, Andy dit que c'est assez important.

Mike regarda sa montre. 18 h 30.

— Je peux venir tout de suite, dit-il. Donnez-moi votre adresse.

Un quart d'heure plus tard, il frappait à la porte de l'appartement des Minsky, au sixième étage en périphérie de New Coventry. Annabelle lui ouvrit la porte. Quand elle le vit, ses yeux se remplirent de larmes. Andy se tenait derrière elle, avec son large visage triste qui semblait gris.

— Entrez, dit-elle.

Andy recula d'un pas pour laisser Mike passer.

L'appartement était agréable et bien tenu. Mike vit sur les murs des reproductions de Van Gogh aux couleurs vives. Les fauteuils et le divan étaient recouverts de tissu à fleurs. Un téléviseur était allumé dans le coin du salon, près d'une petite cheminée, et projetait une lueur dansante sur les tisonniers de cuivre rutilants.

— Je sais à quel point votre temps vous est précieux, dit Annabelle.

Elle éteignit le téléviseur et s'assit à côté d'Andy. Elle regarda Mike, et se tapota les cheveux d'un geste nerveux.

— Pauline a toujours dit à Andy combien vous étiez gentil. Elle disait toujours que vous n'apparteniez pas à ce...

Elle hésita. Andy prononça « Egng ! », avec énergie. Le mot le fit postillonner.

— Le *gang*, traduisit Annabelle.

Mais Mike, désormais, était presque capable de comprendre les sons émis par Andy.

— C'est ainsi qu'elle les appelait, expliqua-t-elle. Elle ne savait pas exactement de quoi il s'agissait, mais ils étaient impliqués dans des activités illégales. C'est ce qu'elle prétendait, en tout cas.

Elle jeta à Mike un regard d'excuse, puis baissa les yeux.

Mike les fixa l'un après l'autre.

— Vous voulez parler de mon groupe ? Le groupe de Spencer ?

Andy acquiesça.

— Voyez-vous, docteur Richmond, reprit Annabelle, Pauline n'était pas une simple secrétaire. Andy et elle étaient détectives privés. Quelqu'un l'avait engagée pour enquêter sur eux.

Mike se rappela les questions de Pauline sur le groupe.

— Qui l'a engagée ?

Annabelle hésita. Elle jeta un coup d'œil vers son frère, qui hocha la tête.

— Quand vous m'avez dit que vous veniez, j'ai

appelé la personne en question. Elle devrait arriver d'une minute à l'autre.

Un instant plus tard, elle ajouta :

— Elle est bouleversée par ce qui est arrivé à Pauline.

Mike était de plus en plus perplexe. Certes, ce qu'il avait découvert aux archives sur les biopsies de Spencer était troublant. Mais il ne lui était pas venu à l'idée que les autres puissent être dans le coup, ou qu'ils puissent se livrer à des activités douteuses. *Le gang*...

Il fit appel à son bon sens.

— Vous ne pensez tout de même pas qu'ils ont quelque chose à voir dans la mort de Pauline, n'est-ce pas ?

— Tout d'abord, Andy a pensé qu'ils lui avaient fait quelque chose, répondit Annabelle. Mais Pauline a bel et bien eu des problèmes cardiaques il y a quelques mois... Une arythmie. On lui a recommandé de perdre du poids. Mais Pauline, même si elle était toujours d'accord avec tout le monde, n'en faisait qu'à sa tête.

— Elle est morte d'une crise cardiaque.

Annabelle lui jeta un regard interrogateur.

— Vous en êtes certain ?

— L'autopsie a été effectuée aujourd'hui. J'ai parlé personnellement au pathologiste, et c'est lui qui me l'a dit. Le rapport officiel sera disponible demain ou après-demain.

Andy fit entendre un grognement. Il hocha la tête, visiblement soulagé.

On sonna à la porte. Annabelle alla ouvrir. La visiteuse était une femme d'une soixantaine d'années, pas très grande. Elle portait un ensemble gris clair immaculé très coûteux, avec une grosse broche au revers gauche. Ses cheveux blancs étaient aussi impeccables que le reste. Mike se dit qu'elle lui rappelait vaguement quelqu'un, mais il ne se rappelait pas où il l'avait vue. Annabelle la fit entrer. Il se leva.

— Mme Laura Newsome, dit Annabelle. Le Dr Richmond.

Ils se serrèrent la main. Mme Newsome l'observa avec attention. Dès qu'Annabelle prononça son nom, Mike se rappela qui elle était. La femme du Dr Fred Newsome.

— Je me souviens très bien de votre mari, Mme Newsome. Il m'a aidé à extraire ma première vésicule biliaire.

— Vous êtes venu chez nous il y a trois ans, à notre soirée de Noël. Vous étiez le plus costaud de tous nos invités.

— Vous avez raison, dit Mike. La soirée de Noël des internes. Vous avez une excellente mémoire.

— C'est exact.

Elle se tourna vers Annabelle.

— Que lui avez-vous dit ?

— Pas grand-chose. Nous vous attendions.

— Bien.

Laura Newsome prit une chaise. Elle s'assit, le dos très droit, et lissa sa jupe.

— Comme vous le savez sans doute, mon mari s'est tué dans son avion. Les enquêteurs ont conclu à un accident. Je n'avais aucune raison de le contester. Il se pourrait même qu'il se soit suicidé…

Elle regarda Mike droit dans les yeux.

— Il était terriblement déprimé par ce qui se passait dans son groupe. Même si c'était en partie sa faute.

Ils l'écoutaient tous les trois attentivement. Mike se dit que Mme Newsome était une femme très intelligente et très déterminée. Mais elle semblait également froide et dénuée d'émotions.

— Fred, voyez-vous, avait fondé ce groupe dans les années soixante. Mais tout avait changé. Il avait développé une clientèle importante, et les affaires marchaient bien. Très bien, même. Puis vinrent Medicare et Medicaid, et toutes sortes de programmes d'assurance santé. Fred ne voulait pas en entendre parler. « Quand on fait réparer sa voiture, disait-il, il faut payer. Eh bien, quand on fait réparer son corps, c'est la même chose. » Il parvint à convaincre son groupe — Spencer et Derek Provost, arrivés depuis peu, et les autres — qu'ils ne devaient pas céder aux groupes d'assurances. Mais ils perdaient des patients. Jusqu'au jour où ils furent menacés de faillite. Il était trop tard pour s'associer aux plans de santé, car tous les autres médecins de la ville les avaient rejoints, et le groupe de Fred n'avait nulle part où aller.

Laura se tut un instant, les yeux fixés sur Mike. Andy et Annabelle connaissaient déjà l'histoire.

— Fred était si déprimé... C'était atroce. Il avait perdu l'appétit, et ne dormait plus... C'est alors que Spencer s'est amené avec une sorte de projet qui a mis Fred hors de lui. Il ne m'a jamais expliqué en détail de quoi il s'agissait — je n'aurais sans doute rien compris... En tout cas, je sais que ça a déclenché une vraie querelle au sein du groupe. Fred ne voulait pas entendre parler de la proposition de Spencer. Mais les autres semblaient plutôt suivre ce dernier. Fred était toujours extrêmement rigoureux. L'homme le plus droit que j'aie jamais connu.

Laura sortit un petit mouchoir de sa poche et se tamponna les yeux, bien que Mike n'eût pas vu de larmes. Annabelle se leva tranquillement pour aller préparer du café. Andy resta sur son siège, impassible. Mike se demanda ce qu'il ressentait, incapable de s'exprimer correctement, mais de toute évidence parfaitement conscient de tout ce qui l'entourait.

— C'est alors que Fred s'est tué. Il pilotait depuis des années. C'était son unique passe-temps, et il adorait cela. Quand son appareil s'est écrasé, il allait dans le Vermont pour rendre visite à son vieil ami Paul Ness, un pilote lui aussi.

Laura tortillait son mouchoir entre ses doigts.

— Ce n'est pas tellement l'accident qui m'a inquiétée. Pour Fred, d'une certaine manière, la mort était une bénédiction. Non, c'est ce qui s'est passé juste après.

Son visage se durcit. Il était évident que lorsque Laura Newsome s'attaquait à quelque chose, elle ne le lâchait pas facilement.

Annabelle revint avec un plateau qu'elle posa sur la table.

— Il y a du lait et du sucre, dit-elle. Servez-vous.

Elle avait une tasse toute prête pour Andy, qu'elle aida à boire. Mais personne n'accorda beaucoup d'attention au café. Tous écoutaient Laura.

— Je vous avoue qu'après la mort de Fred, Spencer et les autres se sont montrés très chics avec moi.

Ils se sont occupés de tout, ont envoyé des fleurs aux obsèques, et se sont assurés que je ne manquais de rien. Heureusement pour moi, Fred avait souscrit quelques années plus tôt une grosse assurance vie.

Laura pinça les lèvres et une multitude de petites rides apparut autour de sa bouche, ce qui la vieillit.

— Et tout à coup, reprit-elle, la chance tourna. Pour le groupe de Fred, je veux dire. Spencer a pris les choses en main. Ils ont meublé et décoré leurs bureaux de fond en comble, ils ont acheté des tonnes de matériel coûteux, et engagé cette espèce de directeur étranger...

Elle se tourna vers Mike.

— Ils ont dû dépenser une véritable fortune. Et puis brusquement, les voilà occupés, très occupés, surtout avec ce plan d'assurance santé de l'hôpital Lovejoy, que Fred méprisait et où il avait refusé de travailler. Quelques semaines plus tard, Derek Provost achetait cette maison magnifique, et, en un clin d'œil, ils roulaient tous en Mercedes ou en BMW, et menaient un train de millionnaire.

— Je crois que je peux vous dire ce qui s'est passé, madame Newsome, dit doucement Mike. Ils ont passé un contrat avec le Plan de santé Lovejoy, ce qui leur a donné accès du jour au lendemain à un groupe important de patients. Je suppose que c'est pour cela que les choses ont commencé à aller mieux pour eux.

Laura renifla.

— C'est ridicule ! Tous les cabinets de la ville étaient sous contrat avec divers hôpitaux ou compagnies d'assurances. Et aucun n'a gagné autant d'argent que Spencer et ses hommes.

Elle secoua la tête, catégorique.

— Non. Quelqu'un a dû injecter une grosse somme d'argent. Assez d'argent pour les remettre à flot. Mais comment ? Qui pourrait investir ainsi un tel pactole, et pour exiger quoi en retour ?

Mike regarda sa montre.

— Pardonnez-moi, madame Newsome, mais cela ne tient pas debout. Ils ont peut-être souscrit un gros emprunt bancaire, ou obtenu un financement par n'importe quel moyen parfaitement légal. Je pense qu'il ne faut pas chercher des problèmes là où il n'y en a pas. Leur réussite soudaine ne signifie pas qu'ils se soient rendus coupables d'actes répréhensibles.

Laura se leva. Ses yeux jetaient des éclairs.

— Fred m'a dit, reprit-elle, appuyant sur chaque mot, que la proposition de Spencer, ce qu'ils avaient l'intention de faire, n'était pas seulement immoral, mais criminel. Et Fred n'avait pas l'habitude de parler à la légère.

Elle inspira à fond.

— J'ai engagé Pauline parce que Spencer et ses amis ont infligé à Fred des mois d'angoisse et de dépression, et que ça a fini par le tuer. Et maintenant, ils sont tous là, en train de se pavaner comme des porcs dans un champ de trèfles... Et ce pauvre Fred...

Son mouchoir réapparut. Elle se rassit, puis regarda Mike.

— Je sais que vous vous sentez obligé de les défendre, docteur Richmond. Mais Pauline a découvert des choses qui semblent confirmer mes soupçons.

Elle s'interrompit pour avaler une gorgée de café.

— La dernière chose qu'elle m'a confiée, c'est qu'elle approchait du but. Il semble que le groupe soit lié à une sorte de réseau, géré par ce directeur administratif, Tony Dent de Scie, ou quelque chose comme ça.

— Danzig, dit Mike.

— C'est cela. Ils l'ont engagé juste après la mort de Fred. Pauline pensait que ce réseau était relié à leur système informatique, mais maintenant, bien sûr...

Les épaules de Laura s'affaissèrent. Elle soupira, puis se tourna vers Mike.

— Un jour, Pauline a placé une sorte d'appareil... un mouchard, elle appelait ça... sous la table, dans leur salle de réunion.

Elle marqua une pause.

— Pauline m'a raconté qu'ils parlaient de vous accueillir à bord. Mais le fait que vous ne soyez pas un vrai membre les dérangeait, parce que ça les empêchait de parler librement en votre présence.

Mike l'écoutait, mais il n'était pas du tout convaincu.

— Qu'allez-vous faire, à présent, madame Newsome ? Engager un autre détective ?

La lèvre de Laura trembla.

— Je l'ignore. Il faut que j'y réfléchisse.

— Si vous pensez que quelqu'un se livre à des activités criminelles, ne vaudrait-il pas mieux transmettre vos informations à la police ?

Laura eut un sourire las.

— La police de New Coventry ? Vous plaisantez ? Spencer le saurait avant même que je ne sorte du commissariat. Non, je ne pense pas que ce soit une bonne idée.

— Ecoutez, madame Newsome, je vais être franc avec vous. J'ai découvert, à l'hôpital, un certain nombre de choses inquiétantes. Des choses que j'ai du mal à comprendre. Et ce que vous me dites est troublant, bien sûr. Mais je ne pense pas que quelqu'un, dans le groupe, poursuive des activités criminelles.

Sur le chemin du retour, au volant de son Aston Martin, Mike essaya d'accorder ce qu'il venait d'entendre avec ce qu'il savait déjà. Laura Newsome ne lui inspirait pas une confiance absolue. Peut-être n'était-elle qu'une veuve mécontente, dotée d'une imagination débordante et d'une fortune à jeter par les fenêtres. Il sourit à l'idée que ses collègues, Spencer, Provost, Gardner et les autres, tous de respectables médecins, pourraient constituer une sorte de mafia médicale. Mais son sourire s'évanouit quand il repensa aux statistiques inexplicables qu'il avait découvertes au bureau des archives, et ses tempes se mirent à battre quand il songea à tout ce qui avait dérapé récemment dans sa vie, l'incident avec Stephanie Hopkins, la catastrophe à laquelle elle avait échappé et les menaces de procès. Bien entendu, il ignorait quelle action l'hôpital allait engager contre lui à la suite de l'opération avortée de Stephanie. Comme Derek Provost le lui avait dit, Spencer présidait la commission de contrôle de la qualité de l'hôpital, qu'il menait d'une poigne de fer. S'il était vraiment irrité contre Mike, il pouvait faire en sorte que la commission ne lui fasse pas de cadeaux. Dans ce cas, il perdrait sûrement ses privilèges hospitaliers, et risquerait d'être radié de l'ordre des médecins.

25

Le lendemain, un mardi, Stephanie alla travailler comme si de rien n'était. Mais elle se sentait faible, comme si elle sortait d'une petite grippe. Elle trouva sur sa messagerie un mot de Carl Hartmann. Il lui demandait de l'appeler dès que possible. Elle composa son numéro, persuadée qu'il ne serait pas encore là. Mais il décrocha immédiatement.

— Ah, c'est vous, Stephanie. Vous avez un instant ? Voulez-vous passer à mon bureau, je vous prie ?

Il se tenait derrière son bureau, les manches de chemise relevées.

— Comment vous sentez-vous ?

— Bien, je vous remercie, dit-elle, surprise par son ton empreint de sollicitude.

Ce matin-là, elle avait choisi de porter un cardigan ample et léger pour camoufler son pansement.

— Je peux aussi bien vous le dire, fit-il. J'ai appris ce qui vous était arrivé hier à l'hôpital.

— C'est vrai ?

Stephanie savait que son patron disposait d'un service de renseignement efficace. Mais elle se demandait comment il pouvait être déjà au courant de l'incident de la veille.

— Oui. Mlle Boyd a découvert ce qui s'était produit, et j'ai donné quelques coups de fil.

Hartmann posa ses deux mains sur le bureau, et son large visage carré se fit sévère.

— Cet incident est l'une des choses les plus monstrueuses dont j'aie jamais entendu parler, dit-il. L'idée qu'on aurait pu vous faire passer sur le billard par pure incompétence et par négligence...

— Tout est bien qui finit bien, dit Stephanie d'un air conciliant.

— Oui, sans doute, mais ce n'est pas grâce à votre chirurgien. Bon Dieu, mais pourquoi avoir choisi ce type, à peine sorti de son internat ? Il y a par ici quantité de chirurgiens autrement plus expérimentés.

— Le Dr Richmond a une excellente réputation, dit Stephanie, sur la défensive. Je l'avais même sondé avant de prendre ma décision.

— Bien sûr, dit Hartmann, sarcastique. Stephanie, je veux que vous consultiez un avocat spécialisé dans les fautes professionnelles.

Elle le regarda avec surprise.

— Pourquoi ? Je pense qu'il a commis une erreur en toute bonne foi, et il a été très franc à ce sujet, après...

— Une erreur qui a bien failli vous laisser mutilée, dit-il en se levant. Combien de fois, selon vous, de telles erreurs en toute bonne foi ont déjà eu lieu ? Combien de fois cela arrivera-t-il encore ?

Il lui lança un regard noir.

— Stephanie, j'insiste pour que vous consultiez un avocat aguerri à ce genre d'affaires. En fait, j'en ai déjà contacté un pour vous. Le meilleur de la ville. Il s'appelle Haiman Gold. Il a beaucoup d'expérience. Je le connais bien, et contrairement à votre chirurgien, il prendra soin de vous.

Il prit un papier sur son bureau.

— Voici son numéro personnel. Il attend votre appel.

Son expression s'adoucit un instant, puis il sourit.

— Si j'en crois de récentes jurisprudences en matière d'erreurs médicales, cette affaire devrait vous rapporter assez d'argent pour prendre votre retraite. Je ne le souhaite pas, d'ailleurs. En tout cas, pas avant d'avoir sorti les chiffres que je vous ai demandés.

Son sourire découvrait ses petites dents irrégulières. Il rappelait à Stephanie une affiche représentant un alligator, que son dentiste avait collée au plafond, dans son cabinet.

— Merci, dit-elle en prenant le papier. Je vais y réfléchir.

— Je ne veux pas que vous y réfléchissiez, dit Hartmann. Je veux que vous l'appeliez. Faites-le. S'il pense que l'affaire ne vaut pas un procès, il vous le dira. Et n'oubliez pas qu'il ne s'agit pas seulement de vous. Il s'agit aussi de tous les gens qui pourraient être victimes de pareille irresponsabilité.

Alors qu'elle se dirigeait vers la porte, il lui lança :

— Voulez-vous prendre le reste de la journée ?

Après ce que vous avez traversé, vous le méritez bien.

— Non, je vous remercie. Je vais bien. Vraiment. Et je suis mieux au bureau que seule chez moi à ne rien faire.

Son énergie naturelle reprenait le dessus.

— Mais si vous insistez, ce sera pour une autre fois.

— Pas question. Avez-vous mes chiffres ?

— Non. Les résultats de ces sociétés sont très difficiles à comparer. Je m'efforce de terminer avant la fin de la semaine, sauf si je découvre de nouveaux problèmes.

Hartmann hocha la tête, puis se mit à trier les documents éparpillés sur son bureau.

— N'oubliez pas d'appeler Haiman Gold, dit-il en la regardant sortir.

De retour à son bureau, Stephanie se sentit incapable de se concentrer sur son travail. On aurait dit que toutes sortes d'idées folles flottaient à l'intérieur de son crâne. Finalement, elle éteignit son ordinateur, se leva et se dirigea vers son ancien bureau. Elle voulait parler à Jean Forrest.

Celle-ci semblait l'avoir attendue pour lui parler de ses propres ennuis.

— Mon Dieu, Stephanie, comme je voudrais que tu sois là !

Elle avait l'air épuisée, tendue. Son travail était beaucoup plus dur qu'elle ne l'avait cru.

— Hier, je suis allée voir le Dr Sammons pour lui demander une mise à jour sur le Dr Lou Gardner. Il a brusquement réapparu dans l'ordinateur. Stephanie, tu ne vas pas me croire : tous les chiffres d'admission du Dr Gardner sont impeccables. Je ne comprends pas ce qui s'est passé.

— Qu'en dit Sammons ?

— Eh bien… il s'est mis en colère. Il m'a dit que l'incident était clos. Il m'a plus ou moins fait comprendre que si je tenais à mon poste j'avais intérêt à oublier toute l'histoire et à m'occuper de choses plus importantes.

Elle secoua la tête, comme pour repousser un mauvais rêve.

— Et toi ? demanda-t-elle, soudain gênée d'avoir parlé d'elle. Comment vas-tu ?

— Ça va.

Stephanie lui raconta brièvement ce qui s'était passé. Puis elle demanda, l'air de rien :

— Jean, que s'est-il passé, hier ? C'est toi qui as dit à M. Hartmann que j'étais à l'hôpital ?

Jean, l'air inquiet, la fixa de ses grands yeux.

— Je suis désolée, dit-elle. Ann Boyd m'a appelée. Elle m'a dit que M. Hartmann te cherchait, et que tu étais en arrêt maladie. Alors j'ai dû le lui dire. Il a voulu savoir qui était ton médecin.

Sans quitter Stephanie des yeux, Jean poussa la porte du pied, et baissa la voix.

— J'ai déjeuné avec Ann. Elle m'a raconté que M. Hartmann avait appelé le Dr Spencer, et déclaré qu'il ne fallait pas t'opérer, après tout. Elle m'a dit qu'il n'était pas très aimable avec le Dr Spencer. Il lui parlait comme à… comme à un garçon d'ascenseur, tu vois ce que je veux dire. Ann m'a répété exactement les mots qu'il a prononcés. Tu sais que M. Hartmann n'est pas précisément poli avec tout le monde.

Mais là, Ann avait eu du mal à croire qu'il s'adressait à Spencer.

— Que lui a-t-il dit ?

— D'après Ann, il lui aurait dit : « Nom de Dieu, Spencer, elle est liée au système. Bougez-vous le cul, allez à Lovejoy et réglez ça immédiatement ! »

— Il s'est adressé ainsi au Dr Spencer ? demanda Stephanie, stupéfaite. Tu es sûre de ne pas exagérer un peu ?

— Non, je le jure devant Dieu. Je répète mot pour mot ce que m'a dit Ann.

Stephanie n'avait pas l'intention de la lâcher.

— D'après toi, que signifient ces mots, « liée au système » ?

Jean fit la grimace.

— Je n'en sais rien. Ann m'a dit qu'au même moment il a fermé la porte de son bureau, peut-être parce qu'il pensait qu'elle écoutait. Peut-être a-t-elle mal entendu.

Stephanie sentit la panique l'envahir. Elle contempla Jean un moment.

— Bien, dit-elle d'un ton un peu distrait. Merci, Jean.

En regagnant son bureau, elle se rappela les paroles du Dr Sammons : « Je ne sais pas tout ce qui se passe ici... Et très franchement, je n'en ai pas envie. S'ils veulent que je sache quelque chose, ils me le diront, alors je ne pose pas de questions. Sans doute ai-je eu beaucoup de mal à apprendre comment survivre dans ce boulot. »

Bien sûr, Jean Forrest exagérait peut-être. Ou elle avait mal interprété le récit d'Ann. En tout cas,

Stephanie ne pouvait rien faire dans l'immédiat. Elle décida de laisser son malaise de côté et de se remettre au travail.

26

— Ils ont creusé la tombe de Mike, dit Lou Gardner.

Catlin et lui se trouvaient devant le long bar bordé de cuivre de l'hôtel Marriott, au centre de New Coventry. Derrière eux, à l'abri de palmiers en pot, un petit orchestre jouait des airs des années soixante. Un couple était assis à l'autre extrémité du bar, les yeux perdus dans le vague.

— Ils ne veulent pas qu'il y culbute, bien sûr. Ils veulent simplement qu'il sache qu'elle est là, pour le cas où il ferait une connerie.

Catlin but une gorgée de son cocktail à base de vodka. Il savait qu'il devait se contrôler. Il devait donner l'impression qu'il n'y avait rien d'autre, entre Richmond et lui, qu'une rivalité professionnelle normale. Si Gardner et ses associés savaient à quel point il haïssait Mike Richmond, cela ne jouerait pas en sa faveur. Le groupe n'exigeait pas que tous s'adorent mutuellement. Mais il s'attendait à ce que chacun de ses membres fût capable de travailler avec les autres. Catlin ne vivait que dans l'espoir que Mike soit exclu du groupe, afin de le remplacer. Et il travaillait à un projet qui pourrait bien accélérer le processus.

— Tout le monde parle de son cafouillage dans cette histoire de cancer du sein, dit-il après un silence. Je me demande comment vont réagir Spencer et les autres. Ce n'est pas très bon pour leur image.

Gardner lui jeta un regard en coin. De toute évidence, Catlin n'avait pas compris l'allusion à la tombe de Mike, et il n'avait pas l'intention d'éclairer sa lanterne. Il haussa les épaules.

— Mike est bien. Tout le monde commet une erreur de temps à autre.

Catlin hocha la tête. Il sentait que quelque chose lui avait échappé, et il décida de changer de sujet.

— Au fait, dit-il, mon père m'a chargé de vous dire qu'il a une très bonne affaire à vous proposer.

Il se pencha en avant, appuyé sur les coudes, et regarda Lou au-dessus du bar.

— Il s'agit de cette petite firme californienne, Electron Biotics, dans laquelle il s'est introduit. Il prévoit de lancer une OPA d'ici quelques semaines, et tout est déjà vendu. Si vous avez envie d'investir un peu, vous pourriez gagner quelques dollars.

— Ça me semble une bonne idée, répondit Gardner. Combien ?

— Il a parlé de vingt bâtons, qui pourraient devenir soixante-dix si vous avez la bonne idée de vendre immédiatement. Bien entendu, votre nom n'apparaîtra pas dans les registres de transactions, et les impôts n'en sauront rien.

— C'est parfait, Terry. Inscrivez-moi. Saluez et remerciez votre père de ma part.

Pendant les jours qui suivirent, Stephanie s'immergea à fond dans son travail, sans toutefois réussir à endiguer la rage qui montait en elle à l'idée de ce qui lui était arrivé. Et elle suffoquait presque à l'idée de ce qui avait *failli* lui arriver. Tout d'abord, elle avait été soulagée d'apprendre qu'elle n'était pas atteinte d'un cancer, qu'on ne lui enlèverait pas un sein. Mais elle avait compris ce qui s'était passé. Il était évident qu'il s'en était fallu de peu. C'était une pure question de chance, non de soins médicaux corrects. Et ça, elle ne le supportait pas. Aussi ses sentiments à l'égard de Mike Richmond se transformaient en un mélange de colère et d'animosité.

Au bureau, elle essaya de deviner quelles étaient les véritables activités des différentes compagnies. Pour la plus grosse d'entre elles, c'était facile, même si elle disposait de peu d'informations. Grosse masse salariale, charges professionnelles très lourdes, frais généraux et d'exploitation énormes : sans doute l'hôpital Lovejoy. Ce qui l'intéressait le plus, c'était le résultat financier de chacune des firmes. C'était la plus petite, en termes de dépenses, qui engrangeait le plus de profits, bien qu'elle ne représentât qu'une infime partie de la plus importante. Les autres constituaient un mystère — c'était sans doute ce que voulait Carl. Mais elles semblaient fournir le même type de services, et il était évident qu'elles gagnaient toutes beaucoup d'argent.

A deux reprises, Mike l'avait appelée pour prendre de ses nouvelles. Mais la deuxième fois, elle l'avait interrompu.

— Je suis très contrariée par ce qui s'est passé,

docteur Richmond. Je vous prie de ne plus me téléphoner.

Sous les pressions répétées de Carl Hartmann — et de sa mère —, Stephanie finit par appeler le cabinet de Haiman Gold. Elle utilisa le numéro direct que Hartmann lui avait donné.

Gold semblait confiant, sûr de lui.

— M. Hartmann m'a prévenu de votre appel, mademoiselle Hopkins. Je peux vous recevoir à 14 heures, cet après-midi.

— Je n'ai encore rien décidé, dit-elle.

— Bien sûr que non, répondit-il. Moi non plus !

Le cabinet de Haiman Gold était moderne, avec un mobilier et des installations tape-à-l'œil or et argent. Dans la salle d'attente, de gros fauteuils rembourrés et un poste de télévision diffusant un programme en circuit fermé. Gold en personne apparaissait à l'écran. Plutôt rubicond, en costume sombre, mouchoir blanc dépassant de sa poche de poitrine, il expliquait à un public invisible ce qu'était une faute professionnelle médicale de son ample voix de baryton dont Stephanie se dit qu'elle devait être redoutable dans une salle d'audience.

« Le simple fait d'obtenir un mauvais résultat ne signifie pas qu'il y ait faute. Mais un médecin est tenu de dire à ses patients ce qu'ils peuvent attendre d'un traitement ou d'une opération, quelles sont les chances de succès, et le type de complications qui peuvent se présenter. »

Il commençait à énumérer les conditions qui devaient être réunies pour qu'il accepte une affaire lorsque Marie, la réceptionniste — une blonde aux formes généreuses et à l'air coriace —, vint chercher

Stephanie. Après lui avoir posé quelques questions sur son identité, son âge, son travail et ses revenus, elle la précéda dans le couloir menant au bureau de Gold. La pièce était décorée dans le même style que le reste du cabinet : vif, ostentatoire, métallique, avec quelques peintures criardes sur les murs.

Stephanie vit apparaître un bel homme, corpulent et bronzé, au visage carré et au cou de taureau, à qui elle donna environ quarante-cinq ans. Plutôt sanguin et lourd, il portait un costume sombre finement rayé, une chemise blanche et une coûteuse cravate de soie bleu marine rayée de rouge. Stephanie fut surtout frappée par son assurance. Il la regardait droit dans les yeux avec un air compatissant et sincère qui lui rappela le type qui lui avait vendu sa vieille Plymouth. Il lui tendit la main. Une poigne ferme, virile et sèche.

— Carl m'a un peu parlé de vous, dit-il en la regardant avec curiosité. Asseyez-vous, je vous prie.

Il lui avança un siège et alla s'asseoir derrière son bureau, le dos bien droit, les mains jointes, comme s'il était toujours devant la caméra.

Stephanie s'assit et arrangea sa jupe. Tout à coup, l'image de Mike Richmond s'imposa à sa mémoire. Il était en haut des marches, après qu'il l'eut reconduite chez elle, défait, l'air contrit et préoccupé. Mais elle rejeta cette pensée avec colère. Elle avait vraiment eu confiance en lui. Elle avait cru en sa probité et en ses compétences.

— Je veux que ce type soit mis hors d'état de nuire, dit-elle, surprise de sa propre véhémence. C'est un danger public. Il ne devrait pas être autorisé à pratiquer la chirurgie.

Gold hocha la tête d'un air compréhensif.

— Bien sûr. Nombre de mes clients sont animés du même sentiment. Mais commençons par le commencement. Racontez-moi tout, depuis le moment où vous avez décidé de consulter un médecin.

Il poussa devant lui un bloc de papier jaune au format A4, sur lequel il posa un gros stylo à plume noir et or.

Elle lui parla de la petite tumeur, puis de sa conversation avec Evie.

— Elle est infirmière. Elle a d'abord avancé le nom du Dr Spencer. Mais il n'était pas en ville cette semaine-là.

Gold hocha la tête, comme pour marquer son accord.

— C'est alors qu'elle m'a recommandé le Dr Richmond, qui venait de rejoindre le groupe du Dr Spencer. Ne voulant pas attendre plus longtemps, j'ai pris rendez-vous avec lui.

Stephanie inspira à fond.

— Evie m'avait dit qu'il était très doué, et qu'il avait une excellente réputation.

Elle raconta toute l'histoire, une étape après l'autre, comme elle s'en souvenait, jusqu'au moment où le Dr Richmond l'avait reconduite chez elle.

— Je pense que nous avons là une affaire défendable, mademoiselle Hopkins, déclara Haiman Gold quand elle se tut. Jusqu'ici, elle me semble même tout à fait prometteuse. Bien entendu, je ne peux pas prendre de décision définitive avant d'avoir vérifié certains faits… Je suis sûr que vous le comprenez.

D'une poussée, il éloigna son fauteuil du bureau.

— Maintenant, je vais vous informer de nos

conditions. Quand nous nous chargeons d'une affaire, nous faisons en sorte qu'elle ne coûte rien au client. Pas un sou. J'entends par là que nous prenons à notre charge le temps passé à mener notre enquête, à recueillir les témoignages de médecins, d'infirmières et de quiconque serait impliqué de près ou de loin dans votre affaire. Nous supportons également le coût des témoignages d'experts, des voyages et les autres frais. Si nous perdons, nous assumons les pertes.

— Et si vous gagnez ?

— Nous avons pour principe de verser au plaignant un tiers des sommes perçues, moins certains frais, répondit Gold en la fixant.

Stephanie haussa les sourcils.

— Je croyais savoir que la plupart des cabinets juridiques partageaient moitié-moitié avec leurs clients, dit-elle, en feignant d'être beaucoup mieux informée qu'elle ne l'était vraiment.

— C'est vrai, mais seulement en apparence, dit-il en se redressant contre le dossier de son fauteuil, le stylo Mont-Blanc levé entre ses deux mains. Vous devez tenir compte de deux éléments. Premièrement, dans le cas des autres cabinets, une bonne partie de la moitié qui revient au client est engloutie par les frais, alors que nous, nous n'exigeons de nos clients qu'un minimum de frais. Par ailleurs, ajouta-t-il en avançant son fauteuil, plus important encore : nous avons le meilleur taux de réussite, pour ce type d'affaires, de tout le Connecticut. En outre, nous obtenons les plus gros dédommagements, et de très loin, pour nos clients.

Il lui adressa un sourire amical, mais plein d'assurance.

— Vous comprendrez donc qu'avec nous il est prouvé que vous avez plus de chances de succès. Et, bien entendu, un tiers d'un montant substantiel vaut beaucoup mieux que la moitié de rien du tout !

— Bon... Alors, que faisons-nous maintenant ?

Quelque chose, dans le ton de sa voix ou dans son expression, avait dû lui faire penser qu'elle était prête à renoncer, car il lui jeta son regard d'acier d'homme de loi.

— Vous n'avez pas besoin de gaspiller votre sympathie pour ce médecin, mademoiselle Hopkins, ni de vous inquiéter pour sa réputation. Pour ces gens, ce genre de procès n'est qu'une partie du prix à payer pour faire des affaires.

Gold joignit les mains, son gros stylo dressé entre ses doigts, et inclina le buste, les coudes sur le bureau.

— Vous découvrirez peut-être que la blessure la plus profonde qu'il vous a infligée est d'ordre psychologique. J'ai connu beaucoup d'affaires où la victime perdait le sommeil, était en proie à des cauchemars récurrents, et ne pouvait plus se concentrer sur son travail.

Il regardait Stephanie fixement, comme s'il essayait de la convaincre qu'elle aurait dû souffrir des symptômes qu'il décrivait.

— Je vois, dit-elle. Mais comprenez-moi bien. Je veux que vous le poursuiviez comme si...

Elle hésita une seconde.

— Comme s'il m'avait effectivement ôté un sein. Sans quoi cela pourrait arriver à quelqu'un d'autre.

— Bien, fit Gold avec un hochement de tête. Dans les prochains jours, je vais lui envoyer une citation à comparaître et compléter le dossier.

Il se leva et escorta Stephanie jusqu'à l'ascenseur.

— Nous ferons un bon travail pour votre compte, mademoiselle Hopkins, vous pouvez me croire.

En sortant de l'ascenseur, au rez-de-chaussée, Stephanie traversa le hall au sol de marbre et sortit à gauche, sur Milton Street, se dirigeant là où elle avait laissé sa voiture. Le ciel était noir et sentait la pluie, mais elle ne voyait rien. Alors qu'elle pressait le pas, toutes sortes de pensées décousues se bousculaient dans son esprit. Elle pensa à Haiman Gold, et à ce que Hartmann lui avait dit de lui. Elle pensa aux firmes dont elle analysait les chiffres. La firme n° 2, dont Hartmann lui avait dit que c'était une société de services... Des entrées irrégulières, des chèques énormes... Cela collait avec le tableau général d'un cabinet juridique qui obtenait de gros arrangements. Puis elle pensa au récit de Jean : le coup de fil au Dr Spencer et le ton que Hartmann, selon elle, employait avec lui. Etait-il possible que ces firmes lui appartiennent ? Elle décida d'appeler la commission des assurances pour en avoir le cœur net. Non qu'elle soupçonnât des activités illégales. Par simple curiosité. Les premières grosses gouttes de pluie se mirent à tomber. Elles explosaient en frappant le trottoir.

Quand Mike quitta l'hôpital Lovejoy par l'entrée principale, il avait cessé de pleuvoir. Il descendit la rampe et prit la direction de son bureau en sautant par-dessus les flaques d'eau. Il pensait à Stephanie.

La pluie se remit à tomber. Il descendit la rue à toutes jambes, en se demandant si elle était toujours fâchée.

Il avait eu l'intention de récupérer sa voiture et de rentrer chez lui immédiatement. Mais quand il pénétra dans l'immeuble, il décida de monter à son bureau. Il avait une thyroïdectomie au programme du lendemain et, comme il n'en avait pas effectué depuis longtemps, il voulait en revoir la technique dans son manuel de chirurgie. Quand il entra, les lampes étaient allumées. Tous les bureaux étaient ouverts, sauf la salle de réunion. En passant devant le bureau administratif, il y jeta un coup d'œil, et vit Tony Danzig occupé devant son ordinateur.

Il revint sur ses pas.

— Bonsoir, Tony. Vous travaillez tard !

— Ah, bonsoir, dit Danzig en levant les yeux de son écran. Docteur Richmond, je suis content de vous voir.

Il pressa quelques touches, et son écran redevint opaque.

— Vous avez une minute ?

— Bien sûr. Venez avec moi jusqu'à mon bureau. Je ne faisais que passer, pour prendre un livre.

Danzig le suivit dans son bureau.

— Que puis-je pour vous, Tony ?

Sa voix était plus amicale qu'il ne l'eût souhaité.

— Juste une ou deux choses, docteur Richmond.

Très raide, Danzig posa ses mains sur ses genoux.

— Vos dossiers, tout d'abord. Comme vous le savez, nous effectuons un audit toutes les quatre semaines…

— Tony, je serai à jour jeudi, dit Mike. Je n'opère

pas ce jour-là. Après avoir fait mes visites, je n'aurai que cela à faire.

— Parfait... Il y a autre chose.

Danzig s'agita légèrement sur son siège.

— Le Dr Spencer m'a parlé de ce malheureux incident dont a été victime votre patiente, Stephanie Hopkins, continua-t-il de sa voix doucereuse. Et je suis sûr que vous vous demandez comment vous avez pu manquer le second rapport de laboratoire.

Mike fut brusquement sur ses gardes. Il hocha la tête sans rien dire.

— Eh bien, j'ai contrôlé le programme. J'ai découvert que dans certaines circonstances les nouveaux rapports de laboratoire ne restent en attente que douze heures. Puis le système les transfère directement dans le dossier du patient, sans autre avertissement aux médecins concernés. Et quand cela se produit, le voyant s'éteint. C'est ce qui s'est passé, je pense, dans le cas présent.

Il haussa légèrement les épaules.

— En fait, c'est là-dessus que je travaillais, tout à l'heure, quand vous êtes arrivé. Je modifiais le logiciel. Désormais, le voyant restera allumé sur l'écran jusqu'à ce que le médecin appelle le fichier sur l'écran, et y appose son code signature.

— Bravo, dit Mike. Je vous remercie. Je ne veux plus connaître d'incidents de ce genre.

— Bien sûr. Espérons seulement que d'autres problèmes ne se présenteront pas.

Mike le regarda. Les yeux de Danzig étaient aussi expressifs que deux trous dans un mur. Après le départ de l'Autrichien, Mike prit sur le rayon le gros manuel de chirurgie de la tête et du cou, et lut l'article sur la thyroïdectomie. Mais il ne pouvait s'empêcher de penser aux explications de Danzig. Il y avait un problème. Le matin de l'opération, la secrétaire avait téléchargé la fiche de Stephanie, agrafé la copie papier et apporté le tout à l'hôpital. Le second rapport de pathologie se trouvait sur une feuille volante séparée du reste. Ce qui signifiait qu'il n'avait pas été téléchargé automatiquement dans le dossier de la patiente. Et Spencer lui avait dit qu'il avait sorti le rapport *de l'ordinateur,* ce matin-là. Pourquoi, dans ces conditions, Tony mentait-il aussi effrontément ? S'il avait vraiment voulu le mener en bateau, il aurait pu mettre au point une histoire beaucoup plus crédible. En procédant ainsi, il s'assurait que Mike voyait les choses en face. Comme pour lui dire : « Oui, nous vous avons délibérément mis dans le pétrin. Et vous n'y pouvez rien. OK ? »

Tout à coup, l'inquiétude le gagna. Pourquoi se fichaient-ils de lui ? Avant de recevoir les explications de Danzig, il avait vécu avec l'hypothèse qu'il avait peut-être commis une grave faute d'inattention. Ce n'était plus le cas. Et de ce point de vue, il se sentait mieux. Etait-ce ce qu'ils désiraient ?

Il remit le manuel en place sur son étagère.

Il descendait le couloir lorsque la porte de la salle de réunion s'ouvrit. Spencer en sortit. Il bavardait avec deux ou trois des médecins du groupe. A l'intérieur de la salle, assis à la table, en grande conversation avec Lou Gardner, Mike vit quelqu'un dont la présence le surprit.

— Oh, Mike, dit Spencer avec un grand sourire, en suivant son regard, je suis content que vous soyez là.

Il lui prit le bras, d'un geste amical.

— Je veux que vous soyez le premier à le savoir :

Terry Catlin devient membre de notre groupe, à dater de la semaine prochaine.

— Ce ne devrait pas être si difficile, dit George Rankin à Sam Scheiffer.

Il était 19 heures. Tous deux se trouvaient dans la salle de surveillance du huitième étage. Derrière eux, les images noir et blanc des moniteurs s'animaient de temps en temps. Dans le hall d'accueil du groupe de Spencer, une femme de service armée d'un balai traversait le champ. Quand elle s'approcha de la caméra, son image se déforma et prit des proportions exagérées. Sur la seconde rangée, le seul mouvement était celui d'une laborantine qui, après avoir disposé devant elle une rangée de tubes à essai étiquetés, se mit à introduire des données dans un ordinateur. Sur la troisième rangée, qui surveillait les bureaux de Haiman Gold, rien ne bougeait. De même sur la quatrième : il s'agissait des locaux de Radiology Associates, eux aussi fermés pour la nuit.

Rankin remua les pieds.

— Richmond reste parfois longtemps en salle d'opération, non ? Il laisse ses vêtements dans son vestiaire, non ? Et ses clefs sont dans la poche... Qu'est-ce qu'il te faut de plus ?

Sam hocha la tête.

— D'accord. Je vais demander à Tony de nous fournir des copies du planning de la salle d'op'. Il faut dix minutes pour aller de l'hôpital à son appartement, cinq minutes pour placer le mouchard dans son téléphone, dix minutes pour revenir à l'hôpital et remettre ses clefs en place. Du gâteau.

— Son portable ?

— On s'en est déjà occupés. Nous interceptons ses appels, et ils sont automatiquement enregistrés. Mais il s'en sert très peu.

— Tiens-moi au courant si tu découvres quelque chose. Ce matin, j'ai encore eu Carl sur le dos.

— Bien sûr.

Scheiffer marqua une pause. Il regarda Rankin.

— Hier, je me suis occupé de l'entretien de sécurité du nouveau. Le Dr Catlin.

Rankin fit la grimace.

— Ouais. Il est fait pour s'entendre avec le reste de la bande, celui-là. Je connais quelques types qui travaillent pour son père, à Hartford.

— J'ai mené l'enquête habituelle sur sa formation professionnelle. Il semble qu'il ait triché à l'examen d'entrée à l'université.

— Allons donc! dit Rankin en claquant la langue. Je me demande combien son père a dû payer.

— Sais pas... Mais le type à qui j'ai parlé m'a dit que, depuis cette époque, l'école décerne un prix Catlin d'éthique politique.

Rankin hocha la tête d'un air approbateur.

— J'imagine qu'à ce niveau-là ils savent gérer ce genre de problèmes!

Scheiffer haussa les épaules. Tout ça ne le concernait pas. Son boulot consistait à rassembler des informations, pas à donner son avis.

— Et Richmond? fit-il. Que se passera-t-il si l'on apprend qu'il travaillait avec cette Minsky?

— Je n'en sais rien. Ce n'est pas à moi de prendre ce genre de décision. Mais ce qui était bon pour elle devrait être bon pour lui, non?

Mike regagna son bureau en début d'après-midi. Il trouva sur sa table un petit paquet de courrier proprement empilé, avec, sur le dessus, une grande enveloppe portant l'autocollant vert du courrier recommandé. Curieux, Mike s'en empara. Il frissonna. « Quoi que ce soit, se dit-il, ça ne peut pas être bon. » Il déchira l'enveloppe et en extirpa un long document d'une demi-douzaine de pages. On l'informait officiellement que des poursuites judiciaires avaient été engagées contre lui, au nom de Stephanie Hopkins. Il parcourut le document, qui reprenait le résumé de l'affaire. Il vit des mots et des phrases dont il n'avait jamais imaginé qu'ils puissent un jour lui être adressés. Négligence, absence de sérieux dans l'établissement du diagnostic préopératoire, mépris cynique pour le bien-être de sa patiente. Le document portait la signature de Haiman Gold, docteur en droit. Mike se souvint de leur rencontre, au restaurant Moti Mahal, le soir où il avait dîné avec Derek Provost. L'avocat avait prédit que leurs chemins se croiseraient à nouveau... Eh bien, ça y était. Il s'assit et laissa tomber le document sur la table comme s'il lui brûlait les doigts. Il n'était pas vraiment surpris. Mais l'idée que Stephanie avait franchi le pas le rendait malade. « D'un autre côté, se dit-il, et si c'était moi, le patient ? Est-ce que je ne serais pas furieux, sachant ce qui s'était passé, est-ce que je n'aurais pas le sentiment d'avoir été maltraité ? » Il était bien obligé d'en convenir.

Et maintenant ? Il devait prévenir Spencer, et appeler la compagnie qui l'assurait contre les erreurs médicales. Elle contacterait sans doute ses propres avocats. Provost lui avait dit que tous les membres du groupe avaient eu des procès sur le dos. « Eh bien, ils vont peut-être m'accepter, maintenant, comme un membre de la bande ! »

On avait assigné à Terry Catlin le bureau qui se trouvait deux portes plus loin, de l'autre côté du couloir. Quand Mike passa devant en se dirigeant vers l'accueil, il vit que sa porte était entrouverte. Un bruit de conversation lui parvint. Il reconnut les voix de Lou Gardner et de Tony Danzig. Bien qu'il fût incapable de distinguer leurs propos, quelque chose dans ce bourdonnement confidentiel le mettait mal à l'aise. « Laisse tomber, se dit-il, agacé à l'idée qu'il était de plus en plus paranoïaque. Tu as des sujets de réflexion plus importants. » Il avait encore l'estomac noué à la pensée du document qui se trouvait sur sa table. Quand il réintégra son bureau, il décrocha le téléphone et appela l'agent d'assurances, un homme vif, sécurisant, qui, d'une manière ou de l'autre, fit qu'il se sentit un peu mieux, et un peu moins seul.

27

Evie Gaskell avait décroché l'emploi au bloc opératoire de Lovejoy pour lequel elle avait postulé quelques semaines plus tôt. Et comme elle n'avait pas eu de congés depuis longtemps, elle prit son vendredi après-midi et décida d'aller passer le week-end chez sa mère à Portland, dans le Maine. Son frère, Evan, aurait aimé l'accompagner. Mais il était de service tout le week-end, et avait dû y renoncer.

Le samedi après-midi, Evie ressentit une douleur au ventre. Comme une crampe. Elle se dit que c'était probablement l'annonce de ses règles et n'y prêta guère attention.

Sa mère avait une meilleure idée.

— Tu es constipée, ma chérie.

Evie soupira, acquiesça — « Oui, maman ! » — et décida d'en rester là.

Mais la douleur ne partait pas. Elle avait même empiré, le dimanche après-midi, lorsque Evie se prépara à prendre le chemin du retour à New Coventry. Elle eut du mal à porter sa valise à la voiture.

— C'est encore ton estomac, Evie ? Attends une minute.

Sa mère retourna dans la maison, d'où elle revint avec un flacon bleu et une cuiller à soupe. Evie soupira et leva les yeux au ciel. Sa mère avait toujours été obsédée par l'état des boyaux de la famille. Le lait de magnésie était sa panacée.

— Oh, maman, je t'en prie… Je suis adulte, et infirmière professionnelle. Je n'ai pas besoin…

— Ne discute pas, ma chérie.

Elle emplit la cuiller à ras bord.

— Ce n'est pas parce que tu es infirmière que tu sais tout. Allez, ouvre… Une autre… Le temps que tu rentres chez toi, ça fera de l'effet. Alors tu me remercieras.

Au moment où elle reprit la route 128, elle était balayée par des vagues d'une douleur presque insupportable. Elle dut s'arrêter plusieurs fois sur le bord du chemin pour attendre que le mal diminue. Une demi-heure plus tard, elle eut tout juste le temps de se garer et d'ouvrir sa fenêtre pour vomir. Mais elle était déterminée à rentrer chez elle. Obstinée, elle reprit le volant. Pas très loin de Providence, elle sentit quelque chose de bizarre dans son ventre, et la douleur se calma subitement. Puis revint, terrible. Ce n'était plus une simple colique, mais un élancement continu qui semblait prendre d'assaut son corps tout entier. Sur le Gold Star Bridge, qui franchit la Thames à New London, elle fut prise de frissons et se mit à claquer des dents. Elle se demandait ce qui lui arrivait. Sans doute une sorte de grippe intestinale, se dit-elle.

Elle parvint tout juste à gagner New Coventry. Elle gara sa voiture devant chez elle, laissa ses bagages dans le coffre de son véhicule et monta à son appartement. Elle se mit au lit sans même se déshabiller, se coucha en chien de fusil et s'enveloppa dans des couvertures pour essayer de se réchauffer. Elle l'ignorait, mais elle avait presque 40° de température, et la fièvre continuait de monter.

Elle essaya de dormir, mais la douleur à l'abdomen ne lui laissait aucun répit. Elle se souvint qu'il lui restait des analgésiques, quelque chose de fort qu'elle avait acheté un an plus tôt pour calmer une rage de dents. Elle eut du mal à quitter son lit. Elle roula lentement sur elle-même, gémissant sous l'effet de la douleur, sortit une jambe, posa le pied par terre et se redressa, puis se dirigea vers la salle de bains avec les pires difficultés. Les cachets étaient là. Il y en avait une demi-douzaine. Elle en avala deux avec un hautle-cœur. Puis elle se recoucha, en espérant qu'elle se sentirait mieux au réveil.

Vers 7 heures du matin, Evie était en nage, mais la douleur avait disparu… Jusqu'au moment où elle essaya de se retourner dans son lit. Le choc fut si violent qu'elle ne put retenir un cri. Elle était incapable de bouger. Elle ne pouvait pas descendre du lit. Une peur étrange l'envahit. Evie avait le souffle court, et sentait son cœur tambouriner dans sa poitrine. Elle ne s'était jamais sentie si mal de sa vie. Elle eut l'impression que son ventre était gonflé, et comprit qu'elle allait vomir. Elle se traîna jusqu'à la salle de bains, où elle rendit une énorme quantité d'une matière noire presque totalement liquide.

Elle fut prise de panique. Elle savait qu'elle était incapable de conduire jusqu'à l'hôpital. Stephanie était sans doute déjà partie au travail, et elle ne voulait pas que son frère la voie dans cet état. Alors, pour la première fois de sa vie, elle appela les urgences. Le réveil posé sur sa table de nuit indiquait 7 h 15. Bien qu'il fît grand jour, Evie était incapable de dire si c'était le matin ou le soir. Tant qu'elle n'essayait pas de bouger, elle se sentait un peu mieux. Mais elle se crut sur le point de mourir, lorsqu'il fallut ouvrir la porte aux ambulanciers. Dix minutes plus tard, elle entrait aux urgences de l'hôpital Lovejoy sur son lit roulant.

— Qui est votre toubib, Evie ? lui demanda Jill Booth, le docteur de garde aux urgences, après l'avoir examinée.

Elle avait l'air grave.

— Vous allez avoir besoin d'un chirurgien.

Avant que Mike Richmond ne provoque ce gâchis avec Stephanie, Evie l'aurait cité sans hésiter. Mais maintenant…

— Qui est de garde ?

Jill consulta le tableau affiché au mur.

— Terry Catlin.

Evie n'hésita qu'une seconde. Elle sentit qu'elle allait encore vomir.

— Très bien, dit-elle d'une voix faible. Peu importe.

Quelques instants plus tard, elle entendit le nom de Terry Catlin résonner dans les haut-parleurs du système d'appel général.

En attendant son arrivée, un technicien lui fit une prise de sang et installa une perfusion. Evie entendit Catlin demander à l'infirmière, d'une voix empressée, où elle se trouvait. Quand il fit son apparition, elle eut un bref instant d'inquiétude. Mais il l'examina avec compétence. Il ne lui fallut pas longtemps pour comprendre ce qui se passait.

— Vous avez une appendicite.

Il lui parlait d'une voix neutre, sans la regarder, comme s'il s'adressait à un dictaphone plutôt qu'à un être humain.

— Et il me semble que l'appendice a éclaté. Nous allons vous faire une échographie, juste pour être sûrs qu'il ne s'agit pas d'un kyste de l'ovaire ou de quelque chose de ce genre. Puis nous monterons en salle d'opération.

A travers le mince rideau vert qui isolait son box, Evie l'entendit parler au superviseur du bloc opératoire.

— Non ! disait-il d'une voix forte. Il est absolument

impossible d'attendre la fin du programme. Si vous devez faire sauter un autre patient, eh bien tant pis. Evie Gaskell est au plus mal, elle a une péritonite, et nous devons travailler en urgence absolue.

En entendant cela, Evie prit peur. Elle allait donc si mal ? Elle recommença à claquer des dents, et tira la couverture sur elle.

Une jeune infirmière asiatique fixa à la perfusion un petit flacon retourné.

— Les antibiotiques, lui dit-elle.

— Pouvez-vous me donner une couverture ? demanda Evie. Je suis gelée.

L'infirmière hésita.

— Je vais demander… Mais… Vous avez plus de 40° de fièvre !

A partir de là, tout se passa plus ou moins dans le brouillard. Plus tard, elle se rappellerait le technicien barbu de l'échographie, qui lui barbouilla le ventre avec une gelée froide avant de passer la sonde au-dessus de son corps. Elle se rappellerait avoir signé une autorisation d'opérer. Elle se rappellerait avoir été véhiculée le long d'un couloir, et avoir absorbé un analgésique qui ne fit que la rendre encore plus nauséeuse.

La dernière chose dont elle se rappellerait, ce fut d'entendre, avant de perdre connaissance, la voix de Catlin disant que son taux de globules blancs avait dépassé 29 000, et la réponse de l'anesthésiste :

— Bon Dieu !

Dès qu'elle fut endormie, Catlin, déjà vêtu de sa tenue verte de chirurgien, se rendit en stérilisation, suivi de l'interne chargé de l'assister.

— Incision d'appendicectomie classique ? demanda Bob Steel, le technicien assistant.

Catlin se retourna à demi, avec un sourire ironique.

— C'est évident, non ?

Il ouvrit le robinet d'un coup de genou.

— Elle est vraiment mal en point, dit Rick Chalmers.

L'interne était un jeune homme au teint blafard et à l'air épuisé, qui arborait une barbe de deux jours. Ils apercevaient vaguement Evie à travers la vitre. Les techniciens préparaient son abdomen en le passant à la Bétadine. Puis ils la recouvrirent de grands draps verts, laissant une ouverture rectangulaire autour de l'endroit à opérer.

Catlin haussa les épaules.

— Ce n'est qu'un appendice « chaud » de plus, répliqua-t-il.

Depuis qu'il était médecin titulaire, il ne manifestait pas beaucoup de patience à l'égard des internes. Rick finit le premier de se brosser les mains. Il passa dans la salle d'opération, laissant Catlin à ses pensées. Il savait qu'une appendicite, de temps en temps, pouvait mal tourner, et Evie, selon lui, ne faisait pas dans la demi-mesure… Moins de vingt-quatre heures s'étaient écoulées entre les premiers symptômes et l'éclatement de l'appendice. Il regarda Catlin. Il n'avait pas l'air de s'inquiéter beaucoup. C'était rassurant. Rick savait que lui-même, à sa place, aurait été mort de frousse.

Catlin fit son entrée dans la salle, les mains levées. Dès qu'il eut enfilé sa blouse et ses gants, il prit place à la droite de la table. « Heureusement qu'Evie est mince », se dit-il. Il détestait les gros. Notamment parce que avec eux une opération pouvait se transformer en cauchemar.

En principe, le chirurgien en titre confiait l'opération à l'interne et l'assistait dans son travail. Rick attendait donc que Catlin lui donne l'ordre de commencer. Mais celui-ci n'en fit rien, sous prétexte qu'Evie appartenait à la profession.

Cette décision déçut Rick mais ne le dérangea pas trop. Il avait le pressentiment que l'opération allait être difficile, et il était heureux de laisser Catlin endosser la responsabilité.

Dès qu'il eut le feu vert de l'anesthésiste, Catlin saisit le scalpel que lui tendait le technicien. D'un mouvement large, il pratiqua une incision de McBurney classique — l'entaille oblique dans la partie inférieure droite de l'abdomen. Ils travaillaient en silence. Rick écartait les tissus au fur et à mesure que Catlin tranchait les épaisseurs successives de muscles. Il se servit de ses doigts pour ouvrir la couche la plus profonde. Evie était mince, mais elle était forte, avec des muscles abdominaux développés.

— Angle droit, dit-il à Rick, qui inséra les deux écarteurs appropriés pour ouvrir la plaie. Et poussez dessus.

Rick força et ils aperçurent, au fond de l'ouverture, la membrane grise du péritoine, qui ballonnait dangereusement. Quand ils auraient ouvert le péritoine, ils seraient à l'intérieur de la cavité abdominale.

— Forceps. Et donnez-en une paire au Dr Chalmers.

Le technicien se chargea d'un des écarteurs. Catlin et Rick soulevèrent la membrane.

— Metz.

Le technicien lui passa les ciseaux Metzenbaum,

lames recourbées fermées. Catlin parlait d'un ton neutre. Mais il se disait qu'il avait eu de la chance d'être de garde ce jour-là. Evie Gaskell était très populaire. Lorsqu'elle serait rétablie, elle le recommanderait à ses amies et à ses proches...

— Nous aurons besoin de l'aspirateur ? demanda Rick.

— Oui, je crois.

Catlin se répétait qu'après ce cas les membres du personnel ne manqueraient pas de lui courir après. Il n'avait aucun mal à imaginer comment ils l'arrêteraient dans le couloir. « J'ai un problème de vésicule, docteur Catlin, et Evie me dit que vous êtes le seul chirurgien à voir... » ou « Ma mère a un ulcère à l'estomac, docteur Catlin, et puisque tout le monde dit que vous êtes le meilleur, j'aimerais que vous l'examiniez... »

Quelques instants plus tard, Catlin se servit des ciseaux pour découper le péritoine, mais il ne s'attendait pas du tout à ce qui allait suivre. Un flot de pus gris se déversa à l'intérieur de la plaie. Il leur fallut plusieurs minutes d'efforts acharnés avec la sonde-aspirateur pour nettoyer le champ opératoire. Et ce qu'ils découvrirent n'était pas encourageant. A l'intérieur de la cavité viscérale, l'intestin était enflammé, d'un rouge terne, au lieu du rose vif de l'organe sain. Catlin avança un doigt et tâta légèrement. Tout semblait s'être aggloméré. Impossible de localiser l'appendice, ni d'ailleurs n'importe quel organe, à l'exception des plis de l'intestin. Dans ce magma informe, Catlin ne pouvait même pas distinguer le gros côlon de l'intestin grêle.

Catlin, comprenant soudain que cette opération

n'avait rien à voir avec les appendicectomies qu'il avait déjà réalisées, sentit la sueur perler à son front. Une sorte de calme plat régnait dans la salle d'opération. Tout le monde avait conscience que Catlin était en difficulté.

Il essaya encore d'écarter les plis de l'intestin. Mais ils étaient si enflammés qu'il eut peur de provoquer une déchirure, ce qui aurait encore aggravé ses ennuis.

Chalmers voulut intervenir, mais Catlin l'interrompit brusquement.

— Fermez-la, Rick ! Nous avons de gros problèmes, et vous m'empêchez de me concentrer.

Le silence retomba sur la salle d'op'. Catlin se tourna vers Bob Steel.

— Donnez-moi de quoi éponger, dit-il, d'une voix que la tension rendait plus aiguë que d'habitude. Et secouez-vous, nom de Dieu ! Quand je vous demande quelque chose, je le veux tout de suite.

— Bien, docteur.

Bob avait fait ses débuts dans l'infirmerie militaire. Il gardait son calme, tout en se préparant à d'autres sources de tension.

Catlin prit immédiatement un air d'excuse.

— Je dois écarter les intestins pour atteindre l'appendice, expliqua-t-il.

Il ne voulait surtout pas prendre le risque d'être privé de la coopération de Bob.

Ce dernier plia une compresse qu'il plaça entre les mâchoires d'un long clamp, trempa le tout dans la solution saline et le passa à Catlin, manche en avant.

Rick, qui observait le chirurgien, était de plus en plus inquiet. Catlin perdait pied, et ne savait pas comment s'en sortir. Rick n'aurait pas su non plus, d'ailleurs.

A l'aide de la compresse, Catlin essaya en vain de séparer les plis de l'intestin. Mais la légère pression de l'éponge humide suffisait à faire saigner les tissus. Et les plis restaient collés les uns aux autres.

« Si je pouvais sortir une partie de l'intestin, se dit Catlin désespéré, je pourrais atteindre l'appendice... »

— Essayons la méthode Babcock.

Le technicien lui passa un forceps à bouts plats, conçu pour réduire les risques d'endommagement des tissus.

Cette tentative échoua comme les précédentes. Catlin se mit à trembler, paniqué. Il s'aperçut que tout le monde attendait qu'il trouve un moyen de sauver la situation. Rick l'observait, l'air soucieux, tout comme Bob, le technicien. L'anesthésiste, le Dr Anastopoulos, lui jeta un regard anxieux par-dessus l'écran de séparation. Il n'aimait pas travailler sur des patients qui avaient de la fièvre, et la température d'Evie continuait de monter. Anastopoulos se préparait déjà aux grosses complications postopératoires qui s'annonçaient.

Catlin s'adressa à l'infirmière, d'une voix aiguë et mal assurée :

— Essayez de voir s'il y a un autre chirurgien dans les parages. Je vais avoir besoin d'aide.

La jeune femme sortit très vite de la salle, sans un mot. Rick blêmit sous son masque. Il considérait cela comme une offense personnelle. Il aurait parfaitement pu aider Catlin, si celui-ci avait su quoi faire.

Ils patientèrent dans un silence oppressant. Les seuls bruits qu'on entendait étaient le soupir régulier de l'appareil à anesthésique et le sifflement doux de l'air dans les conduites de la climatisation. L'infirmière revint quelques minutes plus tard.

— Ils sont tous en salle d'op'. Le Dr Provost vient de commencer une colectomie, et le Dr Miller ôte une vésicule. Il en a pour une quarantaine de minutes...

Elle marqua un temps d'arrêt.

— Il n'y a aucun autre chirurgien dans l'hôpital.

Elle jeta un coup d'œil par le hublot carré qui s'ouvrait dans la porte.

— Oh, voici le Dr Richmond ! dit-elle. Je vais l'appeler.

Avant que Catlin ait eu le temps de réagir, elle ressortit de la salle. Quelques secondes plus tard, elle revint avec Mike.

Celui-ci resta dans l'encadrement de la porte.

— Que se passe-t-il ?

Catlin inspira profondément. Il le haïssait, mais vu son impuissance, il dut faire un effort pour ravaler sa bile.

— J'ai un problème.

En quelques mots, il lui décrivit la situation. Il essayait de parler d'un ton désinvolte.

— Si tu n'es pas trop occupé, tu pourrais peut-être me donner un coup de main.

Mike ne répondit pas. Il entra dans la salle et regarda par-dessus l'épaule de Catlin.

— Tu n'as pas pu atteindre l'appendice ?

— C'est impossible. Tout est aggloméré, et dès que je touche à l'intestin, il saigne.

— Bien...

Mike devait réfléchir vite. Il savait que s'il assistait Catlin et que les choses tournaient mal, pendant ou après l'opération, Catlin s'arrangerait pour lui faire porter le chapeau. Du côté d'Evie, cela n'avait pas l'air d'aller trop bien. Il n'avait aucune intention de jouer les pigeons pour Terry Catlin.

— Si tu te sens incapable de t'en sortir, dit-il, je me ferai un plaisir de te remplacer pour la suite de l'opération.

Catlin le laissa à peine achever sa phrase.

— Il n'en est pas question, dit-il très vite. J'ai simplement besoin d'un peu d'aide pour sortir de ce mauvais pas.

— Comment comptes-tu t'y prendre ? A quoi veux-tu que je t'aide ?

Catlin était fou de rage.

— Nom de Dieu, Mike, mais c'est pour ça que j'ai besoin de toi.

Il faisait visiblement des efforts pour retrouver son calme.

— Je ne suis pas sûr de savoir comment procéder...

Mike répondit d'une voix cassante.

— Dans ce cas, je te l'ai dit, je serai heureux de prendre le relais. Et par la même occasion, je m'occuperai des soins postopératoires de cette patiente.

Catlin était cramoisi. Mike eut l'impression qu'il allait exploser. Le ton de sa voix avait changé.

— Parfait, Mike. Si tu refuses de m'assister, je te laisse ce cas... dans l'intérêt de la patiente.

Il regarda Bob, puis le Dr Anastopoulos, derrière son écran, comme pour être sûr qu'ils se souviendraient exactement des propos qu'ils venaient d'échanger.

— Je reste ici jusqu'à ce que tu te sois lavé les mains.

Mike se dirigea vers la stérilisation, tout en essayant de trouver la meilleure solution à ce problème apparemment désespéré. A son retour, Catlin lui dit d'une voix mielleuse :

— Si tu le souhaites, je serai ravi de t'assister pour la fin de l'opération.

— Non, merci, répliqua Mike, qui enfila son deuxième gant de caoutchouc. Mais si tu le désires, tu peux rester dans les parages. Tu en tireras de la graine.

Le visage de Catlin s'empourpra de nouveau. Il murmura quelque grossièreté, puis tourna les talons et s'en alla, en proie à une violente fureur.

Il quitta comme un fou le bloc opératoire. Sophie Petersen, la surveillante, l'apostropha. Il l'ignora. Il était blême sous l'effet de l'humiliation, et son esprit bourdonnait d'envies de meurtre. Il allait rendre à Mike Richmond la monnaie de sa pièce. Le père de Catlin avait des relations dans les syndicats, à Hartford. Il ne serait pas difficile de faire venir deux ou trois gars pour briser les jambes de Richmond… Catlin se représenta la scène dans les moindres détails. Mais il se calma avant d'atteindre les ascenseurs. Il existait des moyens plus sûrs et plus définitifs de détruire Richmond. Il se souvint qu'il avait soigneusement pesé ses mots, en salle d'opération. Salopard dénué de morale… Il n'avait eu besoin de rien d'autre qu'une paire de mains pour l'assister, et au lieu de l'aider comme l'aurait fait n'importe quel autre confrère, ce fumier l'avait fait chanter pour lui voler sa patiente. Eh bien, il aurait le temps de chercher un moyen de régler ça. Entre-temps, il pourrait raconter à qui voudrait l'entendre que Richmond lui avait une fois de plus piqué une patiente, avec le plus grand mépris pour la déontologie. Il rapporterait l'incident à Spencer, même s'il n'attendait pas beaucoup de sympathie de ce côté. Il ferait mieux de miser sur Lou Gardner. Ils parlaient le même langage, et Lou comprendrait son désir de vengeance. Même s'il était exclu de prononcer le mot.

Catlin se retrouva devant les archives. Il regarda sa montre. Il disposait d'une bonne heure. C'était assez pour dicter une demi-douzaine de fiches de sortie. Contrairement à Richmond, il faisait toujours ses fiches vite, ce qui faisait de lui un des favoris de Marianne Russo et des autres employés des archives.

Mike inspira à fond.

— Eh bien, messieurs, dit-il à Rick et Bob, il est clair que nous n'aurons pas cet appendice selon la méthode classique. Pour l'approcher, nous allons avoir besoin d'une autre incision.

Il dégrafa et repositionna les draps.

— Nous allons utiliser une ligne médiane plus basse.

— Est-ce qu'il ne suffirait pas d'agrandir celle qui existe ? demanda Rick à mi-voix.

L'idée de pratiquer une nouvelle incision ne lui était pas venue.

— Non. Il faudrait couper trop de muscles, et même ainsi nous n'aurions pas la visibilité nécessaire. Scalpel.

La manière dont il lui claqua le manche du bistouri dans la main montrait à quel point Bob avait été rasséréné par l'irruption de Mike. A l'intérieur de la cavité viscérale, Mike trouva encore du pus. Mais à son grand soulagement, l'intestin, à cet endroit, semblait en bon état.

— Il va falloir évacuer ce pus.

Ils rincèrent la cavité avec de la solution saline jusqu'à ce que le liquide, dans le tube de plastique, fût parfaitement clair.

— Inclinez la table, pieds de la patiente vers le bas, à quinze degrés, ordonna Mike à l'infirmière.

Quelques secondes plus tard, on entendit le gémissement du moteur électrique, et la table commença à basculer.

— Ça ira, dit Mike.

Le bruit cessa.

— Pourquoi incliner la table ? demanda Rick.

— Si ce pus remonte sous le diaphragme, Evie pourrait nous faire un abcès subphrénique, et nous avons assez de pépins comme ça. Il faudra d'ailleurs la maintenir plusieurs jours dans cette position, les pieds vers le bas.

Grâce à cet accès désormais plus facile, Mike put séparer les plis des intestins et arriva enfin à l'appendice. Ou plutôt à l'endroit où l'appendice s'était trouvé. Il n'y avait plus qu'un moignon, béant directement sur la cavité qui s'était formée entre les plis agglutinés de l'intestin.

— Bon sang ! dit Rick, impressionné. Je n'ai jamais vu un appendice dans un tel état. En fait, je ne savais pas que c'était possible.

— On meurt encore de l'appendicite, dit Mike d'un air sombre. Vous comprenez pourquoi.

Mike sutura l'extrémité béante de l'appendice et

recousit la paroi intestinale tout autour pour former un joint étanche. Mais les tissus étaient très fragiles et les sutures se déchiraient. Il finit par trouver un fragment de paroi moins enflammé que le reste. Il se servit d'une agrafe spéciale pour diminuer la tension et réduire les risques de déchirure. Ils commencèrent à suturer les incisions, en silence.

— Comment réagit-elle ? demanda Mike au Dr Anastopoulos dès que la dernière agrafe fut en place.

— La pression artérielle a pas mal baissé, et ses poumons semblent s'ankyloser, répondit l'anesthésiste. En postopératoire, ça va être infernal.

— Je crois que nous devrions l'emmener tout de suite aux soins intensifs. On se passera de la salle de réanimation.

— Ça me va, dit Anastopoulos. Ils gardent un lit à notre disposition. Je pense qu'il va falloir la placer quelque temps sur respirateur.

Mike et Rick échangèrent un regard. Cela n'augurait rien de bon.

— D'accord... Elle a reçu ses antibiotiques en perfusion ?

— Oui. Et j'ai dû lui donner deux litres de Ringer pour empêcher la tension de continuer à descendre.

— Urine ? demanda Mike.

L'infirmière se pencha pour contrôler le niveau dans le sac plastique accroché sur le côté de la table.

— Un peu plus de 30 cm^3. Et seulement 5 cm^3 depuis une demi-heure.

Mike regarda la pendule et fit un rapide calcul.

— Ce n'est pas assez. Donnez-lui du mannitol, 12,5 milligrammes en solution à 20 %.

Le Dr Anastopoulos glissa quelques mots à l'infirmière, qui alla chercher une ampoule. Le mannitol, un puissant diurétique, exerce également une action protectrice sur les reins.

Travaillant aussi vite que possible, Mike et Rick achevèrent de fermer les deux incisions.

— Je lui laisse son tube endotrachéal.

Le Dr Anastopoulos semblait préoccupé. Il avait fermé l'arrivée d'halothane quelques minutes plus tôt. Il donnait à Evie de l'oxygène pur via son masque facial. Mais elle ne montrait aucun signe de réveil.

— Je vais lui laisser le sac jusqu'à ce que nous soyons aux soins intensifs.

Quelques minutes plus tard, une petite procession enfila bruyamment le couloir. Anastopoulos ne lâchait pas le sac respiratoire, qu'il comprimait à intervalles réguliers et brefs pour insuffler de l'air dans les poumons d'Evie.

Aux soins intensifs, ils soulevèrent promptement son corps flasque et inconscient. Ils le posèrent sur le lit, contrôlèrent les perfusions et rebranchèrent les fils de l'électrocardiogramme au moniteur qui se trouvait suspendu en hauteur.

Anastopoulos donna ses instructions au technicien spécialiste de la respiration.

— Réglez-la pour le moment à douze respirations par minute, à 40 % d'oxygène. Elle ne fait encore aucun effort respiratoire. Quand ce sera le cas, réglez-le à son rythme. De toute façon, je ne la perds pas de vue.

Pendant que Rick Chalmers rédigeait les instructions postopératoires, Mike appela le laboratoire pour contrôler les dosages des gaz du sang d'Evie. En attendant la réponse, il demanda si des parents étaient venus. On n'avait aucune nouvelle de Terry Catlin.

— Il y a quelqu'un dans la salle d'attente pour votre patiente, lui répondit l'infirmière.

Quand la situation se tassa un peu et qu'Evie lui sembla à peu près stable, Mike se dirigea vers la salle d'attente, toujours vêtu de sa tenue verte. Une seule personne s'y trouvait, le dos tourné à la porte, les yeux fixés sur le téléviseur suspendu au plafond. Elle se retourna, et Mike retint son souffle. C'était Stephanie Hopkins.

28

Mike la regarda, stupéfait. Puis son visage se durcit. Il lui parla d'un ton glacé.

— Vous êtes ici pour Evie Gaskell ?

— Oui. Evie est ma meilleure amie.

Elle ne s'attendait pas à le voir. Pendant un moment, elle fut incapable de dissimuler son embarras.

— Elle n'a pas de famille ?

La tension dans la voix de Mike lui faisait comprendre qu'il n'avait pas envie de lui parler d'Evie. Ni de rien d'autre, d'ailleurs.

— Elle a un frère ici, à New Coventry. Je l'ai

appelé. Il viendra un peu plus tard. Leur mère vit dans le Maine.

Stephanie inspira à fond et le regarda dans les yeux.

— L'infirmière, à la réception, m'a dit que c'était le Dr Catlin qui devait l'opérer.

— C'est vrai. Mais il a dû partir, et j'ai pris le relais.

Il n'avait aucune intention de lui parler de l'incident en salle d'op'.

Stephanie le regarda d'un air étonné. Elle n'avait jamais vu un chirurgien passer la main au milieu d'une opération.

— Evie va bien ?

Mike répondit d'un ton neutre.

— Non, elle ne va pas bien. Elle a fait un déchirement de l'appendice avec une péritonite généralisée. Elle est très malade. Elle se trouve en soins intensifs, et elle va probablement y rester quelque temps. Pour le moment, elle est sur respirateur.

— Sur respirateur ! Mon Dieu…

Elle lui jeta un regard épouvanté.

— J'ignorais qu'une simple crise d'appendicite pouvait engendrer de telles conséquences.

— Eh bien, c'est ainsi. A quelques heures près, nous n'aurions pas pu la sauver. Pour le moment…

— Je peux la voir ?

— Pas maintenant.

Il fut frappé par son expression. Elle avait l'air si bouleversée qu'il s'interrompit, malgré son envie d'en finir avec cette conversation et d'aller retrouver sa patiente.

— Ecoutez… Je vais voir ce qui se passe. S'il n'y a pas trop de techniciens et d'infirmiers en train de s'affairer autour d'elle, je vous laisse entrer. Mais juste pour une minute, d'accord ?

Sa voix lui sembla si dure qu'il se dit qu'elle allait renoncer.

Elle n'en fit rien.

— Merci, docteur Richmond. Je vous en suis reconnaissante. Vraiment.

Elle le suivit des yeux alors qu'il quittait la pièce. Il semblait épuisé, et ses rides de fatigue lui donnaient l'air beaucoup plus âgé que la première fois qu'elle l'avait vu — à peine quelques semaines plus tôt.

A son retour, il avait la même expression, froide et impersonnelle.

— Je vous autorise à la voir, dit-il à Stephanie, les yeux rivés sur un point fixé à quelques centimètres au-dessus de sa tête. Mais rien qu'une minute, comme je vous l'ai dit. Evie n'a pas encore repris connaissance, et je vous préviens que son aspect risque de vous causer un choc.

Cela lui causa un choc, en effet. Evie portait une fine chemise d'hôpital en coton qui lui remontait à mi-cuisse. Elle était allongée sur le dos, sur le lit incliné. Elle n'avait pas d'oreiller, et ce que Stephanie voyait de son visage était luisant et cireux. La partie visible d'un tube endo-trachéal, fixée à l'adhésif, émergeait de sa bouche. Le tube était relié au respirateur, un appareil de la taille d'une machine à laver installé à droite du lit. Il émettait un sifflement à intervalles de quelques secondes. Il insufflait de l'air dans les poumons d'Evie, ce qui faisait bouger légèrement les tuyaux de liaison. Au-dessus de sa tête, une ligne continue orange traversait en clignotant l'écran du moniteur cardiaque. Le cœur d'Evie battait régulièrement, mais très vite. Stephanie calcula qu'il battait à près de cent quinze pulsations par minute.

Une infirmière tendit le bras pour changer la perfusion. Elle regarda Stephanie. Elle n'était pas hostile. Ses yeux disaient seulement : « Ne vous mettez pas en travers de mon chemin. »

Au pied du lit, Stephanie contemplait son amie, bouleversée par le spectacle. Même là, elle n'aurait pu jurer que la patiente qui se trouvait devant elle était son amie Evie.

— Ça va ?

Mike lui jeta un coup d'œil qui lui fit comprendre que le temps imparti était écoulé.

— Ça va.

La voix de Stephanie n'était pas très assurée.

— Merci de m'avoir autorisée à la voir, docteur Richmond. Je vais appeler sa mère. Je vais pouvoir la rassurer.

Stephanie sortit des soins intensifs d'un pas rapide et suivit le couloir qui menait aux ascenseurs. Deux internes en tenue verte attendaient. Pendant la descente, l'un d'eux, grand, mince et mal rasé, parlait à son collègue de l'appendicectomie à laquelle il venait d'assister.

— Je n'avais jamais rien vu de pareil, disait-il d'une voix choquée. L'appendice avait éclaté, il y avait du pus partout. Si j'avais été responsable de l'opération, je serais encore là-bas en train de me demander ce que je pourrais y faire.

Dehors, Stephanie, encore secouée par sa rencontre avec Mike, consulta sa montre. Il était presque midi. Quand elle arriverait à son bureau, tout le monde serait sorti déjeuner. Plusieurs personnes attendaient l'ascenseur. Au moment précis où les portes se fermaient, un homme en costume, très blond et très athlétique, se glissa dans la cabine. Il sautillait d'un pied sur l'autre. Stephanie l'observa. Il lui fallut une seconde pour le reconnaître. C'était l'homme qu'elle avait dérangé en entrant par erreur dans son bureau, la première fois qu'elle était venue consulter Mike Richmond. Il n'avait pas l'air de meilleure humeur que ce jour-là. Son regard passa en revue les autres occupants de l'ascenseur, y compris Stephanie. Mais il ne la reconnut pas. Il n'avait aucune raison de la reconnaître.

A sa surprise, il sortit de l'ascenseur au même étage qu'elle. Dès l'ouverture des portes, il se précipita. Il emprunta le couloir menant aux bureaux de la direction, et elle le vit entrer dans celui de Carl Hartmann. Mais les pensées de Stephanie étaient encore concentrées sur Evie. Elle ne repenserait plus avant longtemps au visiteur de Hartmann.

29

Cet après-midi-là, Lou Gardner convoqua une réunion d'urgence du groupe.

— Mike doit-il y assister ? lui demanda Derek Provost.

— Certainement pas, répliqua Gardner d'un ton sinistre. En fait, c'est de lui que nous allons parler. En revanche, Spencer m'a autorisé à inviter Terry Catlin à nous rejoindre pendant une partie de la réunion, parce qu'il a des informations importantes à nous communiquer.

Quand ils furent tous là, Spencer — qui de toute évidence ne savait rien de plus que les autres — demanda à Gardner pourquoi il avait interrompu leur travail à tous.

— J'espère que ça en vaut la peine, dit-il, visiblement contrarié.

Gardner se leva.

— Je suis très préoccupé par la présence de Mike Richmond dans notre groupe, commença-t-il. Je pense que nous n'avons pas été suffisamment consultés avant de l'accueillir parmi nous.

— Tout le monde a été invité à le rencontrer avant qu'il ne soit engagé, dit Spencer d'un ton sec. Si vous n'avez pas profité de l'occasion, il est un peu tard pour vous en plaindre.

— Je l'ai rencontré, admit Gardner. Mais les jeux étaient déjà faits. Vous-même, Derek et Chas Miller aviez déjà décidé de son admission. Nous n'en avons jamais vraiment discuté.

La porte s'ouvrit. Tony Danzig entra furtivement, fit un signe de tête en direction de Spencer, et s'assit à la table.

— Je croyais que nous en avions assez discuté, répondit Spencer. Et bien sûr, nous avons consulté Carl.

Il regarda Danzig.

— Il nous a donné son feu vert. Que pouvions-nous faire de plus, selon vous ?

— Allons, messieurs, dit Derek Provost, tout ça, c'est de l'histoire ancienne.

Il jeta un regard vers Gardner.

— Je suis sûr que tu ne nous as pas réunis pour nous dire que tu es furieux à propos de quelque chose qui s'est passé il y a trois mois.

— Lou, avez-vous un problème particulier avec le Dr Richmond ? demanda l'interniste Morgan Grant, un homme tranquille et travailleur qu'on n'entendait que très rarement pendant les réunions. J'ai travaillé avec lui, et il a toujours effectué un excellent travail, très scrupuleux. Je dirais même que ce garçon est remarquable.

— Oui, bien sûr que j'ai un problème avec lui, répliqua Gardner. Mais ce n'est pas pour cela que j'ai convoqué cette réunion.

— Un de nos problèmes vient de ce que Mike est des nôtres sans l'être vraiment, remarqua Chas Miller. Il est membre du groupe, mais il n'est pas vraiment au courant des règles du jeu, ce qui complique nos relations avec lui. Mais il est doué. Je pense que nous devons nous entendre avec lui, en faire un membre à part entière et lui expliquer les règles. Et le plus tôt sera le mieux.

Gardner grogna.

— Et Terry Catlin ? Est-ce que cela vaut pour lui ?

— Pas encore. Je ne crois pas, dit Spencer, prudemment. Il n'a pas fait ses preuves. En fait, à mon grand regret, ce que j'entends à son propos, au plan professionnel, n'est pas toujours bon.

— Vous changerez peut-être d'avis quand vous

entendrez ce qu'il a à nous dire, répliqua Gardner. Terry est un collaborateur impeccable, très compétent, et il est dans le meilleur état d'esprit à l'égard de notre cabinet. Ce qui n'est pas le cas de Richmond.

Les chirurgiens l'écoutaient en silence. Ils savaient tous que Catlin n'avait été autorisé à parler devant le groupe que sur l'insistance de Gardner, et ses critiques continuelles à l'égard de Mike les irritaient.

Spencer fit un signe de tête impatient. Il regarda sa montre, puis Gardner.

— Bien, dit ce dernier en se mordant la lèvre. Passons en revue quelques-uns des incidents qui se sont produits depuis que le Dr Richmond est des nôtres. D'abord, il s'est mis à dos les autres groupes. A commencer par ConnPath et Marty Rosenfeld de Radiology Associates...

— Simplement parce qu'il ne connaissait pas encore la procédure, l'interrompit Spencer. C'était ma faute. Et bien sûr, il n'est pas au fait des relations précises qui existent entre les groupes. Quoi qu'il en soit, j'ai parlé aux radiologues et aux gens de ConnPath, et les choses se sont tassées.

— Ouais, sans doute. Mais j'ai parlé hier à Marty Rosenfeld, et il en est encore sens dessus dessous. Les gars de Radiology Associates sont aussi sensibles que nous aux problèmes de sécurité. Ils ont l'impression que Mike Richmond est totalement imprévisible, et ça les rend nerveux.

— Est-ce qu'ils s'en sont ouverts à quelqu'un d'autre ? Est-ce qu'ils pensent qu'il s'agit d'autre chose que d'un problème passager ?

Spencer s'adressait à Danzig.

— Pas que je sache, répondit celui-ci. Personne

n'en a parlé à M. Hartmann, j'en suis sûr. Comme vous le savez tous, les membres du groupe ne sont pas autorisés à lui parler directement, sauf lors des réunions que nous tenons à l'extérieur de la ville.

— Ce sera tout, Lou ? demanda Spencer.

— Pas tout à fait. A ce stade de la discussion, j'aimerais que Terry Catlin nous rejoigne. Il nous dira lui-même ce qu'il a découvert.

Spencer serra les lèvres. Mais il fit un signe de tête à Tony Danzig, qui alla ouvrir la porte. Catlin entra, très énergique, sûr de lui. Il portait une blouse blanche fraîchement repassée.

— Merci d'être venu, Terry, dit Gardner. Auriez-vous l'amabilité de répéter au groupe ce que vous m'avez confié tout à l'heure ?

— Avec plaisir.

Catlin regarda les membres du groupe avec assurance, et s'assit.

— Je me trouvais aux archives, hier, pour dicter des fiches. Par hasard, j'ai parlé à Marianne Russo — avec qui j'ai d'excellentes relations — de la nouvelle base de données des archives. Elle m'a appris que Mike Richmond lui avait demandé de faire apparaître certaines informations...

Catlin marqua une pause pour juger de ses effets. Il regarda les visages silencieux qui l'entouraient.

— Je lui ai demandé quelles sortes d'informations il recherchait. Richmond voulait contrôler toutes les biopsies du tissu mammaire demandées par le Dr Spencer. Puis il les a mises en relation avec les mastectomies effectuées en conséquence.

Il marqua un nouvel arrêt, et observa son public.

Il avait capté toute leur attention. Spencer avait pâli. Les autres échangeaient des regards inquiets.

Impassible, Danzig croisa les jambes, sans quitter Catlin des yeux.

— Puis il a contrôlé les mêmes données concernant les autres chirurgiens, reprit Catlin, faisant de son mieux pour ne pas avoir l'air trop content de lui. Et je ne vois qu'une raison de procéder ainsi.

Ils avaient tous l'air stupéfaits, Spencer plus que les autres.

— Est-ce que vous êtes sûr de ce que vous avancez, Terry ? Après tout, nous avons tous besoin de consulter les statistiques, de temps en temps, dans l'ordinateur de l'hôpital.

— Oui, j'en suis sûr, répondit Catlin. Marianne a été très claire. Richmond consultait les statistiques d'une façon qui ne serait venue à l'idée de personne. D'abord, il lui a demandé de sortir les chiffres des biopsies. Puis de contrôler les patientes une par une, et de décompter celles qui avaient subi une mastectomie ou une autre opération. Il s'agit sans le moindre doute d'une recherche de données très sophistiquée et très irrégulière. De fait, Marianne était très fière d'être capable de lui fournir les infos qu'il lui demandait.

— Et pourquoi aurait-il fait cela, selon vous ? demanda Spencer. Vous dites qu'il n'y a qu'une explication possible.

Les autres étaient figés.

— Puis-je vous parler franchement, messieurs ? demanda Catlin en balayant l'assistance du regard.

— Bien sûr, répliqua Spencer, après avoir jeté un regard rapide en direction de Danzig.

Catlin se renversa en arrière sur son siège, et prit un ton confidentiel qui les agaça tous, sauf Lou Gardner.

— Eh bien... vous savez que mon père est un ami intime du gouverneur DiGiovanni. Quand Jack a appris que je serais bientôt membre de votre groupe, il m'a expliqué de manière strictement confidentielle comment fonctionne votre système. Il m'a décrit les relations symbiotiques qu'entretiennent l'hôpital, les avocats spécialisés, le laboratoire de pathologie et Radiology Associates.

La tension était à son comble. Provost regarda Danzig, et pensa à Pauline Minsky. Il réalisa que Catlin, consciemment ou non, prenait des risques énormes.

— Plutôt indiscret, de la part du gouverneur DiGiovanni, non ? fit Spencer.

— Je suis très heureux qu'il m'en ait parlé. Maintenant, je sais comment ça se passe. Et j'aime beaucoup ça. D'abord parce que c'est une idée géniale. Ensuite parce que je vais pouvoir gagner beaucoup d'argent. Beaucoup plus qu'un simple chirurgien qui essaie de s'en sortir dans un cabinet privé.

— Revenons un instant à Mike, Terry... dit Spencer d'une voix mielleuse. Pourquoi, selon vous, a-t-il fait ces recherches aux archives ?

— J'y ai réfléchi. Mon hypothèse, c'est qu'il travaille pour quelqu'un d'autre.

Il y eut un long silence. Puis Spencer reprit la parole.

— Merci de nous avoir consacré votre temps, Terry.

Il parlait d'un ton amical, mais sans réplique.

Catlin se leva promptement, ajusta sa blouse blanche et sortit de la pièce.

— Vous voyez ? dit Lou Gardner quand la porte se referma derrière lui.

Il jubilait.

— Terry connaît la musique, et il a trouvé le ver dans le fruit. Je suis très heureux qu'il soit des nôtres.

— Eh bien, pas moi, dit brusquement Derek Provost. Je n'ai pas confiance en lui. Pour moi, cette histoire de Mike sortant les chiffres des mastectomies de Spencer, c'est une vraie connerie. Tout le monde, dans l'équipe, a le droit de consulter les statistiques de l'hôpital. Il était peut-être simplement curieux de connaître les cas traités par Spencer. Si l'idée m'était venue, j'aurais pu faire la même chose.

— Je suis d'accord avec vous, dit Chas Miller. Il est évident que Mike n'est pas descendu aux archives avec l'idée de chercher des histoires. Marianne lui a proposé de lui montrer le nouveau programme informatique, et il a imaginé un moyen pour juger de son efficacité. Vous parlez d'une affaire !

— Après l'affaire Pauline Minsky, tout le monde s'est demandé si elle avait un complice dans la maison, s'obstina Gardner. Comment être sûr qu'elle ne travaillait pas avec Richmond ?

Tony Danzig s'agita sur son siège.

— Nous nous sommes posé la question, dit-il de sa voix calme. Nous avons surveillé le Dr Richmond. Ses téléphones sont sur écoute. Jusqu'ici, nous n'avons aucune raison de penser qu'il fait autre chose que son travail.

— Mais il sait, maintenant, que toutes les biopsies de Spencer entraînent des mastectomies, dit Lou, contrarié par ces manifestations de soutien à Mike. Comment savez-vous qu'il ne transmet pas l'information aux flics, ou à quelqu'un d'autre ?

— Pourquoi ferait-il une chose pareille ? protesta Spencer, qui ne dissimulait plus son irritation. Il est intelligent, il va s'enrichir en travaillant avec nous, et il commence à savoir comment fonctionne le système.

— Je suggère qu'il fasse partie de l'équipe pour de bon, ajouta Derek. Le plus vite possible. Alors la question de sa loyauté ne se posera plus.

Spencer hocha la tête.

— Nous en avons déjà parlé. La seule chose à faire, à ce stade, c'est de lui confier un cas soigneusement choisi, un cas qu'il ne pourra pas refuser. Lou, vous voulez bien vous en charger ?

Lou Gardner fixait le sol. Il leva les yeux.

— Bien sûr, dit-il. Je peux m'en charger. Mais je veux que vous sachiez que je suis toujours perplexe, à propos de ce Richmond. Je crois qu'il représente un danger pour nous tous.

30

Le premier incident postopératoire sérieux se produisit à 16 h 50, le lendemain de l'opération. Evie était à moitié inconsciente, et avait des difficultés respiratoires. Le poumon artificiel était réglé à seize inspirations par minute, mais Evie n'était pas assez éveillée pour ajuster sa respiration au rythme de l'appareil. Elle essayait d'expirer au moment où la machine insufflait de l'air dans ses poumons, ce qui la faisait tousser et paniquer. Mike essaya d'éteindre momentanément l'appareil. Mais Evie était encore trop faible. Son souffle se fit superficiel et inopérant.

— Evie, je dois rallumer le respirateur, lui dit-il, les lèvres tout contre son oreille. Je vous dirai quand il faudra inspirer et expirer. Essayez de respirer en rythme avec la machine. D'accord ?

Il lui tenait la main, ce qui semblait la rassurer. Elle serra faiblement celle de Mike, pour montrer qu'elle comprenait. Au même instant, Mike regarda le moniteur. Le cœur ne battait plus. Sans raison apparente. Sur l'écran, à mi-hauteur, l'électrocardiogramme produisait une ligne orange continue. Quelques instants plus tard, l'alarme à l'asystole se déclencha. Un son aigu, perçant, qui fit accourir l'infirmière.

Mike essaya d'abord la technique la plus simple, sans grand espoir de succès. Il donna un violent coup de poing sur la poitrine d'Evie, puis consulta le moniteur. La ligne oscilla follement au moment du coup, puis les battements de cœur réapparurent, normalement, sous la forme d'un point qui avançait sur l'écran en clignotant. Mike s'épongea le front, puis aida Evie à respirer avec le poumon artificiel, sans cesser de surveiller le moniteur. Elle n'était pas une patiente facile. Le respirateur la faisait paniquer. Elle avait besoin d'une attention permanente, et il fallait la rassurer tout le temps. Après son arrêt cardiaque,

Mike passa deux nuits à l'hôpital, la surveillant comme un oiseau de proie, contrôlant ses fonctions vitales, ses rapports de laboratoire, essayant d'anticiper les problèmes avant qu'ils ne se présentent. Ses fluides et ses électrolytes constituaient un véritable problème. Sa fonction rénale était très faible, et son taux d'urée atteignait des sommets inquiétants. Le soir du troisième jour, Mike envisagea sérieusement de la placer sous dialyse.

Il fit venir Abe Weiss, le néphrologue responsable de l'unité de dialyse, pour lui demander son avis.

— Il n'y a aucun doute, dit-il après avoir examiné Evie. Ses reins sont épuisés. Et le taux de créatinine monte, lui aussi. Il faut la mettre sous dialyse au plus vite.

— Quelles sont ses chances d'amélioration spontanée ? demanda Mike.

Il avait conscience de se raccrocher au moindre espoir. Abe Weiss était très compétent, et son avis devait être pris très au sérieux.

— Cela arrive parfois, convint le Dr Weiss, avec un haussement d'épaules. Mais si son état ne s'améliore pas et qu'elle meurt, que direz-vous au tribunal ?

Après son départ, Mike s'adossa à la cloison et réfléchit à la situation. Quoi qu'en pense Abe Weiss, il n'avait pas envie de placer Evie sous dialyse, à cause des risques encourus. Elle était toujours considérée comme un cas infectieux, en raison de sa fièvre et de son taux de globules blancs élevé. Et la dialyse était une entreprise hasardeuse pour les cas infectieux. Mike savait aussi que si sa fonction rénale ne montrait pas une amélioration spontanée dans les trois jours, les chances de la voir se produire diminueraient d'heure en heure. Il respira à fond, et décida d'attendre encore un peu.

Mike ne s'était pas rasé depuis deux jours, il avait l'air décharné, éreinté. Il avait à peine dormi les trois nuits précédentes, bien qu'on lui eût installé un lit de camp dans la salle de visionnement de radiographie, près des soins intensifs. Il commençait à s'interroger sur sa capacité à prendre des décisions sensées.

Evan, le frère d'Evie, venait tous les jours, et Mike lui avait parlé deux ou trois fois. Stephanie passait toutes ses soirées à l'hôpital, la plupart du temps assise au chevet de son amie. A la demande de Mike, on avait fait une entorse au règlement en vigueur aux soins intensifs, qui n'autorisait que de brèves visites de parents et de proches. « Stephanie est infirmière, avait-il déclaré, et elle a travaillé dans ce service. Sa présence peut donc libérer un peu les autres infirmières. » La mère d'Evie était venue du Maine. Mais elle n'allait pas bien, elle non plus, et Stephanie avait fini par la convaincre de rester à l'appartement de sa fille et de s'y reposer un peu.

— Que vous a dit le Dr Weiss ? demanda Stephanie quand Mike revint dans la chambre.

Elle était assise près de la tête du lit, et s'occupait avec un peu de travail qu'elle avait apporté. Evie dormait. Elle n'émergeait que très rarement, et même alors, elle avait le regard mort et semblait ne pas être totalement consciente de ce qui l'entourait. Sa respiration s'était pourtant améliorée depuis que Mike l'avait sortie du poumon artificiel.

— Il veut la mettre sous dialyse, répondit-il d'un ton las.

Il regarda le visage pâle d'Evie. Puis il se baissa pour contrôler le sac plastique accroché au cadre du lit, pour recueillir l'urine de la malade. Il n'y avait que quelques millilitres de liquide jaune dans le fond.

— Je crois que je vais attendre un peu. Dans ce genre de situation, l'hémodialyse n'est pas recommandée.

— Evie a été très agitée, depuis votre dernier passage.

Mike et Stephanie avaient établi entre eux des relations très prudentes et diplomatiques, en dépit de leurs rapports officiellement conflictuels.

— Et sa température a pas mal fluctué. Elle a grimpé jusqu'à 39° dans l'après-midi.

Sur la feuille de température accrochée au pied du lit, la courbe ressemblait à un dessin en coupe des montagnes Rocheuses.

Mike fit mentalement quelques calculs. Mais il ne se fiait pas à son cerveau exténué, et il dut sortir sa calculette. Stephanie l'observait. Elle n'avait jamais vu un médecin se préoccuper autant de ses patients, ni passer autant de temps avec eux. Puis elle pensa à Haiman Gold et à ses assignations judiciaires, et se découvrit un sentiment de culpabilité naissant.

22 heures, disait Mike. Dernier délai absolu. Je la laisse aller jusque-là. Si à 22 heures la situation ne s'est pas sensiblement améliorée, nous ferons venir l'équipe de dialyse.

Ils la regardèrent tous deux.

— Au moins, elle ne s'inquiète pas, dit Mike.

Mais son sourire ne suffisait pas à dissimuler son anxiété.

Evie ouvrit les yeux. Ils étaient gonflés, comme le reste de son visage. Stephanie réalisa avec un choc que si elle était entrée dans la chambre à ce moment-là elle n'aurait pas reconnu son amie, si jolie et si séduisante une semaine plus tôt.

Evie regarda Mike, debout au pied du lit, et lui sourit malgré ses lèvres craquelées.

— Merci pour tout, docteur Richmond.

Elle referma les yeux.

Stephanie était au bord des larmes. Elle prit un mouchoir en papier dans la boîte posée sur la table de nuit. Elle se moucha.

Mike s'approcha d'Evie et lui posa la main sur l'épaule.

— Je suis très content de vous, Evie. Accrochez-vous.

Il se tourna vers Stephanie, et lui montra la porte d'un signe de tête. Elle se leva, posa ses papiers sur la chaise et le suivit dans le couloir.

— Allons dans la salle d'attente, lui dit-il.

— Vous cherchez simplement un endroit où vous asseoir un instant, n'est-ce pas ?

Stephanie était nerveuse. Elle essaya de sourire.

— C'est cela, lui dit-il sans changer de ton. Mais en l'absence de la mère et du frère d'Evie...

Il s'interrompit, regarda Stephanie, qui secoua la tête.

— Il faut que je vous parle d'elle.

La salle d'attente se trouvait à une quinzaine de mètres de là, de l'autre côté du couloir. Ils marchèrent en silence, soudain mal à l'aise de se trouver si près l'un de l'autre.

Ils s'assirent dans les sièges de plastique mauve. Mike enjamba le sien pour faire face à Stephanie. Puis son visage sembla se friper.

— Il n'est pas impossible que nous la perdions, dit-il.

Stephanie écarquilla les yeux. Ses doigts se crispèrent sur le bord de son siège. Elle n'en croyait pas ses oreilles. Elle ne parvenait toujours pas à croire qu'on pouvait mourir d'un appendice perforé.

— Les antibiotiques semblent impuissants à réduire l'infection, reprit-il, d'une voix assourdie par l'épuisement. Et ses fonctions rénales ne sont pas brillantes. Le Dr Weiss m'a dit que ses reins sont épuisés…

Mike s'interrompit, essayant d'organiser les faits et les chiffres dans son cerveau engourdi.

— Le problème, Stephanie, c'est que la dialyse est très dangereuse pour ce genre de patient. En cas d'infection généralisée, les canules elles-mêmes s'infectent. L'infection se répand alors dans tout le corps via le système sanguin, et provoque une septicémie. Et quand on en est là, c'est généralement le début de la fin…

— Vous disiez que vous la laissiez en attente jusqu'à 22 heures.

— Oui. Ce sera le moment crucial.

Il se leva, titubant légèrement sous l'effet de la fatigue.

— Et entre nous… c'est alors que nous saurons si elle a une chance de s'en sortir.

— Voulez-vous que j'appelle sa mère ? Ou Evan ?

Mike réfléchit un instant.

— Non. Sa mère sait déjà qu'elle est très malade, et il est inutile d'ajouter à son inquiétude. Et nous expliquerons la situation à Evan quand il viendra.

Aux soins intensifs, pendant les heures qui suivirent, la tension monta encore d'un cran. Tout le monde connaissait Evie. L'équipe soignante ayant appris d'une manière ou d'une autre que l'instant de vérité approchait, chacun redoublait d'efforts. Stephanie lui appliquait des serviettes froides sur le front quand sa température montait, et lui parlait doucement en lui tenant la main. Quand sa fièvre était très élevée — jusqu'à 40° —, Evie donnait des signes d'agitation. Elle semblait en proie à la terreur. Les yeux grands ouverts, elle délirait. Mais elle se fatiguait vite et retrouvait son calme. Son souffle était saccadé et superficiel. Quand les résultats des calculs gazométriques s'affichèrent sur l'écran de l'ordinateur, le visage déjà sombre de Mike révéla que les nouvelles n'étaient pas bonnes. Et les analyses de sang ne valaient guère mieux. Le taux d'urée et de créatinine (ces déchets qui, en temps normal, sont éliminés par les reins) montait lentement.

A 21 heures, l'atmosphère était tendue, presque au bord de l'explosion. Tous ceux qui étaient là avaient l'habitude des maladies graves et de la mort. Mais devoir soigner une collègue (surtout une jeune femme que tout le monde connaissait et aimait) et être incapable de la soulager leur étaient insupportables. Chacun éprouvait le même sentiment, y compris les infirmières et les techniciens qui ne s'occupaient pas directement d'elle. Evie était de la famille.

Cela se produisit trente-huit minutes plus tard. Le calme régnait dans le service. La plupart des patients dormaient. Evie elle-même semblait s'être assoupie. Elle avait les yeux fermés, et son souffle était plus régulier. Stephanie était allée chercher un baume pour les lèvres de son amie, et revenait près du lit. Mike se trouvait devant le bureau. Il parlait à un laborantin au téléphone, presque à voix basse, à propos d'un chiffre anormal sur un des rapports d'analyse.

— Oh, mon Dieu !

Stephanie était au chevet d'Evie.

Elle avait parlé assez fort pour faire sursauter tout le monde.

Mike lâcha le téléphone. En une seconde, il fut à ses côtés. Pendant un instant, il ne comprit pas ce qui se passait. Incapable d'articuler, Stephanie lui montra le sac de plastique qui pendait sur le côté du lit. Il était presque plein d'une urine claire, jaune, magnifique. Les reins d'Evie fonctionnaient à nouveau.

— Eh bien, dit Mike — riant presque de soulagement, il sentit que Stephanie lui avait pris la main et la serrait très fort —, je n'aurais jamais cru être si heureux de voir un sac plein d'urine !

31

Dès cet instant, la situation évolua très vite. Moins d'une demi-heure après que ses reins eurent repris leur travail, la fièvre d'Evie était retombée. La jeune femme était assise dans son lit, et buvait de l'eau à petites gorgées.

— Dieu que j'ai mal à la gorge, dit-elle à Mike d'une voix rauque. Quand allez-vous m'enlever ce tube ?

Mike appliqua son stéthoscope sur son ventre.

— Demain, peut-être. Vos intestins font du bruit, ce qui signifie qu'ils fonctionnent de nouveau. Toutes mes félicitations.

Il se redressa, avec un sourire las.

— Vous avez l'air aussi crevé que moi, lui dit-elle.

Ses lèvres étaient si sèches qu'elle avait du mal à parler.

— Ouais…

Il hésitait encore à s'éloigner d'elle, même si elle était visiblement en voie de rétablissement.

— Je rentre chez moi… Et vous devriez en faire autant, ajouta-t-il en se tournant vers Stephanie.

— Vous avez raison.

Elle se pencha et embrassa Evie sur la joue.

— A demain, petite fille.

— Allons boire un verre quelque part, dit Mike dès qu'ils furent sortis des soins intensifs. Je pense qu'on doit célébrer l'événement.

— Vous n'êtes pas trop fatigué ? Est-ce que vous ne devriez pas tout simplement rentrer chez vous ?

— Si, mais allons tout de même boire un verre. Et puis, j'ai à vous parler.

Ils traversèrent le parking dans une sorte de douce euphorie. Lorsqu'ils arrivèrent à la voiture de Mike, ils se tenaient par la taille.

Mike descendit Elm Street. Il avait le sentiment qu'une situation trop longtemps différée se réalisait enfin. Il ne regardait pas directement Stephanie, mais était très conscient de sa présence à côté de lui. Cent mètres plus loin, il contourna Chez Aileen, un bar où il venait de temps en temps avec son équipe, et chercha une place de parking à l'arrière.

Chez Aileen n'avait que deux qualités : l'établissement se trouvait à deux pas de l'hôpital, et il fermait tard. L'endroit était sombre, comme d'habitude. Il n'y avait que deux ou trois consommateurs assis au comptoir. Le barman lavait ses verres. Jetant un coup d'œil dans leur direction, il fit un signe de tête à Mike. Celui-ci précéda Stephanie jusqu'à une petite table au fond de la salle.

— Leurs factures d'électricité ne doivent pas être bien lourdes, dit Stephanie, en essayant de le distinguer dans la semi-pénombre. Je vous vois à peine.

— C'est sans doute mieux ainsi, répliqua Mike en frottant son menton hérissé, avant d'aller au bar chercher leurs boissons.

Elle le suivit des yeux, en pensant aux trésors d'attention et de générosité qu'il avait déployés pour Evie. Une fois de plus, elle était exaspérée à l'idée qu'il n'avait pas été aussi vigilant avec elle. Pourquoi ? Pourquoi avait-il été aussi négligent, si impardonnable ? Elle secoua la tête. Cela n'avait aucun sens. Et de toute façon, elle était trop fatiguée pour y réfléchir. Mais elle savait qu'elle ressentait quelque chose de nouveau. Cette vague de chaleur et d'excitation qui la traversait quand elle le regardait... Et c'était aussi en parfaite contradiction avec la colère et l'aversion qu'elle lui vouait quelques jours plus tôt.

Mike revint avec leurs deux verres. Sa fatigue semblait s'être miraculeusement évanouie. Mis à part sa barbe de trois jours, il avait l'air aussi alerte et sûr de lui que la première fois qu'elle était entrée dans son bureau. Stephanie sentit la vague de chaleur déferler à nouveau en elle. Elle se pencha en avant.

— Ce qui vient d'arriver à Evie est assez stupéfiant, dit-elle, en espérant qu'elle parlait d'une voix normale. Comment a-t-elle pu se rétablir si vite ?

Mike but une longue gorgée.

— C'est ce qu'on appelle une « crise ». Cela arrivait souvent avant les antibiotiques.

La présence de Stephanie lui faisait toujours un drôle d'effet. Il essayait de comprendre ce qui se passait. Il fit un effort pour ne pas oublier qu'elle était son adversaire. Qu'elle le poursuivait en justice.

— Prenons le cas d'un enfant atteint d'une pneumonie lobaire. Parfois, au bout d'une dizaine de jours, la fièvre tombait d'un seul coup, et l'état du gosse s'améliorait. Ou bien elle ne tombait pas...

— Mais il y a des antibiotiques, maintenant, dit Stephanie, qui parlait surtout pour réprimer ses sentiments. Et Evie en prenait. Et c'est tout de même arrivé.

— Je n'en sais rien, avoua Mike. Le corps humain présente encore des mystères. Il s'est passé quelque chose, dans le corps d'Evie, qui lui a signifié que son heure n'était pas encore venue.

Il avala une autre gorgée, et posa son verre sur la table, d'un geste sec. Il s'appuya contre le dossier de sa chaise, et sa mâchoire se durcit.

— J'ai quelque chose à vous dire, Stephanie, dit-il en la regardant bien en face. C'est à propos de votre... biopsie, et du reste.

Stephanie se redressa. Tout à coup, elle fut sur ses gardes.

— Allez-y.

— Je n'ai commis aucune erreur, dit-il d'une voix calme.

Il lui parla de la soudaine apparition du second rapport de pathologie, raconta comment le document avait été introduit dans son dossier médical, et l'explication mensongère de Tony.

— Quand je vous ai opérée, j'agissais donc sur la foi d'informations irréfutables. Je n'ai toujours pas compris comment ni pourquoi tout cela est arrivé. Mais ce n'était pas à mettre sur le compte d'une négligence ou d'un manque d'intérêt pour ma patiente.

Stephanie sentit qu'elle rougissait. Elle se réjouit d'être dans la pénombre.

— Je vous ai observé, pendant ces trois jours. Et j'ai vu comment vous êtes, comment vous travaillez, comment vous communiquez avec vos patientes. J'étais furieuse à l'idée que vous n'ayez pas pris soin de moi comme vous preniez soin des autres.

Mike tenta de l'interrompre, mais elle poursuivit.

— Si je ne vous avais pas vu en action, je pourrais penser que vous me mentez, avec cette histoire de rapport de pathologie.

Elle se tut un instant.

— Mike… je vous crois.

Presque contre sa volonté, elle avança la main sur la table, et Mike la prit dans la sienne.

Pendant un long moment, ils restèrent silencieux. Ils se regardaient, simplement, essayant de comprendre si ce qu'ils ressentaient était vrai.

— Bon…

Elle parlait à la hâte, les mots venant plus vite que sa pensée.

— J'ai consulté un avocat, il y a quelques jours. Vous le savez sans doute déjà. Mais je l'appellerai demain à la première heure, pour lui demander de suspendre les poursuites.

— Je ne suis pas sûr que vous deviez faire ça tout de suite, dit Mike.

Les yeux de Stephanie s'habituaient à l'obscurité. Elle devinait les rides que l'angoisse dessinait sur son visage.

— Vous savez, il y a autre chose… Je ne veux pas tout compromettre tout de suite.

— Que voulez-vous dire ?

Elle accentua la pression sur sa main.

— C'est très bizarre… Aux archives, l'autre jour, j'ai découvert que la quasi-totalité des biopsies d'un de nos chirurgiens débouche sur une mastectomie.

— Le Dr Spencer ?

Mike acquiesça.

— Je ne comprends pas. Vous savez que Spencer est éminemment respecté… Je ne sais même pas s'il est au courant de ce qui se passe. Mais je suppose qu'il doit l'être.

— Vous pensez que tous ces cas sont comme le mien ? Vous pensez que ces pathologistes sont incapables de faire la différence entre un cancer et une tumeur bénigne ?

Mike lui jeta un regard surpris.

— Non… Ce n'est pas cela. Ils sont très compétents. Est-ce que vous vous rappelez vos clichés ? Ils étaient sur mon écran, mais vous avez refusé de les regarder. Ils montraient des cellules cancéreuses, comme annoncé dans le rapport. Je ne suis pas pathologiste, mais je sais reconnaître un cancer du sein quand j'en vois un. Et je suis absolument certain que c'était le cas.

Stephanie retira doucement sa main. Mike ne fit rien pour la retenir. Tous deux pensaient à ce qu'il venait de dire.

— Il y a autre chose...

Mike était soulagé de pouvoir lui en parler. Il lui résuma les autres incidents qui avaient eu lieu avec Radiology Associates et ConnPath.

Quelque part au fond du cerveau de Stephanie, un petit voyant s'alluma... Tout ce dont Mike lui parlait ravivait certaines de ses propres inquiétudes. « Je ne sais pas tout ce qui se passe ici, lui avait dit le Dr Sammons. Et très franchement, je n'en ai pas envie... » Puis, comme s'il faisait pour la première fois un rapport entre les faits, Mike lui parla de Pauline Minsky. Il lui raconta sa visite chez Andy et sa rencontre avec Mme Newsome.

— C'est la veuve du Dr Newsome, l'ancien patron du groupe, qui s'est tué dans un accident d'avion il y a deux ou trois ans. Mme Newsome avait engagé Pauline pour découvrir ce qui se passait dans le groupe. Elle voulait savoir comment les associés ont pu s'enrichir aussi vite. Et puis elle est morte. Pauline, je veux dire.

Stephanie semblait choquée. Elle le regarda, et la lueur qu'il vit dans ses yeux lui fit oublier Pauline pendant quelques secondes. Il hocha la tête, pris d'une curieuse appréhension. Au départ, la mort de Pauline n'avait été qu'une triste et malheureuse infortune. Maintenant, il n'en était plus vraiment sûr.

— Je m'y perds, dit-il en lui souriant, l'air inquiet sous l'éclairage tamisé. Il me semble que tout va de travers... J'ignore ce qui se passe exactement. Je ne sais même pas à qui je peux me fier, qui est sincère et qui ne l'est pas. Tout ce que je sais, c'est qu'il se produit des choses bizarres. Et je dois découvrir de quoi il s'agit.

Stephanie resta un moment silencieuse.

— Vous connaissez ce type sinistre, aux cheveux très clairs, qui travaille chez vous ? Le directeur administratif ? La première fois que je suis venue à votre cabinet, je suis entrée dans son bureau par erreur. Il a été très poli et m'a montré le chemin. Il y a quelques jours, je me trouvais dans l'ascenseur, à mon travail, et il était là. Je l'ai vu entrer dans le bureau de mon patron... Carl Hartmann, le propriétaire de la firme. C'était en dehors des heures d'ouverture, au moment où il n'y a pas grand monde, et... Eh bien, j'ai eu l'impression qu'il connaissait parfaitement les lieux, qu'il n'était pas un visiteur comme les autres. J'ignore si ça a un rapport avec le reste. Mais j'ai trouvé cela bizarre.

— Tony ? Tony Danzig ? Vous êtes certaine que c'était lui ?

— Tout à fait certaine. Il est difficile de l'oublier, avec ses cheveux presque blancs et ses yeux pâles.

Stephanie frissonna légèrement.

— Tony est un drôle de type, dit Mike. Il est supposé être directeur administratif, mais il ne vient au bureau que deux ou trois jours par semaine. Et les autres médecins lui vouent un respect exagéré. Cela ressemble d'ailleurs plus à de la déférence qu'à du respect... Comme si c'était à lui qu'ils rendaient des comptes.

Stephanie avança de nouveau le bras et lui prit doucement la main. Mike se pencha un peu vers elle. Elle s'approcha aussi, de sorte que leurs visages n'étaient qu'à quelques centimètres l'un de l'autre.

— Tout cela m'effraie, dit-elle. Je crois que c'est Carl Hartmann qui a fait arrêter mon opération.

Stephanie lui parla de ses conversations avec Jean Forrest et Ann Boyd, la secrétaire de Carl Hartmann. Puis elle décrivit le travail qu'elle effectuait pour ce dernier.

— Il les a baptisées firme n° 1, n° 2, n° 3, et ainsi de suite, et je suis sûre que la firme n° 1 n'est autre que l'hôpital Lovejoy. Vous croyez que les autres pourraient être...

Sa voix faiblit.

— Bon Dieu, murmura Mike. Mais bien sûr ! Et ils s'engraissent mutuellement... Y compris Haiman Gold, qui finit par récupérer tous les procès pour faute professionnelle. Pourquoi n'y ai-je pas pensé plus tôt ?

— Ce ne sont que des hypothèses...

— Vous savez, Stephanie, dit-il après un long silence, le plus important, dans toute cette affaire...

Il posa les deux mains au milieu de la table, et elle les prit dans les siennes.

— ... c'est ceci.

Il se leva, et elle fit de même. Il la tint contre lui, sentant sa chaleur, emporté par une vague d'émotion qui menaçait de le balayer.

— Il se fait tard, murmura-t-il en lui caressant doucement les cheveux. Stephanie, je vous emmène chez moi.

32

Tony Danzig déplaça son curseur jusqu'à ce que le nom qu'il cherchait se trouvât surligné sur l'écran. Puis il pointa sa souris sur l'icône appropriée, et cliqua dessus. Quelques secondes plus tard, il décrocha son téléphone, et le pathologiste Eric Tarvel répondit aussitôt à l'appel.

— Tarvel.

Le ton était cassant.

— Ah, docteur Tarvel. Tony Danzig, du cabinet du Dr Newsome. Tout d'abord, je voulais vous remercier pour votre efficacité dans cette affaire Minsky. Par ailleurs, j'aimerais savoir si quelqu'un a manifesté de l'intérêt pour ce cas, ou posé des questions, demandé des copies du rapport d'autopsie, etc.

— Des questions ? De la part d'organismes extérieurs ? Non. Rien du tout. Le Dr Li, du bureau du légiste, est passé pour signer les documents pour nous, bien sûr. Mais il n'a posé aucune question.

— Vous n'avez vu personne d'autre ? Personne ne vous a demandé des renseignements ?

— Non. Le Dr Richmond est descendu à la salle

d'autopsie. Il voulait savoir ce que nous avions trouvé. Mais je suppose que c'est normal. Cette femme avait été sa secrétaire.

Tarvel se rappelait sa rencontre déplaisante avec Mike.

— Bien entendu, il n'avait aucune raison de pénétrer dans la zone interdite, et nous l'avons envoyé promener.

Tony se redressa sur son siège.

— Il était présent lors de l'autopsie ?

— Non, bien sûr que non. Nous ne laissons pas des tiers assister à ce genre d'autopsie. Et surtout pas celle-là.

— Que lui avez-vous dit ?

— Peu de chose. *Grosso modo,* ce que j'ai écrit dans le rapport. Que le certificat de décès ferait état d'une « occlusion aiguë de l'artère coronaire, due à l'athérosclérose ».

— Je suppose que dans votre jargon ça veut dire « crise cardiaque ».

— Oui.

— Il vous en a demandé un exemplaire ?

— Non, mais je lui ai dit que s'il avait les autorisations appropriées, il pourrait en demander une copie au bureau du service pathologie.

Il y eut un silence, puis :

— Merci, docteur Tarvel.

Tony raccrocha. Cette histoire d'archives, et maintenant, cela... Il se dit qu'il ferait bien de tenir Richmond à l'œil.

Le lendemain matin, Mike arriva très tôt à l'hôpital et fila sur-le-champ aux soins intensifs. Les reins d'Evie fonctionnaient de manière satisfaisante, et la fièvre avait disparu. Elle pouvait quitter les SI. Un peu plus tard, après son transfert en chirurgie, il lui rendit visite dans sa chambre. Elle n'était plus couchée. Assise dans un fauteuil, elle regardait la télévision. Mais elle était encore faible, et elle avait beaucoup maigri. Mike bavarda quelques minutes avec elle, puis ausculta son abdomen.

— Vos intestins font un bruit normal. Assez pour que nous vous ôtions ce tube de l'estomac.

Il arracha le ruban adhésif qui maintenait le tube sur son nez, et tira doucement le long drain jusqu'à ce qu'il soit sorti tout à fait. Evie cracha et toussa, et sa chemise d'hôpital se détacha, dévoilant ses seins. Mais elle avait trop à faire à tousser et à se moucher pour recouvrir sa poitrine.

— Après avoir été si malade, fit-elle quand elle eut repris son souffle et rajusté les cordons de sa chemise, on a intérêt à faire preuve de modestie.

Mike n'avait jamais pensé que la modestie dût être prise en considération dans son travail, et il sourit de sa mâle ignorance.

— C'est important. Très important.

Evie s'éclaircit la gorge et toussa de nouveau.

— Mon Dieu, que ça fait mal… Je ne suis pas sûre que modestie soit le mot qui convient, mais en tout cas, c'est important, pour une femme. Quand vous êtes malade, vous êtes vulnérable, et vous vous accrochez à votre apparence. Vous tenez à ce que votre maquillage soit parfait, votre coiffure, et le reste… Mais si vous êtes vraiment malade, vous vous en fichez. Si quelqu'un voit vos fesses, qu'est-ce que ça peut vous faire ? Vous n'y pensez même pas. Mais je crois que cela ne me concerne plus, n'est-ce pas ? ajouta-t-elle en souriant.

Elle le contempla.

— Une des filles m'a raconté ce qui s'est passé en salle d'opération. Je me demandais pourquoi c'était vous, et non le Dr Catlin, qui vous occupiez de moi aux soins intensifs.

Elle lui prit la main.

— Merci, dit-elle simplement.

— Tout le plaisir était pour moi, dit-il.

Evie lui lâcha la main et s'appuya sur son dossier, épuisée. Elle sourit faiblement.

— Dites-moi, Mike, vous avez l'air du chat qui a avalé le canari. Pourquoi ?

Mike sentit que ses oreilles rougissaient.

— Je crois que je suis heureux de savoir que vous allez mieux.

Il avait conscience d'être un peu ridicule.

— Ouais, sans doute... Vous aviez l'air d'être en bons termes avec Stephanie, quand vous êtes partis, hier soir.

— Ouais, dit Mike qui n'avait pas envie de se laisser entraîner dans une discussion sur le sujet.

Il rajusta sa blouse blanche.

— Eh bien, dit-il, je crois que je peux chercher quelqu'un d'autre à soigner.

Elle souriait toujours quand la porte se referma derrière lui.

De retour à son bureau, Mike sentit que l'ambiance était quelque peu inhabituelle. Spencer discutait avec la réceptionniste. Il leva les yeux et fit un signe de tête à Mike.

— Vous serez à votre bureau ?

— Pas plus d'une demi-heure. Je dois retourner à l'hôpital.

— Je passe vous voir dans un instant. Au fait...

Spencer parlait d'un ton neutre.

— Je suis très heureux d'apprendre que votre patiente s'en est sortie.

Puis il reprit sa conversation avec Imogene.

Ce n'était pas grand-chose. Mais ça ressemblait bien à des félicitations. Les chirurgiens échangent rarement des compliments, et Mike savait que ça n'irait pas plus loin. Sa conversation avec Stephanie, la nuit précédente, Chez Aileen, lui revint en mémoire. Il se trouva ridicule. Il devait être dingue de s'imaginer que Spencer et les membres du groupe pouvaient se compromettre dans une escroquerie aussi complexe. Puis d'autres souvenirs de la nuit précédente prirent le dessus, et il descendit le couloir en flottant sur un nuage. Quand il passa devant le bureau de Derek Provost, celui-ci leva les yeux et l'apostropha.

— Hé ! Tu as l'air bien pressé !

Mike revint brutalement sur terre. Il fit demi-tour.

— Entre ! Détends-toi, et prends un siège.

La lueur de l'écran se reflétait sur le visage de Derek. Il le fit pivoter.

— Je suis au courant pour Evie Gaskell, fit-il dès que Mike fut assis. Je crois que tu lui as sauvé la vie.

— Elle a eu de la chance, dit Mike en étendant ses jambes. J'ai cru un moment que nous allions la perdre.

Derek jeta un coup d'œil en direction de la porte.

— Rick Chalmers m'a expliqué le désastre en salle d'op'. Terry nous a raconté une histoire à dormir debout, prétendant que tu lui as volé sa patiente. Mais je crois plutôt Rick. D'après lui, Catlin était complètement dépassé.

Provost observa Mike un moment, puis se pencha vers lui.

— Il va falloir te méfier de Catlin, dit-il avec un sérieux que Mike ne lui connaissait pas. Il n'hésitera pas à te foutre dedans, s'il en a l'occasion.

Mike haussa les épaules.

— Il a déjà essayé.

Derek était sur le point d'ajouter quelque chose à propos de Catlin. Mais il renonça, et revint à Evie.

— Elle a beaucoup fait pour ta réputation, mon vieux. Un chirurgien dévoué qui sacrifie ses jours et ses nuits pour sauver une patiente dans un état critique. En fait, on raconte que tu l'as mise enceinte, et qu'elle avait une ectopie.

Sa petite plaisanterie le fit sourire.

— C'était le diagnostic de Terry ?

— Non. C'était le mien. Ecoute...

Derek se carra dans son fauteuil.

— Pendant que tu passais ton temps à sauver des vies, nous autres, fainéants, nous avons tenu une réunion...

Il s'interrompit.

— Tu as vu Spencer aujourd'hui ? demanda-t-il.

— Il y a cinq minutes. Il parlait à Imogene.

— Eh bien, lors de cette réunion, nous avons décidé de t'accueillir à bord plus tôt que prévu. Toutes mes félicitations.

— Merci.

Mike sourit. Il s'attendait à ce que tous ses

problèmes ralentissent le processus, au lieu de l'accélérer.

Derek s'agita sur son siège. Il semblait détendu, ce que démentait son regard.

— Mais nous devons d'abord t'initier aux choses de la vie. Ce groupe est un peu différent des cabinets médico-chirurgicaux classiques. Tout d'abord, soyons réalistes. Nous sommes tous ici pour gagner de l'argent, exclusivement.

Il parlait d'une voix enjouée, mais il ne quittait pas Mike des yeux.

— Je vais te donner un exemple. Si un patient a besoin d'un traitement, ou d'une opération, et si nous avons le choix entre plusieurs procédures, nous choisissons celle qui nous vaudra le plus gros remboursement des compagnies d'assurances. Tu vois ce que je veux dire ? Nous sommes très attentifs à ce genre de choses. Tony a établi un tableau comparatif des remboursements pour nous aider dans nos choix. Tu l'as vu ?

— Non, pas encore.

Mike n'était pas vraiment surpris. La plupart des cabinets médicaux ne procédaient pas autrement. On organisait même des séminaires où des comptables et des conseillers financiers apprenaient aux médecins comment tirer le plus d'argent possible de Medicare et des assurances groupes. Il avait le sentiment qu'il y avait autre chose. Quelque chose que Provost avait du mal à lui révéler.

— Ce n'est qu'un exemple, bien entendu. Le monde ne nous fait pas de cadeaux, Mike, et chacun doit penser d'abord à soi s'il ne veut pas être piétiné.

Derek parlait d'une voix calme, assurée.

— Dans notre groupe, nous sommes tous intelligents, nous sommes tous ambitieux, et nous voulons tous nous enrichir.

Il inspira profondément.

— Nous travaillons dur, et nous sommes prêts à faire le nécessaire pour atteindre nos objectifs.

Il changea de ton.

— Ce qui veut dire, bien entendu, que nous avons tous la même philosophie.

Mike attendit. Derek tournait autour du pot, incapable d'en venir au fait.

— Spencer t'expliquera le reste. Ce que j'essaie de te dire, c'est qu'aucun d'entre nous n'hésite à tordre le cou à certaines règles quand il le faut.

Il se leva.

— Et le résultat, c'est un revenu annuel à sept chiffres.

Mike haussa les sourcils.

— Ça me paraît plutôt bien. Sept chiffres… Tu parles des revenus nets, j'espère ?

Derek sourit.

— Voilà un langage que nous apprécions, dit-il.

Mike regagna son bureau. Il s'assit, et réfléchit à ce qu'il venait d'entendre. Combien d'opérations chirurgicales fallait-il effectuer pour mériter un salaire à sept chiffres ? Cela semblait presque irréalisable. Il existait sans doute d'autres moyens de gagner de l'argent. Ils donnaient peut-être des consultations à l'extérieur. Mike s'efforça de contrôler sa respiration. Cette obsession pour l'argent commençait à lui taper sur les nerfs. Un médecin ne peut-il pas gagner sa vie sans devoir reléguer au second plan le bien-être de ses patients ? C'est ce que Caleb Winter répétait toujours.

Il commença à éplucher la paperasserie qui s'était accumulée pendant qu'il s'occupait d'Evie à l'hôpital, mais il avait du mal à se concentrer, et l'image de Stephanie occupa à nouveau son esprit. Il finit par l'appeler à son bureau. Ils devisèrent pendant quelques minutes.

— Je veux te préparer à dîner, ce soir, dit-elle.

— Parfait. Quelle heure ?

— Dès que tu auras fini. Je serai chez moi vers 18 h 30.

— 19 heures ?

— J'aurai du mal à tenir jusque-là.

Spencer entra dans le bureau au moment précis où Mike raccrochait. Il semblait pressé.

— Vous avez vu Derek ?

— Oui.

— Bon. C'est moi qui lui ai demandé de tout vous expliquer. Bienvenue à bord. Ce sera officialisé lors de la prochaine réunion du groupe, dans deux jours.

Spencer regarda sa montre.

— Je serais ravi de prolonger cette conversation, Mike. Mais j'ai une réunion de commission dans cinq minutes. Je dois courir. Je vous répète que nous sommes tous très heureux que vous deveniez un membre à part entière.

Après le départ de Spencer, Mike se carra dans son siège. Il souriait. Spencer savait s'y prendre pour mettre les gens à l'aise. Mais il ne pouvait évacuer les problèmes innombrables qui s'alignaient au fond de son cerveau : Pauline, les biopsies de Spencer, l'opération de Stephanie qui avait failli tourner à la catastrophe...

Il téléphona chez Andy Minsky. Ce fut Annabelle qui décrocha.

— J'aimerais vous parler, à Andy et à vous. Pourrais-je venir chez vous ce soir ?

— Bien sûr. Voulez-vous dîner avec nous ?

— Non, c'est impossible. 21 heures, ce n'est pas trop tard ?

— Non, docteur Richmond, c'est parfait. A tout à l'heure.

Cinq minutes plus tard, George Rankin décrocha son téléphone.

— Monsieur Hartmann ? Rankin. Nous venons d'enregistrer deux communications émanant du cabinet du Dr Richmond. Je crois que vous aimeriez les entendre.

Hartmann ferma le fichier qu'il était en train de consulter.

— Je viens.

Il arriva une minute plus tard, essoufflé par l'effort qu'il avait dû fournir dans l'escalier. Il écouta la bande. Il grimaça, surpris et contrarié, en entendant la conversation très intime de Mike et Stephanie.

— Il s'agit de votre employée, Stephanie Hopkins, monsieur, fit Rankin. Nos appareils sont capables de décrypter les numéros, et nous...

Hartmann hocha la tête avec irritation.

— Oui, je sais qui c'est, espèce de crétin. Elle travaille pour moi. Je reconnais sa voix.

Quand il eut écouté l'appel de Mike chez Andy Minsky, il s'assit, puis regarda Rankin.

— Pourquoi appelle-t-il Minsky, d'après vous ? Pourquoi veut-il le voir ? Ce type est un vrai légume, non ?

Rankin n'en savait rien.

— Il compatit peut-être avec lui, suggéra-t-il. Peut-être s'agit-il simplement de visites de condoléances, ou quelque chose comme ça.

— Ouais… Peut-être.

Carl Hartmann se dirigea vers la porte.

— Tout ça ne prouve rien, dit-il, en montrant le matériel d'enregistrement. Mais ne perdez pas Richmond de vue.

Pour descendre, il prit l'ascenseur. Il se demandait si Stephanie serait assez futée pour mener la procédure jusqu'au bout, peut-être rompre avec Richmond et vivre heureuse jusqu'à la fin de ses jours. « Non, se dit-il, elle n'est pas assez futée. Si elle a une liaison avec Richmond, elle est capable d'ordonner à Haiman Gold d'arrêter les poursuites. Et si elle fait cela, je risque de perdre un paquet de fric. »

33

Mike n'avait pas le temps de passer chez lui avant de retrouver Stephanie. Il se doucha dans la salle de bains attenante au bureau de Spencer. La pièce était grande et luxueuse ; céramique blanche, accessoires en plaqué or, épaisses serviettes éponge blanches et peignoirs assortis. Spencer la laissait à disposition des membres du groupe.

Mike n'avait pas l'habitude du luxe, mais ça allait changer... Il se frictionna avec énergie, heureux de se sentir si fort, si bien dans son corps.

Il allait dîner avec Stephanie. Se sentant bizarrement angoissé à cette perspective, il se rhabilla à la hâte. Il s'arrêta en route chez un marchand de vins, où il acheta une bouteille de pouilly-fuissé.

Stephanie avait préparé un petit dîner romantique en tête à tête. Pour agrémenter la table dressée, des serviettes de lin vert clair dans des ronds d'argent, et deux bougies dans des chandeliers en cristal. La jeune femme servit une soupe aux brocolis maison, puis un plat de crevettes au riz cajun que Mike trouva délicieux. Mais il aurait sans doute trouvé délicieux n'importe quel plat de sa préparation. Après le repas, il lui annonça qu'il devait se rendre chez Andy Minsky et lui expliqua le motif de sa visite.

— Tu veux venir avec moi ?

— Je suis impliquée, maintenant. Oui, j'aimerais t'accompagner.

— Bien. Je l'appelle pour lui dire que je ne serai pas seul.

C'est Annabelle qui leur ouvrit la porte. Andy n'avait pas l'air d'aller bien. Il était effondré dans son fauteuil, les yeux rouges et injectés de sang.

— Il a mal dormi, précisa Annabelle qui surprit le regard de Mike. Pauline lui manque beaucoup. N'est-ce pas, chéri ?

Andy hocha la tête, les yeux humides. Il détourna le regard.

Annabelle lui baisa le haut du crâne.

— Nous n'avons même pas eu de vraies obsèques. Mais nous avons organisé un service religieux au salon funéraire. Andy est resté là jusqu'au bout, et ça l'a mis dans tous ses états. Pauline souhaitait être incinérée. Andy n'en était pas très heureux, mais nous ne pouvions pas aller contre la volonté de Pauline.

Mike et Stephanie s'assirent sur le canapé recouvert de chintz.

— Je suis désolé de n'être pas venu à la cérémonie, dit Mike. Je n'ai pas pu me libérer.

Andy émit quelques grognements.

— Il dit qu'ils l'ont tuée, traduisit Annabelle, l'air gêné. Ce n'est qu'une hypothèse, bien sûr. Nous n'avons aucune preuve. Le fait est, Andy, que tout ce que nous savons suggère qu'il s'agit d'une mort naturelle.

Elle regarda son frère, comme pour lui reprocher de formuler ce genre d'accusation, surtout en présence d'un membre du groupe qu'il soupçonnait.

— Et les analyses de laboratoire ? demanda Stephanie, en se tournant vers Mike. Est-ce que les résultats vont dans un autre sens ?

— Non. Je n'ai jeté qu'un coup d'œil au dossier, après l'autopsie, mais je n'y ai rien vu d'anormal.

— Et le taux d'enzymes dans le sang ? Est-ce qu'il ne doit pas être plus élevé en cas de crise cardiaque ?

— Si. Les enzymes passent des cellules cardiaques endommagées dans le système sanguin. Mais il peut se passer plusieurs heures avant que le changement ne soit significatif. Dans le cas de Pauline, il est probable que tout est allé trop vite.

Andy s'agita dans son fauteuil. Son visage exprimait la colère et l'impuissance. Il marmonna. Stephanie intervint :

— Il dit qu'il n'aurait jamais dû les laisser l'incinérer.

Mike la regarda avec surprise.

— J'ai travaillé tout un été avec des gosses souffrant de défauts d'élocution, lui dit-elle. Andy est facile à comprendre.

Andy parvint à lui rendre son sourire, ses yeux s'éclairant pour la première fois de la soirée.

— C'est ce que voulait Pauline, Andy. Vous ne pouvez pas vous le reprocher.

— Si l'on changeait de sujet ? demanda Annabelle, qui revenait au salon avec un plateau de café. Je suis sûre que le docteur Richmond voulait nous parler d'autre chose.

— Vous avez raison, dit Mike, qui souleva prudemment la tasse pleine à ras bord pour la porter à ses lèvres. J'ai réfléchi à la mort en avion du Dr Newsome. Je me suis dit que, finalement, ce n'était peut-être pas un accident.

Une fois de plus, Andy émit des sons inintelligibles aux oreilles de Mike. Stephanie fit l'interprète.

— Quand Mme Newsome a engagé Pauline, Andy leur a conseillé d'enquêter sur cet accident...

Elle lui fit répéter la suite. Il lui fallut plusieurs essais pour bien comprendre.

— ... Alors ils ont demandé une copie du rapport officiel de l'Agence fédérale de surveillance des transports. L'accident a été provoqué par l'arrivée de carburant… C'est bien cela, Andy ? Bon. Une soupape s'est bloquée, et le moteur a calé au-dessus d'une forêt.

— J'aimerais bien voir ce rapport, dit Mike. Qui faut-il appeler pour cela ? Vous l'avez encore ?

Andy secoua la tête avec irritation.

— L'Etat, dit-il avec une clarté surprenante.

— L'Etat du Connecticut ? Il enquête aussi sur les accidents d'avion ?

Cette fois, Andy hocha la tête.

— Je peux savoir à qui il faut s'adresser, dit Stephanie. Une de mes amies est fonctionnaire de l'Etat, à Hartford.

Mike et Stephanie prirent congé peu après.

Ce soir-là, le temps était clair et sec. Sur la route qui les menait vers l'immeuble de Stephanie, le moteur de l'Aston Martin ronronnait. Mike posa la main sur sa cuisse. C'était doux et fort à la fois, et excitant. Sa main remonta doucement, et il la sentit tressaillir sous ses doigts. Le souffle de Stephanie s'accéléra. Aux feux du carrefour de Park et Stevens, il dut changer de vitesse. Il lui fit un sourire en coin.

— C'est la première fois que je regrette que cette voiture n'ait pas une boîte automatique.

De retour à l'appartement, il l'aida à disposer la vaisselle dans la machine à laver. Il fallut quelques minutes à Stephanie pour mettre de l'ordre dans la cuisine et le coin salle à manger. Il la suivait des yeux, admirant sa silhouette et sa façon de se mouvoir. Ni l'un ni l'autre ne disait mot. Mais leur émotion était presque palpable, et montait tel le mercure dans un thermomètre. Soudain, comme dans une sorte de rêve éveillé, elle s'approcha de lui, lui prit la main et le mena vers sa chambre.

34

Le lendemain matin, Stephanie partit au bureau dans sa vieille Plymouth. Toutes ses pensées allaient vers Mike, vers le souvenir de ses bras l'étreignant, le goût de sa peau, son odeur. Toujours perchée sur son nuage, elle laissa sa voiture au parking de la compagnie et remonta Elm Street à pied. Elle se sentait d'humeur à gambader.

Comme elle recevait toujours du courrier à son ancien bureau, elle y passa pour le relever, et voir comment Jean Forrest se débrouillait.

— Comment va ton amie ? demanda Jean, en la dévisageant de ses grands yeux.

— Mon amie ?

Stephanie la contempla une seconde sans comprendre.

— Oh, Evie Gaskell. Elle va beaucoup mieux, merci.

— Bien. M. Hartmann est déjà venu ce matin. Il te cherchait.

La voix de Jean baissa d'un ton.

— Il n'avait pas l'air de très bonne humeur. Il voulait te voir dès ton arrivée.

Quand Stephanie entra dans son bureau, Carl Hartmann semblait plutôt calme.

— Parfait, lui dit-il. J'ai parcouru les données comptables de nos firmes. C'est très instructif.

Il semblait légèrement surpris qu'une femme pût mener à bien ce genre de travail.

— Nous sommes là pour plaire, murmura-t-elle.

Hartmann lui jeta un regard pénétrant... Stephanie avait oublié que rien ne lui échappait.

— Mais ce n'est pas pour parler de cela que je vous ai demandé de venir, dit-il. Vous vous êtes bien entendue avec Haiman Gold ?

— Je l'ai vu il y a près d'une semaine, répondit-elle prudemment.

Quand Hartmann la regardait de cette façon, elle avait l'impression d'être une biche prise dans le faisceau d'un projecteur.

— Il a été très aimable.

Hartmann ne bougea pas. Il était clair qu'il n'était pas satisfait de sa réponse.

— Il pense que l'affaire est plaidable, dit-elle très vite. Il m'a dit qu'il ferait encore quelques recherches... Je crois qu'il a dit découvertes... Il veut vérifier ce que je lui ai dit, je suppose.

— C'est plus ou moins ce qu'il m'a dit. Il pense que votre affaire est très intéressante. Et il compte vous faire gagner un tas d'argent.

Le regard de Stephanie vacilla.

— Je suis ravi que vous ayez décidé d'intenter cette action en justice, reprit Hartmann. Vous le devez d'abord à toutes les femmes qui pourraient connaître la même mésaventure.

— Le Dr Richmond a soigné ma meilleure amie, à l'hôpital, avança Stephanie. Et il a été vraiment remarquable. Sans lui, je suis sûre qu'elle serait morte.

Hartmann repoussa son siège. Ses doigts tambourinèrent sur le bureau.

— Sans doute. Mais votre procès ne concerne pas seulement le Dr Richmond. Il obligera aussi tous les chirurgiens qui commettent ce type de négligence à redoubler d'attention dans leur travail. Votre affaire évitera à de nombreuses femmes d'être mutilées par des opérations inutiles.

Il se leva et contourna son bureau. Sa présence paralysait Stephanie.

— Je suivrai votre affaire de très près, dit-il d'un ton particulièrement insistant. Vous avez fait le bon choix, Stephanie, et je suis persuadé que vous gagnerez.

Quelques instants plus tard, Stephanie retourna à son bureau. Tout tourbillonnait dans sa tête. Pourquoi Carl Hartmann attachait-il tant d'importance à son procès ? Et comment savait-il qu'elle avait décidé d'interrompre la procédure ? Parce qu'il le savait... Elle en avait la conviction, à cause de la façon dont il s'était adressé à elle. Mais elle ne l'avait confié à personne d'autre que Mike. Elle se sentit tout à coup très mal à l'aise, comme si elle avait surpris un inconnu en train de fouiller dans ses affaires personnelles. Il était manifeste que son patron lui donnait là un ordre formel. Qu'allait-elle faire ?

Elle profita de sa pause café pour appeler son amie

Doreen, à Hartford. Sans trop savoir pourquoi, elle choisit d'utiliser une des cabines publiques du hall. Elles bavardèrent quelques instants. Stephanie lui demanda quel service officiel s'occupait des enquêtes sur les accidents d'avion.

— Sans doute une division du service des transports, lui dit Doreen.

Mais elle n'en était pas sûre. Elle rappela Stephanie cinq minutes plus tard.

— C'est le service de la sécurité aérienne. En fait, il n'emploie plus que quatre ou cinq personnes. On dit que le gouverneur a l'intention de le dissoudre définitivement.

— Que faire pour obtenir une copie d'un rapport sur un accident ?

— Il suffit de le demander. Domaine public. Il existe un formulaire... Si tu veux, je m'en charge, et je t'en envoie une copie. Quel accident t'intéresse à ce point ?

Stephanie lui donna les quelques détails qu'elle connaissait, le nom du pilote et la date approximative de l'accident.

— Ça ne devrait pas être très difficile, dit Doreen. Nous n'en avons pas tant que ça. Je te l'expédie par la poste.

Elle rappela Stephanie le lendemain, presque à la même heure. Sa voix était différente.

— Dans quelle histoire t'es-tu fourrée ? J'ai trouvé le dossier... Il n'y a rien dedans. J'ai interrogé l'inspecteur en chef, ou ce qui en tient lieu. Tous les rapports ont été transmis à l'AFST à Washington. Il m'a montré une note dactylographiée agrafée à la chemise. « Toute demande doit être transmise au bureau du gouverneur. » Le gouverneur ! C'est autre chose qu'un simple chef de service. Hé, Stephanie... Il m'a promis de ne parler à personne de ma requête. Mais avec ces types, on ne sait jamais.

— Je suis désolée, Doreen, je ne voudrais pas t'attirer des ennuis.

— Ne t'inquiète pas pour ça. Le nom de l'inspecteur responsable de l'enquête était inscrit sur la chemise. Alvin P. Zimmerman. Il est à la retraite... Je n'en sais pas plus.

— Merci mille fois, Doreen.

Stephanie griffonna le nom sur son bloc-notes.

— Salue le gouverneur de ma part.

— Si je suis fichue à la porte, tu auras intérêt à me trouver un boulot dans ta compagnie d'assurances !

— Tu penses que nous devrions en parler à Mme Newsome ? demanda Stephanie à Mike, ce soir-là.

Ils étaient de nouveau chez Andy Minsky, et elle venait de leur rapporter sa conversation avec Doreen.

— Nous n'avons rien de nouveau à lui dire, dit Mike.

Andy acquiesça.

— Il ne nous reste plus qu'à mettre la main sur ce Zimmerman.

Alvin P. Zimmerman n'avait pas déménagé depuis quinze ans. Au téléphone, il montra quelque répugnance à parler de son ancien emploi.

— Je n'ai plus rien à voir avec toute cette boue, leur dit-il.

Mais quand Annabelle lui apprit qu'Andy était

détective privé et lui parla de l'affaire qui les intéressait, il se fit plus obligeant, non sans hésitation.

— Je me demandais si quelqu'un finirait par me poser des questions sur cet accident... Ça ne m'a pas quitté l'esprit depuis deux ans.

Il accepta de les recevoir chez lui, à Windsor, non loin de Hartford, le samedi matin.

Ils embarquèrent dans deux voitures, au cas où Mike devrait regagner l'hôpital d'urgence. Ils trouvèrent assez facilement la maison, un pavillon de taille moyenne datant des années trente, situé dans un quartier agréable de la ville, avec de grands arbres et des rues ombragées et calmes. Au moment où ils franchirent le portail, un gros avion les survola — à si basse altitude qu'ils pouvaient distinguer son train d'atterrissage —, en approche finale de l'aéroport international de Bradley voisin.

Alvin Zimmerman devait les avoir vus arriver, car il apparut à la porte d'entrée dès qu'ils s'engagèrent sur la petite allée d'accès.

C'était un petit homme rond, au front luisant et protubérant, arborant des cheveux rares mais encore noirs, et des yeux vifs et attentifs derrière ses lunettes rondes. Il portait un gilet de laine beige tricoté à la main.

Après les salutations et présentations d'usage, Alvin les invita à entrer.

— Mildred nous prépare du café, leur dit-il.

Il les précéda à l'intérieur. Le hall d'entrée était sombre. Le salon, en revanche, était très lumineux, grâce aux deux grandes fenêtres donnant sur un jardin plein de zinnias et de chrysanthèmes orange.

Chacune des surfaces planes et chacun des murs étaient occupés par des photographies et des souvenirs de vol. Le modèle réduit chromé d'un hélicoptère Bell Huey Cobra trônait à la place d'honneur, sur une table en merisier placée entre les fenêtres.

— J'ai volé là-dessus au Vietnam, fit Zimmerman, laconique, en réponse à une question de Mike. J'ai beaucoup appris sur les accidents d'avion, là-bas.

Dès qu'ils furent installés, Mike l'interrogea sur l'accident qui avait coûté la vie au Dr Fred Newsome.

— J'ai conservé mes notes, répondit Alvin. Et je les ai parcourues la nuit dernière.

Andy lui fit un signe du doigt en souriant.

— Il sait que je n'aurais pas dû conserver mes notes, dit Alvin en regardant Mike par-dessus ses lunettes. Le règlement exige qu'on les remette toutes avec le rapport officiel.

— J'ai essayé d'obtenir ce rapport, dit Stephanie. Je ne suis parvenue qu'à créer des ennuis à une de mes vieilles amies.

Elle raconta ce qui s'était passé.

Alvin se passa une main sur le crâne.

— Ça ne m'étonne pas, dit-il. Il y a beaucoup de… Eh bien… Il vaut mieux que je commence par le commencement.

Il prit la tasse de café que lui tendait sa femme, et en avala bruyamment une gorgée.

— Ce samedi-là, il y a un peu plus de deux ans, nous avons reçu un appel de la police de l'Etat, là-haut, à Winsted. Un appareil civil, un monomoteur, s'était écrasé dans une zone forestière, au nord. Le pilote avait émis un appel de détresse : il n'avait plus de puissance et il était incapable de relancer son moteur. Le temps était couvert, il pleuvait, et des nappes de brouillard recouvraient le fond des vallées. Il y eut un témoin direct, un ouvrier des Eaux et Forêts. Il a entendu le moteur caler. Puis il a vu l'avion sortir du plafond nuageux et virer sur l'aile à angle aigu, comme si le pilote cherchait un endroit où se poser. Mais toute la zone est accidentée et boisée, au milieu d'un parc national forestier. Notre homme l'a perdu de vue pendant quelques instants. L'appareil a dû tomber en vrille et heurter le sol, car il a entendu et vu le crash quelques secondes plus tard, à un kilomètre et demi de là. L'avion a explosé sous l'impact. La police a mis plusieurs heures pour localiser l'épave. Nous ne sommes arrivés que le lendemain, et nous avons dû emprunter un Humvee de la Garde nationale pour rejoindre le lieu de l'accident.

Mike intervint.

— Mais s'il cherchait un terrain pour se poser, ça exclut l'hypothèse du suicide, non ?

— Qui a parlé de suicide ?

— Sa veuve. Il était très déprimé, et elle s'est dit que c'était une possibilité.

— Hors de question. Si c'était son intention, il a changé d'avis, et rudement vite, sans quoi il n'aurait pas lancé son message de détresse. En tout cas, quand nous sommes arrivés, il ne restait pas grand-chose. Ce qui est inhabituel pour un si petit appareil. Les petits avions s'écrasent beaucoup moins vite que les gros jets, et d'habitude ils n'explosent pas.

— Et celui-ci a explosé ?

— Ça ressemblait plus à une bombe qu'à un avion, dit Alvin. J'ai assisté à quelque chose que je n'avais jamais vu, malgré ma longue expérience des accidents d'avion. A quinze mètres de l'impact, on a trouvé une main, une main droite, détachée du corps. Elle était accrochée à une branche, à deux mètres du sol. Le flic qui l'a trouvée a vomi partout.

La bouche d'Alvin se tordit en un rictus.

Stephanie fit la grimace, ainsi qu'Annabelle. Mildred, la femme d'Alvin, leva les yeux au plafond avec un soupir.

— Et le reste du corps ? demanda Mike.

— Il n'en subsistait pas grand-chose. Il a fallu se servir des radios de ses dents pour l'identifier avec certitude.

Pour la première fois, Alvin sembla hésiter. Il but une longue gorgée de café. Mike remarqua que sa chope s'ornait d'une reproduction en couleur d'un P-51 Mustang.

— D'après la teneur de l'appel de détresse et le témoignage de l'ouvrier — qui semble plutôt fiable —, il est probable que rien ne clochait du côté des commandes. Le problème venait du moteur, du circuit électrique, ou plus probablement de l'arrivée de carburant. Nous nous sommes mis au travail sur l'épave, en essayant de rassembler des indices. Un peu plus tard dans la journée, les gars de l'AFST sont arrivés. Leur chef était un jeunot...

Le nez d'Alvin se contracta sous l'effet du mépris.

— ... à peine sorti d'une école d'ingénieurs. Lehigh, il m'a dit, comme si ça voulait dire qu'il avait réponse à tout...

Mike jeta un coup d'œil vers Stephanie. Elle écoutait, la tête légèrement penchée. L'ourlet de sa robe grise lui remontait au-dessus du genou. Mike força son attention à se concentrer sur l'accident.

— ... Mais ils ont bien travaillé...

— J'ai toujours entendu dire que les enquêteurs de l'AFST étaient plutôt efficaces, murmura Mike. Généralement, ils font de leur mieux pour déterminer la cause des accidents.

— Qu'est-ce que l'AFST ? demanda Stephanie.

— L'Agence fédérale de surveillance des transports, répondit Alvin. Oui, ils sont efficaces. Mais ils manquent de fonds, ils manquent de personnel, et ils sont très souvent débordés. Vous ne vous en souvenez probablement pas, mais la semaine précédente, deux avions de ligne s'étaient écrasés. Un Boeing 737, près de Chicago. Et un vieux Lockheed Electra avait démoli une école primaire, en Géorgie, à deux kilomètres des pistes. C'est sur ce genre de situations qu'ils mobilisent en priorité leurs spécialistes. Pour les crashs d'avions plus petits, à moins qu'il s'agisse d'une personnalité importante, eh bien... restent les autres. Bref, nous avons trouvé un morceau de tuyau d'arrivée de carburant fixé à un sélecteur tout tordu. Le jeunot l'a examiné. Il a décrété que la soupape s'était bloquée en vol. Puis que le moteur, en panne sèche, avait calé. Et voilà tout. Affaire classée.

Alvin haussa les épaules.

— En fait, il n'était pas si stupide. Il n'aurait pas pu chercher ailleurs, puisque la plus grande partie de l'appareil était en morceaux, ou brûlée, ou les deux.

— C'est cette version qui figure dans le rapport officiel ? demanda Mike. Je me souviens que Mme Newsome nous a dit en avoir reçu une copie.

— C'était le rapport de l'AFST, corrigea Alvin. Le

Service de la sécurité aérienne ne fournit ses propres rapports que pour les accidents qui se produisent dans les limites de l'Etat. Du moins, c'était le cas à l'époque où j'y travaillais. Mais un de mes hommes a trouvé quelque chose sur un rocher, à une quinzaine de mètres du point d'impact. Je me trouvais par hasard à deux pas de là, et cela a attiré mon attention. C'était un petit morceau d'une sorte de gelée en partie carbonisée, comme tout le reste, et le gars était gêné d'en avoir parlé. Mais je l'ai ramassé pour le montrer au jeune ingénieur. Il l'a à peine regardé. « Ce n'est que de la graisse figée par la chaleur de l'incendie », m'a-t-il dit. Puis il est retourné à sa soupape bloquée.

Alvin tendit sa chope à sa femme pour qu'elle la lui remplisse.

— Mais ce n'était pas de la graisse figée par la cuisson, reprit-il d'un ton exagérément calme. Rien de tel. C'est là que mon expérience m'a été utile. J'ai servi au Vietnam, et j'ai effectué des centaines de missions d'évacuation médicale. Cette gelée, je savais ce que c'était. J'avais senti cette odeur assez souvent sur des cadavres. C'était du napalm.

Mike en resta bouche bée.

— Vous voulez dire qu'une bombe au napalm a explosé dans l'avion ?

— Non, dit Alvin, après avoir repris une gorgée de café. Pas du tout. Ce qui s'est passé, c'est que quelqu'un a transformé l'appareil en une bombe au napalm.

Il régnait dans la pièce un silence à couper au couteau.

Alvin posa sa chope sur la table.

— C'est très simple, dit-il. Le napalm est une combinaison d'acides naphténique et palmitique avec de l'hydroxyde d'aluminium. Si vous le mélangez à de l'essence dans les bonnes proportions, ça produit un colloïde. Si vous le versez dans un réservoir, par exemple, il transforme l'essence en une sorte de gelée. Bien entendu, ça bouche les tuyaux.

— Mais le Dr Newsome ne s'en serait-il pas rendu compte au décollage ? demanda Mike. Si les tuyaux d'arrivée d'essence étaient bouchés par le napalm, il n'aurait même pas pu aller au bout de la piste.

— Sur ce type d'appareil, il y a deux réservoirs. Un sous chaque aile. Le pilote a sans doute opéré de la manière classique. On démarre sur le réservoir principal, celui de gauche. Au bout d'un certain temps, on passe sur le réservoir de secours placé à droite. On fait cela pour rééquilibrer l'appareil, pas parce que le premier réservoir est vide. Si le napalm a été placé dans le réservoir numéro deux, le colloïde a été aspiré et a obstrué les tuyaux. C'est alors que l'avion a perdu sa puissance et qu'il s'est écrasé.

— Vous disiez tout à l'heure que dans ce type d'accident, d'habitude, l'avion n'explose pas.

Annabelle, assise à côté de son frère, semblait lire dans ses pensées. Andy lui adressa un sourire reconnaissant.

Alvin ignora la question.

— C'est alors qu'il s'est produit une chose bizarre, dit-il. Ce bout de napalm solidifié… je l'ai glissé dans un récipient, et l'ai expédié avec mon rapport. Eh bien… il s'est égaré.

Andy lâcha un long soupir.

— Mais je vous l'ai dit, reprit Alvin, j'avais un curieux pressentiment à propos de cet accident. Alors je n'ai pas envoyé le morceau entier. J'en ai gardé un petit échantillon, juste en cas de besoin. Quand j'ai appris que le plus gros s'était égaré, j'ai fait analyser mon petit morceau par un de mes amis, qui travaille dans un laboratoire médico-légal à Hartford. C'était du napalm, en effet. Mais mon ami a trouvé aussi des traces de nitrate de sodium, et des particules de magnésium en poudre.

Alvin leur jeta un regard circulaire.

— Ce sont ces composants-là qui ont transformé le Cessna en une bombe volante.

— Qu'en penses-tu ? demanda Stephanie, dans l'Aston Martin, sur le chemin du retour vers New Coventry.

Mike essayait d'accorder ce qu'il venait d'entendre avec ce qu'il savait déjà. Cela constituait un tableau assez effrayant.

— Ce qui m'intrigue, dit-il, c'est la raison pour laquelle on a fait disparaître le rapport d'Alvin Zimmerman, alors que celui de l'AFST a été accepté. Et qui l'a fait disparaître ?

— Tu crois que si Spencer était dans le coup, il aurait eu le bras assez long pour cela ? Pour faire disparaître le rapport ?

— Je n'en sais rien. Je ne crois pas, dit Mike.

Il se souvint que Spencer avait opéré Florence DiGiovanni, la femme du gouverneur.

— Mais je ne vois pas comment cela pourrait

arriver, quel que soit le niveau, au sein de l'administration de l'Etat, non ?

Stephanie souriait.

— Allons, Stephanie, même si le chef de service est ton meilleur copain, tu ne peux tout de même pas aller le voir et lui dire : « Je viens de tuer quelqu'un en faisant sauter son avion. Mais je ne veux pas de révélations gênantes. Alors je compte sur toi pour faire disparaître le rapport officiel. D'accord ? »

— En tout cas, quelqu'un l'a fait disparaître. A moins qu'il ne s'agisse des bonnes gens de l'AFST. Peut-être n'aimaient-ils pas l'idée qu'un rapport des autorités locales vienne contredire le leur.

— Peut-être, fit Mike en secouant la tête, mais je voudrais bien savoir ceci, pour commencer : pourquoi quelqu'un pouvait-il avoir envie de se débarrasser de Fred Newsome ?

35

Le lendemain après-midi, un peu avant 17 heures, Mike fut convoqué à une assemblée du groupe dans la salle de réunion. De toute évidence, ils étaient tous là depuis un moment. Tony Danzig était présent, lui aussi, séparé des autres par une chaise vide. Sur la table, devant lui, Mike vit une boîte noire de la taille d'un baladeur, reliée par un cordon à un objet ressemblant à un micro.

— Entrez, Michael, entrez, lui dit Spencer avec un sourire aimable. Vos oreilles ont dû tinter. Nous parlions de vous.

Derek Provost, près du bout de la table, lui avança une chaise. Mais Danzig l'appela.

— Une petite seconde, docteur Richmond, avant de vous asseoir…

Il enfonça un bouton sur le boîtier noir, et un voyant rouge apparut. Il pointa son engin sur Mike. L'appareil émit un sifflement aigu. Au bout d'une seconde, le voyant passa au vert.

— Merci, docteur Richmond.

Danzig parlait d'un ton parfaitement neutre.

— Qu'est-ce que c'est que ça ? lui demanda Mike. Vous vous imaginez que je transporte une bombe ?

— Nous n'autorisons pas le moindre appareil d'enregistrement, à nos réunions. Simple vérification.

Spencer ne perdit pas de temps.

— Mike, quand vous vous êtes joint à notre groupe, nous avons décidé de nous fixer une période d'essai de six mois, au bout de laquelle nous saurions si nous nous convenons mutuellement. Aujourd'hui, je ne dirais pas que nous n'avons pas rencontré de problèmes.

Il marqua une pause, les deux mains à plat sur la table.

— Vous savez parfaitement, j'en suis sûr, que cette malheureuse affaire avec Mlle Hopkins a bien failli mettre fin à notre collaboration. Mais nous avons pu étouffer cette menace.

Mike écoutait attentivement. Spencer souriait toujours d'un air affable.

— Cela mis à part, comme je l'ai dit, vous avez fait un travail remarquable. C'est pourquoi, Michael, considérant ce que nous avons vu — et je peux vous dire que nous vous avons tous observé avec beaucoup d'attention —, nous avons décidé à l'unanimité de vous accueillir parmi nous, dès aujourd'hui, en qualité de membre à part entière.

Il s'interrompit brièvement, et regarda Mike en face.

— A condition, bien entendu, que vous soyez toujours intéressé.

Mike acquiesça. Il se demandait ce qui allait suivre.

— Eh bien, Michael, nous vous félicitons pour votre entrée dans le meilleur cabinet médical de New Coventry.

Les autres applaudirent discrètement. Ils le dévisageaient tous d'un air crispé qui semblait démentir le caractère festif de son annonce.

Spencer parlait maintenant sur le ton de la conversation, presque confidentiel.

— Pour être parfaitement honnête avec vous, Mike, une des raisons qui nous font vous accueillir aujourd'hui est que nous ne voulons pas avoir de secrets à l'intérieur du groupe. Cela nous place dans une situation inconfortable.

Il balaya du regard la rangée circulaire de ses amis.

— Et tant que vous n'étiez pas un véritable membre, nous devions vous dissimuler certains aspects techniques de nos activités.

Spencer marqua de nouveau une pause, comme s'il cochait une par une les étapes de son exposé.

— Mais les questions abordées durant ces réunions sont strictement confidentielles. Je veux votre parole d'honneur que vous ne parlerez à personne de ce que vous entendrez ici, aujourd'hui ou à l'avenir. Nous avons tous promis de respecter le caractère confidentiel de nos débats. Si cela vous pose le moindre problème, Michael, vous devez nous le dire maintenant.

— Non, aucun problème.

— Un des avantages que procure l'ancienneté, c'est qu'on finit par savoir tout ce qui se passe, reprit Spencer. N'est-ce pas, messieurs ?

Il fixait Mike sans ciller.

— Quand j'ai appris que vous aviez mené une sorte d'enquête, aux archives de l'hôpital, cela m'a inquiété. Cela nous a tous inquiétés, en fait. Mais l'incident a été salutaire, car il nous a permis de découvrir un problème qui requérait une solution urgente.

Derek Provost, le bras étendu sur le dossier du siège, tapota amicalement l'épaule de Mike. Celui-ci sentit son front se couvrir de sueur. Il espéra que personne ne s'en rendait compte.

— Désormais, Michael, vous n'aurez plus besoin de chercher des informations de votre côté. Nous vous dirons tout ce que vous avez besoin de savoir. Mais passons à des choses plus intéressantes. Pour commencer, vos revenus annuels vont être plus ou moins multipliés par quatre, à condition que votre capacité de travail se développe au point d'égaler celle de chacun d'entre nous...

— Ce qu'il veut dire, Mike, c'est que tu vas enfin

pouvoir faire réparer les freins de ta vieille bagnole, dit Provost en souriant.

Spencer lui jeta un regard qui lui fit comprendre que c'était déplacé.

— Bien sûr, reprit Spencer, une grande partie de cet argent sera placée sur un compte bloqué, pour acheter des parts dans notre affaire. Mais contrairement à ce qui se passe dans d'autres groupes, vous serez pleinement libéré de votre dette après cinq ans. Vous pourrez alors disposer de la totalité de votre salaire pour acheter des freins pour votre voiture… ou ce que vous voudrez.

Spencer regarda Derek d'un air réprobateur.

— La plupart de nos investissements sont gérés par une banque des îles anglo-normandes, pour des raisons fiscales… et de discrétion. Votre compte sera géré exactement selon les mêmes règles, et nous espérons que son montant augmentera de manière aussi spectaculaire que les nôtres.

— Parlez-lui du reste, Spencer, dit Provost avec un peu d'impatience.

— J'y venais. Comme vous vous en êtes déjà rendu compte, Mike, les sommes d'argent dont nous parlons sont, de façon substantielle, plus élevées que les revenus que peut espérer le membre d'un cabinet médico-chirurgical moyen. Nous le devons à la manière dont nous sommes organisés.

Spencer inspira à fond.

— Nous appartenons à une organisation regroupant d'autres professions, reprit-il en articulant avec soin. Chacun de ces groupes a été choisi pour le bénéfice maximal de tous. Nous les aidons et ils nous aident. Comme vous le savez déjà, nous avons un accord préférentiel avec l'hôpital Lovejoy. Il nous fournit des patients, et nous l'aidons à occuper ses lits.

Les mains de Spencer se crispèrent sur le bord de la table. Pour la première fois, il semblait manquer un peu d'assurance.

— Et, bien sûr, nous avons des relations privilégiées avec Radiology Associates, avec ConnPath, et avec un groupe d'avocats de la ville. Tony, ici présent, est responsable de la coordination. C'est lui qui nous maintient sur le droit et étroit chemin...

— ... de la banque, dit Danzig.

Il ne souriait pas. Mike se dit qu'il n'avait peut-être pas l'intention d'être drôle. De l'autre côté de la table, il le fixait de son regard pâle, toujours impassible, le mesurant, évaluant ses réactions. Mike comprit soudain quel était son véritable rôle. Danzig maintenait chacun à sa place. Il était le pouvoir exécutif. Son poste de directeur administratif était un prétexte. Mike réalisa qu'il était déjà trop tard pour se lever et sortir tranquillement en leur disant : « Non merci, messieurs ! » Il avait les paumes moites. Il les frotta sur ses cuisses.

Spencer devait avoir terminé, car Lou Gardner avait pris la parole.

— Maintenant que vous êtes membre à part entière, Mike, j'ai un cas à vous confier. Il s'agit d'une patiente de quarante-cinq ans, Mary Culbertson. Elle a un cancer du côlon sigmoïde, détecté par lavement baryté et avéré par biopsie. Elle se trouve déjà à l'hôpital. Pendant quarante-huit heures, on va la laver et la préparer. Je me suis permis de programmer son opération, à votre nom, pour jeudi prochain. Elle sera votre premier cas.

Il y eut un silence prolongé. Tout le monde observait Mike.

Il repoussa son siège, juste un peu, et sortit son petit carnet noir de sa poche.

— Mary Culbertson, répéta-t-il, en notant son nom. Je serai très heureux de m'en charger.

Tout le monde se leva, comme s'ils venaient d'accomplir un rite initiatique païen. Ils firent cercle autour de Mike pour lui serrer la main et lui souhaiter la bienvenue dans le groupe.

Quelques minutes plus tard, Spencer lui posa la main sur l'épaule, et glissa :

— Pouvez-vous rester un moment dans les parages, Michael, quand tout le monde sera parti ?

Bientôt, il n'y eut plus que Spencer et Danzig.

— Michael, dit Spencer, je n'ai pas voulu vous en parler devant les autres. J'ai reçu ce matin un coup de fil de Raymond Avery, de l'Ordre des médecins du Connecticut. Ils ont eu vent de l'affaire Hopkins, et ils sont sur le sentier de la guerre. D'après Ray, ils en veulent à votre licence.

Mike ne dit rien. Il avait l'impression d'étouffer.

— Par bonheur, Ray est un vieux copain à moi, reprit Spencer, très calme. Nous allons donc pouvoir régler le problème. Mais j'ai pensé qu'il fallait vous en parler.

— Merci, dit Mike. J'apprécie.

— Une dernière chose, Michael. Comme vous le savez, nous avons tous été poursuivis un jour ou l'autre pour faute professionnelle. Nous avons dû définir une stratégie pour y faire face. Un des principes de base de cette stratégie est l'interdiction absolue d'entretenir des relations personnelles avec les plaignants. Nous sommes très, très stricts sur cette règle. N'est-ce pas, Tony ?

Danzig fixait Mike de son regard froid. Il sautillait légèrement d'un pied sur l'autre, comme un boxeur prenant la mesure de son adversaire.

— Oui, monsieur, dit-il lentement, sans quitter Mike des yeux. Oui, en effet.

Mike réfléchit un moment.

— Je vois ce que vous voulez dire, Spencer. Je vais faire le nécessaire.

— Parfait. Je savais que je pouvais compter sur votre bon sens. Ça jouera en votre faveur, à l'avenir, je vous assure. N'est-ce pas, Tony ?

— Sans aucun doute, répondit Danzig.

Il avait des dents très blanches. Mike eut une vision troublante de sa mâchoire se refermant sur les veines de son cou.

— Eh bien, je crois que je devrais aller voir ma nouvelle patiente, dit-il.

— Bonne chance avec elle, pour jeudi, fit Spencer en lui touchant le bras d'un geste amical.

Dès que Mike fut sorti, Tony Danzig ferma doucement la porte derrière lui.

— Qu'en pensez-vous ? fit Spencer.

— Je ne lui fais pas totalement confiance. Mais il n'a pas vraiment le choix. Il a compris qu'il risque de tout perdre s'il décide de ne pas nous suivre. Il n'est pas idiot. Je vais vous dire ce qu'il va faire. Ce soir, il va réfléchir à l'ensemble de la situation. Il va se trouver une autre maîtresse. Jeudi, il opérera cette femme. Et à partir de là, nous le tiendrons.

— Et s'il ne le fait pas ?

Tony sourit, et de nouveau il sautilla doucement sur place.

— Je souhaite presque qu'il ne le fasse pas, docteur Spencer.

36

En sortant de la salle de réunion, Mike regagna son bureau. Il alluma son ordinateur pour passer en revue l'historique du sujet et les rapports d'analyse de Mary Culbertson. Tout était là, les radios, le rapport de biopsie, y compris les clichés des échantillons en pathologie. C'était un cancer, cela ne faisait aucun doute. Une tumeur envahissante de malignité modérée à forte. Mike examina les clichés pendant plusieurs minutes, fit défiler les images sur l'écran pour en scruter le moindre fragment. Alors qu'il se concentrait sur un amas de cellules cancéreuses, dans le coin supérieur gauche, observant leurs noyaux irréguliers et tachés de noir, quelque chose s'anima dans son cerveau, une faible lueur qui activa les circuits de sa mémoire. Il avait déjà vu ce cliché… Il prit un peu de recul, et se concentra. « Darla Finsten, superviseur de la salle d'op'. » Il avait vu ses scanners sur l'ordinateur de Derek Provost. Il lui fallut quelques secondes pour retrouver le dossier. Les clichés s'affichèrent sur l'écran. Ils n'étaient pas tout à fait identiques. Mais certains fragments appartenaient de toute évidence à la même tumeur. Mike acquiesça mentalement. Il comprenait maintenant comment fonctionnait cette partie de l'arnaque. Rien n'empêchait les pathologistes de prendre des centaines de photos d'une même tumeur, puis de les étiqueter selon leur bon vouloir.

Mike éteignit son ordinateur. Un nœud se formait dans son estomac. Il s'était bercé d'illusions en croyant qu'il pourrait travailler au sein du groupe, et faire son devoir honnêtement en restant à l'écart de leurs combines.

Il retourna à l'hôpital. Dans le couloir principal, il croisa deux hommes qui poussaient un grand chariot chargé de matériel. L'un d'eux croisa son regard. Ils se reconnurent presque simultanément.

— Zeke, ça alors ! Comment vas-tu, mec ?

— Merde... Mais c'est Mike Richmond !

Zeke, un grand Noir costaud, arrêta le chariot et serra la main du médecin, puis essuya son visage en sueur.

— Ce truc est foutrement lourd.

Il se tourna vers son collègue.

— Hé, Bob, je te présente Mike Richmond. Un vieux copain de boulot. Quand il était en fac de médecine, il installait des appareils avec nous.

— Qu'est-ce qui vous amène ici ?

Mike n'avait pas vu son ami depuis dix ans. Il n'avait guère changé.

— Nous installons un de ces nouveaux scanners IRM, répondit Zeke. Comme celui qui a failli te tuer, sauf qu'il est plus gros et plus récent.

Il raconta à Bob l'accident dont Mike avait été victime.

— Nous avons bien cru qu'il était foutu. Fais voir ta cicatrice, Mike.

En souriant, Mike montra à Bob le dos de sa main.

— Vous êtes dans le coin pour combien de temps ?

— Deux ou trois semaines, dit Zeke. Nous installons d'abord l'alimentation et la génératrice. Nous livrerons le scanner proprement dit la semaine prochaine.

Mike leur donna rendez-vous le lendemain soir Chez Aileen, pour boire un verre. Puis il se rendit en chirurgie, où l'on avait déjà installé Mary Culbertson. Au bureau des infirmières, il sortit le dossier et relut l'historique du cas. Mary était femme au foyer, mariée et mère de deux adolescents. Elle était plutôt en bonne santé, si l'on exceptait un peu d'arthrite bénigne. Deux mois plus tôt, elle avait remarqué de légères hémorragies rectales. Des copies des rapports d'analyse étaient jointes au dossier.

Mike réfléchit un moment, remit le dossier en place, puis demanda à l'infirmière de l'accompagner. Tandis qu'ils descendaient le couloir, elle lui demanda des nouvelles d'Evie Gaskell.

— Evie est rentrée chez elle, lui dit-il. Elle devrait reprendre le travail d'ici une semaine.

Quand il entra dans la chambre, Mary Culbertson lui sourit.

— J'ai beaucoup entendu parler de vous, dit-elle en s'asseyant dans son lit.

Elle portait une chemise de nuit bleue en dentelle avec un petit nœud sur le devant, et lui rappelait un peu sa mère.

— Tout le monde dit que vous êtes le chirurgien le plus gentil de l'hôpital. Et le Dr Gardner prétend que vous êtes un des meilleurs. Je suis très heureuse de vous connaître.

— Je paie les gens très cher pour répandre ce genre de rumeurs, dit-il en lui rendant son sourire.

Il s'assit au bord du lit.

— Eh bien, racontez-moi tout. Le Dr Gardner m'a un peu parlé de vous, mais j'aimerais avoir votre version des choses.

— Directement de la bouche de la vieille intéressée, hein ?

Son sourire lui faisait de petites fossettes rondes. Elle semblait si confiante, tellement à l'aise, que Mike l'imaginait sans peine en famille, chez elle.

— Eh bien, comme je l'ai dit au Dr Gardner, j'ai toujours été en pleine forme, à part cette fichue arthrite.

Elle leva les mains, et Mike vit les jointures gonflées.

— Il y a un mois environ, j'ai remarqué que mes selles étaient sombres, parfois presque noires. Puis un jour, j'ai vu un peu de rouge. Effrayée, je me suis dit que ça pouvait être du sang. J'en ai parlé à Bob, mon mari. Il m'a conseillé de me faire examiner, bien sûr. Et me voici, après une tonne d'examens et d'analyses.

Mike l'interrogea sur ses antécédents familiaux, sur son régime, puis lui demanda :

— Prenez-vous des médicaments, Mary ?

— Seulement pour mon arthrite.

— C'est-à-dire ?

— De l'aspirine. Ça me détraque un peu l'estomac,

mais ça soulage la douleur dans les articulations, mieux que tout ce que j'ai essayé.

Mike hocha la tête. L'aspirine peut provoquer des saignements intestinaux chez des gens en bonne santé. Il examina soigneusement Mary, puis lui fit un toucher rectal.

— Le Dr Gardner vous a sans doute informée que l'opération est prévue pour jeudi, Mary, dit-il en ôtant son gant. Pour ce type d'opération, l'intestin doit être parfaitement propre. Sans quoi vous risquez une très grave infection.

Sur l'ordonnance clinique, il contrôla les instructions de Lou Gardner : un programme de lavements et de purgatifs à démarrer le soir même. Lui-même n'aurait pas prescrit autre chose.

— Parlons maintenant de l'opération.

Il s'assit au bord du lit et prit son bloc-notes.

— Voici le gros intestin, dit-il en traçant deux lignes courbes parallèles. Et la tumeur se trouve… ici. Nous allons ôter cette section et raccorder les deux extrémités. Ce n'est pas une grosse affaire. Rien de plus qu'un peu de plomberie.

Il lui parla des conséquences possibles de l'opération, du tube dans son estomac, de la façon de combattre la douleur par injection autoadministrée, et du délai nécessaire avant de pouvoir manger à nouveau.

Puis il revint au bureau et appela le bipeur de Lou Gardner. Le téléphone sonna un instant plus tard.

— Lou ? J'ai vu votre patiente, Mme Culbertson. Je souscris à votre diagnostic. D'accord pour préparer son intestin. D'accord avec le programme de lavements et de purgatifs prescrit, pour être fin prêt à opérer pour jeudi.

— Parfait, Mike. Je suis sûr que tout ira bien. Au fait, Mike, je vous souhaite la bienvenue dans le groupe. Ravi de vous savoir à bord.

— Merci, Lou. Tout le plaisir est pour moi.

Il remonta le couloir. Il se demandait comment il allait se dépêtrer de l'opération de Mme Culbertson, quand il aperçut Florence DiGiovanni, la femme du gouverneur. Elle allait entrer dans une chambre, juste devant lui. Elle s'arrêta et le salua comme un vieil ami. Il lui demanda la raison de sa présence.

— Je viens rendre visite à une de mes voisines, lui dit-elle. Ursula Martin. Le Dr Spencer l'opère demain. C'est une femme sensible, et elle a très peur. Venez avec moi, vous la verrez.

Mike la suivit dans la chambre. Ursula était une femme d'une quarantaine d'années, d'apparence délicate. De toute évidence, elle était terrorisée.

Il bavarda quelques instants avec les deux femmes, essayant de se montrer rassurant. Mais quand il vit de près le visage blême d'Ursula, il prit sa décision. Il se tourna vers Florence.

— Mme DiGiovanni, pouvez-vous m'accorder un instant, dehors ?

Dès qu'ils furent dans le couloir, Mike lui fit face, et lâcha :

— Mme DiGiovanni, vous devez empêcher qu'on opère Ursula demain.

Florence le regarda, stupéfaite.

— Et pourquoi donc ?

Mike lui parla des biopsies mammaires de Spencer. Il lui expliqua comment la plupart des patientes subissaient une mastectomie, qu'elles aient un cancer ou non.

— C'est incroyable, dit-elle, scandalisée. Vous avez des preuves ?

— Oui.

Mike était inquiet, soudain. Il n'était plus très sûr de faire ce qu'il fallait. Il répondit tout de même.

— On pourrait faire saisir certains documents de l'hôpital. Et l'on pourrait contraindre certaines personnes à témoigner.

Florence prit un air résolu.

— Je vais en parler à Jack. Il va prendre le relais. Soyez chez vous ce soir. Jack, ou quelqu'un de son bureau, vous appellera. Sinon, appelez-moi...

Elle prit un stylo-bille dans son sac à main et griffonna un numéro de téléphone sur un morceau de papier. Puis elle tourna les talons et regagna la chambre d'Ursula.

De retour à son appartement, Mike décrocha le téléphone et écouta attentivement la tonalité. Rien d'anormal. Puis il composa le numéro de Stephanie. Pas de déclic suspect, rien qui suggérât que sa ligne pouvait être sur écoute. Mais il ne voulait prendre aucun risque.

— Stephanie ?

Il parlait d'une voix tendue.

— Ecoute, Stephanie. Il faut que je te parle. Non, pas au téléphone.

— Il est arrivé quelque chose ? demanda-t-elle d'un ton inquiet. Tu as une drôle de voix.

— Oui, en quelque sorte. Est-ce que je peux te voir quelques minutes ?

— Maintenant ?

— Oui, si ça ne te dérange pas.

— Comment ? Non, Mike, ça ne me dérange pas. Mais que…

— Je suis là dans dix minutes.

Il raccrocha sans lui laisser le temps de réagir.

Dix minutes plus tard, elle lui ouvrait la porte, très séduisante dans une jolie robe blanche à rayures bleues en diagonale et avec des boutons de haut en bas.

— Tu avais l'air très bizarre, au téléphone, dit-elle en refermant derrière lui. Qu'est-ce qui se passe ?

Il l'embrassa, puis ils s'installèrent sur le canapé. Il lui raconta la réunion avec Spencer et son groupe.

— Ils commencent par m'accueillir dans leur groupe, avec un salaire inimaginable. Puis ils me piègent en me faisant opérer du cancer une dame qui a simplement besoin qu'on cesse de lui prescrire de l'aspirine.

— Mon Dieu… Mike, c'est vraiment terrifiant. Ça dure depuis combien de temps ? Combien de patientes ont été victimes de ce système ?

— Au moins deux ans. Et plusieurs centaines de patientes, à mon avis.

Stephanie frissonna.

— Tu sais, j'ai connu le Dr Spencer quand je travaillais aux soins intensifs. Il était si gentil, si attentif à ses patients…

Elle se leva.

— Mike, je crois que nous devrions prévenir la police.

Il secoua la tête, en pensant à la remarque de Laura Newsome.

— Spencer a le bras long, tout comme Carl

Hartmann. Ils le sauraient dans les dix minutes, et nous serions dans une situation encore plus risquée.

— Alors je vais demander à Evie de nous donner le numéro de son frère. Tu le connais, tu te rappelles ?

Mike acquiesça.

— Evan.

Ils avaient fait connaissance au chevet d'Evie. Un type calme, qui ne parlait pas beaucoup.

— Evie prétend que c'est un enquiquineur, mais je l'aime bien. En tout cas, c'est une sorte d'agent du FBI. C'est pourquoi nous devons lui parler.

Evie était chez elle.

— Il faut que ce soit moi qui l'appelle, dit-elle. Je sais qu'il est chez lui, parce que je viens de lui parler.

Evie brûlait évidemment de curiosité.

— Que se passe-t-il, Stephanie ?

— Je t'expliquerai plus tard. Demande-lui de m'appeler sur-le-champ, d'accord ?

Evan l'appela moins d'une minute plus tard. Stephanie lui résuma la situation.

— Ça ne pouvait pas attendre demain ? demanda-t-il.

— Evan, je dois absolument vous parler ce soir.

Elle regarda Mike, qui essayait de lui dire quelque chose.

— Nous allons chez Mike. Vous avez dîné ? Non ? Nous non plus. En chemin, nous achèterons une pizza pour trois.

Quand Evan arriva chez Mike, portant le costume sombre et la cravate bleue caractéristiques de sa fonction, Stephanie l'embrassa sur les deux joues. Il serra la main de Mike.

— Merci pour ce que vous avez fait pour Evie, dit-il. Elle parle de vous comme d'un dieu vivant.

— Tout le plaisir était pour moi. Votre sœur est une femme bien. Vous voulez une bière ?

— Ce n'est pas de refus.

Evan, d'ordinaire si sérieux, laissa échapper un sourire.

— Cette pizza sent rudement bon.

Quelques minutes plus tard, ils s'installèrent autour de la table basse — Mike et Stephanie sur le canapé, Evan dans un fauteuil, la pizza devant eux dans sa boîte.

— Je l'ai mise au four pour la réchauffer, dit Stephanie. J'espère qu'elle n'a pas trop le goût de carton.

— Eh bien, qu'est-ce qui se passe ? demanda Evan, en roulant une tranche de pizza dans le sens de la longueur.

Il avait les yeux aussi bleus que sa sœur, mais l'air beaucoup plus dur.

Mike s'éclaircit la gorge.

— Commençons par le commencement.

Il lui raconta tout, Stephanie passant à deux doigts de la catastrophe, le second rapport d'analyse, les biopsies du sein demandées par Spencer amenant presque toujours des mastectomies. Evan semblait avoir un peu de mal à suivre le jargon médical. Mais il dressa l'oreille quand Mike parla de la mort de Pauline, dont les symptômes n'étaient pas caractéristiques d'une crise cardiaque.

— On a procédé à une autopsie ?

— Oui. Le rapport affirme qu'elle est morte d'une crise cardiaque.

Evan cessa de mastiquer sa pizza. Il dévisagea Mike.

— Ça ne suffit pas pour vous rassurer ?

— Non. Les pathologistes sont liés au groupe. Je ne puis le prouver, mais je suis persuadé qu'ils ont falsifié le rapport. Et Pauline a été incinérée, ce qui ne nous aide pas beaucoup.

— Comment s'appelle le pathologiste ? demanda Evan, d'un ton qui suggérait qu'il s'en désintéressait déjà.

— Eric Tarvel. Il est associé à une certaine Marilyn Fox.

Evan nota les noms dans son bloc-notes.

— Quoi d'autre ?

Mike lui parla de l'accident d'avion du Dr Newsome. Il lui raconta leur visite chez Alvin Zimmerman, l'enquêteur de l'agence d'Etat qui leur avait parlé du napalm, et dont le rapport avait été écarté.

— Ouais… Dans ce genre d'affaire, le rapport du service fédéral prend toujours le pas sur celui de l'Etat. Il faudrait une intervention du gouverneur, et je ne l'imagine pas — ni aucun gouverneur d'aucun Etat, d'ailleurs — en train de défier l'AFST. A mon avis, personne n'a voulu prendre le risque d'un tel conflit, et le gouverneur a classé le rapport de ses propres services. De toute façon, j'ai entendu dire qu'on allait dissoudre cette unité.

— Allons, Evan, dit Stephanie, inquiète de la tournure que prenait la discussion. Quelqu'un a transformé cet avion en une véritable bombe !

— Stephanie, l'AFST a la réputation d'être un des meilleurs services fédéraux à la ronde. Ils sont mieux financés, mieux équipés et ont de meilleurs ingénieurs que n'importe quel service d'enquête de l'Etat. S'ils affirment que l'accident a été provoqué par une soupape bloquée, ou n'importe quoi d'autre, la plupart des gens penseront la même chose, et rien de ce que dira un simple détective local n'y changera rien. En outre, personne n'aura envie de rouvrir le dossier.

— Je viens d'avoir une idée, dit soudain Mike. Revenons à Pauline. Quand un patient entre aux urgences, on lui fait une prise de sang. Une partie du sang est destinée au labo. Mais on en garde toujours un échantillon à la banque du sang, pour le cas où il faudrait procéder à une transfusion. La banque du sang ne dépend pas du labo. Tarvel n'y a aucun pouvoir. Il est possible que ce tube soit encore au fond de leur congélateur. Si Pauline a été droguée, ou empoisonnée, que sais-je, l'échantillon devrait nous le révéler.

Il se leva, très excité.

— Vous pourriez mettre la main sur ce tube ? Pour autant qu'il soit encore là...

Evan n'avait pas du tout l'impression qu'il s'agissait d'une découverte capitale.

— Ils ne me le donneraient pas, mais vous, vous pourriez sans doute l'obtenir, fit Mike.

Evan prit encore quelques notes, puis il se leva.

— Bien, mes amis. Je vais essayer de recouper ce que vous m'avez dit. Mais très honnêtement, si vous n'avez rien de plus tangible, je ne crois pas que nous irons très loin.

Il s'apprêtait à partir lorsque le téléphone sonna enfin. Ce n'était pas le bureau du gouverneur. C'était un certain Dr Raymond Avery, qui se présenta comme le secrétaire de l'Ordre des médecins de New Coventry.

— Nous aimerions vous parler d'une de vos patientes, docteur Richmond... Voyons...

Mike entendait les papiers qu'on froissait.

— Une certaine Stephanie Hopkins. Selon nos informations, ce cas aurait été sévèrement bâclé, et une procédure légale serait déjà en cours contre vous. Nous aimerions connaître votre version des faits, docteur. Nous vous invitons à passer à nos bureaux d'Oak Street pour nous en parler. Disons demain matin, mercredi, à 10 heures. Sachez que nous avons un emploi du temps chargé. Je vous prie donc d'être ponctuel, et de vous munir du dossier complet de cette patiente, radiographies, rapports d'analyses et tout autre matériel utile.

Mike réfléchit à son programme du lendemain. Rien qui ne puisse être différé de vingt-quatre heures.

— D'accord, dit-il lentement. Je serai là.

— Parfait. Je veux que vous sachiez ceci, docteur Richmond : c'est peut-être la dernière occasion qui vous est offerte d'en discuter officieusement avec vos pairs. Je vous recommande instamment de ne pas manquer le rendez-vous.

Une heure plus tôt, Carl Hartmann avait reçu de Hartford un coup de fil qui l'avait laissé stupéfait et furieux. Il convoqua Spencer, Tony Danzig et George Rankin à une réunion d'urgence dans son bureau. Il appela aussi Lou Gardner.

— Nous avons un gros problème, dit-il. Il s'agit du Dr Richmond. Je sais que vous étiez opposé à son entrée dans le groupe. Alors vous devriez peut-être vous joindre à nous.

— J'aimerais que le Dr Catlin m'accompagne, dit très vite Gardner. C'est le fils de Bruce Catlin, comme vous le savez, et il connaît la musique. Il pourrait nous être très utile.

— D'accord, répondit Hartmann après un bref silence. Mais faites vite.

Le groupe se rassembla. Danzig arriva le premier, avec Rankin. Puis Spencer, l'air apeuré et inquiet. Et enfin Gardner et Catlin.

— Je viens de recevoir de très mauvaises nouvelles, dit Carl Hartmann, l'air mécontent.

Il leur parla de l'appel du gouverneur.

— Cette fois, il est clair que Mike Richmond est en train de nous chercher des crosses. Pour autant que je sache, il n'a pas encore commis de dégâts irréparables. Nous avons donc affaire à un simple problème d'endiguement.

— Je n'y crois pas, dit Spencer d'un ton perplexe. Nous lui avons tous parlé cet après-midi, nous l'avons reçu comme associé, il a obtenu une grosse augmentation…

— Vous feriez mieux d'y croire, aboya Hartmann. Notre problème, maintenant, est de savoir ce que nous allons faire.

Il les regarda.

— Si nous en sommes au point où nous devrons réfuter des accusations de Richmond, notre meilleure défense consiste à saper sa crédibilité.

Il se tourna vers Spencer.

— Pour commencer, vous allez appeler vos amis à l'Ordre des médecins, et leur demander de démarrer leur enquête sur l'affaire Hopkins. Oui, ce soir, dès que nous aurons fini. Ce sera un point de départ. Ensuite...

Il leur exposa son plan en détail.

Dès que la réunion s'acheva, Spencer donna le coup de fil prévu au Dr Avery, et le petit groupe se dispersa.

Mais Terry Catlin estimait que Hartmann n'allait pas assez loin. Il en fit part à Lou Gardner, aussitôt qu'ils furent dehors.

— Mon père dit toujours de viser la jugulaire.

Gardner avait remarqué que Catlin avait un léger tic à l'œil gauche quand il était énervé. En cet instant, sa paupière s'agitait follement.

— Il ne perdrait pas son temps à essayer de saper la carrière ou la crédibilité de Richmond, reprit Catlin d'une voix basse, frénétique. Un mec comme ça, il lui ferait sauter la tête, sans l'ombre d'une hésitation.

37

Le lendemain matin, Mike dormit tard. Dès son réveil, il sauta du lit en pensant à son rendez-vous à 10 heures avec le Dr Avery, de l'Ordre des médecins. Il passa à son cabinet. Il n'avait aucun message. Il fit ses visites à l'hôpital. A 9 h 15, il passa au bureau pour prendre une copie du dossier de Stephanie. Il ne vit personne d'autre que Derek Provost, qui lui lança un salut assez froid.

Dans sa voiture, il regarda sa montre. Oak Street se trouvait à l'autre bout de la ville. Le moyen le plus rapide d'y arriver était de prendre l'Interstate 95 jusqu'à la sortie « Oak Street ». Il ne vit pas alors la grosse Ford Crown Victoria grise qui décolla du trottoir et lui fila le train. En fait, il ne la remarqua que quelques minutes plus tard, quand il s'engagea sur la bretelle menant à la 95. L'autre le suivit, et dès qu'ils furent sur l'Interstate, elle alluma les feux clignotants rouges dissimulés derrière sa calandre.

Mike se rangea sur le côté. La Ford s'arrêta juste derrière lui. Dans son rétroviseur, Mike vit les deux flics sur le siège avant. Le conducteur, vêtu de l'uniforme de la police d'Etat, descendit tranquillement et s'approcha de la voiture de Mike, côté volant.

— Veuillez me montrer votre permis de conduire et votre carte grise, monsieur, s'il vous plaît, dit-il avec une politesse forcée, en jetant à Mike un regard hostile.

— J'ai commis un délit ?

— Vos feux de stop ne fonctionnent pas. Permis de conduire et carte grise, monsieur, s'il vous plaît.

Mike prit les papiers qui se trouvaient sous le pare-soleil. Le conducteur retourna à sa voiture pour interroger son ordinateur de bord — en tout cas, c'est ce que Mike pensa. Il regarda sa montre. Cinq minutes s'écoulèrent. D'après ce qu'il voyait dans son rétroviseur, il ne se passait rien. Il voyait le reflet de ses feux de stop dans la calandre de la voiture de police. Le reflet disparut quand il leva le pied. Mike descendit de voiture. Dès qu'il ferma la portière, le flic mit pied à terre à son tour, très vite.

— Posez les mains sur la voiture, monsieur, s'il vous plaît, les jambes écartées.

Il parlait d'un ton sec qui dissuada Mike de résister.

Il obtempéra, lentement, en se demandant ce qui se passait. Le flic le fouilla, sembla peu étonné de ne rien trouver, puis lui dit :

— Monsieur, nous devons jeter un coup d'œil à l'intérieur de votre véhicule, s'il vous plaît.

Mike savait que s'il refusait, comme il en avait le droit, il devrait descendre au quartier général de la police, et que ça lui ferait perdre beaucoup de temps.

— Ecoutez, monsieur l'agent. Je suis médecin à l'hôpital Lovejoy, et j'ai un rendez-vous important à Oak Street dans vingt minutes. Il n'y a rien dans ma voiture qui puisse vous intéresser.

Mike savait que les flics ménagent souvent les médecins. Peut-être parce qu'ils ont souvent l'occasion de travailler ensemble dans les services d'urgences.

— Nous devons inspecter votre véhicule, monsieur, s'il vous plaît, répéta le flic.

Du coin de l'œil, Mike vit son comparse, un costaud grisonnant d'une cinquantaine d'années, descendre péniblement de la voiture. Il prit position à côté de la Ford, sans les quitter des yeux.

— Eh bien, allez-y, dit Mike. Après cela, vous me laissez partir ?

— Eloignez-vous de votre véhicule, monsieur, s'il vous plaît. Cinq pas.

Mike recula sur l'accotement large. La circulation avançait lentement, et il voyait les conducteurs qui le dévisageaient en passant à leur hauteur.

Le flic ouvrit la portière et se pencha à l'arrière de l'Aston Martin. Il en ressortit quelques instants plus tard, et fit signe à son partenaire de le rejoindre. Le deuxième flic s'approcha d'un pas tranquille, sans même regarder Mike.

Ils parlèrent un moment, puis le conducteur se dirigea vers Mike. Il avait en main plusieurs sachets transparents pleins d'une poudre blanche. Il les tint en hauteur.

— Nous avons trouvé ceci à l'arrière de votre voiture, monsieur. Est-ce que ça vous appartient ?

— Non, je ne les ai jamais vus. Et vous le savez parfaitement.

— Suggérez-vous que c'est moi qui les y ai mis ? Monsieur ?

Le flic s'exprimait avec une agressivité à peine contenue qui fit que Mike plissa les yeux. Il avait déjà rencontré ce genre de types sur les terrains de football. Des adversaires dangereux, toujours en train de chercher la bagarre.

— Je n'ai pas dit cela. Vous m'avez demandé si ces sachets m'appartenaient. Je vous ai répondu non, ils ne m'appartiennent pas. Et ils ne se trouvaient pas dans ma voiture il y a cinq minutes.

Le deuxième flic s'approcha d'eux, laissant ouverte la portière de l'Aston Martin. Sous ses aisselles, Mike pouvait voir les taches sombres de transpiration.

— Cet individu vient de me proposer cinq cents dollars pour passer l'éponge là-dessus, dit le premier flic à son partenaire, en lui montrant les sachets de poudre.

Il se retourna vers Mike.

— Voudriez-vous répéter votre proposition devant l'agent Pinelli ?

— Je ne vous ai rien dit de la sorte. Et mes stops fonctionnent parfaitement. Vous n'aviez pas le droit de m'arrêter. Montrez-moi votre insigne, s'il vous plaît.

Mike avait entendu parler de plusieurs cas d'automobilistes rackettés par des malfrats qui se faisaient passer pour des flics.

Lentement, sans le quitter des yeux, le chauffeur sortit son portefeuille et lui laissa entrevoir un insigne métallique.

— Je n'ai pas eu le temps de le voir, dit Mike en s'efforçant de dissimuler sa colère.

C'était un coup monté. Ces deux hommes étaient complices, et il serait en retard à son rendez-vous à l'Ordre des médecins. Mais il était évident qu'on n'en voulait pas à son argent.

— Nous vous arrêtons pour détention d'une substance prohibée, dit le premier flic.

Mike l'entendit à peine lui énumérer ses droits.

— Les mains derrière le dos, monsieur.

Totalement incrédule, Mike entendit le cliquetis des menottes que le second flic venait de refermer sur ses poignets. D'aussi près, il sentait l'odeur âcre de sa transpiration.

— C'est incroyable, dit Mike, fou de rage.

Avec les mains liées derrière le dos, il était impuissant.

— Et ma voiture ? demanda-t-il tandis qu'on l'entraînait vers le véhicule banalisé.

— On la fera enlever par une dépanneuse, dit le flic.

Monter à l'arrière de leur voiture avec les mains attachées derrière le dos n'était pas chose facile. Il y entra à reculons, et l'aîné des deux flics l'aida en lui appuyant sur la tête. Quelques instants plus tard, ils démarrèrent. Mike aperçut sa belle Aston Martin abandonnée sur le bas-côté, la portière toujours grande ouverte côté conducteur. Il espéra que le dépanneur en prendrait soin.

Un quart d'heure plus tard, ils arrivèrent au poste de police de Bridgeport, un peu à l'écart de l'Interstate 95. On le conduisit dans un hall d'accueil sinistre, où on devait l'inculper dans les formes. Mike remarqua une certaine tension entre le sergent de permanence et les deux flics qui l'avaient arrêté.

— Encore vous, dit le sergent, les dévisageant de ses yeux bleus hostiles. Qu'est-ce que c'est, cette fois ?

— Détention de drogue, dit le premier flic.

Le sergent haussa les épaules.

— Ouais…

Dans l'heure qui suivit, Mike se vit signifier une double inculpation pour possession de substances prohibées et tentative de corruption d'un représentant de la loi. On l'informa de ses droits une nouvelle fois, puis on l'emmena au bout d'un couloir où une jeune femme prit ses empreintes digitales. Il dut vider ses poches, dont on rangea le contenu dans un grand sac de papier kraft marqué à son nom. On lui donna un reçu pour le tout, et on le reconduisit dans sa cellule.

Il reçut enfin l'autorisation de téléphoner. Il pensa d'abord à Stephanie. Mais il préféra appeler Derek Provost.

— Je devais me présenter à 10 heures à l'Ordre des médecins, dit-il après lui avoir résumé les événements. Peux-tu leur passer un coup de fil et leur expliquer que je n'ai pas pu venir au rendez-vous ?

— Je m'en charge, dit Provost d'une voix bizarre. Ecoute, Mike, je ne devrais pas te le dire, mais ce dont tu as besoin dans l'immédiat, c'est d'un avocat. Où es-tu ?

— Au poste de la police de l'Etat, brigade G, à Bridgeport. C'est un peu à l'écart de la 95.

— Bien. J'appelle Del Visic, si je parviens à le localiser. Il est très bon. Il va te sortir de là en vitesse.

Toujours sous le choc, mais un peu rassuré, Mike retourna à la zone d'accueil. L'avocat appela en effet quelques minutes plus tard. Il s'entretint brièvement avec Mike.

— Ne leur dites rien, fit-il, d'un ton suggérant qu'il avait prononcé ces mots des centaines de fois. Ne répondez à aucune question. Donnez-leur simplement votre nom, votre numéro de sécurité sociale et votre adresse. Et ne leur transmettez spontanément aucune information. Dès que vous serez dehors, venez à mon cabinet. Je suis au 1001, Elm Street, juste en face de votre immeuble. Maintenant, passez-moi le sergent de permanence.

Dix minutes plus tard, un agent vint avertir Mike qu'il était libéré sous caution.

— Où puis-je récupérer ma voiture ? demanda-t-il, tandis qu'on lui restituait le sac en papier kraft contenant ses affaires.

— A la fourrière, garage Acme, sur Warwick Street, lui dit l'agent de permanence sans même lever les yeux vers lui. Vous devrez présenter une pièce d'identité et payer cinquante dollars pour le remorquage. Voici vos objets personnels.

Mike était un peu secoué, furieux mais soulagé. Il y avait un peu de monnaie au fond de l'enveloppe. Il se dirigea vers la rangée de téléphones payants. Il appela Stephanie à son bureau et lui demanda de venir le chercher.

— Le plus vite possible. Je suis au poste de police de Bridgeport. Je t'expliquerai tout quand tu seras là.

Il raccrocha et, sur un coup de tête, chercha dans son portefeuille le morceau de papier portant le numéro de téléphone de Florence DiGiovanni.

Elle répondit aussitôt. Il entendait sa respiration saccadée.

— Que me voulez-vous ? demanda-t-elle d'un ton dur, cassant.

— Je n'ai pas eu de nouvelles du bureau du gouverneur, hier, répondit-il, surpris par l'hostilité qu'il percevait. Je me demandais...

Elle l'interrompit.

— J'ai parlé à Jack de ce que vous m'avez dit. Il a immédiatement procédé à quelques investigations. Il a découvert que c'est *vous* qui opérez des patientes qui n'en ont pas besoin, et que vous êtes mêlé à plusieurs mauvais coups. Vous me dégoûtez, et je me dégoûte pour vous avoir cru. Je vous interdis d'appeler ce numéro.

38

Trente-deux minutes plus tard, Stephanie s'engageait sur le parking du poste de police, sautait de sa voiture et courait vers l'immeuble de béton gris où Mike l'attendait.

— Que se passe-t-il ?

Elle lui donna un baiser rapide. Puis elle se redressa, et le dévisagea avec inquiétude.

— J'ai essayé de deviner ce que tu avais fait pour…

Sans un mot, Mike la prit par le bras et l'entraîna dehors.

— Allons prendre un café quelque part, lui dit-il dès qu'ils furent dans la voiture.

Il y avait un Dunkin' Donuts en bas de la rue, mais Mike préférait s'éloigner un peu du poste de police. Ils poussèrent jusqu'au Friendly's qui se trouvait à quelques pâtés de maisons de là.

Ils s'installèrent autour d'une table, et Mike lui expliqua brièvement ce qui s'était passé.

— Mais pourquoi ? demanda-t-elle, les yeux brillants. Nous sommes en Amérique… On ne fait pas ce genre de choses.

— Ouais, sans doute, grimaça Mike.

— En tout cas, tu dois voir cet avocat au plus vite.

— Eh bien, allons-y.

Stephanie le déposa devant le 1001, en face de son immeuble. Puis elle regagna son bureau, en espérant que personne n'avait remarqué son absence. Mike attendit sur le trottoir. Il regarda la voiture de Stephanie tourner au coin de la rue, puis leva les yeux vers le grand immeuble à façade de briques rouges et aux fenêtres sombres.

Del Visic était un homme rondouillard, à l'air enjoué et au visage rose. Il semblait à l'étroit dans son costume gris. Ses yeux froids et méfiants ne s'accordaient ni à son visage, ni à son expression amicale.

— Votre caution était fixée à dix mille dollars, docteur. Le taux est de 10 %. Vous me devez donc mille dollars, pour commencer. Et mon tarif est de cent cinquante dollars de l'heure plus les frais. Plus une provision de cinq mille dollars. Nous acceptons les paiements par Visa et MasterCharge. Maintenant, veuillez me raconter ce qui s'est passé.

Quand Mike eut fini son récit, Del se renversa en arrière et le dévisagea.

— Vous êtes tout à fait sûr que ces sachets ne vous appartiennent pas ?

— Parfaitement sûr. On les a placés là pour me nuire. Ce sont ces deux flics qui les ont mis à l'arrière de ma voiture. Pour moi, ça ne fait aucun doute.

Del se figea soudain, comme s'il venait d'avoir une idée. Il regarda fixement Mike.

— Est-ce que, par hasard, vous vous souvenez du nom des flics qui vous ont arrêté ?

— Je m'en souviens parfaitement. Le conducteur s'appelait Guercio. L'autre, Pinelli.

Del nota les deux noms sur le bloc-notes jaune posé devant lui.

— Je vais vérifier...

Il décrocha son téléphone. La conversation ne fut pas longue. Il ne quitta pas Mike des yeux.

— J'ai ici deux noms, dit-il après avoir écouté son interlocuteur pendant quelques instants. Guercio, Pinelli.

Il raccrocha d'un geste lent.

Il alla vers la fenêtre, contempla un moment le panorama, puis retourna s'asseoir. Mike sentait que le regard de l'avocat le traversait de part en part.

— Il existe une petite unité, au sein de la police d'Etat, commença Del, en choisissant ses mots avec soin. Elle se compose d'une poignée d'hommes, peut-être une demi-douzaine. Ils ne constituent pas officiellement une unité, mais ils ne sont soumis à aucun service normal, et ils ne font jamais l'objet de mutations. Ils surveillent la résidence du gouverneur, ils l'escortent ici et là, ou remplissent certaines tâches de sécurité. Ils sont triés sur le volet, le gouverneur les connaît tous personnellement, depuis leur recrutement. On prétend aussi qu'ils effectuent pour son compte certaines missions spéciales. Eh bien, sachez que les agents Guercio et Pinelli appartiennent à ce groupe d'élite.

— Je suppose que je devrais être flatté, dit Mike, essayant de réfléchir vite. Mais ce n'est pas le cas. Je suis simplement terrifié.

— Peut-être voulaient-ils simplement vous transmettre un message, dit Del en se levant. Occupez-vous de vos affaires, ou quelque chose comme ça...

Mike secoua la tête, sans un mot.

— On a dû vous donner un document avec la date de votre audience ?

Mike lui tendit le morceau de papier jaune qu'il avait rangé dans sa poche intérieure.

— Bien...

Del contrôla la date.

— Cela nous donne un peu de temps. Dans l'intervalle, je vous suggère de ne pas prendre le volant, ou bien de louer une voiture pour la semaine.

Il se leva, un sourire aimable aux lèvres, et lui tendit la main.

— Docteur, ce fut un plaisir. Je reprendrai contact avec vous un peu plus tard dans la journée, ou demain. En sortant, veuillez payer Sally, ma secrétaire, je vous prie.

Mike prit un taxi pour le garage Acme. Apparemment, l'Aston Martin était telle qu'il l'avait laissée. Il paya le remorquage au guichet. Il allait monter dans sa voiture quand le préposé se pencha à la porte de son cagibi.

— Au fait, monsieur, vous devriez faire réparer vos stops. Ils ne fonctionnent pas.

39

Après avoir déposé Mike devant chez l'avocat, Stephanie regagna son bureau. Elle longeait le couloir lorsque la porte de Carl Hartmann s'ouvrit brusquement pour laisser passer l'homme blond qu'elle savait s'appeler Tony Danzig. Il la dépassa à grands pas, hargneux, et la suivit des yeux avec un regard inquisiteur. Il émanait de lui une telle tension, une telle violence, qu'elle en eut la chair de poule.

Elle entra dans son bureau, ferma la porte, envisagea un instant de la verrouiller. Elle alluma son ordinateur et introduisit son code d'accès. L'écran restait noir. Elle répéta toute l'opération sans plus de succès. Avec une appréhension croissante, elle s'enfonça dans son siège. Elle ignorait si tous les terminaux étaient en panne, ou si c'était seulement le sien. Elle décrocha le téléphone pour appeler Jean. Pas de tonalité. Soudain prise de panique, Stephanie courut presque à la porte, en s'attendant à la trouver fermée à clef. Elle prit le couloir, vers le bureau d'Ann Boyd.

— Ann ? Mon ordinateur est en panne, et mon téléphone est coupé.

— Oui, c'est exact, répondit Ann d'un ton sec.

Son expression, d'habitude amicale, était distante.

— M. Hartmann m'a demandé de vous informer qu'il n'avait plus besoin de vos services. Dans l'immédiat, vous retournez au service contrôle.

— Dans l'immédiat ? Qu'est-ce que ça signifie, Ann ?

Ann retourna à son travail, feignant de n'avoir pas entendu.

Stephanie ressortit du bureau. Elle prit à gauche au fond du couloir et se dirigea vers le contrôle. Là, elle dépassa les box et se dirigea vers le bureau de Jean. Celle-ci parlait au téléphone. Au moment où Stephanie franchissait le seuil, elle lui fit signe d'attendre. Stephanie se demanda ce qui se passait. Elle était persuadée que tout cela avait un rapport avec Mike et les événements des dernières heures.

Jean raccrocha enfin. Elle fixa Stephanie un moment avant de lui faire signe d'entrer.

— On m'a ordonné de te donner un box, dit-elle d'une voix bizarre. Si j'ai bien compris, tu reviens au contrôle.

Elle mourait de curiosité, mais n'osait pas poser de questions.

— Le box n° 5 est inoccupé, Stephanie. Est-ce qu'il te conviendrait ? demanda-t-elle d'un ton si dépité que Stephanie ne put retenir un sourire.

— Bien sûr, Jean. Et si tu me le demandes, non, je ne sais pas ce qui se passe.

Mais en s'installant dans le vieux box n° 5 si familier — elle y avait travaillé, jadis, avant de monter en grade —, elle eut une sensation atroce. Ce n'était qu'un début. Quelque chose se préparait, bien pire, quelque chose qui irait beaucoup plus loin qu'une simple disgrâce.

Dès son arrivée au bureau, Mike eut conscience de la froideur de l'atmosphère. Imogene, la réceptionniste, se raidit en le voyant, et ne lui rendit pas son salut. Il traversa la grande salle où les patients attendaient avant d'être reçus pour entretien dans les box de verre. Il avait l'impression que tous ignoraient délibérément sa présence. Contrairement à l'habitude, les portes des bureaux des médecins — tout comme celle de Tony Danzig — étaient closes. Le salon d'accueil de Mike était désert. Mais dans son bureau, il vit le voyant rouge clignoter sur le poste téléphonique. Un message l'attendait. Ce n'était pas grand-chose, mais tout de même un petit réconfort. En proie à un sentiment désagréable d'isolement, Mike interrogea sa boîte vocale. La voix de Derek Provost retentit à son oreille, froide, hostile. « Mike, c'est Derek. J'ai appelé l'Ordre des médecins, comme tu me l'as demandé. Le Dr Avery m'a dit qu'il reporte ta convocation à une date ultérieure. » Il y eut un silence. Mike crut que le message était terminé. Mais la voix de Derek revint en ligne. « Je n'ai plus rien à te dire, Mike. Ne me rappelle donc pas. »

Mike reposa lentement l'appareil.

La porte s'ouvrit. Spencer entra sans frapper et s'approcha du bureau.

— On nous a officiellement signifié votre arrestation par la police, ce matin. Dans ces conditions, j'ai décidé d'attribuer vos patients à Terry Catlin, jusqu'à ce que le problème soit réglé. Entre-temps, si vous le désirez, vous êtes autorisé à occuper ce bureau. Mais vous êtes déchargé de toutes vos obligations et responsabilités, et vous n'aurez plus accès au réseau informatique ni aux autres facilités. Je peux aussi vous dire que vos privilèges à l'hôpital Lovejoy sont levés à partir de ce matin, en attendant les conclusions des diverses enquêtes en cours.

Il fixait Mike avec une expression qui reflétait son profond sentiment de colère et de déception.

— J'avais vraiment confiance en vous, ajouta-t-il avant de tourner les talons et de quitter la pièce.

Avec le sentiment que son univers tout entier s'écroulait, Mike se dirigea vers la sortie. Il croisa Terry Catlin qui entrait, puis prit l'ascenseur pour descendre au parking. Il trouva sa voiture à sa place habituelle, mais il s'immobilisa soudain, comme paralysé. Quelqu'un avait tracé le mot « Connard » à la bombe de peinture rose, sur le flanc de sa belle et étincelante Aston Martin verte.

Il fit demi-tour. Il reprit l'ascenseur menant aux bureaux, traversa le hall à toute allure, et se dirigea vers le bureau de Terry Catlin dont il ouvrit la porte à la volée. Catlin parlait au téléphone. Il raccrocha aussitôt.

— Bordel, mais qu'est-ce qui te prend ? s'exclama-t-il en sautant sur ses pieds.

Malgré son ton agressif, la peur se lisait dans ses yeux. Mike fit deux pas en avant.

— Montre-moi tes mains.

Catlin croisa les bras derrière son dos.

— Fous le camp ! dit-il. Tu n'as rien...

Prompt comme l'éclair, Mike lui saisit le bras droit et le tordit violemment vers l'avant. Deux de ses doigts étaient tachés de peinture rose. Catlin, blême sous l'effet de la douleur et de la peur, se mit à geindre :

— J'appelle la police...

— Je t'avais prévenu, fit Mike. Tu n'aurais pas dû jouer au con avec moi.

Il extirpa brutalement Catlin de derrière le bureau et le projeta contre le mur, assez fort pour lui faire claquer la mâchoire. Très posément, Mike écrasa son poing droit sur le visage de Catlin, dont la tête rebondit au moment où il lui expédiait un coup du gauche à la bouche. Mike sentit quelque chose craquer sous son poing. Une dent, peut-être. Catlin ouvrit sa bouche ensanglantée et tenta de hurler, en vain. Il glissa sur le sol, mais Mike n'en avait pas fini avec lui. Il empoigna Catlin terrifié par le col de sa chemise blanche, et l'accula dans le coin du bureau, prêt à le battre comme plâtre. Tout à coup, une odeur lui parvint aux narines. Il baissa les yeux, et vit une tache humide s'élargissant sur le devant du pantalon de Catlin. Dégoûté, Mike lâcha la chemise de Catlin, qui glissa de nouveau à terre. Mike fit demi-tour et passa dans la salle d'examen contiguë. Il se lava les mains au lavabo et quitta les lieux.

Une heure plus tard, il était de retour chez lui. Il se demandait comment il allait nettoyer la peinture rose sur sa voiture. Il se demandait aussi ce qu'il allait faire.

Entre-temps, Catlin s'était relevé. Il s'était lavé et changé dans la salle de bains, et il conversait avec Lou Gardner, Tony Danzig et le chef de la sécurité, George Rankin.

40

A 17 heures, Mike se rendit Chez Aileen, où il avait rendez-vous avec Zeke, son vieux copain, et Bob, qui arrivèrent en même temps que lui.

— Que se passe-t-il, Mike ? lui demanda Zeke, dès qu'ils furent assis devant une bière. On parle beaucoup de toi à l'hôpital.

Mike haussa les épaules.

— Disons que je suis plus ou moins dans le pétrin. Mais ça va s'arranger. Et vous, les gars, où en êtes-vous ?

— Le transfo est en place. Nous l'avons testé aujourd'hui. Bon Dieu, qu'est-ce que ce truc bouffe comme courant ! Quand il tourne à plein pot, toutes les lampes se mettent à clignoter, et la moitié des alarmes de l'étage se déclenchent ! Mais il tourne en principe à 60 % de sa puissance. Ça devrait donc aller.

Ils discutèrent un moment des divers aspects techniques de leur installation. Puis ils évoquèrent des relations communes. La conversation dérivait sur le football lorsque le bipeur de Mike retentit. Il ne reconnut pas le numéro qui s'affichait sur l'écran, mais il rappela tout de suite de son portable. Il était un tout petit peu moins de 17 h 30. C'était Stephanie — dans une cabine publique au coin d'Elm et de Vine.

— Mike, excuse-moi... commença-t-elle, au bord des larmes. J'ai voulu récupérer ma voiture... J'ai deux pneus à plat. Tu peux venir me chercher ?

— *Deux* pneus à plat ? Bien sûr. Je suis là dans dix minutes.

Carl Hartmann rejoignit le petit groupe au bureau de la sécurité, réuni autour du matériel d'écoute téléphonique. Sam Scheiffer, appuyé contre le bord de la table, jouait avec un pic à glace. Après le déclic qui marquait la fin de la conversation entre Mike et Stephanie, Carl adressa un signe de tête à Catlin, adossé à la porte, et qui se couvrait la bouche d'une main.

— Bien joué, docteur, dit Hartmann. J'espère simplement que la suite se déroulera aussi bien.

Catlin avait insisté pour qu'ils engagent enfin une action radicale. Il avait exposé les grandes lignes de son plan, et démontré que personne ne serait compromis. Carl Hartmann lui-même s'était laissé convaincre.

Mike se gara devant le parking réservé aux employés de Hartmann. Stephanie attendait près de sa voiture. Il se glissa sous la barrière, puis examina les roues. Les deux pneus arrière étaient complètement dégonflés. Il chercha des clous ou d'autres objets pointus, passa la main autour des pneus. Rien. Les capuchons des deux valves étaient en place. Il les dévissa. Il savait qu'on pouvait coincer des allumettes dans les valves pour laisser passer l'air. Il ne trouva rien de tel.

— Mon garagiste m'a promis de venir réparer, dit Stephanie.

— Bien. Rentrons à la maison. Je te ramènerai demain matin.

Quand ils furent de retour à son appartement, Mike fit cuire des pâtes et prépara un accompagnement avec une boîte de palourdes et de la sauce piquante. Le repas ne fut pas particulièrement joyeux. Il flottait dans l'air une tension, une angoisse que ni l'un ni l'autre ne purent dissiper. Mike avait le sentiment que quelqu'un avait délibérément immobilisé la voiture de Stephanie. Mais pourquoi ? Ce pouvait être pour s'assurer qu'ils étaient ensemble. Faire d'eux une cible unique.

— Je ne mets plus les pieds là-bas, sauf pour récupérer ma voiture, dit Stephanie quand ils eurent rangé les couverts et les assiettes dans le lave-vaisselle. Je ne pense pas qu'ils me mettront à la porte, parce que j'ai un bon dossier, et que je n'ai rien fait de mal... De toute façon, reprit-elle avec une bonne humeur un peu forcée, il y aura toujours du travail pour quelqu'un avec mes compétences.

— J'aimerais beaucoup pouvoir en dire autant, dit Mike. Je pourrai peut-être essayer d'exercer en Namibie, ou au Zaïre. Je suis sûr qu'on a besoin de mécaniciens auto, là-bas.

Sans savoir pourquoi, ils étaient tous les deux obnubilés par le téléphone — qui reposait pourtant tranquillement sur son socle, entre la cuisine et le salon. Ils n'attendaient d'appel ni l'un ni l'autre. Et le téléphone, d'ailleurs, ne sonna pas. Mais le silence en soi recelait quelque chose de menaçant, et Mike avait l'impression qu'ils étaient coupés du reste du monde. Avant qu'ils n'aillent se coucher, Mike contrôla les serrures et les fenêtres plus soigneusement que jamais. Il décrocha le téléphone, et se rassura en entendant la tonalité normale, banale.

Malgré la douceur de la température, Mike dut serrer Stephanie plusieurs minutes dans ses bras avant qu'elle ne cesse de frissonner.

Le lendemain, le réveil les réveilla à 6 heures du matin. A 6 h 45 ils étaient prêts tous les deux, plus par habitude que par nécessité.

— Nous prendrons le petit déjeuner quelque part après avoir récupéré ta voiture, proposa Mike. Je suis capable d'avaler une pile de crêpes de trente centimètres d'épaisseur.

Ils votèrent pour la cafétéria de Sycamore Street, un endroit fréquenté par les étudiants du centre médical de New Coventry. Ensuite, Mike souhaitait se rendre à la banque du sang de Lovejoy pour essayer de mettre la main sur l'échantillon sanguin de Pauline. Si on l'y avait laissé.

— Ne devrais-tu pas louer une voiture, comme le suggérait ton avocat ? lui demanda Stephanie. Il ne faudrait pas que tu te fasses embarquer une nouvelle fois. Avec la tienne, il est difficile de passer inaperçu.

— J'en louerai une à notre retour, promit-il.

Il ne faisait pas tout à fait jour quand ils prirent l'ascenseur pour descendre au parking. L'endroit était silencieux, et leurs pas résonnaient sur le sol de béton. Des ampoules nues tombant du plafond bas éclairaient les lieux d'une lueur froide et sinistre.

Sans savoir pourquoi, Stephanie se sentait nerveuse. Elle glissa sa main dans celle de Mike et ils se dirigèrent vers l'Aston Martin. Il avait effacé autant que possible la peinture rose, mais il serra les dents en apercevant la couleur ternie de la portière. Catlin se réveillerait en tout cas ce matin avec un bon mal de tête. Cette pensée procura à Mike une certaine satisfaction.

Il ouvrit la portière côté passager pour laisser entrer Stephanie, puis contrôla le coffre du véhicule. Pas de sachets suspects. Rien d'anormal. Il contourna la voiture et monta à son tour. Le moteur réagit au premier coup de démarreur, et Mike fit prudemment marche arrière. Quelque chose dans la direction résista quand il braqua à fond. Il se promit d'y jeter un coup d'œil à la première occasion.

Près de la sortie, il aperçut la gardienne dans sa guérite. Il se dit qu'elle appartenait à l'équipe de nuit, et qu'on viendrait sans doute la relever dans une heure ou deux. Elle leva la barrière et lui fit un signe du bras, en criant quelque chose qu'il ne comprit pas. Il s'arrêta, baissa sa vitre et se pencha à l'extérieur.

— Que dites-vous, Emma ?

Elle sortit la tête de sa guérite.

— Ils sont venus remplacer votre batterie, docteur Richmond. Les mécanos. Ils sont passés vers 2 heures du matin, dans une petite camionnette rouge.

Mike la dévisagea un court instant, puis ouvrit sa portière et bondit. Il se pencha pour regarder sous l'avant de la voiture. Il vit un paquet enveloppé dans du plastique vert. Du papier adhésif métallisé était fixé à la boîte de vitesses. On entendait le tic-tac d'un mécanisme d'horlogerie.

Mike bondit.

— Sors de là ! hurla-t-il à Stephanie.

Il fit le tour, et l'arracha presque à son siège.

— Cours vers le fond du parking ! Vite !

Emma les contemplait, bouche bée.

— Courez ! lui cria-t-il. Il y a une bombe sous la voiture ! Elle va exploser... Fichez le camp, Emma !

Celle-ci sortit de sa cabine par la porte latérale. Mike la saisit par le bras et la poussa derrière Stephanie. Au même instant, un éclair bleu-blanc illumina le garage tout entier, suivi aussitôt d'une explosion assourdissante accompagnée par le bruit du métal déchiqueté et du verre brisé. Puis l'onde de choc se déplaça. Mike fut projeté en arrière comme un fétu de paille, et retomba la tête la première contre un oreiller de béton.

41

— Il est mort.

— Non, il n'est pas mort! Tais-toi, et continue à pomper.

Le plus âgé des deux secouristes hurlait en s'adressant au bleu, tout en maintenant d'une main ferme le masque à oxygène sur le visage de Mike. Une épaisse fumée tourbillonnait toujours dans le parking. Avec l'aide d'un pompier, ils portèrent le brancard jusqu'à l'ambulance qui attendait en haut de la rampe, le bleu frappant toujours la poitrine de Mike de ses paumes ouvertes.

Le réveil fut lent et pénible. La première chose dont Mike prit conscience, ce fut le bruit de fond caractéristique de l'unité de soins intensifs, le sifflement lointain d'un respirateur, la voix assourdie d'un haut-parleur appelant quelqu'un... Il ouvrit les yeux une fraction de seconde. Quand la lumière frappa ses rétines, il eut l'impression qu'on lui enfonçait des aiguilles de verre dans les yeux.

— Il est réveillé.

C'était peut-être la voix de Stephanie, mais il n'en était pas sûr. Il essaya de se redresser, sans succès.

— Hé, ne bougez pas ! fit une voix sévère, lointaine, métallique.

Mike ne pouvait dire s'il s'agissait d'un homme ou d'une femme.

Mike ouvrit un œil à demi, puis l'autre. Un ovale blanchâtre se dessina dans son champ de vision. Peu à peu, il distingua avec netteté le visage de Stephanie. Mais celui-ci fut bientôt remplacé par celui d'Evan Gaskell. Mike ferma les yeux. Tout ce qu'il savait, c'était qu'il ne voulait ni le voir, ni l'entendre.

— Vous m'entendez ? demanda Evan.

— Oui. Inutile de crier.

— Vous savez où vous êtes ?

Mike se dit que la question ne méritait pas de réponse, alors il ne répondit pas. Il préférait contrôler le fonctionnement de ses bras et de ses jambes. Tout son corps était douloureux et raide, comme s'il avait été passé à tabac par quelqu'un qui savait parfaitement où blesser chacun de ses muscles.

— Vous êtes à l'hôpital Lovejoy. Aux soins intensifs.

Mike le regarda, puis il essaya de bouger. Mais ses poignets et ses avant-bras étaient fixés par des courroies, à cause des intraveineuses. Il pouvait tout juste redresser les doigts. Il trouva la main de Stephanie, et parvint à la saisir. Il se dit qu'il était déjà plus ou moins éveillé, avant d'ouvrir les yeux, mais il n'était sûr de rien.

— Pourquoi ?

Il passa sa langue sur ses lèvres desséchées. Il ne reconnaissait pas le son de sa voix.

— Pourquoi ? répéta-t-il. Qu'est-ce que je fais ici ?

— Il y a eu une explosion, dit Evan. Vous vous en souvenez ?

Mike réfléchit.

— Non.

Evan le lui expliqua. Quelques bribes de souvenirs revinrent à la mémoire de Mike, comme des voitures de course défilant devant lui, puis disparaissant à la vitesse de l'éclair. Il gisait sur le dos, les yeux fermés, et Evan lui parlait.

Il parvint à articuler :

— Stephanie, tu vas bien ?

Ces quelques mots lui coûtèrent un effort énorme.

— Ça va. Quelques bleus, rien de plus. Mike, tu me serres trop fort… Tu me fais mal à la main. Détends-toi. Tout va bien.

Mike luttait pour se redresser dans le lit.

— Il faut absolument récupérer l'échantillon de sang de Pauline, à la banque… commença-t-il.

Mais c'était trop d'effort. Il retomba en arrière, les yeux fermés.

Au fond d'une sorte de brouillard, il entendit une autre voix. Peut-être celle de Lou Gardner.

— Il va bien, maintenant. Nous allons pouvoir le transporter dans une chambre normale. J'ai commandé une infirmière privée. Riva Zorek. Elle sera là dans une heure ou deux. Elle prendra soin de lui.

Gardner parlait d'une voix mielleuse.

— Et vous, mademoiselle Hopkins, vous êtes épuisée. Vous devriez rentrer chez vous et vous reposer un peu.

Il insistait. C'était un ordre, pas un conseil.

Mike lâcha la main de Stephanie. Il n'entendit plus rien, jusqu'à son réveil deux heures plus tard. Il sut qu'on l'avait changé de chambre. Le lit était différent, et le fond sonore de l'unité des soins intensifs avait disparu.

Stephanie était toujours à ses côtés, sans Evan. Elle lui expliqua que son bipeur avait sonné et qu'il était parti en hâte.

L'esprit de Mike commençait à s'éclaircir. Stephanie lui prit la main. Avec un effort, il tourna la tête vers elle. Elle avait les traits tirés, et semblait terrifiée.

— Que se passe-t-il ?

Elle ne répondit pas. Elle prit un journal plié dans son sac et le lui tendit.

Il essaya d'accommoder son regard, mais les caractères étaient flous.

— Je ne peux pas lire, dit-il.

Stephanie lui reprit le journal.

— C'est le *Register* de cet après-midi.

Elle commença à lire.

— « Une voiture piégée explose en plein centre de New Coventry. »

Elle parlait d'une voix anormalement calme. Mike devait faire un effort pour comprendre ce qu'elle disait.

— « Plusieurs personnes ont échappé à la mort, ce matin, lors de l'explosion d'une voiture piégée, à l'entrée d'un parking privé, au centre de New Coventry. L'explosion a provoqué un incendie qui a été circonscrit par deux unités de nos sapeurs-pompiers. On déplore trois blessés dont deux grièvement touchés. Ces deux derniers ont été admis à l'hôpital Lovejoy. Emma Lowther, quarante-trois ans, une gardienne employée par la firme Secure I-T, a été touchée par des éclats de verre. Un porte-parole de l'hôpital a déclaré qu'elle se trouvait dans un état critique. Le Dr Michael Richmond, qui conduisait le véhicule, une Aston Martin de 1961, est lui aussi gravement blessé. Un représentant de la police de l'Etat nous a déclaré que Richmond avait été arrêté la veille, puis libéré sous caution, et se trouvait sous la double inculpation de détention de drogue et de tentative de corruption d'un agent de la police de l'Etat. Selon la même source, l'enquête préliminaire pourrait suggérer que cet attentat serait lié au trafic de drogue. Par ailleurs, un porte-parole de l'Ordre des médecins du Connecticut déclare que le Dr Richmond faisait déjà l'objet d'une enquête pour faute grave dans l'exercice de la médecine, et que l'Ordre devra tenir compte de cette situation, dès que de nouveaux faits seront connus. »

Stephanie se tut. Ils se regardèrent.

— Bon Dieu...

La voix de Mike n'était qu'un murmure rauque.

— Les salauds... Stephanie, tu es sûre que tu n'es pas blessée ?

— Non, je vais bien. On m'a dit que je souffrais d'une légère commotion, et mes oreilles bourdonnent toujours. A part ça, pas de problème.

— Et Emma ? La gardienne ?

— D'après le Dr Gardner, elle a eu une artère sectionnée à la jambe, mais ils l'ont soignée. Elle est hors de danger.

Il y eut un long silence. Mike sentait qu'une vague de colère et de peur menaçait de l'engloutir.

— Tu disais qu'on avait laissé un policier de garde ?

— Il y en avait un à l'entrée des soins intensifs quand tu y étais. Mais il est parti, maintenant.

— Et Evan ?

— Il est parti, lui aussi. J'ai l'impression qu'il ne reviendra pas.

— Ma voiture ?

Pour toute réponse, Stephanie lui montra la photo illustrant l'article qu'elle lui avait lu.

— Je suis désolée. Mike...

Le cliché montrait une masse de ferraille informe où il était difficile de reconnaître une voiture.

Il contempla longtemps la photo. Quand il parla, sa voix était calme.

— Nous l'avons échappé belle.

Oubliant qu'il était attaché, il voulut tendre le bras pour attraper le gobelet d'eau sur la table de nuit. Stephanie l'approcha de ses lèvres. Il en avala le contenu en quelques gorgées.

— Tu as encore soif ?

— Oui, s'il te plaît. Quelle heure est-il ?

— Un tout petit peu moins de minuit.

— De minuit ?

— Oui.

Une infirmière entra dans la chambre. Elle contrôla les fonctions vitales de Mike et prit quelques notes sur son clipboard.

— Votre infirmière privée, Mme Zorek, a appelé il

y a quelques minutes, fit-elle avant de quitter la pièce. Elle a été retardée. Mais elle sera ici dans une heure.

Comme des fragments confus émergeant d'un cauchemar, les paroles de Gardner avaient du mal à se mettre en place dans sa mémoire. Infirmière privée… Riva Zorek… Où Mike avait-il entendu ce nom ?

— Essaie de dormir un peu, lui dit Stephanie. Je vais éteindre.

— Tu devrais dormir aussi. Tu peux rester ici ?

— Il y a un fauteuil à dossier inclinable, dans le coin. Ce sera parfait.

Un instant plus tard, on n'entendait plus que le bruit régulier des respirations. La seule lumière provenait de la veilleuse placée à côté du lit. Dans le couloir, le silence régnait, comme si l'hôpital tout entier avait succombé au sommeil.

Quatre étages plus bas, le service des urgences était débordé. Depuis quelques minutes, les ambulances débarquaient les victimes de l'incendie d'une maison près de la gare, alors que le personnel soignant s'affairait encore auprès de celles du carambolage monstre qui avait eu lieu sur l'Interstate 95. Terry Catlin, en blouse blanche, franchit la porte du service sans se faire remarquer.

— Le voilà, dit Sam Scheiffer.

En compagnie de Rankin et de Danzig, il regardait les moniteurs de surveillance depuis l'immeuble Hartmann, à trois pâtés de maisons de là.

— Ce type est un fou furieux, dit Rankin, en regardant Catlin disparaître du champ de la caméra. Il s'implique beaucoup trop personnellement, et il est trop angoissé pour en finir avec Richmond.

— Fermez-la, George, dit Danzig. Carl a donné son accord pour ce que Catlin va faire. En outre, c'est vous qui auriez pu en être chargé, alors taisez-vous et estimez-vous heureux.

Catlin, une main dans la poche de sa blouse blanche, longea en hâte le couloir principal menant aux ascenseurs. Brian Folsom, le technicien de nuit de la banque du sang, attendait l'ascenseur. Il avait à la main son panier-repas. Brian, qui avait sensiblement le même âge et la même corpulence que Catlin, était très célèbre dans tout l'hôpital. On le reconnaissait immédiatement grâce à sa veste rayée aux couleurs vives.

— On fait des heures sup', docteur Catlin ? fit-il.

Catlin avait le visage gonflé, et l'œil droit pratiquement fermé. Il lui tourna le dos et se couvrit la bouche de la main pour lui cacher sa lèvre fendue. Les yeux fixés droit devant lui, il s'abstint de répondre, se contentant d'un haussement d'épaules méprisant. Brian rougit et garda le silence. Il quitta l'ascenseur au deuxième étage et prit le couloir menant à son labo.

Catlin dépassa la radiologie et monta au quatrième étage. Lou lui avait communiqué le numéro de chambre de Mike.

— Nous avons éloigné le flic de garde, et j'ai renvoyé cette Hopkins chez elle. Il devrait donc être seul pendant une heure environ, jusqu'à l'arrivée de Riva. En outre, il est dans le brouillard... Il ne vous verra même pas.

Au quatrième étage, les lampes étaient en veilleuse pour la nuit, et on ne pouvait voir l'ascenseur depuis le bureau des infirmières. Personne ne se manifesta. Catlin, parfaitement silencieux grâce à ses semelles de crêpe, gagna les toilettes à mi-chemin du bout du couloir. La lumière était vive, et il lui fallut plusieurs secondes pour accommoder son regard. Il s'enferma dans une des deux toilettes. Il sortit de sa poche une seringue de 20 ml et une ampoule de même volume, dont il contrôla l'étiquette. « Chlorure de potassium, solution intraveineuse, 3 Meq/ml. Ne pas administrer non dilué. » Catlin sourit, ce qui lui fit mal à la lèvre. « Quand ce truc lui parviendra au cœur, se dit-il, ça va le réveiller, et les fibrillations dureront assez longtemps pour qu'il sache qu'il est en train de mourir. » Il ôta le capuchon rose protégeant l'aiguille, la planta dans la membrane de l'ampoule et remplit la seringue. Puis il remit le petit capuchon en place et rangea le tout dans sa poche.

Une minute plus tard, Stephanie s'éveilla en sursaut. Quelqu'un tournait très doucement la poignée de la porte. Il y avait dans ce bruit quelque chose de furtif, de traînant, au point qu'elle eut l'impression que son cœur s'arrêtait. La porte s'entrouvrit. Stephanie resta figée. Un visage se dessina, lentement, dans l'ouverture. Les yeux presque clos, elle vit un visage esquinté, terrifiant. Elle le reconnut.

Il demeura immobile presque une minute, observant l'intérieur de la chambre. Stephanie crut qu'elle allait se mettre à hurler. Mais elle parvint à rester immobile, les yeux fermés, dans son fauteuil. Que voulait-il ?

Catlin, d'abord dérouté par la présence de Stephanie, décida qu'ils dormaient tous les deux à poings fermés. Et il n'en avait que pour un instant. Il y avait juste assez de lumière pour accomplir ce qu'il était venu faire. Il ouvrit suffisamment la porte pour se glisser à l'intérieur de la chambre, tendit le bras et ferma le petit robinet de la perfusion de Mike. Il tira la seringue de sa poche, planta l'aiguille dans le tube transparent et injecta lentement la solution dans le réservoir de l'appareil à perfusion. Il évalua la longueur du tuyau ; il fallait près d'une minute pour que le potassium atteigne le cœur. Il avait le temps de s'éloigner tranquillement. Il ouvrit le robinet d'arrêt, se dirigea vers la porte et murmura à l'intention de Mike :

— Tu es mort, mon salaud !

42

La porte se ferma sans bruit derrière Catlin. Stephanie attendit un instant, en proie à la panique, puis elle bondit aussi silencieusement que possible. D'une main, elle attrapa le tuyau de la perfusion et le pinça pour stopper l'écoulement. De l'autre, elle ferma le robinet d'arrêt. Sans quitter la porte des yeux, terrifiée à l'idée que Catlin pût revenir, elle attendit un peu, puis secoua l'épaule de Mike. Cette fois, il s'éveilla. Elle lui plaqua une main sur la bouche pour l'empêcher de parler. Elle se pencha vers lui et lui raconta très vite, en un murmure, ce qui s'était passé.

Mike s'assit.

— Tu peux débrancher cette perfusion, dit-il. Je n'en ai pas besoin, de toute façon.

Stephanie hésita une seconde, puis elle décida que ce n'était pas le moment de discuter. Elle arracha l'adhésif et ôta l'aiguille de la veine de Mike.

— Il faut qu'on s'en aille, dit-il, le doigt sur la piqûre pour empêcher le saignement. Je sais qui est Riva Zorek. C'est l'infirmière qui se trouvait avec Pauline lorsqu'elle est morte.

Il se redressa, et la douleur qui le frappa au milieu du front lui arracha un grognement.

— Où sont mes vêtements ?

Stephanie se dirigea vers le placard. Les vêtements que Mike portait à son arrivée (ou plutôt ce qu'il en restait) étaient là.

— Que faisons-nous, s'il revient ?

Stephanie était si terrifiée qu'elle pouvait à peine parler.

— Je le tuerai.

Mike ne plaisantait pas. Elle l'aida à enfiler ses vêtements, sales et déchirés. Il se leva avec beaucoup de précautions.

— Mike, que faisons-nous ?

Il s'immobilisa, la main sur la poignée de la porte.

— Ils vont revenir, dit-il. Et quand ils découvriront que nous ne sommes plus là, ils partiront à notre recherche.

— Pourquoi ne pas simplement sortir d'ici ? Quitter l'hôpital ? Je pourrais appeler un taxi…

— La seule porte ouverte à cette heure de la nuit, c'est celle des urgences. Et tu peux être sûre qu'ils ne nous laisseront pas sortir.

Mike essayait de réfléchir vite.

— D'autre part, nous devons mettre la main sur l'échantillon de sang de Pauline à la banque du sang, s'il y est encore. C'est notre seule chance de prouver qu'elle a été assassinée.

Une idée le frappa, son visage se durcit, et il prit la main de Stephanie.

— Nous allons descendre au service radiologie, à l'étage au-dessous. C'est un des premiers endroits où ils nous chercheront. Avec un peu de chance, nous aurons le temps de faire ce que nous avons à faire. Allons-y.

Il sortit le premier. Stephanie le suivit. Elle s'attendait à entendre crier, d'un instant à l'autre, au bureau des infirmières. Mais ils parvinrent à rejoindre l'escalier de secours et à descendre d'un étage sans attirer l'attention. Mike ouvrit très doucement la porte donnant sur le couloir principal du service radiologie. Seules quelques lampes luisaient faiblement. C'était juste assez pour lui permettre de retrouver son chemin.

— Il faut trouver l'endroit où l'on a installé le nouvel IRM, murmura-t-il en serrant la main de sa compagne.

Ils trouvèrent ce qu'ils cherchaient au bout du couloir, sans difficulté, grâce aux bâches qui recouvraient le sol entre l'endroit en question et l'ascenseur de service. Des cales de bois maintenaient en position ouverte les doubles portes. A l'intérieur, la lumière était encore plus faible que dans le couloir. Mike resta dans l'embrasure de la porte, essayant de comprendre la disposition des lieux. La pièce était presque entièrement vide, et le sol était protégé par le même papier isolant. C'était là que Zeke et Bob travaillaient. Tout au fond, là où une grosse armoire d'acier inoxydable de plus de deux mètres de haut bourdonnait doucement.

— Voici le transformateur, dit Mike.

Il regarda sa montre.

— Il nous faut un petit quart d'heure. S'ils arrivent avant cela, nous sommes morts.

Il inspira à fond et fit de la lumière dans la pièce.

— Comment ça, il n'est plus là ?

L'infirmière de nuit, une femme aux cheveux gris d'une cinquantaine d'années, leva les yeux vers le visage carré de Riva Zorek, qu'encadraient ses cheveux noirs coupés court.

— La chambre 525, fit Zorek. Le Dr Richmond. Il n'y a personne.

— Bien sûr que si. Vous avez dû vous tromper de chambre.

— Non, je ne me suis pas trompée.

Riva Zorek parlait d'une voix calme, mais quelque chose dans son regard galvanisa l'infirmière de nuit. Elle posa son livre retourné sur le bureau. Elle ne voulait pas risquer de perdre sa place. Elle se leva de sa chaise.

— Bien, dit-elle. Allons voir.

Mike ouvrit les portes à l'arrière du transformateur et glissa la tête à l'intérieur. Il était beaucoup plus gros que ceux qu'il installait quelques années auparavant. L'unité de refroidissement des électroaimants était de conception nouvelle. Les interrupteurs « Marche-Arrêt-Test » se trouvaient sur la paroi extérieure, à droite, et non plus à l'intérieur. Encore un progrès technique. Mais la conception générale n'avait pas changé. Mike chercha du regard ce dont il avait besoin. Zeke lui avait dit que les essais étaient finis et, l'espace d'un instant, Mike frissonna en pensant qu'il avait peut-être déjà fait enlever les câbles gainés. Non, ils étaient bien là — en paire, rouge pour le positif et noir pour le négatif —, un gros rouleau bien net, à l'autre bout de la pièce, avec le reste du matériel utilisé pour les essais.

— Qu'est-ce que tu fais ? demanda Stephanie, craignant que la lumière n'attire l'attention d'un gardien en train de faire sa ronde. Mike, j'ai vraiment peur... Descendons au rez-de-chaussée, trouvons une porte de secours et fichons le camp.

Elle tremblait. Mike la serra brièvement dans ses bras pour la rassurer. Mais lui-même était en sueur, il n'était pas sûr du tout d'être capable de les sortir de là.

— Il faut que tu m'aides, Stephanie, dit-il en lui montrant le gros rouleau. Déroule ces câbles, et tire jusqu'au transformateur les extrémités avec les pinces crocodiles.

Pendant qu'elle déroulait les câbles, Mike se glissa derrière l'armoire. Au prix d'un effort colossal, il sortit de leurs gonds deux des portes d'acier du transformateur. Il les porta, et les coucha sur le sol, côte à côte, à quelques centimètres l'une de l'autre, juste au seuil de la pièce.

Il les examina une seconde. De l'extérieur, avec les lampes principales éteintes, elles ne seraient pas trop visibles... Peut-être fallait-il les recouvrir d'un morceau de papier isolant... Non, ça n'irait pas. Il fallait prendre le risque, en l'état. Mike trouva deux planchettes de bois qu'il plaça entre les portes, dans le sens de la longueur, pour être sûr qu'elles ne se touchent pas.

Stephanie avait déroulé les câbles, en dépit de leur poids, et les avait tirés jusqu'à la grande armoire. Elle était essoufflée.

— Il y a des pinces crocodiles aux deux extrémités, dit-elle.

— Parfait. Ça va nous simplifier les choses.

Mike remercia mentalement Zeke. Il prit les deux autres extrémités, et avec l'aide de Stephanie, traîna les câbles jusqu'à la porte. Il regarda sa montre. Bon Dieu. Il ferait bien de se dépêcher. Il ne fallut qu'un instant pour fixer les pinces crocodiles isolées à chacune des portes d'acier. Il fut beaucoup moins facile de disposer les câbles le long du mur, de sorte qu'ils soient invisibles aux yeux de quelqu'un qui se tiendrait debout devant la porte. Très soigneusement, alors qu'il sentait que ses forces déclinaient, il fixa les pinces crocodiles aux bornes positive et négative à l'intérieur de l'armoire, enroulant plusieurs fois le fil conducteur sur lui-même pour que le contact métal sur métal soit le meilleur possible. Puis il s'assit par terre, haletant, trop épuisé pour parler.

— Où peut-il être ?

Pour une fois, Tony avait abandonné son costume trois pièces pour un pull-over sombre à col roulé, un jean de marque et des mocassins italiens. Il était visiblement furieux. Catlin les avait appelés, George Rankin et lui, lorsque l'infirmière Zorek lui avait appris que Mike ne se trouvait plus dans son lit d'hôpital.

— Il n'est plus là. Pas à cet étage, dit Catlin, dont le visage tuméfié était brouillé par la rage et la frustration. Mais nous savons qu'il n'a pas quitté l'hôpital. Il n'aurait pu sortir que par les urgences, et nous surveillons cette issue. J'ai inspecté tout l'étage, y compris les toilettes, jusqu'au dernier placard. Il n'est certainement pas monté aux autres étages, parce qu'il y a trop de monde. Non, il va essayer de rester planqué jusqu'au matin, et puis de trouver une sortie.

— Qu'y a-t-il à l'étage au-dessous de nous ?

— Des bureaux, la chirurgie ambulatoire, la radiologie. Il peut s'y cacher.

— Et en dessous ?

— D'autres bureaux, la physiothérapie et le laboratoire de l'hôpital. Tout est fermé, sauf la banque du sang.

— Bien. Je vais contrôler l'étage au-dessous. Vous, vous descendez à l'étage de la banque du sang.

Il regarda Catlin, l'air légèrement condescendant.

— J'imagine que vous avez l'outillage nécessaire ?

— J'ai ce qu'il me faut là-haut, dans mon vestiaire.

Les portes de l'ascenseur s'ouvrirent au moment où Catlin prononçait ces mots. Lou Gardner en sortit, d'évidence sous le coup de l'émotion.

— Que se passe-t-il ? demanda-t-il à Danzig. Vous savez où il est allé ?

— Nous allons contrôler les deux étages inférieurs. Il doit rôder quelque part par là... Nous le trouverons, ne vous en faites pas.

Il avança le pied pour bloquer les portes de l'ascenseur, sortit de sa poche un Glock automatique et vissa un gros silencieux au bout du canon. Puis il pénétra dans l'ascenseur, dont les portes se refermèrent sans bruit derrière lui.

Gardner se tourna vers Catlin, l'air sinistre.

— Il se pourrait bien que Richmond essaie d'aller à la banque du sang. Aux soins intensifs, je l'ai entendu marmonner qu'il devrait récupérer un échantillon de sang de Pauline Minsky.

— Très bien. J'espère qu'il y sera.

La haine et la colère de Catlin alarmèrent Lou Gardner. Lorsque Catlin lui demanda s'il voulait l'accompagner, il eut un vif mouvement de recul.

— Pas question, répliqua-t-il. J'attendrai là-haut. Tenez-moi au courant.

— Je t'en supplie, Mike, éteins la lumière.

Stephanie était assise à côté de son amant derrière la grande armoire. Elle frissonnait toujours.

— Nous formons ainsi une cible idéale.

— Tout va bien, Stephanie, lui répondit Mike.

Avec un effort, il se remit sur pied.

— Nous les entendrons arriver. Ce ne sera pas très long. Reste ici, et ne bouge pas de derrière cette armoire. D'accord ?

Il alla à l'entrée de la pièce, en prenant soin de ne pas marcher sur les portes métalliques, et attendit, l'oreille tendue. Tout était tranquille, à l'extérieur, comme si l'hôpital dormait profondément.

Quelques minutes plus tard, il se crispa. Il venait d'entendre, au bout du couloir, le léger chuintement des portes de l'ascenseur. Elles se refermèrent, puis le silence retomba. Mike ignorait si quelqu'un en était sorti. Il attendit encore quelques instants pour donner à un visiteur éventuel, quel qu'il fût, le temps d'approcher. Puis il éteignit les lampes principales et se dissimula en rampant à côté du transformateur. Il était partiellement visible, mais il n'y pouvait rien. Il devait avoir accès aux interrupteurs.

Un silence absolu se prolongea pendant plus d'une minute. Puis Mike et Stephanie entendirent — l'espace d'une fraction de seconde — un frottement de pas extrêmement discret. Stephanie refoula le hurlement qui montait dans sa gorge. Elle sentait la présence de Mike, très tendu, à côté d'elle.

Une ombre se découpa dans la faible lueur venant de la porte. En dépit des instructions de Mike, Stephanie passa la tête pour regarder au-delà du transformateur. Elle se mordit la main pour réprimer sa panique.

— Mike ?

C'était la voix de Tony Danzig, douce et raisonnable.

— Mike, je sais que vous êtes là. Montrez-vous, pour que nous puissions parler.

Mike se figea. Il s'efforçait de contrôler sa respiration pour que Tony ne l'entende pas.

Une tête d'épingle lumineuse apparut dans l'embrasure de la porte. Un minuscule faisceau balaya lentement la pièce. Mike essayait de deviner l'emplacement exact de Danzig. Mais il n'était sûr de rien. Le faisceau se posa sur le transformateur, s'immobilisa un instant et reprit son mouvement.

Une seconde plus tard, il éclaira Mike. Et tout se déclencha en même temps. Une balle frappa le transformateur, à trente centimètres de sa tête. Au même instant, Mike appuya sur la touche Marche placée sur le côté de l'armoire. Un éclair illumina l'entrée de la pièce avec un grésillement atroce, et la silhouette de Danzig se découpa très nettement. Pendant une seconde, on eût dit qu'il était devenu phosphorescent. Mike vit sa bouche et ses yeux grands ouverts, et ses cheveux blonds se dressant sur son crâne. Un spasme tétanique secoua son corps, et il émit un bruit curieux, entre le sifflement et le hurlement. Le revolver et la lampe-stylo voltigèrent. Tony sembla rester ainsi, figé, raide, pendant une éternité. Puis il s'écroula sur le sol, son corps grésillant toujours sous l'effet de la haute tension.

Tremblant, Mike enfonça le bouton Arrêt. Stephanie, assise par terre, les yeux écarquillés, fixait d'un air horrifié le cadavre affalé devant l'entrée.

Mike se dirigea vers la porte, qu'il entrouvrit pour éclairer la pièce. Tony était parfaitement immobile, couché en travers des deux portes métalliques. Il dégageait une odeur de chair brûlée. Mike revint vers Stephanie, et l'aida à se lever.

— Il faut remettre tout cela en place, dit-il doucement en lui montrant les portes d'acier et les câbles.

Il n'avait pas la force de dégager seul le cadavre de Tony. Elle l'aida au mieux malgré sa répugnance à toucher le bras raide et sans vie. Mike détacha les pinces crocodiles des portes et des bornes du transformateur, tandis que la jeune femme rangeait les câbles et replaçait le rouleau là où ils l'avaient trouvé. La dernière étape consistait à aller chercher les lourdes portes pour les replacer dans leurs gonds. Même avec le concours de Stephanie, Mike eut du mal à y parvenir. Il glissa sur le sol, le dos appuyé contre le transformateur qui vibrait doucement. Sa poitrine se soulevait par saccades. Stephanie s'accroupit à côté de lui, et lui jeta un regard inquiet.

— Ça ira, lui dit-il, le visage contracté. Je suis simplement déçu que ce ne soit pas Catlin.

Ils reprirent leur souffle pendant une minute. Mais il était évident que la présence du corps inerte de Danzig perturbait Stephanie. Elle tremblait toujours de manière incontrôlée.

— Je n'y peux rien, dit-elle. Je ne peux m'empêcher de penser qu'il va se relever et nous tuer tous les deux.

— Allons-y. Nous n'avons pas encore fini. Mais il faut que tu m'aides à me relever.

Pour sortir de la salle de l'IRM, ils durent encore enjamber le cadavre de Tony. Stephanie eut beaucoup de mal à s'y résoudre.

— Il faut aller à la banque du sang et récupérer l'échantillon de sang de Pauline, fit Mike, en éteignant la lumière. Si nous ne le faisons pas maintenant, il ne sera sûrement plus là demain matin. Il n'y est d'ailleurs peut-être déjà plus, pour autant que je sache.

Il prit la main de Stephanie. Il se savait dans un sale état, et le simple fait de bouger ou de respirer lui était douloureux. Mais cela ne l'arrêterait pas.

Ils avancèrent sans un mot dans le couloir obscur, en se demandant si le bruit et la lumière n'avaient pas attiré l'attention des agents de la sécurité. Mais tout semblait tranquille. Ils ouvrirent la porte menant à l'escalier. Mike sentit ses forces lui revenir un peu, tandis qu'ils descendaient lentement les marches de béton. Un étage plus bas, la lourde porte craqua. Ils empruntèrent le couloir menant au laboratoire principal et à la banque du sang. Ils virent de la lumière au bout du couloir, à droite. Il y avait une permanence, à la banque du sang, vingt-quatre heures sur vingt-quatre. Mike savait que Brian Folsom, le technicien de nuit, était probablement là — s'il n'était pas parti livrer du sang quelque part dans l'hôpital. Il le connaissait bien, et il pouvait raisonnablement espérer que Brian les aiderait quand il saurait de quoi ils avaient besoin, et pourquoi.

Mike et Stephanie longèrent le couloir, dans un silence absolu. Mike savait que personne ne venait là en pleine nuit, sauf les techniciens de la banque du sang. Ils ne risquaient donc pas d'être découverts. Mais l'atmosphère recelait quelque chose d'indéfinissable, qui le rendait très nerveux.

Quand les doubles portes de la banque du sang furent en vue, Mike s'arrêta. Elles étaient ouvertes. Bien entendu, il n'y avait personne à la réception. Au-delà du bureau, il apercevait l'intérieur éclairé du labo. L'endroit où travaillaient les techniciens, lui, était hors de son champ de vision.

— Attends-moi ici, ordonna-t-il à Stephanie, dans un souffle. J'y vais, je dois parler à Brian.

Stephanie secoua la tête énergiquement.

— Pas question, murmura-t-elle. Je t'accompagne.

Ils franchirent lentement les doubles portes. Seul le bourdonnement des gros réfrigérateurs, sur le mur de gauche, où le sang était stocké rompait le silence absolu. En entrant dans le labo, ils entendirent le bruit, faible et crachouillant, mais plutôt rassurant, d'un poste de radio portatif. Mike avançait prudemment. Stephanie lui tenait toujours la main, qu'elle serrait très fort. Ils dépassèrent la rangée de vestiaires du personnel, puis la porte fermée donnant sur le laboratoire principal de l'hôpital et s'engagèrent entre les deux rangées de paillasses, vers le fond du laboratoire.

Brian était à sa table. Il portait son veston multicolore. Il leur tournait le dos, et sa tête reposait sur le bureau comme s'il s'accordait une petite sieste. Mike, toujours entre deux paillasses, s'immobilisa à quatre ou cinq mètres de lui.

Stephanie retint son souffle.

— Oh, mon Dieu... Mike, tu crois qu'il va bien ?

Au même instant, Brian bougea légèrement. Mike acquiesça.

— Oui, il s'est assoupi, tout simplement.

Il s'avança. Quand il fut à quelques pas du laboratoire, il s'exprima avec douceur, pour éviter de le surprendre :

— Hé, Brian...

Il y eut une pause, puis Brian se redressa et tourna son visage vers lui. Sauf que ce n'était pas celui de Brian, mais celui de Catlin. Il grognait, et sa face contusionnée exprimait une telle haine que Mike se figea, bouche bée.

Catlin tenait un revolver.

— Cette fois, tu es foutu, enfoiré ! s'exclama-t-il.

Mike vit son doigt s'apprêter à presser la détente. Par réflexe, sa main se leva, il saisit sur la paillasse un grand flacon plein d'un réactif quelconque, et le lança droit sur Catlin. Celui-ci parvint à l'éviter, mais le flacon s'écrasa sur le bureau, et le liquide éclaboussa Catlin qui se mit à hurler. Mike agrippa Stephanie et plongea entre les paillasses au moment précis où Catlin faisait feu. Il tira de nouveau alors qu'ils atteignaient le bout de la paillasse. Mike sentit le déplacement d'air de la balle qui le frôla avant de frapper le mur avec un bruit sourd. Ils s'accroupirent, essayant de deviner de quelle direction Catlin se précipiterait sur eux.

Et il vint, tel un dément. Il grimpa sur la paillasse et fusa vers eux, renversant les centrifugeuses, les flacons et les tubes de verre, tout ce qui le gênait dans sa progression. Il s'arrêtait, toujours hurlant, les cherchait du regard, puis repartait. Il savait qu'ils ne pouvaient se relever et fuir dans l'allée, d'un côté ou de l'autre, sans constituer une cible immanquable. Tout en tendant l'oreille, Mike essayait d'imaginer un moyen de s'échapper. Soudain, ses narines se contractèrent en reconnaissant l'odeur lourde et corrosive du réactif qu'il avait répandu.

— Oh, mon Dieu, dit-il à Stephanie. C'est de l'acide sulfurique !

Il passa la tête au-dessus de la paillasse, et sentit ses cheveux se dresser sur sa nuque. Catlin était debout sur la paillasse à environ cinq mètres de lui. Ses vêtements fumaient. Son visage atteint par l'acide était déjà couvert de cloques. Mais il aperçut Mike, et cette fois encore le coup passa tout près. Catlin titubait vers eux en écrasant les objets posés sur la paillasse. Il vociférait et hurlait de douleur tout à la fois. Mike attrapa Stephanie, et ils plongèrent vers la porte du labo principal, en espérant qu'elle serait ouverte. C'était leur seule chance. La porte était verrouillée. Avec l'énergie du désespoir, Mike se jeta contre le panneau. Au même instant, la lumière jaillit dans le couloir, et il entendit des cris et le bruit d'une cavalcade. Acculés, les deux fuyards virent Catlin descendre de la paillasse, moitié sautant, moitié tombant, et se précipiter vers eux. Il avait une allure terrifiante. Son œil gauche noircissait déjà, son visage était méconnaissable, et l'acide consumait ses vêtements. Il s'arrêta une fraction de seconde, sans cesser de hurler, et se retourna au moment où quelqu'un faisait irruption dans le laboratoire. Mike et Stephanie perçurent deux coups de feu rapprochés, puis virent Catlin être projeté en l'air. Il retomba sur le sol avec un bruit sourd, tandis que son arme volait.

Evan Gaskell courut dans la pièce, un revolver à la main. Quelques instants plus tard, le laboratoire était envahi par la police.

— Nous les avons tous arrêtés, leur apprit Evan après s'être assuré qu'ils étaient sains et saufs. Spencer, Hartmann, toute la bande. Je vous raconterai cela plus tard.

Epilogue

Le lendemain matin, à 10 heures, Mike et Stephanie retrouvèrent Evan Gaskell au quartier général du FBI à New Coventry.

— Bien dormi ? demanda Evan à Mike en souriant.

Mike hocha la tête.

— Du diable si je sais ce qui s'est passé hier. J'ai l'impression de me réveiller après un long cauchemar.

— Vous avez vu les journaux ?

Mike secoua la tête en signe de dénégation.

— Eh bien, ç'a été mouvementé. Juste après l'explosion de votre voiture, hier matin, j'ai obtenu un mandat pour demander à la banque du sang l'échantillon de Mme Minsky. Il était toujours là, et j'ai envoyé quelqu'un le porter sur-le-champ au labo fédéral, à Hartford. Nous avons reçu les résultats hier soir.

Il sourit à Stephanie.

— Voilà pourquoi je suis parti si vite après le réveil de Mike. Mme Minsky avait assez d'insuline et de Nembutal dans le sang pour tuer un cheval.

— Après cela, poursuivit-il, l'air très content de lui, j'ai rendu visite au pathologiste, Tarvel, à son domicile. Il vit avec son associée, Marilyn Fox, qui s'est mise à pousser des cris d'orfraie parce qu'on l'avait réveillée. J'ai dû secouer un peu Tarvel. En tout cas, il s'est mis tout à coup à détailler toute l'histoire, et cette Fox lui a sauté dessus... J'ai bien cru qu'elle allait le tuer. Ensuite, j'ai envoyé mes gars ramasser les autres, Hartmann, Spencer, Rosenfeld, et Gold, l'avocat. Mais tous ceux-là refusent de dire un mot sans avoir consulté leurs propres avocats au préalable. Nous offrons à Tarvel de ne retenir aucune charge contre lui en échange d'une confession complète, de sorte que nous devrions pouvoir boucler très vite cette affaire.

— Et Catlin ? Comment avez-vous fait pour débarquer à la banque du sang au milieu de la nuit ?

— Vous ne vous en souvenez sans doute pas, mais en vous réveillant, vous avez dit qu'il fallait absolument retrouver l'échantillon de sang de Pauline. Le Dr Gardner se trouvait précisément dans la chambre au moment où vous prononciez ces paroles. Il s'est figé une fraction de seconde en vous entendant. Quand vous avez disparu de votre chambre, je me suis dit que vous iriez sans doute là-bas. Et que c'est là-bas qu'ils iraient vous chercher.

— Et Brian, le technicien ? Pourquoi Catlin portait-il son veston ?

— Lui, nous l'avons retrouvé dans les toilettes du deuxième étage. Quelqu'un lui avait donné un coup sur la nuque — Catlin, sans doute —, et il se réveillait tout juste.

— Et Tony Danzig ? fit Mike en regardant Evan droit dans les yeux.

— Ah, oui, Danzig. Celui-là, il semble qu'il se soit baladé au service radiologie, plus ou moins au même moment, et qu'il se soit électrocuté. On est en train d'installer un nouveau scanner, vous savez. Il était en train de fureter dans le matériel utilisé pour les essais, et il a dû toucher quelque borne sous tension. Il a tiré des coups de revolver sur un transformateur.

Evan secoua la tête, et ajouta :

— Ce type devait être fou à lier.

— Avez-vous parlé à Alvin Zimmerman, le spécialiste des accidents d'avion ?

Mike craignait qu'il ne lui soit arrivé quelque chose.

— Non, mais un de mes collègues l'a interrogé hier. C'est très intéressant... On dirait bien que ça va nous entraîner au sommet de l'Etat, à Hartford.

Evan marqua un arrêt.

— Au fait, le procureur veut vous parler.

Il tendit un morceau de papier à Mike.

— Bob Spaltz. Voilà son numéro personnel. Appelez-le dans la matinée, vous voulez bien ?

Il les accompagna jusqu'à la porte, et leur serra la main.

— Merci pour tout, dit Stephanie, qui se mit sur la pointe des pieds pour l'embrasser sur la joue. Vous êtes vraiment un chef.

— Tout le plaisir était pour moi, dit-il en souriant, un peu gêné.

Puis il ajouta, curieux :

— Et vous, qu'allez-vous faire, maintenant ?

Mike et Stephanie échangèrent un regard.

— Pour commencer, nous allons rendre visite à Emma Lowther à l'hôpital, répondit Mike. Ensuite, nous irons passer une semaine à Cancún. Et après, qui sait ?

Achevé d'imprimer en septembre 2000
sur presse Cameron
par **Bussière Camedan Imprimeries**
à Saint-Amand-Montrond (Cher)
pour le compte de France Loisirs
123, boulevard de Grenelle, Paris

N° d'édition : 34084. N° d'impression : 1964-004070/4.
Dépôt légal : octobre 2000.
Imprimé en France